KB111938

내

가

나

빴

다

내가 나빴다

초판 1쇄 찍은 날 | 2014년 7월 22일
초판 1쇄 펴낸 날 | 2014년 7월 31일

지은이 | 김선민
펴낸이 | 예경원

편집 | 유경화

펴낸곳 | 예원북스
등록번호 | 제396-2012-000132호
등록일자 | 2012. 7. 25
YRN | 제1-0075호

주소 | 경기도 고양시 일산동구 무궁화로 8-28 삼성메르헨하우스 712호 (우) 410-837
전화 | 031-819-9431 팩스 | 031-817-9432
http://cafe.naver.com/yewonromance
E-mail | yewonbooks@naver.com

ISBN 979-11-5630-110-3 03810

김선민 장편 소설

YEWONBOOKS ROMANCE STORY

내가
나빴다

목차

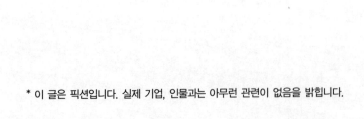

프롤로그

어디서부터 잘못된 걸까.

이번에도 깽판 치면 내쫓아 버리겠단 외할아버지의 마지막 경고를 받고 이 선 자리에 나온 것부터?

아니면…… 5년 전, 이 남자에게 세상에서 가장 아프고 독한 말만 골라 퍼붓고 상처를 주었던 그때부터?

그것도 아니면, 이 남자를 처음 만났던 그 순간부터?

"오랜만이다, 서윤진."

차신욱. 나의 첫사랑이자 내가 사랑했던 유일한 남자…….

그가 5년 만에 나타났다. 단 한 번도 본 적 없는 모습으로 내 앞에 앉아, 아무렇지 않은 얼굴로 오랜만이라고 말했다.

"뻔뻔하네. 감히 여기가 어디라고 나와?"

"보고 싶었으니까."

"……미친놈."

보고 싶어서라는 그의 말, 거짓일 것이다. 보고 싶었을 리가 없다. 정말로 보고 싶었다면, 한 번쯤은 날 찾지 않았을까? 무엇보다…… 그가 날 그리워하기엔, 내가 너무 아픈 상처를 줬다.

거짓말인 줄 알면서도 잠시나마 설렌 자신의 마음에 윤진은 무척이나 자존심이 상했다. 아무런 감정도 담기지 않은 눈빛으로 자신을 바라보며 서늘한 음성으로 꺼낸 무의미한 빈말에 기댄 자신이 한심스러워서 견딜 수가 없었다.

윤진은 차가운 얼음물이 담긴 유리컵을 손에 쥔 채 마주 앉은 신욱을 빤히 바라보았다.

그는 5년 전과 많이 달라져 있었다. 선하고 순수했던 눈빛은 가슴이 버석거릴 만큼 건조해졌고, 미소가 예뻤던 얼굴은 짙고 또렷한 선만 남아 차갑고 날카로워 보였다. 여전한 건 블랙셔츠와 잘 어울리는 새하얀 피부 정도.

"다른 건 몰라도, 너랑 선볼 자격 정도는 충분히 갖춘 걸로 알고 있는데."

싸늘하게 식은 그의 눈빛을 더는 받아내고 싶지 않았다. 턱이 부서지도록 어금니를 꾹 다문 윤진은 차분히 숨을 고르며 자리에서 일어섰다.

"일어나. 너랑은 일분일초도 싫으니까."

"왜? 아직도 내가 역겨워?"

코트를 집어 들던 윤진은 신욱의 날카로운 말에 그대로 멈춰 서서 그를 내려다보았다.

"그래, 역겨워. 역겨워서 견딜 수가 없네. 집에는 각자 알아서 얘기하자. 먼저 간다."

걸음을 옮기려던 윤진의 손목을 신욱이 빠르게 낚아챘다. 배려가 없었다. 피가 통하지 않을 만큼 윤진의 가는 손목을 단단히 움켜잡았다. 잡힌 손목이 너무 아파 손을 털어내려 해봤지만 쉽지 않았다. 부드러운 손길로 손등을 어루만져 주던 차신욱은, 5년 전 그곳에 묻어버린 모양이다.

지독하게 낯설었다. 변해 버린 그의 손길도, 그의 눈빛도 모두.

"미안하지만, 우린 곧 결혼하게 될 거야."

그의 음성은 소름 끼칠 정도로 차분했고, 흔들림 없는 시선으로 윤진을 옭아맸다.

"돌았구나? 그걸 지금 말이라고……."

"지금 양가 부모님들, 이 호텔 한식당에 함께 계셔. 약혼식은 생략하기로 했고."

말도 안 돼. 어떻게 나랑 한마디 상의도 없이…….

"지금…… 뭐라는 거야?"

외할아버지의 성화에 못 이겨 한 달에 한 번쯤 으레 보던 선이다. 이번에도 다르지 않을 거라 생각했다. 마주 보고 앉아 차 한잔 마시고, 적당히 자리 정리하고선 집에는 잘 안 맞는 것 같다 말하면 끝이 날 간단한 일. 그런데 일이 꼬였다. 꼬여도 단단히 꼬였다. 이 자리에 차신욱이 나타난 것도 뒤로 넘어갈 지경인데, 지금 양가 부모님이 한데 모여 두 사람의 결혼을 준비하고 있다고? 윤진은 헛웃음을 터뜨리고 말았다.

"내가 이 말을 하면 네가 어떤 표정을 지을까, 수도 없이 상상해 왔거든? ……기대 이상이다."

마치 승자의 미소와도 같은 그의 옅은 미소에 윤진은 울컥 화가 치밀었다. 상식적으로 말도 안 되는 지금 이 상황이 재밌어 죽겠는지, 그는 손끝으로 턱을 쓸며 애써 웃음을 삼켰다.

"결혼식은 5월이 좋겠지?"

비아냥거리는 그의 말투, 더는 들어줄 수가 없었다. 장난스러운 그의 태도도, 진심 없는 그의 미소도 더는 참기 힘들었다.

윤진은 손에 쥐고 있던 코트를 내려놓고 얼음물이 담긴 유리잔을 들어 신욱의 얼굴에 그대로 쏟아부었다.

"이 나쁜 새끼야……."

"……너도 만만치 않게 나쁜 년이었어."

짝!

고개가 확 틀어질 정도로 아주 세게 신욱의 뺨을 친 윤진은 거친 숨을 몰아쉬었다.

신욱은 그런 윤진을 가만히 바라보기만 할 뿐 더는 말을 잇지 않았다. 마치, 어디 한번 네 마음대로 해보라고 내버려 두는 것 같았다.

아무리 물을 뿌리고 뺨을 때려도, 결국 진 건 윤진 자신이란 사실에 참을 수가 없었다. 움켜쥔 주먹이 부들부들 떨리고, 힘을 준 눈매도 파르르 떨렸다.

나쁜 자식. 널 버리고 내가 어떻게 지내왔는데……. 넌 날 욕할 자격 없어! 누구 때문에 우리가 이렇게 됐는데!

차마 입 밖으로 꺼내지 못한 말이 도로 가슴 깊숙이 박혀 마음을 찢었다. 안간힘을 써서 붙잡고 있던 이성의 끈은 금방이라도 끊어질 듯 위태로웠다.

갑자기 일어난 소동에 깜짝 놀란 직원들이 두 사람의 테이블 근처까지 달려왔지만, 그 누구도 선뜻 두 사람 사이에 끼어들지 못했다. 두 사람의 팽팽한 기 싸움에 호텔 커피숍 안은 정적이 흘렀다.

"한 번만 더 내 눈에 띄면, 그땐 진짜 죽여 버릴 거야."

윤진의 날 선 말에 신욱이 자리에서 일어섰다. 내리꽂은 시선이 압도적이었지만, 윤진은 지지 않았다.

"한 번만 더 날 함부로 대하면, 나도 널 가만두지 않을 거야."

나지막한 그의 목소리에 가슴 한구석이 지잉 하고 울렸다. 가슴 깊은 곳에 꽁꽁 숨겨놓았던 아무짝에도 쓸모없는 낡고 해어진 마음이 존재감을 과시했다.

아프다. 마음이 아프다. 날 사랑한다고 말하던 그의 입술에서 나온 그 말이…… 너무도 아팠다.

……그는 얼마나 아팠을까. 내 입술로 뱉어낸 그 못된 말에 너무도 많이 베인 남자다.

얼마나 아렸을까. 재생 불가능할 만큼 짓밟고 구겨 버린 그 마음을 안고 긴 시간 어떻게 지낸 걸까.

하지만 이대로 신욱의 앞에서 무너지고 싶지 않았다. 끝까지 난 그에게 나쁜 년이어야 했다. 그렇게 끝내는 게 옳았다.

윤진은 신욱에게 잡힌 손목을 있는 힘껏 털어내고 성큼성큼 걸어 커피숍을 빠져나갔다. 온몸이 따끔거릴 만큼 수많은 사람들의 시선을 받으면서도 윤진은 고개를 떨구지 않았다. 허리를 바짝 세우고 어깨를 폈다. 흐트러짐 없는 걸음걸이, 아무 일도 없었다는 듯한 표정으로 알량한 자존심을 챙겼다.

엘리베이터 앞에 선 윤진은 천천히 눈꺼풀을 깜박이다 문득 문에 비친 자신의 모습을 보게 되었다. 그리고…… 자신의 뒤에 선 신욱도 보고 말았다. 하지만 돌아보지 않았다. 이를 악물고 버텼다. 가시를 삼킨 듯 목구멍이 따끔거려 마른침도 삼킬 수 없었다.

띵동.

문이 열리고, 텅 빈 엘리베이터 안에 윤진이 올랐다. 하지만 신욱은 팬츠 주머니에 손을 찔러 넣은 채로 가만히 서 있었다.

그가 보고 있단 것만으로도 숨이 막히고 머리끝부터 발끝까지가 저릿했다. 있는 힘껏 힘을 줘봐도 다리는 후들거리고 심장은 미친 듯이 날뛰었다. 아무렇지 않은 척 안간힘을 쓰고 있었지만, 왠지 그는 내가 애쓰고 있다는 것마저 알고 있을 것 같았다.

윤진은 1층 버튼을 누른 후 고개를 옆으로 돌렸다. 천천히 문이 닫히던 그 순간, 신욱의 손이 닫히는 문 사이를 가로막았다. 문이 다시 열리기가 무섭게 신욱이 빠른 걸음으로 엘리베이터 안으로 들어와 닫힘 버튼을 누른 후 윤진의 팔을 잡아당겨 품에 안았다.

"이거 놔!"

말이 떨어지자마자 신욱의 입술이 윤진의 입을 틀어막았다. 한 손으로 윤진의 뒷머리를 잡아 누른 채 길고 단단한 팔로 윤진의 허리를 감싸 안은 신욱은 가슴을 밀쳐 내며 거칠게 반항하는 윤진을 단숨에 제압했다. 벌어진 입술 새로 신욱의 거친 숨이 고스란히 넘어왔다. 밀어내면 밀어낼수록 더욱 세게 끌어안아 윤진은 숨조차 제대로 쉴 수가 없었다. 고개를 틀면 어김없이 따라와 도망을 허락하지 않았다.

의지대로 할 수 있는 것이 하나도 없었다. 윤진은 신욱의 팔을 움켜쥔 채로, 입술을 가르고 들어오는 그의 뱀 같은 혀를 이리저리 피하며 발버둥을 쳤다. 그러자 신욱은 윤진의 턱을 붙잡아 고정시키고 더욱 깊숙이 혀를 밀어 넣었다.

그가 변한 만큼, 입맞춤 또한 변해 버렸다. 그는 단 한 번도 이런 식으로 윤진을 거칠게 다룬 적이 없었다. 자신이 그에게 얼마만큼의 사랑을 받고 있는지를 충분히 느낄 수 있을 만큼, 그는 매번 따뜻하게 입을 맞춰주며 사랑을 속삭였다.

"하아……."

폭력과도 같았던 입맞춤 끝에 그가 긴 한숨을 뱉었다. 겨우 신욱의 품에서 벗어난 윤진은 엘리베이터 안 거울에 비친 자신의 얼굴을 보며 쓰게 웃었다. 립스틱이 번진 입술을 손등으로 닦아내고 두 눈을 질끈 감았다.

"우리…… 다신 보지 말자."

진심이었다. 오늘 그와 만나서 나눈 모든 이야기들 중 유일하게…… 윤진의 진심이었다.

"우린 다시 시작하게 될 거야. 난 안 끝났어."

신욱의 그 말에 윤진은 마음이 와르르 무너져 버렸다.

"아니, 5년 전에 끝났어. 차신욱 당신 때문에 끝났잖아!"

1층에 도착한 엘리베이터의 문이 열리고, 윤진은 신욱의 어깨를 밀치며 먼저 내렸다. 눈물이 흐를 것 같아서였다. 그의 앞에서 울고 싶지 않았다. 우는 모습 같은 거 절대로 보여주고 싶지 않았다.

"난 안 끝났어."

그 말이 자꾸만 머릿속을 맴돌며 정신을 지배하려 했다. 윤진은 두려웠다. 전혀 예상치 못했던 그의 등장과 선전포고와도 같은 그의 말에 머리가 터져 나갈 것만 같았다.

❖

다시 만나게 되면…… 무슨 말을 먼저 꺼낼까. 그녀는 내게 어떤 말을 할까. 어떤 표정을 지을까.

수도 없이 상상했었다. 어떤 얼굴로 그녀를 바라봐야 할지, 어떤 말을 건네면 좋을지 수천 번도 더 고민했었다. 하지만 매번 좋은 답을 얻지 못했다. 윤진과의 재회가 너무도 아득하게만 느껴져서, 어쩌면 불가능할 것만 같아서 두렵고 불안했기 때문이다.

"너랑은 일분일초도 싫으니까."

그 정도 반응은 이미 예상했었다. 오히려 물 한 컵, **뺨** 한 대로 끝나 섭섭할 정도로 신욱은 윤진을 만나기 며칠 전부터 긴장을 했던 참이다.

가느다란 두 팔로 허리를 꼭 끌어안으며 사랑을 말하던 그녀가, 내게 가장 아프고 독한 말을 퍼붓고 돌아선 지 5년. 시간은 무심히 흘러, 윤진과 신욱의 사이에 이만큼의 거리를 만들었다. 그 거리를 어떻게 좁혀야 할지 한땐 막막하기만 했는데 이젠 아니다. 부딪히면 그만이니까.

그 5년의 시간 동안 신욱은 많이 변했다. 앞뒤좌우 살필 겨를 없이 오직 일에만 미쳐 지냈다. 스물네 살의 어리고 나약했던 차신욱을 지워내기 위해 안간힘을 쓰며 시간을 밀어냈다. 그 결과, 신욱은 윤진의 앞에 당당히 설 수 있는 자격을 스스로의 힘으로 만들었다.

다만, 변하지 않은 단 하나. 그것은 서윤진을 향한 진심. 그래서 신욱은 돌아오지도 않을 사람을 기다리는 바보짓을 하면서 바라고 또 바랐다. 그녀가 다시 내 품에 안기길. 내게 다시 사랑을 말하길.

윤진은 변한 것이 없었다. 5년 전이나 지금이나 당당하고 자신감이 넘쳤다. 무엇보다, 때론 오만하기까지 한 그 눈빛, 금방이라도 가시 같은 말을 쏟아낼 것만 같은 서늘한 표정 모두 그대로였다.

하지만 신욱은 알고 있다. 그때나 지금이나 그녀가 얼마나 마음이 여린 사람인지를 말이다. 자신이 쏟아낸 아픈 말에 본인이 더 큰 상처를 받는 못난 여자라는 걸, 다른 사람은 몰라도 신욱은 잘 알고 있었다. 그래서 미워할 수 없었다. 원망하지 않았다. 날 두고 떠나던 그녀가 얼마나 힘들었을지, 얼마나 괴로웠을지, 내가 아파했던 만큼이나 아파했을 그녀가 걱정스러울 뿐이었다.

똑똑.

"네."

문을 열고 들어온 건 수행비서였다. 책상에 걸터앉은 채로 긴 생각에 잠겨 있던 신욱은, 셔츠 소매 끝단을 정리하며 풀어두었던 커프스 링크를 채웠다.

"회장님께서 부사장님과 휴대전화 연결이 안 된다고……."

"알았어요."

수행비서가 사무실을 나가자 신욱은 책상 위에 던져 두었던 휴대전화를 집어 들었다. 멀쩡한 척 굴었지만 정신이 나갔던 모양이다. 전화가 다섯 통이 넘게 오는 줄도 모르고…….

"저예요, 아버지."

[그래, 윤진 양은 잘 만나고 왔니?]

"네. 방금 헤어졌어요."

[우리도 얘기 거의 끝내가고 있다. 계획대로 진행될 거야.]

"감사합니다."

차 회장과 짧은 통화를 마친 신욱은 전면이 통유리로 된 창가에 서서 아래를 내려다보았다. 돈을 주고도 보기 힘든 서울의 야경이 파노라마 사진처럼 펼쳐졌지만, 신욱의 머릿속엔 온통 윤진에 대한 생각뿐이었다.

"우리…… 다신 보지 말자."

신욱에겐 그 말이 보고 싶었단 말처럼 들렸다. 윤진이 억지로 눈물을 삼키며 간신히 꺼냈던 그 말이, 이상하게도 신욱의 귀엔 왜곡되어 들렸다. 너무도 보고 싶었다고. 너무도 그리웠다고 말이다.

신욱은 책상 위에 놓인 액자를 들어 그 안에 담긴 사진을 바라보았다. 벚꽃잎이 흐드러지던 4월의 어느 날, 수줍게 웃으며 신욱의 어깨에 머리를 기댄 윤진과 손깍지를 꼭 낀 채 윤진을 사랑스럽게 내려다보고 있는 신욱의 모습.

5년의 시간이 흐르는 동안 윤진은 더욱더 아름다워졌다. 잘 익은 열매처럼 탐스러워졌다고나 할까. 스물일곱. 만개한 꽃처럼 절정에 달한 미모에 성숙함이 더해져, 윤진과 시선이 닿을 때마다 이대로 손을 잡고 나가 안아버릴까 하는 못된 충동에 사로잡혀 몇 번이나 이를 악다물어야 했다.

짧은 키스로는 갈증이 해소되지 않았다. 만지고 싶고, 안고 싶었다. 신욱은 이런 제 자신이 낯설고 황당하기까지 했다. 마치 여색에 미쳐 앞뒤 재지 않고 날뛰는 짐승 같아서 너무도 한심했다. 본능이라고 설명하기엔 외설적이었다. 전혀 차신욱답지 못했다.

신욱은 두 눈을 질끈 감고 긴 한숨을 내쉬었다. 오늘을 위해 달려온 지난 시간들이 주마등처럼 머릿속을 스쳐 지났다. 멀리서 바라만 보다 결국 다가가지 못하고 돌아서야 했던 숱한 날들. 돌아서던 그 무거웠던 발걸음과 그리움의 무게가 생생히 떠올랐다.

모두 되돌려놓을 것이다. 5년째 비어 있는 옆자리, 그녀가 있어야 할 그곳에 반드시 데려다 놓을 것이다.

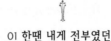

01 한땐 내게 전부였던

5년 전.

바람을 타고 살랑거리는 꽃잎 사이로 부서진 햇살이 쏟아져 내렸다. 마치 보석처럼 반짝여 가만히 바라보고 있자면 두 눈이 멀 것만 같았다.

4월의 교정(校庭). 이제 막 피어나기 시작한 청춘의 기운이 넘실대고, 풋풋하고 싱그러운 생동감이 가득한 그곳에 신욱과 윤진도 있었다. 분수대 주변에 놓인 네 개의 벤치 중 오래된 라일락 나무 아래 자리한 벤치는 두 사람의 고정석. 틈만 나면 그곳에서 만나 시간을 보내곤 하는데, 학교에 소문이 자자할 정도였다.

여느 때와 다름없이 윤진은 신욱의 다리를 베고 누웠다. 신욱은 윤진의 얼굴 위로 손을 내밀어 작은 그늘을 만들어주었고, 윤진은 두 눈을 감은 채 입가에 미소를 머금고 있었다.

"점심을 너무 많이 먹었나 봐. 잠이 막 쏟아진다, 오빠."

신욱은 자신의 무릎을 덮은 윤진의 탐스러운 초콜릿 빛 머리카락을 만지작거렸다.

"수업 언제 끝나?"

"전공 수업 하나 남았어. 오빠는?"

"난 오후에 수업 없어."

금방이라도 울음을 터뜨릴 것처럼 윤진은 울상을 지으며 일어나 앉았다. 입술을 삐죽 내민 윤진이 귀여워 신욱은 윤진의 볼을 살짝 꼬집어보았다.

"오빠! 수업 째고 우리 놀러 갈까?"

"전공 수업이라며."

"뭐 어때! 우리 벚꽃 보러 가자!"

이미 마음은 벚꽃 구경을 간 건지, 윤진의 표정은 더할 나위 없이 밝았다. 벤치에서 일어난 윤진은 신욱의 손을 잡은 채, 신욱을 일으켜 세우려 발버둥을 쳤다.

"오빠, 빨리!"

"수업 끝나고 가도 안 늦어."

"길 막히잖아."

핑계도 참.

신욱은 웃음이 났다.

"여기서 여의도까지 막혀봤자지."

"여의도는 무슨. 벚꽃은 진해 군항제지."

윤진이 어깨를 으쓱이며 음흉한 미소를 지었다.

"내일 토요일이니까 오늘 내려가서 하룻밤 자고 오면 되겠다. 그치?"

못 말려, 정말.

신욱은 다시 한 번 윤진의 볼을 꼬집었다.

"머릿속에 야한 생각만 잔뜩 들어가지고. 이거 어따 써?"

신욱의 타박에도 윤진은 아랑곳하지 않았다. 더욱더 노골적인 눈빛으로 신욱을 바라보며 웃고 있었다.

"가자. 응?"

"안 돼. 토요일 아침은 집에 가서 먹어야 하는 거 알잖아."

윤진의 얼굴엔 서운한 기색이 가득했다. 윤진은 마음이 표정으로 고스란히 드러나는 아이다. 절대 감정을 숨기지 못한다. 그래서 그런 윤진을 사람들은 때때로 오해하기도 한다. 착하지 않다고, 상냥하지 못하다고. 윤진은 감정에 솔직하고, 그래서 오히려 순수하다. 감정을 속이거나 남을 속이지 않는다. 신욱은 그런 윤진이 좋았다.

"한 번 빠진다고 뭐 큰일이라도 나? 오빠 쓸데없이 반듯해."

"네가 무슨 말을 해도 나 안 넘어가. 그리고 혜민이가 많이 아프대."

"걔는 왜 뻑 하면 아파?"

"원래 몸이 약해."

"웃겨. 아프다고 하면 오빠가 집에 가는 걸 아니까 자꾸 아프다고 하는 거야."

"윤진아."

"아, 몰라! 짜증나, 진짜."

윤진은 늘 동생 혜민의 이야기에 신경질적으로 반응했다. 그도 그럴 것이, 두 사람의 사이가 여러 가지의 이유로 썩 좋지 못하기 때문이다.

"윤진아, 혜민이는 내 동생이야. 자꾸 그러면 우리 둘 다 피곤해져."

"친동생도 아니잖아!"

윤진의 말대로 혜민은 신욱의 친동생이 아니다. 7년 전, 아버지와 재혼한 새어머니가 혜민과 함께 들어오면서 모두 가족이 되었다. 열일곱, 열다섯이었던 신욱과 혜민은 쉽게 가까워지지 못했다. 그래서 신욱이 먼저 손을 내밀었다. 힘들겠지만 노력해 달라는 아버지의 정중한 부탁을 받아서이기도 했고, 자신을 어려워하는 혜민을 지켜보는 일이 불편해서이기도 했다. 어쨌든 점차 거리를 좁히며 그럴듯한 가족의 모습을 갖추기까지 신욱은 나름대로 많은 노력을 기울였다.

혜민의 마음을 다독이려 건넸던 다정함이 독이 된 건 얼마 지나지 않아서부터다. 친오빠 같진 못하더라도 어려워하는 사이는 되지 말았으면 하는 마음이 결국 좋지 못한 결과를 낳은 것이다. 혜민이 자신에게 갖고 있는 마음이 남매간의 정이 아닌 남녀 간의 something이란 걸 알게 된 후, 신욱은 대학 진학을 핑계로 성인이 되자마자 서둘러 오피스텔을 얻어 독립을 했다. 그러곤 혜민의 마음을 모른 척하고 좀 더 친오빠처럼 행동하며 거리를 두고 있었다.

아직까진 이게 잘하고 있는 건지 어쩐 건지 확신이 서진 않는다. 그래도 신욱 나름대로의 방법으로 최선을 다할 뿐이었다.

"말 또 밉게 하네. 그래, 친동생은 아니지만 어쨌거나 동생이야."

"난 그게 너무 싫어. 정말 싫어!"

혜민은 종종 윤진을 흔들었다. 그때마다 윤진은 지지 않았고 더욱 세게 혜민을 눌렀다. 윤진이 미주알고주알 모두 이야기하는 건 아니지만, 신욱은 혜민과 윤진의 사이에 일어나는 일들을 어느 정도 알고 있었다.

전후 사정을 알지 못하는 남들이 듣는다면 그런 윤진을 참 못됐다, 라고 말할 수도 있겠지만 신욱은 윤진을 이해하고 있기에 늘 다독여 주었다. 아마 자신과 윤진이 반대 입장이었다면, 신욱 역시 윤진과 비슷한 생각을 했을지도 모르기 때문이다.

"네가 혜민이를 좋아하는 건 바라지도 않아. 대신 너무 미워하지만 마."

"오빠, 나 걔 진짜 싫어. 하아…… 내가 뭘 어떻게 할 수 있는 게 없어서 미치겠다고."

윤진이 무엇을 걱정하고 불안해하는지 굳이 말로 꺼내지 않더라도 신욱은 이미 알고 있었다. 이 일로 지난 1년여간 수도 없이 다퉈왔으니까.

"난 혜민이랑 오빠가 엮이는 걸 못 견디겠어."

"동생이잖아. 아무 일 없어."

"오빠한테나 동생이지. 혜민이는 아니라고 내가 몇 번을 말해."

반복되는 이야기에 조금은 지치기도 하지만, 그럴 때마다 신욱은 윤진에게 좀 더 믿음을 주기 위해 애썼다. 윤진을 달랠 수 있는 방법이라곤 그것이 유일했다.

"그래서 내가 많이 신경 쓰고 있어. 날 믿어."

"당연히 믿지. 믿는데……. 오빠 내 맘 몰라. 내가 얼마나……. 아냐, 됐어. 그만하자. 걔 때문에 오빠랑 말싸움하는 거 싫어."

윤진은 잡고 있던 신욱의 손을 놓고 옆자리에 앉아 고개를 돌렸다. 많이 속상한 모양이다.

차마 입 밖으로 꺼내고 싶지 않은 불편한 감정들이 윤진을 못살게 굴 때면, 신욱 역시 마음이 아팠다. 윤진이 아픈 말로 상처를 주려 하고, 못된 말로 마음을 상하게 하려 할 때도 신욱은 눈 하나 깜짝하지 않고 보듬었다. 말이 과한 아이란 걸 알고 있고, 말하고자 하는 진심을 알고 있으니까. 그래도 내겐 너무나 사랑스러운 여자니까.

"내가 더 조심할게. ……미안해."

윤진이 천천히 고개를 돌려 시선을 맞춰왔다. 젖어든 눈시울에 가슴 한 켠이 싸해졌다. 모든 게 다 내 탓인 것만 같아 마음이 무너져 내렸다.

신욱은 윤진을 품 안에 꼭 끌어안고 가만히 등을 다독였다. 불안해하지 말라고 백 번 천 번 말하는 것보단 단 한 번의 믿음직한 행동이 더 절실했다. 늘 노력하고 있지만, 여전히 부족한 모양이다.

"나 오늘 오빠 오피스텔 갈래. 같이 저녁 먹자."

윤진의 말에 신욱이 웃음을 참지 못했다.

"안 돼."

"미안하다며? 진심이면 나 데려가."

신욱은 윤진을 집에 자주 들이지 않았다. 남자 혼자 사는 집에 여자가 드나드는 모습을 사람들이 봐서 좋을 것 없다는 보수적인 생각과, 신욱의 오피스텔은 학교에서 가까워 오다가다 같은 학교 학생들과 자주 마주치곤 하는데, 윤진이 이상한 소문에 오르내리는 것도 원치 않았기 때문이다. 무엇보다도, 양가 부모님들께 책잡힐 일을 만들고 싶지 않아서가 가장 큰 이유다.

"……그래, 가자."

그러나 오늘은 그냥 넘어가야 할 것 같았다. 지금 가장 중요한 건 윤진의 마음을 풀어주는 일이었고, 애써 참아왔지만 신욱 역시 바라던 것이었다.

서툰 몸짓이 사랑스럽다. 윤진은 가슴을 내보일 때면 부끄러워 고개를 돌리고 만다. 살며시 일그러진 미간, 질끈 깨문 아랫입술, 요동치는 눈빛…… 모든 것이 다 사랑스러웠다. 눈을 맞추고픈 욕심에, 신욱은 윤진의 턱을 살며시 돌려 제자리로 돌려놓고 윤진의 어깨 위로 양팔을 버틴 채 상체를 지탱하며 천천히 허리를 움직였다.

"하아……."

윤진의 나른한 숨소리에 신욱의 움직임은 점점 속도를 내기 시작했다. 동그란 이마 위에 송골송골 맺힌 땀방울, 사방으로 흩어진 탐스러운 머리카락……. 바로 이곳에서만, 그리고 오직 한 사람, 자신만이 볼 수 있는 지독히 색정적인 윤진의 보습을 신욱은 단 한순간도 놓치고 싶지 않아 오롯이 두 눈과 가슴에 담았다.

"오빠……."

신욱은 상체를 세우고 윤진의 무릎을 굽히며 끌어당겼다. 윤진의 나체가 한눈에 들어왔다. 스물둘. 이제 막 피어나는 꽃처럼 싱그럽고 탐스러운 나체. 하얗다 못해 투명하기까지 한 우윳빛 피부와 잘 여문 복숭아를 반으로 잘라 엎어놓은 듯 봉긋 솟은 가슴은 신욱이 움직일 때마다 사정없이 출렁였다. 한 번 시선이 닿으면 쉽게 눈을 뗄 수 없을 만큼 중독이 강했다.

처음 윤진을 안았을 때부터 지금까지 늘 새로웠다. 이렇게 사랑스러운 얼굴을 하고 노골적으로 유혹을 한다거나, 품 안에 덥석 안겨들 때면 이성을 찾기란 쉽지가 않았다. 하지만 신욱은 초인적인 힘을 내서라도 참아보는 편이었다. 매번 욕망의 손을 들었다면 하루 온종일 윤진의 몸만 탐하려 했을지도 모른다.

더욱 깊숙해진 삽입에 윤진은 신욱을 향해 손을 내밀었지만, 신욱은 윤진의 보들보들한 허벅지를 손바닥으로 쓸어 올리며 좀 더 깊이 몸을 묻었다. 허공을 헤매던 윤진의 두 손이 신욱의 두 팔을 꽉 움켜쥐었고, 이내 고개를 뒤로 젖히며 가쁜 숨을 토해냈다.

신욱은 윤진의 가느다란 다리를 한쪽 어깨에 올리고 좀 더 빠르게 움직였다. 그러자 윤진은 괴로우면서도 즐거운 듯한 묘한 표정을 지으며 입을 벌린 채 신욱을 올려다보았다. 신음은 점점 커지고, 숨소리는 거칠어지는 가장 뜨거운 순간. 이를 악다문 신욱은 속도를 더욱 높였다.

"아윽……!"

먼저 절정을 맞이한 윤진이 신욱의 팔을 꽉 움켜쥐며 허벅지 안쪽에 힘을 주어 신욱의 남성을 세게 조였다. 눈앞이 하얘지던 그 순간, 신욱 역시 움직임을 멈추고 윤진의 옆에 쓰러지듯 눕고 말았다.

"하……."

긴 숨을 내쉬자, 윤진은 신욱의 맨가슴에 뺨을 대고 심장 소리를 들었다.

"와. 빠르다."

꺄르륵대는 만족스러운 웃음소리에 신욱도 웃고 말았다. 윤진은 늘 그랬다. 터질 듯 맹렬히 내달리는 심장 소리를 들으면 그제야 만족을 했다. 신욱은 그런 윤진을 품에 꼭 끌어안으며 옆으로 돌아누워 얼굴을 마주 보았다. 여전히 달뜬 표정을 하고 있어 다시 투지를 불러일으키지만 일단은 참아볼 작정이었다.

"오빠, 우리 10년 후에도 이렇게 같은 침대에 누워 있겠지?"

신욱은 옅게 웃으며 윤진의 머리카락을 매만졌다.

"당장 내일이 어떻게 될지도 모르는데, 10년 후라⋯⋯."

신욱의 이성적인 대답이 마음에 들지 않았는지, 윤진이 새치름한 얼굴로 돌아누워 등을 보였다. 신욱은 그런 윤진을 더욱더 꼭 끌어안았다.

2년 전, 갓 스무 살이 된 윤진을 처음 만났다. 비슷비슷한 집안의 자제들이 가끔씩 여는 그렇고 그런 생일 파티에서, 마지못해 끌려왔다는 듯한 표정을 하고 못마땅한 기색을 온몸으로 내뿜고 있던 윤진을 보았다. 그 모습이 참 귀여웠다. 자꾸 눈길이 갔다. 신욱 역시 어쩔 수 없이 참석해 이러지도 못하고 저러지도 못하고 있었는데, 그 와중에 동지를 만났다는 게 반가웠던 모양이다.

알고 보니 윤진은 같은 학교 신입생이었고, 그 후로 자연스레 가까워졌다. 누가 먼저랄 것도 없이 서로에게 호감이 생기자 망설일 이유 없이 연애를 시작했다. 그게 벌써 1년 전의 일이다.

윤진과 함께하는 매 순간이 즐겁고, 설렘의 연속이었다. 마음을 숨기는 법이 없고, 하고 싶은 말은 돌려 말하지 않는 솔직한 여자.

그런 윤진에게 신욱은 속절없이 빠져 들어갔다. 자신과는 전혀 다른 윤진의 모습에, 윤진과의 연애로 마치 일탈을 하는 것 같은 기분도 들었다. 서로가 서로에게 빠르게 빠져들던 것은, 어쩌면 자신에겐 없는 모습을 서로에게서 발견했기 때문일지도 모른다.

모든 연애가 그러하듯, 윤진과의 연애에 어려움은 있었다. 아니, 어려움이라고 표현하기엔 제법 높은 산이 존재했다. 그래서 마음 한 켠엔 신욱과 윤진 모두 불안함을 안고 있었다.

여러 가지 이해관계로 인해 노골적으로 신욱을 못마땅해하는 윤진의 부친과 서두르지 말고 매사에 신중하라는 표현으로 에둘러 말씀하신 신욱의 부친. 쉽게 말하자면, 이 바닥의 생리가 그러하듯 이익 계산을 잘 해보자는 부모님의 의중이 개입된 것이다. 거기다 엎친 데 덮친 격으로, 이미 각자에겐 오래전 집안에서 내정한 혼처 또한 존재했다.

그래서 지금 신욱과 윤진에겐 확신이 가장 필요했다. 스물넷과 스물둘. 인정하고 싶지 않지만, 아직은 어리고 힘이 없어서 마음 하나만 믿고 밀어붙이기엔 불완전할 수밖에 없는 이 관계. 마음 가는 대로만 할 수 없는 현실에서 10년 후를 기약할 용기가 없었다.

신욱은 윤진의 등에 이마를 기댄 채 가는 한숨을 내쉬었다. 양가의 껄끄러운 관계로 인한 반대는 자신이 어떻게 해볼 수 있는 문제가 아니기 때문이었다. 할 수 있는 거라곤 막연한 믿음이라도 주는 것뿐. 그것이라도 최선을 다해야만 했다.

"윤진아, 우리 엄마…… 만나볼래?"

윤진이 돌아누워 신욱을 빤히 보았다.

"오빠 엄마?"

"어. 우리 엄마. ……날 낳아주신 엄마."

윤진은 쉽게 대답하지 못했다. 어쩌면 이 선택이 상황을 더욱 복잡하게 만들 수도 있지만, 윤진에게 친모를 공개한다는 건 신욱의 입장에선 바닥까지 고스란히 보여주는 것과 마찬가지였다.

"그래, 그러자."

고맙게도 윤진이 웃으며 고개를 끄덕였다. 친모에 대해 윤진에게 직접 이야기한 적은 없지만, 윤진은 아마 어느 정도 알고 있을 것이다. 윤진뿐 아니라 알 만한 사람들은 다 알고 있으니까. 신욱의 친모가 지금 어디서 무얼 하고 있는지까지도.

신욱은 가슴이 두근거렸다. 윤진이 자신의 엄마를 만나게 되면 어떤 말을 꺼낼지 궁금했다. 자신이 꺼내 보인 모든 진심에 좀 더 믿음을 갖게 될지, 아니면…… 실망하게 될지.

신욱을 만나러 가는 길. 도서관으로 향하는 윤진의 발걸음이 무척이나 빨랐다.

수업도 모두 끝났겠다, 날씨도 좋고…… 오늘은 어딜 가자고 할까? 공원에 가서 자전거를 탈까? 아니면 그가 좋아하는 미술관에 가자고 할까?

"앗!"

그 사람 생각을 너무 깊게 한 탓에 마주 오던 사람과 어깨를 부딪치고 말았다. 윤진은 바닥에 쏟아진 책과 휴대폰을 주우려 고개를 숙이는데, 슬쩍 보니 낯익은 얼굴이 맞은편에서 책을 줍고 있었다. 혜민이었다.

"똑바로 좀 보고 다니지?"

툭 뱉은 혜민의 불퉁한 말에 윤진은 또 자극받고 말았다. 그대로 일어선 윤진은 혜민을 쏘아보며 눈썹을 치켜세웠다.

"아프다더니, 멀쩡하네."

위아래로 살펴보자 혜민이 코웃음을 쳤다. 절로 턱에 힘이 들어갔다.

혜민은 불과 7년 전 신욱에게 생긴 여동생이다. 말이 동생이지, 윤진에겐 남과 다름이 없었다. 그런 혜민은 윤진에겐 못 견디게 불편한 존재였다.

윤진과 혜민은 과 동기지만 절대 어울리지 않는 동기다. 혜민은 다른 과 동기들과도 어울리지 않고 늘 혼자 다녔는데, 딱히 따돌림을 당해서라기보단 스스로 혼자 다니길 원했고, 그런 그녀를 다들 자연스레 혼자 두었다.

그녀를 두고 입에 담기도 싫은 몇 가지 소문들이 도는데, 그중 하나는 이복남매인 신욱과의 관계에 대한 소문이었다. 그 말도 안 되는 소문은 몇 사람의 입을 거치고 시간을 더하며 이젠 부풀려질 대로 부풀려졌고, 윤진은 그 사실이 너무도 불쾌하고 화가 났다. 그러나 당사자인 혜민은 오히려 이 상황을 즐기는 듯 사실을 바로 잡으려 하지 않았다.

물론 윤진은 그녀와 신욱을 둘러싼 괴소문을 믿지 않는다. 그가 사랑하는 건 나니까.

"신욱 오빠가 하루 종일 간호해 줬거든. 약도 먹여주고, 이마에 물수건도 얹어주고."

유치하긴. 그런 걸로 질투라도 할까 봐?

윤진은 피식 웃으며 고개를 저었다.

"오빠가 아무한테나 다정하긴 하지. 너뿐만 아니라 길고양이한 테도 관심과 애정을 쏟는 사람이야. 네 오빠가 그렇게 정이 많다?"

윤진의 말이 분했는지 혜민의 시선이 약간 흔들렸다. 이쯤에서 쐐기를 박아야 할 것 같았다.

"이렇게 만난 김에 단도직입적으로 얘기할게. 차신욱, 네 오빠다. 법적으로 네 오빠라고. 그러니까 적당히 해. 사람들이 뭐라고 수군대는지 너도 귀가 있으니까 들었을 거야. 널 두고 사람들이 뭐라고 하든 말든 난 관심 없어. 하지만 그 상대가 차신욱이라면 얘기가 달라지지. 나 더 이상 안 참아. 한 번만 더 너랑 엮여서 더 러운 소문 나면, 너 진짜 가만 안 둘 거야. 나 원래 말 돌려서 못하 는 거 알지? 너무 서운해하지 말고."

윤진은 허리를 숙여 아까 부딪히면서 바닥에 떨어뜨린 나머지 책과 휴대폰을 집어 들었다.

"넌 나한테 그런 말 할 자격 없어."

혜민의 그 말이 막 돌아서려던 윤진의 발목을 잡아 세웠다.

"내가 차신욱 여자친구인데도 자격이 없어?"

"여자친구 따위가 관여할 일 아냐. 내 오빠와 내 일이니까."

윤진은 기가 막혔다. 도대체 뭘 믿고 저렇게 당당한 거지? 주먹 을 움켜쥔 윤진은 혜민에게 조금 더 가까이 다가섰다.

"정신 똑바로 차리고 조신하게 굴어. 너뿐만 아니라 다른 사람 얼굴에까지 먹칠하고 다니지 말고."

"우리 남매는…… 보통의 남매들과 달라. 왜냐…… 내 마음이 다르니까."

"차혜민."

"너, 솔직히 불안하지? 그런데 어쩌나……. 앞으로 더 불안해질 텐데."

혜민은 늘 이런 식으로 마음을 흔들어댔다. 수법을 빤히 알면서도 어쩜 이렇게 매번 당하는지……. 윤진은 화가 치밀었다.

노골적으로 이런 말을 공공연하게 내뱉는 것도 놀랍고, 어떻게 이런 말을 하면서 눈도 깜짝하지 않는 건지, 이렇게까지 자신만만한 태도를 보일 수 있는지 믿을 수가 없었다. 그 자신감이 놀랍고, 기분이 나빴다.

난 그의 모든 것을 가지고도 불안한데, 얜 뭐가 그렇게 당당할까. 입술이 바짝바짝 타들어갔다. 이런 속마음을 혜민이 읽을까 봐 조마조마하고, 혜민 앞에서 불안해한다는 것 자체가 자존심이 상했다.

멀어지는 혜민의 뒷모습을 한참 동안 바라보던 윤진은 입 안쪽 연한 살을 꾹 깨물며 화를 삭였다. 움켜쥔 주먹이 부들부들 떨렸지만 긴 한숨 한 번 토해내며 마음을 다독였다. 지고 싶지 않았다. 혜민에겐 절대로 지기 싫었다.

그때, 손에 쥐고 있던 휴대폰이 울어댔다. 전화를 받으려다 보니, 자신의 것이 아니었다. 아무래도 혜민과 바뀐 모양이다. 발신인은 오빠. 윤진은 통화 버튼을 눌렀다.

"오빠."

[어? 혜민이 전활 왜 네가 받아?]

"바뀌었나 봐. 일단 끊어봐."

일단 통화를 끝낸 윤진은 서둘러 혜민의 뒤를 쫓았다. 그러다 문득 머릿속을 스친 생각 탓에 그 자리에서 멈춰 섰다. 윤진은 다시 휴대폰을 보았다. 액정화면에 띄워진 사진 한 장. 잠이 든 건지 눈을 감고 있는 신욱의 뺨에 입을 맞추는 혜민의 사진. 잠든 사이에 몰래 찍은 게 분명한 사진이었지만, 윤진은 참을 수가 없었다.

"이게 진짜……."

덜덜 떨리는 손으로 간신히 문자메시지 함을 열어본 윤진은 보관함을 먼저 찾았다. 아니나 다를까, 그곳엔 신욱과 혜민이 주고받은 메시지가 잔뜩 저장되어 있었다. 아랫입술을 말아 문 윤진은 사진첩을 열었다. 그런데 그곳엔 온통 그의 사진들로 가득했다.

윤진은 싸늘한 표정으로 자신을 향해 달려오고 있는 혜민을 지켜보았다. 그렇게 당당한 척 굴 땐 언제고, 혜민은 더 이상 가까이 선뜻 오지 못하고 있었다. 윤진은 자신의 손에 들린 휴대폰과 혜민의 손에 들린 휴대폰을 차례로 바라보았다.

"바뀐 거…… 같은데."

혜민이 내민 휴대전화를 건네받은 윤진은 혜민의 휴대전화를 그대로 바닥에 집어 던졌다. 그러고도 분이 풀리지 않아 뾰족한 구두 굽으로 사정없이 짓밟았다. 액정을 쫙쫙 금이 갔고, 금세 산산조각이 나버렸다. 윤진은 잔뜩 얼어붙어 있는 혜민의 얼굴을 바라보며, 가방에서 생수병을 꺼내 휴대전화 위에 물을 쏟아부어 완전히 망가뜨렸다.

"서윤진! 뭐 하는 짓이야!"

정신이 든 혜민이 금방이라도 울 것 같은 얼굴로 달려들자 윤진은 혜민의 양팔을 두 손으로 꽉 움켜쥔 채 서늘한 시선으로 바라보았다.

"아까 말했지? 다음번엔 가만 안 둘 거라고. 마지막이야. 다음엔 네가 이렇게 될 거야."

산산조각이 난 휴대전화를 향해 턱짓을 하자, 혜민의 얼굴이 새하얗게 질렸다. 윤진은 그런 혜민을 뒤로하고 성큼성큼 걸었다.

혜민의 휴대폰을 보기 전까진 신욱을 좀 더 단단히 단속해야겠다고 마음을 먹었다. 혼자서 날뛰는 거니까 더 이상 여지를 주지 않으면 저러다 말겠지, 싶었다. 본인도 혼란이 와서 그런 걸 거라고, 어린 나이에 갑자기 멋진 오빠가 생겼으니 잠시나마 흔들려서 그럴 수도 있는 거라고, 그렇게 이해해 보려고 골백번도 더 마음을 다잡곤 했었다.

지금도 역시 혜민 혼자서만 난리인 걸, 일방통행이란 걸 알고 있다. 자는 사이에 몰래 찍거나 멀리서 찍은 사진들이란 것도 알고 있다. 이성적으론 분명히 알고 있다. 하지만 사람의 마음이란 게…… 한 번이 두 번 되고, 열 번이 되고, 1년 넘게 매일같이 반복되자 점점 지쳐 갔다.

도서관 앞에 멈춰 선 윤진은 두 눈을 질끈 감고 다시 돌아섰다. 지금은…… 신욱이 보고 싶지 않았다.

"다녀왔습니다."

집에 돌아온 윤진은 거실 소파에 털썩 주저앉았다. 아까 본 혜민의 휴대전화 속 사진이 계속 머릿속을 맴돌아 정신이 멍했다. 어떻게 집에 찾아왔는지도 모르겠다.

"우리 아가씨 어쩐 일로 일찍 들어왔어요?"

늘 그랬듯 가사도우미인 홍 여사가 윤진을 가장 먼저 반겼다. 직접 낳지만 않았지 20년 동안 윤진을 친자식처럼 돌봐주고 길러주신, 낳아준 엄마보다도 더 살갑게 지내는 홍 여사였다.

"아줌마……."

윤진은 물에 젖은 손을 앞치마에 쓱쓱 닦으며 다가온 홍 여사의 품을 파고들었다.

"왜, 무슨 일 있었어요?"

하고 싶은 말이 너무 많았지만 윤진은 고개를 저었다. 대신 홍 여사를 두 팔로 꼭 끌어안은 채 눈물을 삭였다.

"밥은?"

"아직요."

"아이구, 세상에. 얼른 밥 차려줄게요."

윤진은 홍 여사를 놓아주지 않고 더욱 세게 끌어안았다. 그러자 홍 여사는 윤진의 등을 가만히 다독여 주었다. 그제야 숨통이 조금 트이는 기분이었다.

"엄마는요?"

"사모님은…… 회사 계시죠."

엄마의 자리는 늘 비어 있었다. 새삼스러울 것도 없다. 엄마는 단 하나뿐인 자식보다 회사가 더 중요하신 분이니까.

"아줌마! 다 큰 애를 왜 안고 있어요? 그러니까 애 버릇이 나빠지지."

"죄송합니다, 의원님."

서재를 나서던 창욱이 뜬금없이 생트집을 잡았다. 창욱의 불호

령에 홍 여사는 마지못해 윤진을 품에서 떼어내곤 종종걸음으로 주방으로 향했다. 윤진은 그런 아버지가 미웠다.

"다녀왔습니다."

소파에서 일어나 창욱에게 인사를 한 윤진은 가방을 챙겨 들고 2층 자신의 방으로 올라가기 위해 걸음을 옮겼다.

"잠깐 거기 앉아봐라."

윤진은 마지못해 다시 자리에 앉았다.

"풀죽도 못 얻어먹은 놈처럼 왜 그리 기운이 하나도 없어?"

"좀 아파서요."

분명 들었을 텐데, 윤진의 건강 같은 건 안중에도 없는지 어디가 아프냐는 질문은 끝내 창욱의 입에서 나오지 않았다. 창욱은 신문을 펼쳐 들고 무심한 표정으로 기사를 읽어 내려갔다.

"1학기 마치고 미국으로 가라."

갑작스러운 창욱의 제안, 아니, 명령에 윤진은 잔뜩 미간을 구기고 창욱을 바라보았다. 그러나 창욱은 윤진에게 시선조차 두지 않고 있었다.

"싫어요."

"더는 안 되겠어. 차 회장네 아들놈이랑 맨날 붙어 다니더니 완전 비뚤어져서……."

"그전부터 이랬거든요?"

"이봐, 이봐. 아버지가 말하는데 말대답 꼬박꼬박하고. 그래서 내가 근본 없는 놈은 안 된다고 했잖니!"

한숨이 절로 나왔다. 윤진은 두 손으로 얼굴을 감싸며 나지막하게 숨을 뱉었다.

창욱의 사고방식은 한결같았다. 내 편이 아니면 나의 적. 아버지가 신욱을 못마땅해하는 이유는 단 하나였다. 신욱의 부친, 코어그룹 차 회장이 자신의 편이 아니기 때문에.

3선에 성공한 후 집권 여당 원내대표가 된 창욱은 야당에 호의적인 차 회장이 자신이 속한 여당을 지지하지 않는다는 이유로 그를 적으로 삼았다. 하지만 윤진의 눈엔 그런 아버지가 너무도 우습기만 했다. 당색을 논하기 이전에, 창욱에겐 애초부터 당색이란 것 자체가 없었기 때문이다.

창욱은 3선을 성공하는 동안 매번 새로운 정당을 몸을 담았다. 당장 지금 자신이 속한 당에 최선을 다할 뿐, 언제 또 마음이 변해서 탈당을 할지 모르는 분이었다. 그런 분이 당색을 논하다니, 지나가던 개가 들어도 웃을 일이다.

윤진은 창욱의 정치쇼에 이미 이골이 나 있었다. 3선에 성공하고 여당 원내대표 자리에 오른 창욱은 이미 그다음에 오를 곳을 준비하고 계셨다. 권력을 누릴 수 있는 자리, 사람들이 자신에게 머리를 조아리는 자리만을 보고 달릴 뿐이었다. 저러시다가도 언젠간 상황이 뒤바뀌면 차 회장 최고라고 하시고도 남을 분이었다.

"저 피곤해요. 올라갈게요."

"내가 다시 한 번 말하지만 그놈은 절대 안 돼! 하등 도움도 안 되는 놈이라고. 네가 어떤 아인데 그런 애한테 줘! 얌전히 있다가 전에 말했던 박 장관 둘째 아들과 결혼해라. 그게 내 딸로서의 네 의무야. 만약 너랑 차 회장네 아들놈이랑 사귄다는 얘기가 박 장관 귀에 들어갔다간 혼사가 틀어질 수 있으니 하루라도 빨리 정리하고. 젊어서 한때 마음 흔들리는 거, 그래, 그럴 수 있다. 거기까진 눈감아줄 테니 어서 정리해."

비약을 하자면, 정치가의 원대한 꿈을 품은 아버지에게 도움이 되는 집안으로 하나뿐인 딸을 팔아버리겠다는 말이었다. 아주 어렸을 적부터 세뇌했던 이야기라 새로울 것도 없는 이야기…….

"유학 준비할 테니까 그렇게 알아둬라."

"안 가요."

"너 이 자식이! 내가 몇 번을 얘기해야 알아들어? 너는……."

"아프다고요, 아파요! 아버지, 저 지금 너무 아프다고요!"

가만히 둬도 머리가 터져 나갈 지경인데, 지금 너무도 마음이 아프고 힘든데……. 자꾸만 사방에서 벼랑 끝으로 내몰아대는 통에 숨을 쉬기 버거웠다.

윤진은 이를 악물고 눈물을 삼켰다.

"웬 소란이야?"

그 순간, 때맞춰 외조부인 김 회장이 현관으로 들어섰다.

"아…… 장인어른 오셨어요? 그게 아니라……."

갑작스러운 김 회장의 등장에 놀란 창욱은 자리에서 벌떡 일어나 신문을 접고 두 손을 앞으로 가지런히 모았다. 그 모습에 윤진은 웃음이 났다. 강한 자에겐 한없이 약하고, 약한 자에겐 강한 창욱의 일면을 오늘도 여실히 보여주고 있었다.

"윤진이 어디 아프다고?"

"죄송해요, 할아버지. 먼저 올라갈게요."

윤진은 김 회장에게 고개 숙여 인사하고 2층으로 향하는 계단을 올랐다. 등 뒤에선 뭐 때문에 애한테 언성을 높였냐는 김 회장의 추궁과 설설 기며 별일 아니라는 창욱의 목소리가 들려왔다.

하지만 윤진은 더 이상 대화에 귀 기울이지 않았다.

방에 들어온 윤진은 그대로 침대에 쓰러져 손등으로 두 눈을 덮었다. 눈을 감아도 눈앞에 떠도는 그 사진들, 귀를 막아도 자꾸만 귀에 맴도는 혜민의 말도…… 점점 잠식당하는 기분이었다.

오직 차신욱 한 사람만 믿고 이겨내기엔 아직은 나약했다. 솔직히 말하자면, 흔들리기도 한다. 그 사람이 미치도록 좋은 것과는 별개로, 마음이 많이 지쳐 버렸다. 모두의 축복을 받으며 연애를 해도 헤어지는 마당에, 이렇게 사방에서 조여드니 당해낼 재간이 없었다. 지금 윤진에겐, 스물둘의 이 사랑이 조금은 힘들고 버거웠다.

어서 좀 더 멋진 어른이 되고 싶었다. 그 어떤 고통에도 무감해지고, 시련을 당당하게 이겨내며 아무것도 아니라는 듯 웃어넘기는 여유를 갖고 싶었다. 흔드는 대로 흔들리는 나약한 자신이 너무 한심하고 싫었다.

그때, 신욱에게서 전화가 걸려왔다. 도서관으로 가기로 해놓고 혜민과 그 사달이 벌어진 후 연락도 없이 곧장 집으로 와 벌써 수십 통의 전화가 걸려온 참이다. 다른 때였다면 망설이지도 않고 그의 전화를 받았겠지만, 지금은 그와 통화할 기운도 남아 있지 않았다. 아무것도 하고 싶지 않았다.

하지만…… 한편으론 그의 목소리가 듣고 싶었다. 투정을 부리고 싶었다. 나 지금 이만큼 힘들다고, 그러니 날 좀 안아달라 말하고 싶었다.

윤진은 결국 그의 목소리를 택했다.

"응, 오빠."

[무슨 일 있었어?]

어리광 부리고 싶었지만, 윤진은 애써 참았다. 비록 지금 상황은 최악이지만, 그에겐 성숙하게 굴고 싶어서였다.

"아니, 몸이 안 좋아서. 미안해."

[지금은 어때?]

"좀 괜찮아졌어."

[그럼…… 잠깐 나올래? 집 근처야.]

당장 달려가고 싶었지만, 이런 마음가짐으로 그를 마주 보고 싶지 않았다. 흔들리는 모습을 보여주기 싫었다. 그를 열렬하게 사랑하고 있다는 자신감이 다시 가득 찼을 때, 그때 그를 꽉 끌어안고 싶었다.

"내일 보면 안 될까?"

[……너, 무슨 일 있는 거지?]

무언가를 예감한 듯 낮게 깔린 그의 음성에 쿵 하고 가슴이 내려앉았다.

그래, 지금 내가 이러면 안 되지. 그 사람까지 불안하게 만들어선 안 돼.

윤진은 깊게 숨을 들이쉬며 일어섰다.

"아냐, 그런 거. 지금 나갈게. 조금만 기다리고 있어."

통화를 끝낸 윤진은 서둘러 옷장을 열었다. 그러곤 가장 예쁘고 좋은 옷을 찾았다. 오늘만큼은 그에게 가장 예쁘게 보이고 싶었다.

02 어긋난 마음

떨렸다. 다른 사람과 엄마를 만나러 가는 것도 처음 있는 일이고, 엄마에게 누군가를 소개하는 것도 처음이라서 좀처럼 마음이 진정되질 않았다. 신욱은 운전을 하는 내내 조수석에 앉아 손가락을 꼼지락대는 윤진을 힐끔거렸다. 오늘 유난히 예뻐 보이는 윤진 때문에 더더욱 마음이 설레었다.

"근데 우리 지금 어디 가는 건데?"

"우리 엄마한테."

"……지금?"

"응. 전에 말했잖아, 우리 엄마 만나자고."

순간 어두워지는 윤진의 표정에서 묘한 불안감이 찾아들었지만, 신욱은 애써 태연한 표정을 지으며 핸들을 꽉 움켜쥐었다.

"왜? 싫어?"

"아니, 싫은 게 아니라……. 나 아직 마음의 준비가 안 돼서."

"그런 거 필요 없어. 그냥 얼굴 보고 인사만 하는 건데, 뭐."

하루라도 빨리 윤진에게 엄마를 보여주고 싶었다. 마음이 급했다. 서두르고 싶었다. 이렇게라도 윤진에게 믿음을 주고 싶었다.

하지만 신욱은 다시 윤진의 표정을 살피는 것이 조금 두려웠다. 신욱은 전방을 주시한 채로 윤진의 자그만 손을 꽉 잡았다.

"소문…… 들어서 알고 있지? 우리 엄마…… 어떤 분인지."

윤진이 천천히 고개를 끄덕였다. 아까부터 윤진이 불안해 보였던 이유, 그 이유를 찾은 것 같았다. 신욱은 윤진의 손을 더욱더 꼭 잡아주며 속도를 높였다.

바다가 내려다보이는 전망 좋은 언덕 위에, 신욱의 엄마가 지내고 있는 요양병원이 자리 잡고 있었다. 밤이 되어 거칠게 불어오는 해풍에 윤진의 코끝이 금세 빨개졌고, 신욱은 재킷을 벗어 윤진의 어깨를 덮어주었다. 그러자 윤진은 옅게 웃으며 신욱의 팔을 꼭 끌어안았다. 오늘 뭔가 달라 보이는 윤진이 조금은 걱정스러웠지만, 석 달 만에 다시 만나게 될 엄마 생각에 벌써부터 마음이 설레기도 했다.

"어유, 오셨습니까. 연락도 없이 어쩐 일이세요?"

요양병원 안으로 들어서자마자 마주친 직원이 신욱을 반기며 단숨에 달려나왔다.

"어머니 뵈러 왔습니다."

"이쪽으로 오세요."

직원은 환한 미소를 지으며 친절하게 길잡이를 자처했다. 윤진의 두 눈에 두려움이 스쳤지만, 신욱은 긴장한 그녀를 안심시키려 계속해서 눈을 맞추었다.

직원의 발길이 멈춘 곳은 복도 가장 끝에 위치한 병실 앞. 직원이 똑똑 노크를 하자 간병인이 조심스레 문을 열고 나왔다.

"엄마, 저 왔어요."

신욱은 천천히 걸어 엄마가 누워 있는 침대로 다가갔다. 윤진은 신욱의 뒤에 바짝 붙어 걸었고, 신욱이 멈추자 윤진도 그 자리에 멈춰 섰다.

"인사해. 우리…… 엄마야."

고개를 돌려 윤진의 얼굴을 확인한 신욱은 가슴이 시큰거려 차마 말을 잇지 못했다. 최대한 아무렇지 않은 척 굴고 있었지만 저도 사람인지라…… 마음이 갈기갈기 찢긴 것처럼 아팠다.

"요즘 부쩍 발작하는 횟수가 많아져서…… 죄송합니다."

헝클어진 머리카락과 앙상하게 마른 몸……. 엄마의 두 손과 두 발은 침대에 묶여 있었고, 얼마나 심하게 몸부림을 친 건지 옷은 잔뜩 구겨져 있었다. 간병인이 냉큼 엄마에게 다가가 옷매무새와 머리카락을 정돈해 주었지만, 소리를 지르며 온몸을 비틀어대는 엄마를 당해내지 못하고 저만치 나가떨어졌다.

"오랜만에 아드님 오셨는데 이러시면 어떡해요, 사모님."

엄마는 3개월 전보다 상태가 더 좋지 못했다. 전보다 더 공격적인 눈빛으로 신욱을 노려보고 있었다.

"윤진아……."

윤진이 손을 바들바들 떨고 있었다. 잔뜩 겁에 질린 얼굴로 두 눈엔 눈물마저 그렁그렁 매단 채 숨도 쉬지 못하고 얼어붙었다.

사들고 온 주스 박스 손잡이가 생명 줄이라도 되는 양 있는 힘껏 움켜쥐어 손등의 피가 하얗게 번져 있었다.

"엄마, 이 친구는 서윤진이에요. ……제가 사랑하는 사람이고요."

격한 몸부림과 신경질적인 괴성만이 되돌아올 뿐, 대답은 건너오지 않았다. 윤진에게 더는 보여줄 자신이 없을 만큼 흉측한 모습에 신욱 역시 눈물이 치밀었지만 이를 악다물고 있는 힘껏 참았다.

"……나 먼저 나갈래."

결국 윤진이 병실 문을 박차고 나갔다. 신욱은 차마 윤진을 잡지 못했고, 터덜터덜 걸어 엄마에게 다가갔다. 그러자 엄마는 신욱을 죽일 듯이 노려보았고, 신욱이 손을 뻗자 더욱더 격렬히 저항하며 입술이 새파랗게 질리도록 악을 썼다.

"엄마…… 제발……"

엄마 앞에 결국 무릎을 꿇어버린 신욱은 더는 눈물을 참지 못했다. 뺨을 타고 흘러내린 눈물은 턱 아래로 하염없이 떨어졌다.

"이만 가봐요. 오늘 유독 사모님 상태가 안 좋아요. 여자친구도 많이 놀란 것 같은데."

눈물을 닦아내고 간신히 숨을 고른 신욱은 간병인에게 인사를 하고 병실을 빠져나왔다. 비틀거리며 복도를 걷고 있는 윤진의 모습이 눈에 들어왔고, 신욱은 한 손으로 벽을 짚은 채로 한동안 걸음을 옮기지 못했다.

간만에 곱게 단장을 한 엄마가 환히 웃으며 우리 아들 왔냐고 반겨주고, 함께 온 윤진에게 어색한 미소를 지으며 반갑다고 인사하면 윤진이 넉살 좋게 '어머니, 안녕하세요!' 하고 손을 잡는 상상은…… 그저 환상일 뿐이었던 것이다.

병원을 빠져나간 윤진은 신욱의 차에 잠시 등을 기대고 섰다가, 그 자리에 털썩 주저앉아 버렸다. 윤진의 뒤를 따르던 신욱이 달려와 윤진을 부축했다.

"……괜찮아?"

신욱의 물음에 윤진이 고개를 가로저었다.

"이게 뭐야……. 이걸 보여주려고 날 여기까지 데려온 거야?"

"윤진아……."

"널 남자로 대하는 네 이복동생으로도 부족했어? 도대체 어디까지 보여줄 건데!"

생각지도 못했던 윤진의 반응에 당황한 신욱은 머릿속이 하얘져 아무 말도 할 수가 없었다. 낯설었다. 이런 표정으로 말하는 거, 수도 없이 봐왔지만…… 이건 너무 아픈 말이었다. 다른 사람도 아닌 내 어머니를 그런 식으로 말하다니……. 신욱은 믿을 수가 없었다.

"너한테 내 모든 걸 보여주고 싶었어. 그렇게 해서라도 믿음을 주고 싶었다고."

"이런 게 날 더 불안하게 만들 거라곤 생각 안 해봤어? 미친 엄마까지 나한테 들이밀면 난 어쩌라고!"

다른 사람들이 엄마를 미쳤다고 말하는 거…… 잘 알지도 못하는 사람들이 함부로 지껄이는 말이니 신경 쓰지 않았다. 하지만…… 윤진의 입에서 나온 그 말은 전혀 예상치도 못했던 말이라 잘못 들은 건 아닌지, 좀처럼 믿을 수가 없었다.

"이건 아냐. 네가 아무리 서윤진이라도 그런 말은 안 돼. 더 이상 함부로 말하지 마."

"내가 지금 얼마나 힘든 줄 알아? 집에 가면 아버지가 오빠랑 헤어지라고 매일 닦달하고, 학교에 가면 차혜민이 내 속을 뒤집고……. 도대체 나보고 어디까지 견디란 거야, 어디까지!"

"힘든 거 알아. 어른들이 반대하는 건, 그건 우리도 어쩔 수 없는 어른들의 일이란 거 알잖아. 그리고 오늘은…… 내가 성급했어. 잘못 생각한 것 같다. 괜찮을 줄 알았어. 하지만 널 더 힘들게 하려고 엄마를 보여준 거 절대 아냐. 난 단지 너에게 확신을 주고 싶었어."

"오빠…… 나 너무 불안해. 오빠가 정말 좋은데, 이게 지금 좋다는 마음 하나로 지킬 수 없는 사이라서 불안해. 우린 아직 어리고, 아무 힘도 없잖아."

결국 윤진이 눈물을 쏟아냈다. 얼마나 마음고생이 심한지, 그동안 혼자서 마음 졸이고 힘겨워했던 것 모두 다 알기에 신욱은 다시 윤진을 품에 안고 다독였다.

"혜민이는 네 마음을 불편하게 만들겠지만 걘 절대로 너와 내 사일 흔들 수 없는 관계야. 신경 쓰지 마."

"그렇게만 말할 게 아니야. 오빤 늘 상관없다, 신경 쓰지 말라고만 하잖아."

"그게 사실인 걸 어떡해. 난 솔직히 네가 왜 그렇게 혜민이를 불편해하는지 이해가 안 될 때도 있어. 걘 내 동생이야. 그건 절대로 변하지 않을 거라고."

"오빠 부모님이 이혼이라도 하게 되면……."

"만에 하나 그렇게 된다 해도 상관없어. 법적으로 아무런 제재가 없다고 해도 혜민이는 절대 아니야. 너 정말 몰라? 내가 사랑하는 게 누군지?"

윤진이 고개를 저으며 눈을 맞췄다. 앞으로 우리의 관계가 더욱 강해질 때까지 가야 할 길이 아득하게만 느껴져서 더욱 불안해하는 것 같았다. 차라리 서른 즈음에 우리가 만나 사랑을 하게 되었더라면 이렇게까지 주변 상황에 흔들리진 않았을 텐데……

"아까 혜민이랑 휴대폰이 바뀌었을 때……"

윤진은 한참을 망설이다 남은 말을 삼키고 결국 고개를 떨구었다.

"계속 말해."

"아냐, 말 안 할래. 자존심 상해."

윤진이 일어나 차에 올랐고, 신욱도 긴 한숨을 뱉어내곤 운전석에 올랐다.

차창 밖으로 시선을 둔 윤진은 서울에 도착할 때까지 단 한 번도 신욱을 바라보지 않았다. 신욱 역시 서운한 마음에 윤진을 보지 않았다. 원래 말이 과한 아이란 걸 알고 있었지만, 이번만큼은 가슴에 깊은 생채기를 남기고 말았다. 말을 걸까 말까 수십 번도 더 망설였던 신욱은 결국 입을 굳게 다물어 버렸다.

밤새 한숨도 잠을 이루지 못한 신욱은 내내 책상 앞에 앉아 책과 씨름을 했다. 다른 생각을 할 겨를조차 주지 않으려 미친 듯이 책을 팠다.

"흐음."

뻐근한 어깨를 풀기 위해 머리 위로 두 팔을 뻗어 몸을 길게 늘인 신욱은 시계를 확인했다. 아침 8시.

마른세수를 하며 자리에서 일어난 신욱은 세수를 하기 위해 욕실로 향했다.

거울 앞에 선 신욱은 자신의 얼굴을 빤히 들여다보다가 문득 떠오른 윤진의 생각에 깊은 한숨을 내쉬었다. 마음이 무거웠다. 윤진을 이해해 보려고 수백, 수천 번도 더 입장을 바꿔 생각해 보았지만 어제는 분명 정도가 지나쳤다. 그런 식으로 말하는 건 참기 힘들었다. 상처가 될 거란 걸 알면서도 기어이 뱉은 그 말에 서운하고 화가 났다.

하지만 다시 한 번 차근히 생각해 보니 한 번 접어주고 좀 더 따뜻하게 달래줬더라면 윤진이 잘못을 인정하고 사과했을지도 모른다. 어떤 의미에서 그녀가 그런 말을 한 건지 알고 있다. 힘들고 지쳐서 막말을 뱉은 것이란 것도 안다. 그런 면에선 배려가 부족했다. 그녀가 얼마나 힘들어하고 있는지 뻔히 알면서도 속 좁게 굴었다. 지난 1년간 항상 같은 문제로 다투면서 느꼈던 건, 윤진은 그 상황의 그 다툼을 통해 굳이 뭔가 해결을 하려는 게 아니라 그저 위로를 받고 싶어 한다는 것이었다. 그걸 알고 있었으면서도 결국 상처만 주고받은 것이다. 윤진을 어떻게 다뤄야 하는지 세상 누구보다 잘 안다고 자신해 놓고, 또 바보처럼 헤매고 있었다.

욕실을 나선 신욱은 책상 위에 놓아둔 휴대전화를 집어 들고 액정화면 가득한 윤진의 사진을 보며 허탈하게 웃어버렸다.

그래, 잘못 꿴 단추를 풀고 다시 채우면 되지. 단추를 떼어내는 건 어리석은 짓이야. 분명 후회할 거야.

띵동.

신욱이 막 윤진에게 전화를 걸려던 그때, 초인종이 울렸다.

'혹시, 윤진이 온 건가?'

신욱은 서둘러 현관으로 달려가 문을 열었다. 그런데 그곳에 서 있는 건 윤진이 아니라 혜민이었다.

"오빠……."

"무슨 일이야?"

"잠깐 들어가도 돼?"

혜민의 눈은 퉁퉁 부어 있었고, 금방이라도 눈물을 쏟아낼 듯 위태로워 보였다. 신욱이 문을 반쯤 열어 옆으로 비켜서자 혜민이 집 안으로 들어왔다.

"저기 앉아. 차 줄까?"

현관문을 닫고 뒤따라 들어온 신욱은 주방 쪽으로 향했다. 따뜻한 차를 한 잔 준비하기 위해 보트에 물을 담던 그 순간, 혜민이 뒤에서 신욱의 허리를 끌어안자 깜짝 놀란 신욱이 돌아서며 혜민을 몸에서 떼어냈다.

"혜민아."

"오빠…… 나 학교 그만둬야 할까 봐."

혜민이 결국 눈물을 흘렸다. 혜민은 평소에 잘 우는 아이가 아니었다. 사춘기, 그 예민한 시기에 재혼한 부모님 때문에 심적으로 많이 힘들었을 텐데도 힘든 기색 한 번 없이 아버지와 자신에게 살갑게 굴던 아이다.

"갑자기 왜? 다른 걸 공부하고 싶어?"

"그게 아니라…… 학교에 가는 게 너무 두려워. 너무 힘들어."

신욱은 혜민을 식탁 의자에 앉히고 어깨를 다독여 주었다. 혜민은 신욱이 건넨 휴지로 두 눈을 꾹 누른 채 어깨를 들썩이며 서럽게 울었다.

"어째서?"

"다들…… 날 보면 수군거려."

혜민과 자신을 둘러싼 소문에 대해 알고 있었다. 출처를 알 수 없는 괴소문들이 점점 더 자극적으로 변하며 확대 재생산되어 이젠 기정사실화되어 가고 있단 것도 알고 있었다.

"미안해, 오빠. 나 때문에 오빠까지…… 사람들이 날 보고 뭐라 하든 난 상관없어. 단지 오빠가 너무 걱정돼서……."

"혜민아."

"윤진이가 화가 아주 많이 났어. 어제는 내 휴대폰을 집어 던지고……."

혜민은 더 이상 말을 잇지 못한 채 두 손으로 얼굴을 감싸고 엉엉 울었다. 신욱은 그저 혜민의 등을 다독여 주는 것밖에는 헤줄 수 있는 것이 없었다.

처음 혜민이 가족이 되기로 했을 때, 신욱은 아버지와 약속했다. 아버지가 많은 것을 포기하면서 선택했던 여자와의 결혼, 가업을 지키기 위한 그 선택을 존중하는 의미에서 기꺼이 돕겠다고. 혜민을 친동생처럼 아끼고 상처받지 않게 하는 것이 바로 그것이었다. 하지만 이제까지 제대로 해주지 못했었다. 자꾸 한 걸음 떨어져서 혜민을 지켜보고, 혜민의 마음을 의심했다.

"오빠……."

혜민이 신욱의 가슴에 얼굴을 묻었다. 하지만 신욱은 오늘도 혜민을 품에서 밀어내고 말았다. 너무도 미안한 일이지만, 윤진에게 당당하기 위해서, 그녀가 알지 못하는 순간에도 스스로 당당해지려면 어쩔 수가 없었다.

　품에서 떼어내자 혜민은 서러움 가득한 눈으로 신욱을 원망스
레 쳐다보았다. 신욱은 다시 휴지를 건네며 뒷머리를 다정히 쓰다
듬어 주었다.

　"그런 일이 있었는지 몰랐어. 윤진이 대신 내가 좋은 휴대폰 사
줄게. 그리고…… 앞으론 혼자 이렇게 불쑥 찾아오지 않았으면 좋
겠다. 네가 그렇게 무거워하는 그 소문들, 이런 사소한 것에서부
터 시작하는 거니까. 오빠 말 이해하지?"

　혜민은 대답 대신 눈물만 뚝뚝 떨궜다.

　"오빠, 나 프랑스로 떠나려고. 내 친아버지 계신 곳. 몇 년쯤 지
내다가 돌아오면…… 그땐 나 좀 봐주면 안 될까? 나 정말 안 되는
건가? 오빠랑은…… 정말 안 되는 거야?"

　혜민이 신욱의 팔을 움켜쥐었다. 마치 죽을힘을 다해 지푸라기
를 움켜쥐는 사람처럼 간절하게 말이다. 신욱은 고개를 저으며 옅
게 웃었다.

　"넌 내 동생이야. 넌 어떨지 몰라도 처음부터 지금까지 쭉 그랬
어. 얼마의 시간의 흐른다고 해도 달라지는 건 아무것도 없어. 아
무 일도 일어나지 않아."

　조금의 여지도 주지 않는 게 최선이라고 판단했다. 상처받겠지
만, 이 방법이 옳았다.

　"혜민아, 가서 세수하고 와. 아침 먹자."

　혜민은 마지못해 욕실로 향했고, 신욱은 주방으로 가 냉장고를
열었다. 하도 울어서 얼굴 꼴도 말이 아닌 애를 그냥 집으로 돌려
보낼 순 없었다. 그렇게까지 냉정진 못해서, 아침이라도 먹여

집에 돌려보낼 생각이었다. 신욱은 식빵과 계란을 꺼내고 냉동실에 넣어둔 베이컨도 챙겼다.

커피를 내리며 달군 프라이팬에 해동한 베이컨을 올리고 토스트기에 식빵을 넣었을 때쯤, 혜민이 젖은 얼굴로 곁에 다가와 식탁 앞에 얌전히 앉았다.

"주스 마실 거면 냉장고에서 꺼내고."

혜민은 여전히 뿌루퉁한 얼굴을 하고 냉장고에서 주스를 꺼내더니 컵에 따랐다.

"엄마야!"

주스 병을 손에서 놓친 혜민은 결국 바닥과 제 옷에 오렌지주스를 흠뻑 쏟고 말았다. 신욱은 행주로 바닥을 닦았고, 혜민은 주스를 뒤집어쓴 옷을 쥔 채 어쩔 줄을 몰라 했다.

"어떡하지?"

"네가 입을 만한 옷 찾아올 테니까 베이컨 안 타는지 보고 있어."

신욱은 고개를 저으며 옷장으로 향했다. 오래전에도 이런 날들이 있었다. 함께 식사를 차려 먹고 소소한 대화를 나누던, 그저 평범한 남매의 모습으로 지내던 그때.

다시 그때로 돌아갈 순 없는 걸까. 어디서부터 잘못된 거지. 왜 이렇게 꼬여 버린 거지.

신욱은 옷장에서 혜민이가 입을 만한 티셔츠를 찾으며 깊은 생각에 잠겼다.

❖

그래, 어젠 내가 너무했어.

마음은 그게 아니었는데 말이 지나쳤다. 그가 어머니를 소개해 준 이유가 무엇인지 잘 알면서…….

"휴우……. 나쁜 년. 서윤진 진짜 못된 년."

어른들의 반대는 둘이 함께 겪고 있는 일인데 그 사람에게 투정만 부리다니. 분명 그도 많이 힘들고 불안할 텐데 말이다.

어서 어른이 되고 싶단 생각뿐, 정말 어른스러운 행동을 하지 못했다. 그런 제 자신이 너무도 한심하고 부끄러웠다.

아침 일찍부터 신욱의 오피스텔을 찾은 윤진은 문 앞에서 한참을 망설였다. 혼자 사는 남자 집에 아가씨가 함부로 드나드는 거 보기 안 좋다고, 어른들이 아시면 싫어하실 거라며 늘 말리던 그. 갑자기 연락도 없이 집에 찾아오는 걸 별로 좋아하지 않았지만, 시간이 더 흐르기 전에 진심으로 사과하고 싶었다. 홍 여사에게 졸라 오빠가 좋아하는 밑반찬도 챙겨온 참이다.

오늘은 오후에 수업이 있으니 아직 자고 있을 것 같아, 윤진은 비밀번호를 누르고 조용히 집 안으로 들어갔다. 막 신발을 벗고 안으로 들어가려는데, 낯선 여자의 구두 한 켤레가 현관에 놓여 있었다.

'이 시각에 누구지?'

윤진은 고개를 갸웃거리다 문뜩 스친 생각에 조심스레 안으로 들어갔다. 주방 식탁 위에 찬합을 올려두고 늘 그가 잠들어 있는 소파로 향했다.

그런데 그곳엔…… 절대로 있어선 안 될 사람이 그의 곁에 함께 있었다.

윤진은 그 자리에서 멈춰 서고 말았다. 손끝이 바들바들 떨려 주먹을 움켜쥔 채 철렁 내려앉은 가슴을 다독였다. 빠르게 눈을 깜빡이며 지금 이 상황이 어떻게 된 것인지를 판단하고 이성적으로 이해하려 안간힘을 썼다.

하지만…… 그렇게 되질 않았다. 소파 구석에 옆으로 웅크린 채 누워 있는 신욱의 앞엔 신욱의 티셔츠 한 장만 걸친 혜민이 잠들어 있었다. 더 기가 막힌 건, 그 비좁은 소파에 몸을 포개고 누운 두 사람은 평화로운 얼굴로 잠에 빠져 있다는 것이었다.

설마…… 이래서 집에 연락 없이 찾아오지 말라 했던 걸까? 이렇게 두 사람이 특별한 시간을 보내는 동안 방해하지 말라고?

안 되겠다. 이대로 있다간 정말 나쁜 상상을 해버리고, 그걸 사실로 믿어버릴 것만 같아 더는 보고 있으면 안 될 것 같았다. 윤진은 자꾸 힘이 빠지려 하는 두 다리를 간신히 움직여 뒷걸음질쳤다. 그런데 그때, 하필이면 현관 옆에 놓인 화분에 부딪히고 말았다. 인기척에 먼저 눈을 뜬 신욱이 상체를 일으켜 뒤를 돌아보았고, 그 바람에 시선이 정면으로 딱 마주쳤다.

"윤진아."

"둘이…… 뭐 하는 거야?"

윤진의 말에 그는 의아하다는 듯 미간을 구겼고, 이내 손등으로 눈두덩을 비비며 주위를 둘러보았다. 그 무렵, 소란에 혜민 역시 잠에서 깼다. 혜민이 일어나자 그는 그제야 상황이 파악된 듯 당황한 표정으로 윤진을 바라보았다.

"아니, 난…… 잠깐 잠이 들었는데……. 어제 한숨도 잠을 못 자서……."

"……오지 마."

횡설수설하던 그가 소파에서 내려와 윤진에게 다가오려 했지만, 윤진은 고개를 저으며 뒷걸음질쳤다.

"윤진아, 오해야."

혜민이 말을 보탰다. 하지만…… 그런 표정으로 오해라고 말한다면 세상 그 누가 그 말을 믿어줄까. 윤진은 혜민의 눈에서 지금 이 상황을 무척 만족스러워하는 듯한 눈빛을 보고 말았다.

"재밌네, 두 사람."

"윤진아."

"차혜민이 당당하게 말하던 남다른 남매란 게, 이런 거였구나."

"나랑 차분히 얘기해."

"그럴 거 뭐 있어? 팩트가 내 눈앞에 있는데."

윤진은 식탁에 올려두었던 가방을 집어 들고 현관으로 향했다. 그러자 신욱이 달려와 윤진의 손목을 잡아 세웠다.

짝!

그와 동시에, 윤진은 신욱의 뺨을 아주 세게 후려쳤다. 윤진은 턱이 무너져라 이를 다문 채 신욱을 죽일 듯이 노려보았다. 배신감에 다리가 후들거렸다. 가슴이 시큰거렸다. 머릿속은 하얗게 질려 버렸고, 손발은 사정없이 떨렸다. 숨도 제대로 쉴 수 없었다. 숨을 쉴 때마다 가시를 삼킨 것처럼 폐가 찢어지는 듯한 고통이 찾아들었다.

"내 몸에 손대지 마. 더러워."

시시각각 무너지는 그의 표정을 바라보고 있자니, 그 말을 뱉어 낸 자신의 마음 또한 와르르 무너져 버렸다. 하지만 윤진은 멈추지 않았다.

"신경 쓰지 마? 아무것도 변하는 게 없어? ……정말 뻔뻔하다, 차신욱. 밤새 저년이랑 뒹굴어놓고, 그런 말을 어쩜 그렇게 눈도 깜빡 안 하고 나한테 할 수가 있어? 이 나쁜 새끼야!"

다시 한 번 뺨을 때리려는데, 신욱의 손에 막혔다. 윤진은 다른 손으로 그의 뺨을 쳤고, 움켜쥔 주먹으로 그의 가슴을 사정없이 두들겼다. 한참을 맞고 있던 신욱은 아랫입술을 꾹 깨물고 윤진의 두 팔을 세게 움켜쥐었다. 윤진은 거칠게 저항하며 발길질도 서슴지 않았다.

"이거 놔!"

"진정해. 진정하고 내 얘기부터 들으라고!"

"내가 지금 진정하게 생겼어?"

윤진은 신욱의 두 손을 떨쳐 내고 혜민에게 다가갔다. 잔뜩 겁에 질린 혜민의 머리채를 휘어잡은 윤진은 온 힘을 다해 혜민을 저만치 집어 던졌고, 혜민은 바닥에 털썩 주저앉아 고개를 떨구었다.

"내가 다음엔 널 가만두지 않을 거라고 말했지!"

윤진은 주방으로 성큼성큼 걸어가 홍 여사가 새벽부터 정성껏 싸 준 찬합을 꺼내 들었다. 순간, 울컥 눈물이 치밀었다. 이걸 들고 여기까지 오는 동안 무슨 말로 사과를 해야 하나, 어떻게 그의 마음을 풀어줘야 하나 수백 번도 더 고민했는데…… 그 모든 것들이 모두 부질없게 되어버려 너무도 허무하고 가슴이 미어졌다. 윤진은 입술을 꾹 다문 채 신욱에게 다가가 그에게 찬합을 통째로 집어 던졌다.

"그래! 설명해 봐, 어디! 당신 동생이 티셔츠 한 장에 팬티 바람으로 당신 품에 안겨서 자고 있었어! 오해한 거라고 말할 거야? 그럴 만한 상황이 있었다고, 어쩔 수 없이 그런 거라고 말할 거냐고!"

그는 커다란 손으로 이마를 감싸 쥔 채 가슴이 들썩이도록 숨을 고르고 있었다. 한참 동안 그는 말을 잇지 못했고, 윤진은 미쳐 버리기 일보 직전이었다.

"그래, 네가 오해한 거야. 그럴 만한 상황이 있었다고."

먼저 입을 연 건 혜민이었다.

"끼어들지 마! 닥치고 가만히 있어, 죽여 버리기 전에."

윤진의 경고에 혜민은 입술을 잘근잘근 깨물며 어찌할 바를 몰라 했다.

"말해봐. 말해봐, 차신욱. 이번에도 신경 쓰지 말라고, 아무것도 아니라고 말해보라고!"

그는 마치 원망스럽단 눈으로 윤진을 바라보았다. 가슴이 서늘해졌다. 온몸의 피가 빠져나가는 듯 한기가 돌았다. 윤진은 마른침을 삼키며 바르르 떨리는 입술에 힘을 주었다.

"넌 내가 무슨 말을 해도 믿지 않을 거야. 내 말을 들을 마음이 없으니까. 귀도 닫고, 눈도 닫고, 마음도 닫아버렸잖아. 네가 믿고 싶은 대로 이미 각색 끝냈잖아."

"그건 내가 판단해. 해명해 봐, 어디."

윤진과 신욱은 칼날처럼 서슬 퍼런 시선으로 서로를 바라보았다. 모든 것이 산산조각 나버릴 것 같은 위태로운 순간. 이미 돌이킬 수 없는 상황에 다다른 것이다.

"난 부끄러운 짓 한 적 없어."

"그럼 내가 본 건 뭔데?"

"그건…… 나도 잘 몰라. 소파에 누워서 잠깐 잠이 들었는데……."

비겁해…….

윤진은 코웃음을 쳤다. 머리가 깨질 듯 아파와 고개를 돌리고 눈을 질끈 감았다.

"진짜 역겹다……. 차신욱, 아주 바닥이네. 고마워, 이제라도 알게 해줘서."

초조하게 두 사람을 지켜보고 있던 혜민에게 다가간 윤진은 헝클어진 머리카락을 만져 주며 어깨를 톡톡 털어냈다.

"네가 이겼다. ……죽고 못 사는 네 오빠랑, 잘 먹고 잘살아봐."

혜민의 티셔츠 사이로 비치는 속옷을 보는 순간 다시 한 번 분노가 치밀었다. 왈칵 눈물이 쏟아질 것만 같아서, 윤진은 입술을 입안에 말아 넣은 채 크게 숨을 골랐다.

주위를 둘러보니, 그 잠깐의 시간 동안 그의 집은 엉망진창이 되어버렸다. 집어 던진 찬합에서 튀어나온 반찬들이 사방에 흩어졌고, 혜민을 밀쳐 넘어뜨리느라 테이블도 옆으로 밀려나 책이 바닥에 떨어져 있었다. 순간, 이곳을 난장판으로 만들어 버린 제 자신이 서글펐다. 다들 미안해 죽겠단 표정으로 날 바라보고, 나만 나쁜 년이 된 것 같아서 억울했다.

그리고 배신감. 다른 사람은 몰라도 차신욱만은 절대 그럴 사람이 아니라고 철석같이 믿어왔는데, 이런 식으로 되돌아오다니. 혜민이 혼자서 날뛰는 거라고만 생각했다. 지금 이 상황이 어떻게 된 건지 모르겠다던 그의 말이 사실이라고 하더라도, 윤진은 참을 수가 없었다. 분풀이에 눈이 멀어 이성적인 판단을 하지 못한 걸 수도 있다. 하지만…… 내 남자가, 저 좋다는 다른 여자랑 나란히 누워 있는데, 그것도 그의 옷을 입은 채 잠들어 있는데, 눈이 안 돌아갈 여자가 세상에 어디 있을까.

"날 때려서라도 네 화가 풀어진다면, 때려."

혜민이 헛소리를 지껄였다. 그냥 뒀으면 좋았을 텐데…… 기름을 들이부었다. 즉, 그 말은, 네가 화를 낼 만큼의 일을 저지른 게 맞으니 화를 받아주겠다는 뜻. 화가 풀어지는 게 아니라, 오해를 한 거라고 말했어야 했다. 화를 북돋는 혜민의 말에 윤진은 혜민을 노려보며 아주 가까이 다가섰다.

"지금 뭐라고 그랬어?"

"때리라…… 으윽!"

윤진은 혜민의 말이 끝나기가 무섭게 뺨을 때렸다. 연약한 혜민은 다시 한 번 바닥에 철푸덕 쓰러졌고, 그 순간 신욱이 혜민 앞에 막아섰다.

"비켜."

"그만해."

"뭘 그만해? 화 풀릴 때까지 때리라잖아!"

윤진이 신욱을 밀치며 다시 혜민의 뺨을 때리려던 그 순간, 신욱이 윤진의 손목을 잡아챘다.

"안 놔?"

"너 정말 이럴 거야!"

그가 소리쳤다. 내게 화를 냈다.

윤진은 믿을 수가 없었다. 혜민을 방어하는 그의 모습을, 자신에게 화를 내는 그의 모습이 너무도 낯설고…… 무서웠다.

"지금…… 뭐 하는 거야? 내 앞에서 둘이 뭐 하는 거냐고!"

"여기서 더 가면, 나 너 다신 안 봐."

어떻게 그런 말을……. 다른 사람도 아닌 차신욱이 어떻게 내게 그런 말을…….

내내 잘 참아왔던 눈물이 하필이면 그때 터져 버렸다. 윤진은 짜증스럽게 손등으로 눈물을 훔쳐 냈다.

"애 앞에서 오빠가 날…… 이렇게 대하면 안 되지……."

윤진은 입술을 꾹 깨물며 꺽꺽 차오르는 눈물을 삼켰다.

"나한테 이러면 안 되지!"

그가 긴 한숨을 내쉬며 시선을 맞췄다. 윤진은 후드득 떨어지는 눈물을 연신 닦아내며 그를 노려보았다. 그의 눈가에 맺힌 눈물이 가슴에 걸렸지만, 윤진은 눈을 질끈 감아버렸다.

"차신욱…… 이 나쁜 새끼야……. 너랑은…… 끝이야."

말을 잇기 힘겨울 만큼 목 끝까지 차오른 눈물……. 윤진은 뒷걸음질치며 집을 빠져나왔다. 입을 틀어막고 정신없이 달리다 맨바닥에 주저앉아 아이처럼 엉엉 울어버렸다. 그런 자신의 목소리를 듣고 흠칫 놀랄 정도로 소리 내어 한참을 울었다.

기억하는 한, 이렇게까지 목 놓아 울어보는 일은 처음이었다. 이렇게까지 가슴 찢어지게 마음이 아픈 일이 처음이었기에…….

누군가를 사랑해 본 게 처음이었다. 보고 싶고, 만지고 싶고, 안고 싶고, 입 맞추고 싶었던 유일한 사람. 처음으로 욕심이 났던 사람. 아득하게만 느껴지는 먼 미래지만, 그래도 그와 함께하길 꿈꿨다. 나처럼 못된 아이를 예쁘다, 사랑한다 말하며 품에 안아주던 그 사람을…… 결국 놓아버렸다.

그래서 아프다. 더는 자신이 없어서, 참고 이겨낼 용기가 없어서 그를 놓아버리곤, 모든 게 당신 잘못이라고 뒤집어씌운 후 내가 도망쳐 버리는 거라서…… 내가 너무 치사하고, 내가 너무 나빠서…… 아팠다. 그에게 미안한 만큼, 마음이 아팠다.

윤진은 결국 이렇게…… 그를 사랑할 자격을 잃었다.

"오빠, 괜찮아?"

아무 말도 들리지 않았다. 머릿속은 멍했고, 온통 윤진의 생각뿐이었다. 순식간에 벌어진 지금의 일들을 정리할 엄두도 나질 않았다. 그저 걱정스러웠다. 윤진이 지금 어디 있을지, 아까 너무 많이 울었는데…… 어디서 혼자 울고 있진 않을지 너무 걱정됐다. 하지만 다리가 움직이질 않았다. 두 다리가 바닥에 박혀 버린 것 같았다.

"어떻게 된 거야."

"오빠가 자길래, 나도 잠깐 옆에서 눈 붙인다는 게 그만…….'

긴 한숨. 그리고 무거운 침묵.

신욱은 눈을 감은 채 더 이상 말을 잇지 않았다.

간밤에 한숨도 자지 못해 잠시 소파에서 눈을 붙인다는 게 이 사달을 만들었다. 혜민이 옆에 와 누워 있을 줄 몰랐다. 가끔씩 혜민이 이런 난감한 상황을 만들어낸다는 걸 잠시 잊었던 것이다. 그래서 본가에도 잘 가지 않고, 혜민에겐 늘 신경을 곤두세우며 조심해 왔는데…….

애초에 집에 들이는 게 아니었다. 하필이면, 하는 변명은 정말 치사한 것이다. 윤진을 생각했더라면 더욱더 신경 써야 했다.

"혜민아, 다신 여기 오지 마."

"오빠…….'

"그리고…… 마주치지 않았으면 좋겠다."

"어떻게 그래? 우린 가족인데!"

신욱의 입술 새로 헛웃음이 새어 나왔다.

"……가족?"

이제 와 가족의 끈으로라도 묶으려 들다니, 신욱은 기가 막혔다.

"프랑스로 간다고 했지? 가능한 한 빨리 떠나줘. ……부모님껜 어디까지 얘기할지 생각해 볼 테니까."

"오빠!"

마지막 말에 놀란 혜민이 신욱의 팔을 붙잡았지만, 신욱은 혜민의 손을 털어내고 곧장 집을 나섰다. 오피스텔 건물을 빠져나와 근처 택시정류장에 달려갔으나 윤진의 흔적은 찾을 수가 없었다. 신욱은 혹시나 하는 마음에 허벅지 근육이 터져 나갈 정도로, 폐가 찢어질 정도로 정신없이 길 곳곳을 뛰어다녔지만 역시나 헛수고였다.

정말…… 이대로 끝내야 하는 건가.

아니, 절대로 그럴 수 없다. 더 이상 날 사랑하지 않기 때문에 헤어지는 것이라면 얼마든 보낼 수 있다. 하지만 이런 이유로, 이런 식으로, 말도 안 되는 오해로 인해 윤진을 보낼 수 없었다.

어긋나 버린 마음, 반드시 되돌릴 것이다. 할퀴어 찢겨진 마음, 되찾아올 것이다. 얼마의 노력이 걸리더라도, 얼마의 시간이 걸리더라도…….

허리를 숙인 채 거친 숨을 고르던 신욱은 턱이 부서질 듯 어금니를 꽉 깨문 채 마음을 다잡았다.

그러나…… 윤진은 신욱의 그런 다짐을 무색하게 만들었다.

정확히 나흘 후, 윤진은 미국으로 떠나 버렸다.

03 못된 남자, 더 못된 여자

5년 후.

호텔 내 한식당.

"회장님, 두 사람 지금 막 헤어졌다고 합니다."

신욱의 부친인 코어그룹 차동민 회장이 아들과 통화를 마친 후 윤진의 외조부인 김성회 회장에게 소식을 전했다.

"보나마나 윤진이 그 녀석 무례하게 굴었을 텐데, 차 회장이 이 해 좀 해주시게."

"아닙니다, 회장님. 신욱이가 잘 설득해 보겠다고 했으니 한 번 믿어보시죠."

"자, 그럼 이제 본격적으로 진행해 볼까요?"

김 회장의 선언에 자리에 참석한 신욱과 윤진의 양가 부모는 짐짓 평온한 미소를 지으며 고개를 끄덕였다.

윤진과 신욱의 결혼은, 차 회장의 코어그룹과 김 회장의 이든그룹의 만남으로 재계를 뒤흔들 것이다. 두 사람의 결혼이 결정됨과 동시에 두 그룹 간의 합작품인 세계 최대 규모의 호텔 복합 쇼핑몰 'E코어그랜드타워'도 세상에 공개되기 때문이다.

차 회장의 코어그룹은 쇼핑 유통계에선 적수가 없는 최고의 기업이었다. 백화점인 '더 그레이스', 대형마트인 '코어 스테이션', 운송계열사인 '코어 로지스틱스', 면세점인 '더 그레이스'와 '코어 홈쇼핑'을 모두 보유하고 있으며 매해 괄목할 만한 성장을 일궈내고 있어 성장의 끝을 가늠할 수 없을 정도라고 평가를 받고 있는 기업이었다. 거기에 차 회장의 아내인 임희수 이사장은 대대로 장학재단을 운영해 온 명문가 집안으로 현재 국제 구호기구를 운영 중이어서 기업의 이미지 또한 무척 좋았다. 뒤에선 가자 원치 않는 재혼이라는 둥, 부부라기보단 동지에 가깝다는 둥 수군대지만 이 부부는 개의치 않는 듯했다. 그 정도 위치에 있는 사람들이 사랑만을 쫓아 결혼을 한다는 게 더 이상한 일이니까.

한편, 김 회장이 세우고 윤진의 모친인 김나현 사장이 일으킨 이든그룹은 호텔 레저 사업의 선두주자다. 한국 경제 성장을 이야기할 때 김성회 회장을 빼곤 이야기가 안 된다는 말이 괜히 도는 것이 아니었다. 로열티를 지불하지 않는 순수 국내 자본으로 운영된 최초의 호텔을 세운 것이 바로 김 회장이었다. 현재는 그룹의 자본만으로 전 세계 17개의 특급호텔과 열네 곳의 리조트, 40여 개에 달하는 비즈니스호텔을 운영 중이었다.

4년 전, 김 회장이 건강상의 이유로 경영 일선에서 물러나 명예

회장 직을 단 후 현재 이든그룹의 실질적인 오너는 그의 하나뿐인 딸이자 윤진의 모친인 김나현 사장이었다. 이든그룹의 호텔 레저 계열사인 '호텔 이든'의 사장 직을 맡고 있으며 최고의 여성 경영가로 손꼽힌다.

"그럼 약혼식은 예물 교환으로 간소하게 넘어가고, 결혼식은 5월이 어떻습니까?"

"저흰 괜찮은데, 서 장관님은 괜찮으십니까? 그때쯤이면 총리로 임명되신 후일 것 같은데."

"하하하! 정말 운이 좋아서 그렇게 된다면, 대신 보는 눈이 많아지니 성대하게 결혼식을 올리긴 좀 어려울 것 같습니다만, 어떻게 될지 모르는 거 아니겠습니까? 우리 차 회장님, 아니, 우리 사돈어른께서 많이 도와주시면 또 모를까요. 하하하!"

윤진의 부친은 차기 총리로 거론되고 있는 서창욱 전 장관. 3선 국회의원을 지냈고 집권 여당의 원내대표를 지낸 서창욱 전 장관은 최근 총리 후보자로 지목되었으며 차기 대권주자로도 유력하다. 그를 지금의 자리에까지 올려준 건 장인인 김 회장이란 것은 모두가 알고 있었지만 입 밖으론 내지 않는 공공연한 사실이었다. 이제 여기에 차 회장의 입김까지 더해진다면, 윤진의 부친으로선 최상의 시나리오가 완성되는 것이다.

한땐 신욱의 부친이 차 회장이라서, 윤진의 부친이 서창욱이라서 양가에서 거품을 물고 반대를 해 억지로 찢어놓다시피 했는데…… 사람 일은 한 치 앞도 내다볼 수 없단 말이 맞는 모양이다. 이젠 이렇게도 서로가 간절하게 필요해졌으니 말이다.

이든그룹을 이끄는 내내 가족의 희생은 늘 반복되었다. 자신의 딸 김나현 사장 역시 제물이 되었으니까. 감정에 치우치지 말고 가업을 생각하라며 사지로 내몰았다. 차마, 네 인생을 찾아가도 괜찮다는 그 말을 끝내 허락할 수 없었다.

업계 일인자 간의 만남. 김 회장이 오랫동안 염원해 왔던 일이었다. 그 꿈을 이뤄준 건 다름 아닌 차신욱. 김 회장이 이 혼사를 실행에 옮기게 된 건 신욱의 제안 때문이었다.

3년 전 두툼한 서류 뭉치를 들고 와 당당하게 브리핑하던 신욱의 모습에 김 회장은 반해 버렸다. 호텔업계의 최강자인 이든그룹과 쇼핑 유통 업계의 일인자인 코어그룹의 만남이라니…… 김 회장은 상상만으로도 가슴이 벅찼다. 신욱의 제안은 너무도 매력적이라 거절할 생각조차 하지 못했다. 모든 걸 다 이뤘으니 이젠 죽어도 여한이 없다고 생각하던 순간, 죽기 딱 일주일 전에 완성되어도 좋으니 반드시 이루고픈 꿈이 된 것이다. 쇼핑 유통 라인과 호텔 사업의 합작으로 어마어마한 시너지 효과가 기대되었다. 정확한 수치로 산출하기 어려울 만큼 재계엔 상상치도 못할 어마어마한 파급력을 선보이게 될 것이다.

"오늘 이 자리에서 정하지 못한 사항들은 양가 비서실이랑 법무 팀에서 진행하도록 합시다. 재고 따지는 건 그 사람들이 더 똑부러지게 할 테니까. 생각나시는 대로 체크해 두셨다가 결혼 전까지만 해두면 되지 않겠소, 차 회장?"

"네, 회장님. 그렇게 하면 될 것 같습니다. 대부분 같은 의견이라 별도로 조율할 것도 없을 것 같고요."

양가의 부모가 한목소리로 원한 이 혼사의 조건은 단 하나. 앞으로 추진하게 될 합작 사업에 방해가 되는 일이 절대로 생기지 않도록, 적어도 합작 사업을 마무리할 때까진 양가에 추문이 없어야 한다는 것이다. 그것을 위해 두 집안은 최대한의 노력을 기울이기로 합의했다. 만약 불미스러운 추문이 생긴다면, 이미 많은 약점을 가진 두 집안이기에 돌이킬 수 없는 데미지가 될 것이다. 그렇기에 양가의 비밀스러운 사생활만큼은 그동안 철저히 단속했듯이 앞으로도 피나는 노력을 해서라도 지켜내기로 한 것이다.

"아이고, 두 녀석 결혼식 올릴 때까진 내 몸이 버텨줘야 할 텐데. 이렇게 될 줄 알았으면 둘이 한창 연애할 때 바로 식 올려 버렸으면 좋았잖아! 안 그런가?"

김 회장의 앓는 소리에 양가의 부친이 어색하게 미소 지으며 불편한 속내를 애써 감췄다.

"내 차 회장만 믿네. 자네랑 자네 아들이 우리 윤진이 많이 가르쳐야 할 거야."

"걱정 마십시오, 회장님. 최선을 다할 겁니다."

김 회장은 두 그룹의 합작 사업과 결혼에 때맞춰 윤진에게 자연스레 경영 승계를 할 작정이었다. 차신욱이라면 윤진을 도울 수 있는 충분한 능력과 자질을 갖추고 있다는 확신이 들었다. 거기다 둘은 한때 죽고 못 살던 사이. 그런 두 사람의 결혼이라면 전혀 나쁠 것이 없다는 판단을 했고, 조건이 전부인 정략결혼이 아니라 천만다행이라고 생각했다.

"그럼 이쯤에서 자리 정리하고. 조만간 안사돈들끼리 약속 잡아서 세세한 건 의논하시게."

김 회장의 말에 임 이사장과 김 사장이 가볍게 고개를 끄덕이곤 서로 눈인사를 나눴다. 마치 이 결혼과 전혀 상관없는 사람들처럼 한 발짝 떨어져서 대화를 지켜보기만 하던 것이 내심 마뜩찮았던 김 회장은 헛기침을 한 번 하곤 자리에서 일어섰다.

성난 걸음으로 집 안까지 밀고 들어온 윤진은 나현을 보자마자 뚜껑이 열려 화를 쏟아냈다. 하지만 늘 있었던 일인 양 나현은 태연한 얼굴로 차를 마시며 신문을 읽었다.

"엄마, 내 말 듣고 있어?"

나현은 대답 대신 고개만 끄덕였다. 윤진은 허무함에 깊은 한숨을 내쉬며 소파 등받이에 털썩 기대앉아 두 눈을 질끈 감았다.

"하긴, 내가 누구랑 결혼을 하든 말든 엄마는 관심도 없겠지."

늘 비어 있던 엄마의 자리. 기억하는 한, 나현의 품에 안겨 투정을 부려본 적도 잠이 든 적도 없었다. 남들이 네 엄마라고 하니까 엄마인 사람. 낳기만 했지, 단 한 번도 따뜻하게 안아준 적 없는 사람. 불현듯 마음에 서러움이 밀려왔다.

"내가 왜 네 결혼에 관심이 없다고 생각하는데?"

"……날 사랑하지 않으니까."

나현이 손에 쥐고 있던 찻잔을 내려두고 윤진을 바라보았다. 건조한 눈빛, 차가운 표정……. 가슴 한구석이 서늘해졌다.

어렸을 땐, 그저 회사 일이 바빠서 자신에게 무심한 거라고 생각했다. 자신까지 신경 쓸 겨를이 없었을 거라고. 마음속으론 미안해하고 있을지도 모른다고.

하지만 나이가 들수록 꼭 그래서만은 아닐 거란 생각이 들었다. 혹시…… 엄마에겐 내가 원치 않던 아이는 아니었을까, 사랑으로 품었던 아이가 아닌 건 아닐까 하는 생각…….

"네가 몇 살인데 아직까지 사랑타령이니?"

나현은 한심하단 눈으로 윤진을 바라보다 다시 신문으로 시선을 옮겼다. 윤진은 울컥 치밀어 오르는 눈물을 삼키며 소파에서 일어섰다. 그러곤 곧장 외조부인 김 회장이 있는 서재로 향했다. 창욱과 함께 얘기 중이란 걸 알고 있었지만 노크할 마음이 없었다.

"할아버지, 저 이 결혼 안 해요. 그 사람이랑은 절대 안 해요."

"서윤진. 지금 어른들 얘기 중인 거 안 보이니? 어디서 버릇없이!"

창욱의 제지에도 윤진은 아랑곳하지 않고 김 회장 곁으로 다가갔다.

"선 더 열심히 볼게요. 가서 깽판 안 쳐요. 착하게 굴게요. 우리 집 일에 더 도움되는 더 잘난 남자 만날게요. 그러니까……."

"이미 얘기 끝난 일이다."

"그 사람은 싫다구요!"

"네가 떼 부린다고 없던 일로 할 수 있는 일이 아니야. 그리고 너도 이제 어른이면 어른답게 굴어. 언제까지 이렇게 살래?"

"할아버지……."

"지금 네 엄마, 네 아빠, 나, 그리고 너한테 가장 도움이 되는 사람이 그 친구야. 다른 사람은 없어. 선택의 여지가 없다고. 그 사람 하나뿐이야. 더는 얘기하지 마라."

김 회장의 단호한 말에 윤진은 움켜쥔 주먹이 부들부들 떨렸다. 그 앞에서 만족스러운 미소를 짓고 있는 창욱의 모습을 보고 있자니 못 견디게 화가 치밀었다.

"그래도 그 사람이랑은 싫어요."

"네 나이 스물일곱이다. 다른 집 아이들은 네 나이에 다 임원 달고 회사 일 도왔어. 그러는 동안 넌 뭘 했니? 그만큼 놀고먹었으면 됐지, 이젠 네 몫을 해야 할 거 아니냐! 이 할애비 말이 틀렸니?"

한 달 전, 5년 만에 귀국을 하게 된 건 김 회장의 불호령 때문이었다. 부쩍 건강이 나빠지신 이유도 있지만, 일부 언론에서 떠드는 것처럼 본격적인 경영 승계를 위한 준비 작업일 수도 있으나 윤진에겐 아직 머나먼 일이라고 생각했다. 김 회장의 말처럼 미국에서 놀고먹기만 한 건 아니었다. 신욱을 잊기 위해 누구보다 열심히 공부에 매진하기도 했고, 미국 지사에서 인턴십도 착실히 하곤 했는데…… 자꾸 몰아붙이기만 하는 김 회장이 야속했다.

어떻게 생각하면, 다른 사람이 아닌 신욱이 나을지도 모른다. 솔직히 말하자면, 그 모진 말을 해놓고도 그가 그리웠으니까. 하지만 동시에 그만큼 간절히 잊고 싶었던 사람이었다. 날 너무 아프게 했고, 내가 너무 아프게 해서……. 이런 식의 재회가 반가울 리 만무하다. 아마 죽을 때까지 불편할 것이다.

이런 상황에서 그와의 결혼이라니. 이건 정말 말도 안 되는 일이었다. 그 사람의 얼굴을 더는 마주 볼 자신이 없었다.

"저 녀석이 할아버지 앞에서 버릇없이. 장인어른, 제가 데리고 나가서 따끔하게 혼을 내겠습니다. 죄송합니다."

창욱이 허리를 푹 숙여 사과하자 윤진은 기가 차서 웃음이 나올 지경이었다. 김 회장 앞에서는 무조건 복종하고 나 죽었소, 하는 창욱의 모습이 몸서리가 쳐지도록 싫었다.

"윤진아, 넌 내 손녀야. 이 할애비가 세상에 하나뿐인 내 핏줄을 설마 사람 같지도 않은 놈한테 짝을 지어주려 하겠니? 그런 할애비가 세상 어디 있다니? 만나보고, 얘기도 해보고, 얼굴이나 눈빛하며 할애비는 마음에 쏙 들더구나. 니들 한때 서로 좋아해서 만나다 틀어졌단 얘기도 다 들었다. 그래서 더 잘됐다 생각했지. 생판 모르는 놈보단 낫겠다 싶었고. 이 일에 대해서 더는 얘기 말았으면 좋겠구나. 소란 피우지 말고 나가봐라."

윤진은 결국 아버지의 손에 이끌려 김 회장의 서재를 빠져나왔다. 윤진은 입을 꾹 다문 채 거친 숨을 몰아쉬었다.

"나도 그 친구 만나봤는데, 뭐 나쁘진 않더라. 어른들이 하는 일에 괜히 끼어들지 말고 얌전히 굴어. 비서가 일정 잡아주는 대로 착실히 신부 수업받으면서 결혼 준비해."

나쁘진 않더라. 그 말이 윤진의 마음에 박혔다. 마음에 쏙 드는 사윗감을 딸을 주려면 못마땅해하는 게 보통의 딸 가진 아버지 마음이라던 어느 드라마 속 대사는, 그저 드라마 속 대사에 불과한 모양이다.

"근본이 엉망이라고 하셨잖아요. 차 회장네 아들놈이랑 어울려서 제가 못된 거라고, 헤어지라고 하셨잖아요!"

"이 녀석이 어디서 목소리를 높여!"

"아버진 그저 이 결혼을 통해 아버지가 얻을 수 있는 게 뭔지만 관심이 있으시죠? 아니, 이 집안사람들 다들 그런 마음이잖아요! 제 마음 같은 건 아무도 관심 없고, 그저 뭘 얻어낼 수 있는지 계산기만 두들기고 있잖아요! 그게 얼마나 역겨운지 알아요? 더럽고 치사하다고요!"

"그래도 이 녀석이!"

아버지의 손이 막 허공으로 올라가려던 순간, 김 회장의 서재 문이 열렸다.

"이게 무슨 소란이야!"

"장인어른……."

"서윤진. 너 할애비 눈 똑바로 보고 그 말 다시 한 번 해봐!"

단단히 화가 난 김 회장의 얼굴은 무섭게 굳어 있었다. 윤진은 고개를 떨군 채 눈물을 삼켰고, 이내 김 회장의 두툼한 손에 손목을 잡힌 채로 2층 방에 끌려 올라갔다.

"할아버지……."

윤진의 방 앞에 멈춰 선 김 회장이 윤진의 눈을 빤히 보았다. 화가 들어 찬 김 회장의 눈은 살기마저 내뿜는 것 같았다.

"역겨워? 더럽고 치사해? 정말 그렇게 생각하는 게냐? 고작 그렇게밖에 생각 못해?"

윤진이 대답하지 못하자, 방문을 박차고 들어간 김 회장이 눈에 보이는 대로 물건을 사정없이 바닥에 집어 던졌다.

"할아버지!"

말리려 다가갔지만 할아버지는 아랑곳하지 않고 윤진의 책상에서 가위까지 집어 들었다. 그러곤 한쪽 벽을 가득 채운 명품가방을 죄다 끌어내 갈기갈기 찢기 시작했다. 그러고도 분이 풀리지 않는 건지 옷장을 열어 옷들을 꺼내 방 한가운데 쏟아놓았다.

"아줌마! 가서 라이터 가져와요!"

"할아버지!"

"이거 죄다 불 싸지르고 이놈 짐 다 빼서 갖다 버려!"

도대체 어디서 저런 힘이 솟는 건지 신기할 정도였다. 김 회장은 거기서 멈추지 않았다. 윤진의 방을 나서서 성큼성큼 계단을 내려간 김 회장은 결국 집을 나섰고, 윤진은 불길한 마음에 김 회장의 뒤를 따라갔다. 아니나 다를까, 차고에서 커다란 망치를 찾아 들고 윤진의 차를 사정없이 때려 부수기 시작한 김 회장을 발견하곤 윤진은 결국 두 손으로 얼굴을 감싸 버렸다.

"회장님!"

"장인어른!"

뒤늦게 따라 나온 수행비서와 아버지가 바짓가랑이를 붙들고 매달렸지만 망치질을 멈추지 않았다.

"장인어른, 제가 다 잘못했습니다. 제가 타이르겠습니다! 제발 고정하세요! 서윤진, 당장 무릎 꿇지 않고 뭐 해!"

"회장님! 이러다 혈압 올라 쓰러지십니다!"

윤진은 입술을 꾹 깨물고 김 회장 앞에 다가가 무릎을 꿇었다. 그러자 김 회장이 들고 있던 망치를 저만치 던져 두고 윤진의 앞에 우뚝 섰다.

"네가 가진 것들, 네가 누리는 것들이 어디서 나온 것인지 잊지 마라. 네가 하찮게 여기는 것들을 이루기 위해 난 내 청춘과 열정을 모두 바쳤고, 네 엄마도 그랬다. 네가 감히 함부로 폄하할 수 없어."

"……잘못했습니다."

"내일부터 출근해. 미국에서 들어온 지 한 달이 넘도록 먹고 놀았으면 많이 봐준 거다. 카드 다 내놓고, 월급으로 살아. 네 엄마도 바닥부터 시작했다."

윤진을 남겨두고 김 회장이 걸음을 옮겼다. 윤진은 잠시 잊고 있었다. 김 회장은 한 번 한다면 하는 분이란 것을. 그리고 자신에게 그 불같은 성격을 물려주신 분이란 것을.

한참 동안 그렇게 멍하니 있었지만, 집안사람 그 누구도 윤진을 데리러 와주지 않았다. 장을 보고 돌아오던 홍 여사가 윤진을 발견하지 못했더라면, 아마 그 자리에서 밤을 지새웠을 것이다.

신욱은 차 회장의 연락을 받고 본가로 향했다. 일주일에 토요일 단 하루, 의무적으로 들르곤 하는 본가는 사람 사는 곳이 맞나 싶을 정도로 여전히 생기라곤 찾아볼 수 없었다.

차 회장과 임 이사장의 공간은 철저히 독립되어 있었다. 오다가다 마주치지 않는 최선의 동선으로 짜여져 있었고, 이젠 그것이 일상이 된 듯 이 집 사람 어느 누구도 불편해하지 않는다. 신욱 역시 마찬가지였다. 임 이사장에겐 가볍게 인사만 하고 곧장 차 회장이 있는 집무실로 향했다.

"저 왔어요, 아버지."

집에서도 손에서 일을 놓지 못하고 있던 차 회장이 신욱의 기척에 자리에서 일어섰다.

"이쪽으로 앉아라."

신욱과 차 회장은 미리 가져다 놓은 찻잔을 사이에 두고 마주 앉았다.

"그래, 그 아인 잘 만났니?"

신욱은 문득 얼음물을 퍼붓고 뺨을 때리던 윤진의 표정이 떠올라 저도 모르게 웃음이 났다.

"녀석, 그 아이 생각만 해도 절로 웃음이 나나 보지? 그렇게 좋아하면서 왜 헤어지고 이제 와 뒷북이야?"

헤어졌던 이유. 헤어질 수밖에 없었던 오해들. 신욱은 일을 크게 만들고 싶지 않아 혜민과 얽혀 있는 이야기를 차 회장에게 솔직히 말하지 않았다. 차 회장이 어떤 마음으로, 어떤 것을 포기하면서까지 임 이사장과 결혼을 했는지 누구보다 잘 알기에 신욱은 솔직할 수 없었다.

"그땐…… 우린 둘 다 너무 어렸어요."

용기가 부족했고, 마음은 나약했으며, 결국 시련에 흔들렸다. 두 손 두 발 들고 끝나 버린 사랑은 그렇게 지고 말았다.

"내 아들 아니랄까 봐. 참…… 그런 것까지 닮을 줄이야."

사랑하는 사람을 잃었던 건 차 회장도 마찬가지였다. 그때의 아버지는 예전의 자신처럼 어리고 나약했다고 한다. 오직 사랑 하나만을 보고 선택한 결혼. 꿈꾸던 가정을 일구고 행복을 누리던 시간은 그리 길게 가지 못했다.

신욱의 친모를 향한 집안사람들의 핍박과 고통으로 신욱의 친모는 시든 꽃처럼 점점 말라갔고, 차 회장은 그런 아내를 지켜내기 위해 강해지려 죽을힘을 다해 노력했다고 한다. 하지만 차 회장은 결국 아내를 놓아주었다. 놓아주어야만 했고, 놓아줄 수밖에 없었다.

집안의 반대로 외면해야 했던 아내. 평생도록 잘 먹고 잘살게 해줄 거라던 어른들의 말을 순진하게 믿어버린 죄로, 신욱의 친모는 평생 그렇게 고통 속에서 살다가 1년 전 쓸쓸히 세상을 떠나고

야 말았다. 아버진 사랑했던 아내와 생이별한 이후, 늘 죄책감에 사로잡혀 고통스러워하셨다.

오직 그룹을 위해 선택할 수밖에 없었던 임 이사장과의 결혼. 결과적으로 보자면 당시 신욱의 친모와의 사이를 가른 어른들의 선택이 옳았다. 날이 갈수록 사업은 승승장구했고, 업계 최고의 자리에 올라섰다.

가업을 위한 희생. 이젠 그 길을 신욱이 걷게 되었다. 그래도 다행인 건, 그 상대가 윤진이라는 것. 상대가 윤진이기에 신욱에겐 지금의 이 길이 희생이 아니라 행운이었다.

신욱은 윤진을 떠나보낸 후로 늘 생각했다. 어떻게 하면 다시 윤진을 자신의 곁에 둘 수 있을까. 그 어느 누구에게도 빼앗기지 않고, 그 누구도 반대하지 않을 방법. 긴 고민 끝에 신욱은 그 묘안을 만들어냈다.

세계 최고로 꼽히는 호텔 체인을 보유 중인 이든그룹과 쇼핑 유통 최강자인 코어그룹이 손을 잡는 것. 양가에서 마다할 이유가 없었다. 각자의 이해관계가 적당히 얽혀 있으니 어렵지 않게 진행되었다. 윤진을 향한 신욱의 진심을 어느 정도 알고 있는 차 회장은 신욱을 지지했고, 오래전의 두 사람 관계를 이미 알고 있던 김 회장을 설득하는 일도 수월하게 진행되었다. 물론 양가에선 윤진과 신욱의 결혼보단 합작 사업에 더 매력을 느꼈을 것이다.

이제 남은 건 서윤진의 마음. 상황이 이렇게 된 이상, 윤진은 절대 이 결혼을 깨지 못할 것이다. 하지만 신욱에겐 그것이 중요한 게 아니었다. 윤진이 다시 진심으로 자신을 사랑하길 바랐다. 전처럼, 아니, 전보다 훨씬 더 많이 사랑해 주길, 내게 사랑을 갈구

하길…….

"그 아이가 '호텔 이든' 이사라고?"

"대주주에 사외이사기는 한데, 정식으로 경영 수업을 시작하진 않았고 미국에서 지낼 때 인턴 생활한 게 전부입니다."

"결혼하고 나면 본격적으로 경영 승계를 할 모양이던데, 앞으로 네가 많이 도와야겠구나."

"그래야죠. 아마 앞으로 일적으로 마주칠 일 많을 겁니다."

"그렇게 하다가 정 들면 그것도 괜찮겠네."

차 회장의 말에 옅은 미소를 지은 신욱이 손에 쥐고 있던 찻잔을 입가로 가져갔다. 지금쯤 화가 나 반쯤 미쳐 있을 윤진의 표정이 무척이나 궁금했다.

백화점, 대형마트, 운송, 면세점, 홈쇼핑에 이르는 코어그룹의 전반적인 경영을 총괄하는 브레인타워에는 각 계열사의 임원급 간부들과 경영기획, 경영관리 등과 관련된 사무 부서들이 위치해 있다.

그중 가장 높은 곳에 위치한 신욱의 사무실. 오전 7시 30분, 신욱의 이른 출근길엔 늘 두 명의 수행비서와 두 명의 부장급 수행원이 함께한다. 신욱의 이름 앞에 붙는 타이틀은 코어그룹 경영기획본부 부사장과 코어 홀딩스 부사장, 더 그레이스 부사장까지 총 세 개. 스물다섯에 입사해 그다음 해 부장급으로 승진해 임원이 되었고, 입사 4년 만에 부사장으로 초고속 승진을 했으며, 현재 임원단 중 최연소이다.

이를 두고 지나친 족벌경영이라며 손가락질하지만 신욱은 개의치 않는다. 과분한 자리인 건 사실이지만, 그에 걸맞게 노력하고 있다고 자신하기 때문이다. 밤낮 가리지 않고 죽을힘을 다해 여기까지 올라왔다. 외부에선 어떻게 평가절하할지 몰라도, 곁에서 신욱을 지켜본 사람들은 알고 있었다. 그래서 그가 앉은 그 자리를 당연하다 말하는 것이다.

신욱의 자리 위엔 오늘도 결재 서류가 한 뼘 넘게 쌓여 있었다. 신욱은 슈트 재킷을 벗으며 의자에 앉았다.

똑똑.

"네."

자리에 앉기가 무섭게 비서실장이 손에 서류를 한 움큼 쥐고 들어왔다.

"약혼 축하드립니다, 부사장님."

무뚝뚝한 얼굴로 축하 인사를 건넨 비서실장이 오늘 하루 스케줄이 적힌 종이를 내밀며 따뜻한 물이 담긴 컵을 건넸다.

"벌써 소문났어요?"

"소문뿐이겠습니까? 기사도 나갔습니다."

비서실장이 태블릿 PC를 내밀며 언론에 공개된 약혼 기사를 보여줬다. '노블레스 오블리제를 몸소 실천한 이든그룹과 코어그룹의 간소한 약혼식'이라는 낯간지러운 부제 아래, 이 두 기업이 약혼을 기념하여 공동 장학후원재단을 설립했다는 내용이 담겨 있었다.

물 한 컵을 끝까지 다 마신 신욱은 손등으로 입술을 닦으며 다시 서류를 읽었다.

"홍보실 일 열심히 하네. 회식이라도 해야겠어요."

"비서실이 더 열심히 합니다. 삼십 분 뒤에 바로 출발하셔야 되는데."

"알겠어요. 얼른 결재할게요."

시계를 확인한 신욱은 서둘러 결재할 서류들을 훑어보았다. 오늘은 백화점 '더 그레이스'의 수도권 여섯 개 지점을 순회하는 날. 마음이 급했다.

"'E코어그랜드타워' 호텔 이든 쪽은 이번 주 안으로 기획안 끝낸답니다."

"우리 쪽 기획안은 얼마나 완성됐어요?"

"80% 정도? 그쪽보단 조금 빠르죠. 양사 기획안 초안이 완성되는 대로 미팅이 진행될 겁니다."

"서윤진도 팀에 포함되는 거죠?"

"네. 아마 오늘부터 출근했을 겁니다."

신욱은 만족스러운 미소를 지으며 마지막 결재 서류를 펼쳤다.

"그때 알아보라고 했던 건……."

"아, 서윤진 씨 측근을 찾아봤는데 이재하라는 분과 가장 접촉이 많았습니다. 거의 매일 만나는 것 같더군요."

사인을 마치고 펜을 닫은 신욱이 미간을 구겼다. 이재하라면, 코어그룹 법무실장인 이홍준 부사장의 아들이자 윤진과는 미국에서 지내는 동안 부쩍 가까워진 친구 사이. 한 달 전 윤진이 귀국하자 이재하도 뒤따라 귀국했단 소식에 언짢았던 참이다.

"오늘 저녁에 서윤진이랑 약속 잡아줘요, 공식적으로."

김 회장의 귀에까지 그 약속 사실이 알려져 절대로 취소할 수 없도록, 윤진이 반드시 약속 장소에 나오게 만들 명분이 필요했다. 신욱의 의중을 알아차린 비서실장이 신욱이 건넨 결재서류 더미를 건네받고 집무실을 빠져나가자, 신욱은 입가에 미소를 지으며 책상 위에 놓인 윤진의 사진을 바라보았다.

오늘 네 손에 반드시 약혼반지를 끼울 거야. ……기대해.

주변의 여자들을 단숨에 압도하는 옷차림과 정성껏 손질한 머리칼, 공들여 한 화장, 오늘도 윤진은 완벽했다. 거기에 들고 다니는 가방과 구두 모두 곧장 화보 촬영을 해도 손색이 없을 만큼 빈틈이 없었다.

오래전, 외모를 꾸미는 데 너무 많이 공들이는 걸 신욱이 못마땅해하자 윤진이 그런 말을 한 적이 있었다. 이예 신경을 끄면 껐지, 대충은 없다고. 누군가에게 초라해 보이고 싶지 않은 마지막 자존심이라며, 나름 철저한 자기관리라고 말했었다.

"할 말 있으면 빨리 해."

아직 감상이 끝나지도 않았는데, 윤진은 자리에 앉자마자 제 할 말부터 하고 온몸으로 냉기를 풀풀 뿜어내며 입술을 꾹 다문 채 신욱을 빤히 보았다. 가만 보니 하루 사이에 기가 죽은 것 같았고, 조금은 지쳐 보이기도 했다. 보나마나 격렬하게 반항을 하다 어른들과 마찰이 있었을 것이다. 저 성격에 그냥 넘어갈 리가 없지.

"……힘들어?"

윤진은 대답하지 않았다. 그때, 미리 주문해 둔 음료가 테이블 위에 놓였다. 몸서리쳐질 만큼 시고 떫은 걸 좋아하는 윤진이 가장 좋아하는 패션후르츠 주스. 주스가 담긴 컵을 바라보던 윤진이 피식 웃더니 눈썹을 치켜세우며 신욱을 보았다.

"가지가지 한다."

그걸 아직도 기억하고 있냐며 감동받은 눈빛으로 바라봐 줄 거라곤 애초에 기대도 하지 않았다. 그렇다고 저렇게 대놓고 못마땅한 표정을 지으면……. 신욱은 허탈함에 입이 썼다.

"시간 끌지 말고, 용건이 뭐기에 할아버지까지 움직인 건데?"

"그래야 네가 이렇게 내 앞에서 얌전히 굴잖아."

한숨을 내쉬던 윤진이 창밖으로 시선을 던진 채 입술을 꾹꾹 깨물었다. 신욱은 옆자리 의자 위에 두었던 작은 종이백을 윤진에게 건넸다.

"약혼반지. 이건 내가 직접 주고 싶어서."

어쩐 일로 윤진이 순순히 종이백을 건네받곤 안에 담긴 주얼리 케이스를 꺼내 열었다. 그 안에는 신욱이 직접 주문 제작한 세상에 하나뿐인 다이아몬드 반지가 담겨 있었고, 그것을 확인한 윤진은 도로 케이스를 닫았다. 신욱은 초조한 마음에 마른침을 삼키며 차분히 숨을 골랐다.

혹시 마음에 안 드는 걸까? 윤진이 가장 좋아하는 주얼리 브랜드 디자이너에게 특별히 부탁한 것인데…….

"직접 골랐어?"

"아니, 직원이 사왔어."

솔직하게 말해주고 싶지 않은 못된 마음.

순간 일그러진 윤진의 표정을 보며 신욱은 이를 꾹 다물었다.

"안목이 형편없네. 고작 이런 게 나한테 어울린다고 생각한 건가?"

감흥 없는 얼굴로 왼손 약지에 반지를 끼우고 이리저리 살펴던 윤진이 이내 반지를 쑥 빼더니 주스 잔에 반지를 넣어버렸다. 그러곤 저 멀리 서 있던 직원에게 손짓했다.

"이거 버려줘요."

"네?"

"버려달라고요. 그 안에 더러운 게 들어가서."

"아, 네……."

마지못해 직원이 음료 잔을 들고 돌아서자, 신욱이 일어나 직원의 손에 들린 잔을 되찾아왔다. 자극하려 작정하고 하는 짓이란 걸 알기에 어떻게든 참아보려 했지만 더는 참아줄 수가 없었다.

"뭐 하는 짓이야?"

"왜 발끈하는데? 당신이 고른 것도 아니고, 내가 마음에 안 들어서 그러는 건데, 왜? 뭐, 잘못됐어?"

"서윤진."

윤진의 얼굴이 싸늘하게 굳었다.

"내가 마지못해 결국 이 결혼을 하게 된다 해도…… 딱 거기까지야. 아무것도 기대하지 마."

자리를 박차고 일어난 윤진이 가방을 집어 들자, 신욱은 고개를 저으며 자리에 앉았다.

"내가 너한테 뭔가 기대하고 있는 것 같아 보여? ……꿈이 크네."

신욱의 말에 윤진은 걸음을 옮기지 못했다.

"우린 정략혼 그 이상도 그 이하도 아니야. 다시 시작하게 될 거

란 내 말에 뭔가를 기대했다면, 사과할게. 전혀 그런 뜻이 아니었
는데."

신욱이 옅은 미소를 지으며 윤진을 올려다보자 자그만 주먹을
힘껏 움켜쥔 채 바들바들 떨고 있던 윤진이 턱이 부서져라 어금니
를 꽉 다물었다.

"못됐다……. 정말 못됐어."

윤진이 어이가 없다는 듯 헛웃음을 터뜨리자 신욱이 어깨를 으
쓱였다.

"……그래, 어디 한번 해보자."

윤진은 컵에 담긴 주스를 벌컥벌컥 들이켰고, 컵이 바닥을 드러
내자 그 안에서 찰랑이던 반지를 꺼냈다. 그러곤 여봐란 듯이 왼
손 약지에 반지를 끼우고 얼음물도 한 잔 깨끗이 비웠다.

"대신 한 가지만 확실하게 대답해. 이 결혼, 차혜민한테는 허락
받은 거야?"

제대로 허를 찔렸다. 어떻게…… 눈도 깜짝하지 않고 저리도 무
덤덤한 표정으로 아무렇지 않다는 듯 말할 수 있는 거지?

"당신이 대답 못하겠다면, 차 회장님한테 직접 들을게. 아니다.
이사장님한테 듣는 게 더 나으려나?"

다시 보니 윤진은 전혀 기가 죽지 않았고 기운이 빠지지도 않았
다. 오히려 더 못되고, 더 나빠졌다.

신욱은 허탈하게 웃으며 등받이에 털썩 등을 기대앉았다. 한 방
제대로 먹고 말았다. 유유히 사라지는 윤진의 뒷모습을 바라보며
신욱은 고개를 절레절레 흔들었다.

04 악수(惡手)

윤진의 걸음이 멈춘 곳은 코어그룹 회장실 앞.

차 회장이 아직 퇴근 전이란 소식에 곧장 이곳으로 달려온 참이다. 비서의 안내를 받아 회장실 바로 앞에 도착한 윤진은 유리창에 비친 제 모습을 슥 보곤 옷매무새를 가다듬었다. 머리카락을 오른쪽 어깨로 모아 늘어뜨리던 윤진의 눈에 반짝거리는 약혼반지가 들어왔고, 윤진은 입안 쪽 연한 살을 꾹 깨물며 헝클어진 마음을 누그러뜨렸다. 머리가 터져 나갈 듯 여러 가지 생각들이 교차했지만, 윤진은 태연하려 애썼다.

"이쪽으로 오시죠."

이내 천장까지 닿은 커다란 문이 열렸다. 윤진이 안으로 들어서자, 의자에서 일어선 중년의 신사가 환한 미소를 지으며 다가왔고, 윤진 역시 입가에 미소를 얹었다.

"안녕하십니까, 회장님."

"어서 와요."

허리를 숙여 공손히 인사하자 차 회장이 먼저 손을 내밀었다.

"우리가 이렇게 만나네. 하하."

"바쁘신데 제가 불쑥 찾아뵙겠다고 해서 죄송합니다."

"안 그래도 윤진 양이 몹시 궁금하던 참이었어요. 앉아요."

차 회장과 대각선 방향으로 보고 앉은 윤진은 천천히 회장실을 둘러보았다. 반듯하고 정갈한 느낌의 차 회장과 꼭 닮은 이 집무실은, 엔틱한 취향의 이든그룹 김 회장 집무실과 분위기가 확연히 달랐다.

"말을 편하게 해도 될까요? 곧 한 식구가 될 텐데."

"말씀 낮추세요."

비서가 차를 준비해 주는 사이, 윤진은 어떻게 말을 꺼내면 좋을지 생각하고 있었다. 홧김에 일단 여기까지 밀고 들어오긴 했는데, 막상 차 회장과 얼굴을 마주 보고 있으니 마음에 갈등이 생겼다. 이러다 정말 일을 크게 벌이는 건 아닐까 싶은 걱정, 동시에 혜민을 생각하면 가슴 깊은 곳에서부터 치미는 분노. 어떻게 해서든 대가를 치르게 하고 싶은데, 그러기엔 작전조차 제대로 짜지 못해 마음이 심란했다.

"아까 날 만나러 와도 되겠냐는 연락을 받고 그 이유가 궁금했었는데, 가만 생각해 보니 당연한 거더라고. 윤진 양이 기특한 생각을 했어. 약혼 기사까지 나갔는데 난 아직 예비 며느리 얼굴 한 번 못 봤으니까."

"저도 그냥 회장님을 한 번 뵙고 싶었어요."

"전부터 신욱이 통해서 이야기는 많이 들었는데. 이렇게 가까이에서 보니 더 예쁘네?"

"감사합니다."

"웃으니까 좀 더 예쁘고."

간신히 미소를 짓고 있던 윤진은 예상치 못했던 차 회장의 칭찬에 얼굴을 붉히고 말았다. 차 회장은 그런 윤진을 보며 연신 흐뭇한 미소를 지었다.

"많이…… 당황했지?"

그 말이 무슨 뜻인지, 굳이 설명하지 않아도 무엇을 말하는 건지 알 수 있었다. 윤진이 고개를 끄덕이자 차 회장은 긴 한숨을 내쉬며 손끝으로 이마를 긁적였다.

"돌고 돌아서 여기까지 오긴 했는데……. 두 사람, 그때 왜 헤어진 건지 물어봐도 될까?"

"차신욱 씨가 얘기 안 하던가요?"

"자세히는 얘길 안 해주더라고. 그땐 너무 어렸었다는 말밖엔. 이렇게까지 앞뒤 재지 않고 밀어붙이는 거 보면 제법 안달이 난 것 같은데……."

그는 결국 말하지 못한 모양이다. 하긴, 너무 어려서라는 그의 말이 맞긴 하다. 그땐 우리 둘 다 어렸고 철이 없었다. 화를 내고, 몰아세우고, 다그치는 것으로 일을 해결하려 들었다.

"내 입으로 이런 말 좀 그렇지만, 신욱이가 이 결혼 성사시키려고 노력 많이 했어. 그래서 난 그 이유가 무척 궁금하고."

"저희…… 자주 다퉜어요. 그 사람을 짝사랑하던 여자가 있었거든요. 그 여자가 신경 쓰이고, 너무 미워서 제가 투정도 많이 부리고 상처가 되는 말도 많이 했고요."

"신욱이 놈이 여지를 준 건가?"

"고의는 아니었겠지만, 여지를 주긴 했죠. 무척 가까운 사이였거든요."

"흐음. 그런 일이 있었군. 그렇다면 윤진 양이 좀 더 애태워도 되겠어."

차 회장의 표정이 짐짓 심각해졌다. 윤진은 좀 더 이야기를 꺼낼까 갈등했지만, 이쯤에서 접기로 하고 아주 작게 숨을 몰아쉬었다.

"하지만 이젠 그런 걱정 안 해도 될 거야. 지난 5년간 단 한 번도 여자를 가까이하지 않았거든."

"……그랬어요?"

"윤진 양이랑 결국 그렇게 되고, 당시에 정혼했던 집안과도 깨끗이 정리했지. 한눈팔지 않고 지금까지 일만 했어. 그건 내가 보증해."

차 회장의 적극적인 아들 홍보에 윤진이 결국 웃고 말았다. 그는 아버지를 닮은 듯했다. 차 회장의 모습에서 다정하고 배려 넘치던 예전의 그의 모습을 보는 것 같아 마음 한구석이 시큰거렸다.

"두 사람, 앞으로가 더 중요하겠네."

"그렇죠. 앞으로가 더 중요한 거겠죠."

어떻게 하면 좋을까……. 앞으로 어떻게 해야 하지?

정말 이대로 그와 결혼을 해야 하는 건가?

이런 마음을 가지고 어떻게 얼굴을 마주 보고 살지?

호기롭게 회장실을 밀고 들어올 때까지만 해도, 이렇게까지 고민이 더욱 깊어질 줄은 몰랐다. 아무래도 이 수(手)는 악수(惡手)인 듯싶었다.

"아! 혜민이랑 대학 동기라고 했던 것 같은데."

"네, 같은 과였어요. 혜민이는 요즘…… 어떻게 지내요?"

윤진의 물음에 차 회장은 의미를 알 수 없는 묘한 미소를 지으며 찻잔을 입술로 가져갔다. 윤진은 대답을 기다리며 잠시 숨을 멈췄다.

"5년 전에 제 친아버지가 있는 프랑스로 떠났어. 그리고 그다음 해에 ……아이를 낳았지."

"아이…… 요?"

"한동안 마음 못 잡더니 결국 제대로 사고를 쳤더군. 이런 얘기…… 다 우리 집 흠이라 숨기고 싶은 것들이지만, 윤진 양은 곧 우리 식구가 될 테니까 미리 말해주는 거야."

전혀 예상하지 못했던 혜민의 소식. 윤진은 뭐라 설명할 수 없는 기분이 들어 쉽게 말을 잇지 못했다. 분명한 건, 썩 유쾌하진 않다는 것이었다.

차 회장은 휴대전화의 사진첩을 뒤적이더니 혜민과 혜민의 아이가 함께 찍은 사진을 보여줬다. 혜민의 아이는 하얀 피부에 다갈색 눈동자를 가진, 혼혈아였다.

"뭐, 그래도 지금은 마음잡고 아이랑 둘이 잘 지내고 있어. 제 엄마랑은 자주 연락을 주고받는 모양인데, 친아버지가 하는 일을 돕고 있다나 봐. EST라고, 유럽에선 꽤 유명한 건축설계팀인데, 윤진 양도 아나?"

"네. 마이애미에 있는 저희 리조트 설계를 그쪽에서 했단 얘기

들은 적 있어요."

"하아……. 상황이 이렇다 보니, 내가 신욱이한테 기대하는 바가 커. 그렇다고 윤진 양이 너무 부담 갖진 말고. 그 녀석이 알아서 할 거니까."

윤진은 고개를 끄덕이며 찻잔을 손에 쥐었다. 감추고픈 은밀한 비밀은 누군가에겐 매력적인 이야깃거리. 그것을 숨기기 급급한 이 세계에서 코어그룹이 안고 있는 약점들은 사람들이 물어뜯기에 딱 좋은 소재들이었다. 물론 코어그룹의 이야기만은 아니다. 윤진의 집안 역시 만만치 않은 이야깃거리를 가지고 있으니까.

그때, 노크와 동시에 문이 열리며 비서가 들어왔다.

"회장님, 시간이……."

비서는 난처한 표정을 지었고, 윤진은 들고 있던 잔을 내려놓으며 가방을 챙겨 일어섰다.

"선약이 있으신 줄 모르고 제가 시간을 너무 오래 빼앗았네요. 이만 일어나겠습니다."

"그래, 앞으로 얼굴 볼 일도 많아질 텐데 우린 다음에 또 만나면 되니까. 그래도 이렇게 먼저 날 찾아와 줘서, 참 고맙네."

차 회장은 윤진의 손을 잡고 어깨를 톡톡 다독여 주었다. 그리고 따스한 시선으로 바라보며 내내 지어 보이던 미소로 아쉬움을 표했다.

"또 봐. 조심히 들어가고."

윤진은 차 회장에게 공손히 인사를 하고 회장실을 나섰다. 긴 복도를 걷는 내내 긴장을 풀지 못하고 있던 윤진은 엘리베이터에 타자마자 긴 한숨을 내쉬며 벽에 기대섰다.

괜히 나대서 일을 복잡하게 만든 것 같다. 분명 여길 찾아오는 동안에는 이런 마음으로 온 게 아니었는데…….

고작 직원이 사다 준 반지를 전해주자고 외할아버지 귀에까지 들어가도록 요란한 약속을 잡은 차신욱이 너무도 밉고 짜증이 났다. 마치, '나 아직도 이만큼이나 너에 대해 기억하고 있어.' 라고 과시하듯 준비해 둔 음료수도 꼴 뵈기 싫었고, 정략혼 그 이상도 그 이하도 아니라고 말하는 모습도 한 대 쥐어박고 싶을 만큼 얄미웠다. 그래서 차혜민 이야기까지 꺼낸 것이다. 이 결혼 차혜민한테 허락은 받은 거냐고 비아냥거렸다. 그거로도 속이 후련해지질 않아 여기까지 온 것이다.

그런데…… 결국 마음만 복잡해졌다. 자신을 진심으로 반겨주신 차 회장 때문에 불순한 의도로 이곳을 찾은 제 자신이 너무도 한심하게 느껴졌다.

정말 철없다. 나잇값도 못하고 이게 뭐 하는 짓이야, 서윤진. 그냥 일찍 집에 가서 잠이나 잘걸…….

띵동.

막 차에 오르려는데, 재킷 주머니에 넣어두었던 휴대전화에서 메시지가 도착했음을 알려왔다.

「술 사줘.」

발신인 이재하.

차라리 잘됐다. 술 한잔 마시면 잠이 더 잘 올 테니까.

윤진은 재하에게 전화를 걸며 운전석에 올랐다.

시끄러운 음악, 정신없는 조명, 파도처럼 술렁이는 사람들.

정신이 쏙 빠지게 소란스러운 클럽에서 그나마 조용한 대화가 가능한 곳에 자리를 잡은 윤진과 재하는, 만나자마자 서로 경쟁이라도 하듯 빠른 속도로 잔을 비웠다.

"그러지 말고 그냥 나랑 결혼하자니까?"

"그 얘기 우리 외할아버지 앞에서 그대로 할 자신 있어?"

"흐음…… 그건 좀 어렵겠네."

재하의 대답에 윤진은 허탈하게 웃으며 스트레이트 잔에 독한 술을 가득 채웠다.

재하는 5년 전 미국에 가자마자 사귄 친구다. 김 회장은 윤진이 낯선 나라에 가서 마음 못 잡고 방황할까 봐 미국에서 유학 중이던 법무실장의 아들인 재하에게 윤진과 친구가 되라고 하셨고, 그렇게 둘은 친구가 되었다. 가장 힘든 시기를 보냈던 윤진에게 재하는 큰 위로가 되어주었고, 미국 생활에 적응할 수 있게 많은 도움을 준 고마운 친구였다. 한 달 전, 한국으로 돌아오게 되었을 때도 재하는 망설임 없이 미국 생활을 정리하고 함께 와줬다. 때론 자신을 가엾게 여겨 다정히 챙겨주기도 하고, 남들이 쉽게 하지 못하는 직언을 서슴없이 하기도 해 윤진은 어려운 결정을 내리거나 곤란한 일이 생기면 재하에게 많이 의지하곤 했다.

"솔직히 말해봐. 다시 만나니까 기분이 어떻든?"

"……기분?"

전과 다른 그의 모습에 가슴이 시큰거렸고, 예상치 못한 결혼 얘기에 화가 났고, 그와 시선이 닿을 때마다 두근대는 마음이 한심했고, 그에게 함부로 쏟아냈던 말들이 떠올라 미안했고…… 헤어지던 그 순간이 눈앞에 아른거려 속이 뒤틀렸다. 한마디의 말로 쉽게 단정 지을 수 없는 복잡한 감정이 소용돌이치며 마음을 쑥대 밭으로 만들어 버렸다.

"좀…… 슬펐어."

"왜?"

"기쁘지 않았으니까, 그거 슬픈 거 아닌가? 아프고, 속상하고, 열받고 그런 거 다 뒤섞여서…… 그냥 슬펐어."

가장 화가 났던 건, 아무렇지 않은 듯 굴고 싶었는데 결국 그 사람에게 감정을 고스란히 들켜 버린 것. 그게 너무도 자존심이 상했다.

"나쁜 새끼. 이제 와서 너한테 그러는 이유가 대체 뭐야? 있을 때 지켰어야지, 멍청한 놈. 한심하기 짝이 없다!"

재하가 갑자기 큰 소리로 말하자 주변에서 힐끔거렸다. 윤진은 재하의 팔을 꽉 잡으며 눈치를 줬다.

"조용히 말해. 사람들이 다 쳐다보잖아."

"다 들으라고 그래! 코어그룹의 잘나신 차신욱 부사장 정신 차리라고 전해주면 더 좋지! 이제 와서 결혼하자는 게 말이 되냐? 무릎 꿇고 빌어도 시원찮을 판에 어떻게 제멋대로 어른들 움직여서 결혼을 하재? 이렇게 마구잡이로 밀어붙인다고 될 일이냐고, 재수 없는 새끼."

재하는 작정이라도 하는 것처럼 목에 핏대까지 세우며 더 크게 말했다. 절로 미간이 구겨졌다.

"야. 그만해."

입술로 가져가던 재하의 술잔을 빼앗은 윤진은 이를 악물며 화를 삭였다. 그러자 그 모습을 지켜보던 재하가 눈썹을 씰룩이며 윤진의 손 쪽으로 눈짓을 했다. 잔을 쥐고 있는 윤진의 손이 부들

부들 떨리고 있었다. 놀란 윤진이 잽싸게 잔을 내려놓고 아무 일 없던 것처럼 자신의 잔을 비웠다.

"너도 정신 차려."

"내가 뭘."

"내가 그놈 욕 하니까 기분 나빠지고 어쩔 줄 몰라 하면서. 눈 있음 거울이나 보고 와."

윤진은 못 들은 척 계속해서 독한 술을 입안에 털어 넣었다.

"둘이 딱이네. 잘 만났어, 아주. 답답하고, 한심하고, 모자라고, 못됐고."

하나도 틀린 게 없는 재하의 말에 어이가 없어서 윤진이 피식 웃어버렸다.

"웃음이 나오냐?"

윤진은 재하의 잔을 제자리에 돌려주며 잔을 가득 채웠다. 가볍게 잔을 부딪쳐 건배를 나눈 윤진은 고개를 젖히며 잔을 비우고 그대로 한참 동안 천장을 올려다보았다.

5년 전, 그에게 이별을 고한 후 그의 집을 나와 한참 동안 길을 헤맸다. 내 전부였던 세상을 단숨에 잃어버린 상실감에 길을 잡지 못한 채 울면서 걷고 또 걸었다.

이 세상에서 유일하게 내가 기댈 수 있었던 사람. 날 예쁘다 말해주고, 날 사랑한다 말해주던 사람. 내 곁에 있는 것만으로도 든든했고 의지가 됐던 사람. 내가 그리던 미래의 그림엔 항상 그의 자리가 있었고, 그가 없는 미래는 상상만 해봐도 너무 겁이 나고 막연했다. 그것은 생존의 문제였다. 그의 빈자리가 아쉬운 정도가 아니라, 앞으로 어떻게 살아가야 할지 막막할 정도였다.

정말 이렇게 끝내는 것이 옳은 건지, 수천 수만 번을 거듭해서 생각해 보았다. 그러나…… 산산조각 나버린 그에 대한 믿음을 움켜쥔 채 그를 마주 볼 자신이 없었다. 늘 의심할 테고, 나쁜 생각만 들 테고, 결국 서로를 못살게 굴고 힘들게 하는 건 불 보듯 뻔한 일. 함께하면서 서로 고통스러울 바엔, 그냥 나 혼자서 힘든 게 낫다고 생각했다. 내가 아프고 힘든 만큼 그 역시 아프고 힘들 테니, 억울할 일은 없을 거라고도 생각했다.

당장에라도 숨이 끊어질 것처럼 아프고 고통스러웠던 마음도, 참 신기하게 그리 오래가지 않았다. 처음 몇 달은 그 사람 생각에 술과 눈물, 원망으로 시간을 흘려보냈고, 그 후 몇 달은 마치 죽어가는 사람에게 인공호흡기를 달아주듯 그와 함께한 좋았던 시간들만 떠올라 버틸 수 있었다. 그러다 차츰차츰 그 사람을 생각하는 시간이 줄어들었고, 횟수도 줄어들었다.

그렇게 잊어갔다. 아니, 솔직히 말하자면 잊진 않았다. 추억과 기억을 꽁꽁 싸서 마음 깊숙한 곳에 묻어버렸다. 2년, 3년…… 결국엔 떠올리지 않으려 안간힘을 쓰지 않아도 될 만큼 평온해졌다. 그렇게 긴 시간에 걸쳐 윤진은 그와의 이별을 온전히 받아들였다.

그 후로도 문득, 아무런 예고도 없이 불쑥불쑥 그가 그리워질 때도 있었지만 견딜 만했다. 그 정도의 그리움쯤은 쉽게 참을 수 있었다.

"근데 말야. 그날 네가 봤던 거, 아니, 차신욱과 차혜민의 관계를 네가 몽땅 오해한 거라면…… 그 남자 무척이나 억울했겠다."

다시 평소의 모습으로 돌아온 재하가 술잔을 비우며 별로 듣고 싶지 않은 말을 툭 던졌다.

"왜 설명하지 않았을까?"

"내가 기회를 주지 않았거든."

"기회를 주지 않았다면 만들어서라도 했어야지. 그래서 내가 멍청하다고……. 알았어, 알았어."

윤진이 노려보자 수그러든 재하는 윤진의 빈 잔을 가득 채워주고 제 잔도 욕심껏 채웠다.

"이제 와 그게 다 무슨 소용이야."

"너도 참 비겁하다."

"내가?"

"만약 정말로 네가 전부 오해한 거라고 인정해 버리면, 그땐 정말로 네가 나쁜 사람이 돼버릴까 봐 겁내고 피하는 거 아냐? 용기가 없는 건 그때나 지금이나 다를 바가 없네. 적어도 설명할 기회를 줬어야지."

재하의 말에 정곡을 찔린 윤진이 옅게 웃으며 잔을 만지작거렸다.

"이제라도 들어봐야 하지 않을까? 그 사람의 말. 그땐 차혜민과의 일뿐 아니라 모든 게 널 힘들게 했잖아. 그래서 판단력이 흐려진 거겠지. 그 사람을 사랑하는 것과는 별개로 당장 그 상황을 벗어나고 싶었을 테니까."

막 술잔을 입술로 가져가려는데, 재하가 잔을 빼앗아 제 입에 털어 넣었다.

"이젠 솔직해져도 되잖아? 곧 결혼도 할 사이면서."

그렇게 말처럼 간단히 정리할 수도 있겠지만, 윤진은 그렇게 마음을 먹고 싶지 않았다. 당시의 그는 윤진에게 믿음을 주지 못했고, 윤진은 결국 흔들렸다. 그게 전부다. 재하의 말대로 용기가 없었기에 그의 말은 들으려고도 하지 않은 채 곧장 떠나 버렸다.

"인정할 건 인정해. 그때나 지금이나, 너 되게 비겁해."

"그래. 나 비겁하고 치사하다. 그래서 뭘 어쩌라고."

내 편을 들어주기는커녕, 옳은 말만 따박따박 해대는 재하 때문에 짜증이 났지만 자포자기하는 심정으로 인정하고 나니 순간 웃음이 터져 버렸다.

"어쩌긴 뭘 어째. 공식적으로 비겁하고 치사한 서윤진 되는 거지. 야, 나 먼저 간다. 너 카드 다 빼앗겼다고 소문났더라. 계산은 내가 해줄게."

"어휴, 저 웬수."

눈치 빠른 재하가 잽싸게 일어나 손을 흔들며 사라졌다. 그 모습을 지켜보던 윤진의 입가에 서서히 미소가 걸렸다.

이든그룹 호텔 레저 계열사 '호텔 이든'의 신사업부.

3년 전 코어그룹과의 합작 사업이 가닥을 잡으면서 만들어진 신사업부는 윤진과 신욱의 약혼 발표와 동시에 사업이 확정되면서 무척이나 바빠졌다.

이곳으로 출근 일주일째인 윤진은 업무 파악에 한창이었다. 미국 지사에서 인턴 생활을 하며 호텔 업무를 간신히 익혔는데, 다시 새로운 업무에 적응을 하려니 머릿속에 과부하가 걸린 듯했지만 윤진은 내색하지 않았다.

그룹 총수의 외손녀이자 김나현 사장의 하나뿐인 딸, 언젠가 경영 승계를 받게 될 윤진의 등장이 직원들 사이에선 화젯거리였고, 자연스레 윤진에게 관심이 쏠렸다. 윤진은 그들의 부담스러운 시선과 따가운 눈총을 동시에 받으며 아무렇지 않은 척 꼿꼿하게 굴었지만, 내심 두려웠다. 그들의 기대에 부응할 수 있을지, 잘해낼 수 있을지 걱정스러웠다.

"서윤진 씨, 잠깐 들어와요."

신사업부를 총괄하고 있는 심 전무의 호출. 윤진은 아무도 듣지 못하게 작은 한숨을 내쉬며 그의 사무실로 들어갔다.

"앉아서 차 한잔해요."

"괜찮습니다."

"긴장해서 얼굴이 하얗게 질렸는데 괜찮긴. 얼른 앉아요."

윤진은 그제야 한숨 돌리고 심 전무와 마주 앉았다.

심 전무와는 아주 어렸을 적부터 안면이 있어 임원들 중 윤진에겐 가장 편안한 상대였다. 위에서 특별 지시가 있었는지는 모르겠지만, 다른 직원들이 보지 못하는 곳에서 티 나지 않게 많은 것들을 배려해 주고 있었다.

"마시면서 얘기 들어요. 이거 우리 부서에서 담당하는 'E코어 그랜드타워' 기획안 초고예요. 이따 읽어보고 오후에 있을 전체 미팅 때 참석하세요."

심 전무가 건넨 건 신사업부 전 직원이 지난 몇 주간 야근에 철야를 반복하며 완성한 기획안 초고였다.

"제가요?"

"지금은 출근 일주일차 신입이지만, 언젠간 우리 '호텔 이든'을 대표하는 분이 되실 거니까. 다들 윤진 씨의 첫 등장을 기대하고 있어요."

오늘 오후에 있을 전체 미팅이라면, 코어그룹과 이든그룹의 공식적인 첫 번째 회의. 양사 실무진들과 임원들이 대거 참석할 예정인지라 윤진은 눈앞이 깜깜해졌다.

"부담 가질 거 없어요. 오늘은 그냥 참석만 하면 되니까. 지금은 그 자리에 등장하는 것만으로도 충분합니다. 코어그룹과의 이번 합작 사업이 잘되면 많은 걸 배우시게 될 겁니다. 최선을 다해주세요."

"네, 전무님."

그룹을 위해, 가업을 위해 산다는 건 윤진에겐 아주 익숙한 일이었다. 어렸을 적부터 제대로 세뇌를 당한지라 다른 생각은 해본 적도 없었다. 모두의 예상대로, 모두의 계획대로 흘러가고 있었다. 그것들이 한편으론 걱정도 되지만, 다른 한편으론 기대가 되기도 했다.

첫 번째 전체회의는 코어그룹에서 진행되었다. 윤진은 나현과 함께 맨 앞에 서서 코어그룹 본사에 첫발을 디뎠고, 그 뒤로 임원급 실무진들과 수행비서들이 줄지어 따랐다. 윤진은 허리에 곧게 펴고 어깨에 힘을 주었다. 보이지 않는 기 싸움에서 밀리지 않으려 당당하게 걸었다.

마중 나온 코어그룹 측의 인솔로 대회의장으로 향하던 중, 나현이 갑자기 뒤를 돌아보며 윤진을 찾았다.

"긴장되니?"

"조금요."

"그런 모습은 절대 보여선 안 돼."

나현의 단호한 그 말에 윤진은 말없이 고개를 끄덕였다. 잘할 수 있을 거라고 다독여 줄 거란 기대는 애초부터 없었던지라 서운 하지도 않았다. 입술을 꾹 다문 채 부지런히 걷던 윤진은 회의장 문이 열림과 동시에 정신없이 날뛰는 가슴 때문에 마른침을 몇 번 이나 삼켜야 했다.

대회의장 안에는 이미 코어그룹 측 실무진들과 임원들이 자리 를 잡고 앉아 있었다. 나현의 등장과 동시에 길죽한 직사각형 회 의석에 둘러앉아 있던 사람들이 동시에 일어나 나현의 일행을 반 겼고, 그 광경은 소름 돋을 만큼 압도적이었다.

"어서 오세요."

가장 상석에 자리 잡은 신욱이 나현에게 정중히 허리를 숙이며 악수를 청했다. 윤진은 그 모습을 지켜보며 회의석 뒤편에 마련된 간이 좌석에 앉았다.

"착석하시는 대로 전체회의를 시작하겠습니다."

사회를 맡은 직원의 말에 다들 자신의 자리를 찾아 일사불란하 게 움직였고, 모두 자리를 잡자 신욱이 일어나 재킷의 앞섶을 여 미며 허리를 숙였다.

"인사부터 드리겠습니다. 저는 이든그룹과 코어그룹의 합작 사 업 'E코어그랜드타워' 총괄책임자, 차신욱입니다."

윤진을 제외하고 이 자리에서 가장 젊은 사람이 신욱이었다. 그 것도 가장 높은 자리에 앉아 회의장 분위기를 압도하고 있었다.

신욱의 인사말이 끝나기가 무섭게 사방에서 묵직한 박수가 터져 나왔고, 윤진도 마지못해 박수를 쳤다.

"당분간은 양측 회사의 전담 부서에서 일을 진행하고 공조하겠지만, 일의 효율성을 위해 조만간 통합사업팀을 발족시킬 예정입니다. 불편하시더라도 그때까지만 양해 부탁드립니다."

그는 가볍게 목례를 하며 자리에 앉았고, 다시 한 번 박수가 이어졌다.

"그럼 회의를 진행하겠습니다. 먼저 코어그룹 신사업팀 홍성원 부사장님께서 코어그룹의 기획안을 간략히 브리핑하겠습니다."

중후한 신사가 자리에서 일어나 신욱의 옆에 섰다. 그리고 이내 화면을 띄운 후 브리핑을 시작했다.

신욱은 단 한 번도 윤진에게 시선을 주지 않았다. 외면했다고 하기보단 그럴 틈이 없었다. 곁에선 임원들이 끊임없이 말을 걸었고, 그는 쉬지 않고 대답을 하거나 설명을 하고 있었다. 그러다 문득 깨달았다. 자신이 계속 그를 주시하고 있다는 것을. 윤진은 그때부터 회의에 집중하려 애썼다.

코어그룹 측의 브리핑이 끝난 후 이어서 '호텔 이든' 측의 브리핑이 이어졌다. 손에 들고 있던 기획안 서류를 앞으로 넘겼다 뒤로 넘겼다 하며 놓친 내용을 다시 살펴보고, 심 전무의 자리에 설치된 태블릿 PC를 힐끔힐끔 보며 코어그룹 측에서 제공한 자료를 체크하느라 정신이 하나도 없었다. 오전에 잠깐 동안 기획안을 뒤적거려 본 걸로는 어림도 없는 일이었다.

"혹시 질문 있으시면 받겠습니다."

'호텔 이든' 측의 기획안 발표도 끝나고, 사회자의 말에 다들 웅성거리기만 할 뿐 질문을 던지는 사람은 없었다.

"그럼 20분간의 휴식 후 회의를 재개하겠습니다."

사회자의 말이 끝나자 사람들은 동시에 안도의 한숨을 내쉬었다. 아무래도 양사의 실무진들이 처음 만난 자리라, 다들 내색하진 않았어도 긴장과 견제를 했던 모양이다. 윤진도 가슴이 들썩일 정도로 크게 숨을 고른 후 나현에게 다가갔다. 그러나 나현은 신욱의 곁으로 향했다.

"양사의 기획안이 언뜻 보면 닮은 것 같지만 다른 부분이 꽤 있네요. 앞으로 담당 부서에서 조율할 게 많을 것 같은데."

나현의 말에 신욱이 고개를 끄덕이며 관자놀이 부근을 손가락을 꾹꾹 눌렀다. 아마도 두통이 일었던 모양이다.

"그래서 통합사업팀 구성을 서두르고 있습니다. 사옥 본관 뒤편에 별관이 따로 있는데, 저희 그룹 브레인타워로 사용 중인 건물을 활용하면 어떨까 싶습니다. 지금 세 층 정도 비어 있거든요. 사장님 생각은 어떠십니까?"

"코어 측에서 그렇게까지 편의를 제공해 주신다면 저희야 감사하죠. 그렇게 큰 사무실을 뺄 만한 공간이 저희 쪽엔 마땅히 없거든요. 어차피 위치도 가까우니 직원들 출퇴근도 무리 없을 것 같네요."

"저희 쪽은 신사업팀 인력 전부를 통합사업팀으로 차출할 생각입니다."

"우리도 마찬가지예요. 지난 3년간 차근차근 준비해 왔으니 그만한 적임자들이 없죠."

두 사람은 철저히 사업 파트너로서 대화를 나누고 있었다. 윤진은 나현과 대화를 나누고 있는 신욱을 보며 나현에게 인정받은 그의 모습에 내심 부러운 마음이 들었다. 더구나 누군가와 시선을 맞추며 밝은 표정으로 이야기하는 엄마의 모습을 오랜만에 보는지라 낯설기까지 했다.

"아, 두 사람 인사는 나눴나?"

나현이 그제야 윤진이 생각났는지 윤진을 바라보며 가까이 오라고 손짓을 했다. 마지못해 쭈뼛쭈뼛 다가서던 윤진은 신욱과 최대한 멀찌감치 떨어져 섰다.

"이런 데서 셋이 만나니까 기분이 묘하네. 결혼 얘기보다 일 얘기 먼저 하게 되다니. 안 그래요?"

"말씀 낮추십시오."

"에이, 그래도 여긴 회산데. 우리 지금 일하는 중이잖아요. 대신 밖에서 보면 장모 대접 제대로 해줘요."

두 사람만 화기애애했다. 윤진은 계속 입을 꾹 다물고 있었고, 그런 윤진이 못마땅했는지 나현의 표정도 점점 어두워졌다.

"꿔다 놓은 보릿자루가 따로 없죠? 이제 출근 일주일째거든요. 아마 정신없을 거예요. 오늘 회의에서 나온 얘기 절반도 못 알아들었을걸?"

나현의 말에 윤진이 움찔했다. 어떻게 자신의 딸을 그렇게 말할 수 있는지, 그것도 신욱 앞에서……. 자존심이 상해 울컥했지만, 윤진은 이를 악물고 참았다.

"이번 사업 진행하면서 차신욱 부사장한테 많이 배워둬라. 그래야 어서 내 자릴 물려받지."

움켜쥔 주먹이 부들부들 떨리고 있는데, 고맙게도 저 멀리서 심 전무가 손짓을 보냈다. 윤진은 나현에게 살짝 고개를 끄덕이며 인사를 한 후 심 전무 쪽으로 향했다.

"표정이 왜 그래요? 사장님이 뭐라고 하셨어요?"

"전무님, 저 경영 수업 제대로 받고 싶은데, 뭐부터 하면 돼요?"

갑작스러운 물음에 당황했는지 심 전무가 허허 웃으며 어깨를 다독여 주었다.

"우리 김 사장님, 차신욱 정도는 되어야 눈 맞추고 웃어주시네요. 하아……. 전무님, 저 지금 진지하게 묻는 거예요. 대답해 주세요."

"경영 수업의 시작은 바로 그 진지한 자세부터죠. 제가 열심히 돕겠습니다."

말뿐이라 할지라도 윤진은 용기를 준 심 전무가 무척 고마웠다.

"저기, 차신욱 부사장이 계속 쳐다보는데요?"

심 전무의 말에 뒤를 돌아보니, 정말로 신욱이 자신을 보고 있었다. 팬츠 주머니에 양손을 찔러 넣고 서 있던 그가 옆으로 슬쩍 턱짓을 하곤 회의장을 빠져나갔다. 무슨 말이 하고 싶어서 불러내는 건지 궁금한 마음에 윤진은 뒤를 따랐다.

복도를 지나는 동안 수많은 직원들이 신욱에게 인사를 건넸다. 그렇게 한참을 걷다 보니 점차 사람들이 줄었고, 복도 끝에 다다르자 아예 인적이 없었다. 일정한 거리를 유지한 채 신욱의 뒤에 멈춰 선 윤진은 벽에 기대서서 창밖을 바라보았다.

"정말로 아버질 찾아갈 줄 몰랐는데."

아마도 차 회장에게 다녀갔단 이야길 전해 들은 모양이다. 윤진이 웃으며 고개를 끄덕이자 그가 허탈한 표정으로 웃었다.

"하필 그날 이사장님이 해외출장 중이시다기에 대신 회장님을

뵈었지. 근데 회장님은 아무것도 모르시는 것 같더라?"

"왜 아무 말도 안 했어? 나한텐 다 얘기할 것처럼 해놓고."

"일종의 배려. 평소 혈압이 높으시다거나, 심혈관 질환이 있으신지 확인을 안 해봐서 혹시나 불미스러운 일이 생길까 봐 참았어."

윤진의 말에 신욱이 눈썹을 찡그리며 한 손으로 이마를 감쌌다. 또 두통이 이는 모양이다. 전에도 편두통을 달고 살더니…….

"이따 저녁 같이 해."

"싫어."

"네 어머니가 그러라고 하셨어."

"그럼 우리 엄마랑 둘이 하면 되겠네. 사이 좋아 보이던데."

윤진이 돌아서려 하자 신욱이 손목을 잡아 세웠다.

"서윤진."

그의 손에 붙잡힌 손목이 따끔거렸다. 마치 뜨거운 불길이라도 닿은 듯 허리부터 정수리 끝까지 찌릿하게 전기가 타고 올라왔다. 생경한 느낌에 놀란 윤진이 신욱의 손을 털어내며 그를 올려다보았다.

"그렇게 다정하게 부르지 마. 소름 돋잖아."

"우리…… 해야 될 이야기가 많지 않나? 시작할 때가 된 것 같은데."

낮게 내려앉은 그의 목소리가 가슴을 파고들었다. 윤진은 고개를 돌리며 흔들리는 시선을 감췄다.

"듣고 싶은 말도, 할 말도 없어."

"난 있어."

별거 아닌 그 말에 왜 코끝이 찡해지는 건지. 간절하게 붙잡는 것만 같은 그의 목소리를 차마 외면하지 못했다.

한심해, 서윤진. 자꾸 이렇게 끌려갈래?

"일단 가자. 다시 회의 시작할 때 됐다."

신욱이 먼저 앞장서서 걸었고, 윤진은 그런 그의 뒷모습을 바라보다 다시 창문 너머로 시선을 옮겼다. 곧 비가 오려는지 하늘은 어둑해져 있었고, 저 멀리서부터 먹구름이 몰려왔다.

피하고 싶지만, 언젠가 한 번은 마주해야 할 순간.

윤진은 마음을 곧게 바로잡으며 그가 사라진 복도를 따라 천천히 걸었다.

약속 장소인 '호텔 이든'의 일식당에 윤진이 나타난 건 약속 시각보다 두 시간 반이 지난 후였다. 식당 안으로 들어가자 식당 책임자인 매니저가 나와 윤진을 신욱이 있는 곳까지 안내해 주었다. 사방이 막힌 곳에 단둘이 있어야 한다는 부담감이 있었지만, 윤진은 태연한 표정을 하고 방 안으로 들어갔다.

"빨리 왔네."

막 술잔을 기울이던 그가 비아냥거렸지만, 윤진은 신욱의 맞은편에 자리를 잡고 앉았다.

그는 말없이 윤진의 잔을 채워주었다. 윤진은 단숨에 잔을 비우며 미간을 구겼고, 신욱이 다시 잔을 채웠다. 오기가 생긴 윤진이 한 잔 더 입안에 털어 넣었다.

"그렇게 싫어?"

"뭐가."

"내가…… 그렇게 싫냐고."

윤진은 그제야 신욱의 얼굴을 살폈다. 그는 아주 느릿하게 눈을 끔벅였고, 상 위엔 비어 있는 것으로 추정되는 하얀 술병이 세 병이나 놓여 있었다. 혼자서 두 시간 반 동안 저 술을 다 마신 모양이다. 술도 잘 마시지도 못하는 사람이…….

"취했어?"

"나랑은 일분일초도 싫다던 말, 정말인가 보네. ……그래, 이것만 다 마시고 일어나자."

그가 조소를 흘리며 자기 잔을 채웠다. 더는 지켜볼 수 없었던 윤진이 결국 병을 빼앗아 바닥에 내려두고 채워진 그의 잔을 자신이 마저 비워 버렸다.

"술주정할 거면 나 갈래."

윤진이 일어서서 문 앞으로 향했지만, 그는 잡지 않았다. 힐끔 돌아보니 그는 멍하니 앉아 눈만 깜박이고 있었다.

"아직도 내 얘긴 들을 생각이 없는 거야?"

윤진은 대답하지 않았다. 신욱을 다시 만난 후로 매일, 매 순간마다 마음을 다독이고 있었다. 그와 헤어진 후 죽을힘을 다해 다독여 둔 마음이기에 단단히 잠가둬야만 했다. 흐트러뜨리고 싶지 않았다.

"하긴, 이제 와 얘기한다고 달라질 건 없지."

신욱이 자리에서 일어서다 이마를 짚으며 휘청거렸고, 윤진은 저도 모르게 팔을 뻗어 그를 부축했다. 그는 윤진의 손을 떼어내곤 재킷을 집어 들었다.

"그걸 알면서도 자꾸 이러는 이유가 뭐야. 미련이라도 남았어?"

"……어, 남았어. 그것도 아주 많이."

솔직한 대답에 윤진은 뒷말을 잇지 못했다.

"있지, 윤진아……. '만약에'란 가정은 아주 나쁜 거더라."

마주한 그의 시선이 심하게 요동쳤다.

"그때 만약 내가 혜민이를 집에 들이지 않았더라면, 그 전날 내가 널 우리 엄마에게 소개시키지 않았더라면……. 근데 거기서 그치지 않고, 그 '만약에'가 결국은 우리가 만나서 사랑에 빠지지 않았더라면까지 가는 거야. ……웃기지?"

술에 취한 탓이겠지.

붉어진 눈시울, 일렁이는 눈물 따위…… 내 알 바 아니야.

윤진은 신욱의 눈을 피하며 고개를 돌렸다.

"이제라도 들어봐야 하지 않을까? 그 사람의 말."

그 순간 재하가 했던 말이 떠올랐다. 그리고 많이 지쳐 버린 그의 가여운 얼굴이 눈에 들어왔다. 온 힘을 다해 옛 기억을 붙든 채로 간신히 버티고 있는 것만 같은 신욱의 얼굴이 조금은 낯설었다. 금방이라도 떨어질 듯 위태롭게 매달린 눈물을 윤진은 애써 외면하면서도 휘청이는 마음을 어쩌지 못하고 짙은 한숨을 내뱉었다.

"그때 그렇게 아파하게 될 줄 알았다면, 우리 애초에 만나지 말걸 그랬다……. 그치? 근데 이거 되게 말도 안 되는 궤변이다."

그가 허탈하게 웃으며 두 손으로 얼굴을 감쌌다. 얼굴을 감춘 손 사이로 긴 한숨이 새어 나왔다.

"절대 그럴 일 없다고, 자기만 믿으라고 말해놓고 빌미를 제공한 건 차신욱 당신이었어. 하지만…… 당신이 차혜민을 매몰차게 내치지 못한 이유, 나도 알아. 당신 아버지가…… 당신 엄마를 포기하면서까지 만들고 지켜온 가정을 깰 수 없었겠지. 이해해."

"난 너한테 부끄러울 짓 한 적 없어."

"그래. 내가 많은 걸 오해한 거일 수도 있어. 그것도 인정할게. 근데, 어떤 여자가 그 상황에서 참냐? 입장 바꿔놓고 생각해 봐. 어느 여자가 눈이 안 돌아가?"

윤진은 머릿속을 떠다니는 그날의 찌꺼기를 털어내려 고개를 저었다.

"그래도 날 믿었어야지, 그런 뻔뻔한 말은 못하겠다. 네 말대로 내가 빌미를 제공했기에 결국 그 사달이 난 거겠지. ……내 잘못이야."

"더 솔직하게 말하자면, 그때 난…… 사방에서 날 쥐고 흔들어대는 통에 많이 지쳐 있었고, 더는 자신이 없었어. 그래서 더 쉽게 놔버린 걸지도 몰라. 그 원망까지 당신이 다 뒤집어쓴 거야."

그는 마치 모두 이해한다는 듯 고개를 끄덕였다.

"이래도 괜찮아? 이런 나랑 정말로 결혼할 생각이야? 우리가 이런 얘길 한다고 해서 앞으로 달라지는 건 없어. 난 계속 당신을 불편해할 거야. 다 묻어두고 아무렇지 않은 척하기엔…… 우린 너무 많은 상처를 주고받았잖아."

"생살을 갈기갈기 찢어놓고 아물기도 전에 꿰맸으니…… 고름이 차고 흉터가 남을 수밖에."

그의 목소리는 무척이나 건조했고, 그래서 더 마음이 아팠다.

"내가 당신한테 해줄 수 있는 말은 여기까지야. 결혼은 무를 수 없는 상황이니까 일단 협조할게. 가업을 위한 가족의 희생, 당신이나 나나 할 수밖에 없는 일이잖아. 그래, 뭐. 어떻게 생각하면

생판 모르는 남보단 당신이 나을 수도 있겠다."

윤진이 내린 결론에 신욱은 속을 알 수 없는 표정을 지으며 문을 열었다.

"그럼 어쩔 수 없지, 평생 이렇게 사는 수밖에."

모든 걸 체념한 듯한 표정과 담담한 목소리에 윤진은 멈칫하고 말았다. 아직 끝나지 않았다고, 다시 시작할 거라고 호기롭게 말할 때 언제고 저렇게 단숨에 기세가 꺾이다니. 위태롭게 휘청거리며 걷는 신욱을 지켜보던 윤진은 결국 달려가 그의 긴 팔을 자신의 어깨에 두르고 다른 한 손으로 그의 허리를 감싸며 부축했다. 그는 카운터 앞에 서서 지갑을 찾느라 몸 곳곳을 툭툭 두들겼고, 지켜보던 윤진이 하는 수 없이 재킷 안주머니에 손을 넣어 지갑을 꺼내 카드를 내밀었다.

그러다 우연히 사진 한 장을 발견했다. 오래전 자신한테만 보여주는 거라며 수줍게 꺼내던 세 식구의 단란한 모습이 담긴 사진. 세상에 한 장밖에 남지 않았다며 소중히 보관하던 그 사진. 문득 자기 친엄마는 사진보다 실물이 더 예쁘다 말하며 어깨를 으쓱이던 모습이 떠올랐다. 생각만 해도 눈물이 나고 그립다던 그 엄마……. 각별할 수밖에 없었던 엄마에 대한 애정을 알면서, 그렇게 못된 말을 했던 제 자신이 너무도 부끄러웠다.

호텔을 나서자 기다리고 있던 비서가 그를 부축해서 차 뒷자리로 데려갔다.

"잠시만요."

윤진은 비서에게 양해를 구하고 그의 옆자리에 올랐다. 두 눈을 감은 그는 거친 숨을 고르고 있었다.

"어머니는…… 어뗘서?"

힘겹게 눈을 뜬 그가 입가에 미소를 머금은 채 윤진을 바라보았다.

"돌아가셨어, 작년에."

심장이 바닥으로 툭 떨어지는 기분이었다. 눈앞이 아찔해진 윤진은 아랫입술을 질끈 깨물었다.

"늦었지만, 사과할게."

"뭘?"

"그때…… 당신 어머니를, 그런 식으로 말한 거."

그날 그를 다독여 줬더라면……. 많이 힘들었겠다고, 혼자서 얼마나 마음고생했겠냐고 안아줬더라면……. 그렇게 못된 말을 한 자신을 달래주던 그 착해빠진 남자를 품에 안고 함께 울어줬어야 했는데…….

친엄마를 보여주기로 결심할 때까지 수도 없이 고민했을 것이다. 실망하면 어쩌나, 놀라면 어쩌나. 그래도…… 이해해 주겠지, 괜찮다 해주겠지, 여기까지 모두 다 보여줬으니 자신을 더 믿어주겠지, 하는 생각으로 결심했을 텐데……. 그런 그에게 너무 못된 말을 했다.

"그래도 달라지는 건 없어. 그때 일은 나한테도 가장 큰 흉터로 남았거든."

그 말이 결국 윤진에게 되돌아왔다. 그는 상처받은 얼굴로 윤진을 외면했다.

윤진이 차에서 내리자, 그의 차가 서둘러 출발했다.

이런데도…… 우리가 정말 결혼을 할 수 있을까? 남보다도 못한 부부로 남은 생을 살게 될지도 모르는데, 정녕 이렇게 함께하는 것이 옳은 걸까?

윤진은 손에 끼워진 반지를 바라보며 깊은 한숨을 내쉬었다.

창문을 살짝 여니 시원한 밤바람이 불어들었다. 가을로 향하는 문턱, 따스하면서도 어딘가 서늘한 가을바람이 흐트러진 신욱의 이성을 조금씩 되찾아주었다. 덕분에 술도 좀 깨는 것 같았다.

두 시간 반 동안 이기지도 못할 술을 마시며 윤진을 기다리는 동안, 신욱은 생각했다.

결국…… 이쯤에서 만족해야 하는 건가. 우리가 다시 사랑하게 되는 건 정말 불가능할까.

그렇게 마음이 기울던 순간, 거짓말처럼 윤진이 나타났다.

오해를 한 것일 수도 있다는 걸 인정한다는 말은 했지만, 그 말이 자신을 백 퍼센트 믿는단 의미는 아니었다. 더구나 크나큰 실수가 있었기에, 다시 윤진에게 믿음을 주는 일은 전보다 백 배 천 배 더 힘든 과정이 될 것이다. 같은 실수를 반복하지 않으려면 아프고 힘들겠지만 꼬인 매듭부터 풀어야 했다.

'그래도 여기까지 왔잖아. 5년을 기다려서 이만큼이나 왔잖아.'

그래, 이제 겨우 시작인데 포기하긴 너무 이르다. 어차피 쉽지 않을 거라는 거 각오하고 있었으니까.

다시 한 번 마음을 바로잡은 신욱은 시트 깊숙이 몸을 파묻고 차창 밖을 보았다. 빠르게 스치는 가로등 불빛이 아스라이 보였다.

05 자존심

퇴근 시각을 훌쩍 넘긴 저녁 8시.

시계를 확인한 신욱은 머리 위로 긴 팔을 올리며 몸을 길게 늘였다. 자리에서 일어나 뻣뻣해진 고개를 뒤로 젖혀 몸을 풀던 신욱은 노크를 하며 집무실 안으로 들어오는 비서실장을 발견하고 옷매무새를 가다듬었다.

"퇴근 안 하십니까?"

"일을 이렇게 많이 갖다주시곤, 약 올리십니까?"

신욱이 툴툴대자 비서실장은 특유의 사람 좋은 웃음을 지으며 서류 하나를 더 내밀었다.

"통합사업팀 운영기획안입니다. 이든 쪽에서 오케이했어요."

"다음 주부터 직원들 몸만 들어가면 되겠네요."

"차질 없도록 준비 중입니다."

"저도 당분간 그쪽으로 출퇴근할 겁니다."

"네, 그것도 차질 없이 준비하겠습니다."

비서실장은 신욱이 건넨 결재서류를 받아 들고 자그마한 메모지 하나를 따로 건넸다.

"그리고 이거, 이번 주 금요일에 양가 어르신들과 다 같이 저녁 식사 약속 있으신데, 회장님께서 장소 알아보고 부사장님께 직접 알려 드리라고 하셔서요. 괜찮으신지 봐주십시오."

비서실장이 건넨 건 꽤 유명한 한식당의 명함이었다. 양가에서 다 같이 만나는 건 처음이라 비서실장이 나름 신중하게 고른 듯했다.

"좋네요. 서윤진 씨한테도 연락 갔나요?"

"지금쯤이면 받았을 겁니다."

신욱이 고개를 끄덕이자 비서실장은 가지고 나갈 서류를 챙겨 들었다.

문득 신욱은 가업을 위한 희생 차원에서 이 결혼을 해주겠다고 말하던 그녀의 말이 떠올랐다. 곱씹을수록 참 씁쓸한 그 말……. 신욱은 싸늘히 식은 커피 한 모금을 입에 담고 한참을 굴리다 간신히 삼켰다.

지난 일주일 동안 신욱은 윤진에게 연락을 하지 않았다. 물론 윤진도 신욱에게 연락이 없었다. 그러다 딱 한 번, 윤진이 너무 보고 싶어서 참지 못하고 출근길의 그녀를 먼 발치에서 보고 오긴 했었다.

그깟 자존심이 뭐라고. 도도한 콧대를 꺾어버리고 싶은 본능에 결국 신욱이 휘둘리고 만 것이다.

"아직 저녁도 안 드셨죠? 뭐 좀 사다 드릴까요?"

"아뇨, 바람도 쐴 겸 나갔다 올게요."

"단거 좀 드세요. 단거 좋아하시잖아요."

비서실장이 집무실을 빠져나간 후, 신욱은 윤진에게 전화를 걸었다. 아직 퇴근 전이거나, 퇴근을 했더라도 곧장 집에 들어가지 않았을 것이다. 집에 머무는 걸 힘겨워하던 그녀였으니 억지로 약속을 만들어 아직 밖에 있을 것 같았다.

자존심……. 그 알량한 자존심 때문에 여기까지 와놓고 또 자존심…….

신욱은 일단 윤진을 봐야겠단 생각뿐이었다. 그녀를 그리워하며 보냈던 지난 5년의 시간을 위로받고 싶었다. 또다시 할퀴고 상처를 주는 한이 있어도, 얼굴을 보고 뭘 해도 하고 싶었다. 이제 웬만해선 윤진이 그 어떤 말을 할지라도 상처받지 않을 것이다. 이렇게 가까이 와주었으니 괜찮다.

하지만 그녀의 휴대전화는 꺼져 있었다. 그래도 내 전화인 걸 알고 피한 게 아니라 얼마나 다행인지.

신욱은 옅은 한숨을 내쉬며 지갑과 차 열쇠를 챙겨 들고 집무실을 나섰다.

내일모레 양가 식사 자리가 있다는 연락을 받고 마음이 무거워진 윤진은 정처 없이 걷고 있었다. 소화해야 할 업무량이 만만치 않아 몸과 정신이 고되지만, 집에 일찍 들어가긴 싫었다. 정 붙일 곳 없는 거대한 집. 그곳은 윤진에게 온전한 집이 되어주질 못했다.

창욱과 나현이 번갈아가며 전화를 해대는 통에 휴대전화마저

꺼버렸다. 어느 순간부터 혼자 다니는 것에 익숙해진 윤진은 어색
해하지 않고 당당하게 길을 걸었다. 사람들로 북적이는 어수선한
길을 혼자 걸으며 마음을 짓누르던 온갖 고민들과 걱정을 잠시나
마 지워 버렸다.

세상 사람 누구나 고민 하나쯤은 가지고 살겠지. 그 무게와 크
기는 타인이 가늠할 수 없는 것이기에 윤진은 내가 남들보다 더
힘들고 아프다고 투정부리지 않았다. 정확하게 말하자면, 신욱과
헤어진 후로 더는 투정부리지 않게 되었다.

"여긴 그대로네."

5년 만이었다. 학교 다닐 때 그와 자주 거닐던 곳. 분위기 좋은
카페와 맛집이 즐비하던 이곳은 5년 전이나 지금이나 술에 취해
흥청거리는 학생들이 참 많았다. 혼자서 길을 걷고 있는 윤진을
향해 은밀한 추파를 던지는 남학생들이 윤진의 눈엔 그저 귀여워
보였다. 공부나 하지, 나중에 후회할 텐데.

한참을 걷던 윤진의 눈에 케이크전문점이 들어왔다. 아니, 그 안
에 이마를 맞대고 앉은 어린 커플의 모습이 먼저 눈에 들어왔다.
그리고…… 이곳 케이크를 좋아하던 신욱이 떠올랐다. 공부할 때
머리가 잘 안 돌아가면 단거 먹고 기운을 차리던 그가 생각났다.

윤진은 고개를 저으며 다시 걸으려 했지만 결국 멈춰 서고 말았
다.

시간도 때울 겸 한쪽 먹고 갈까.

갈등하던 윤진은 가게 문을 밀고 안으로 들어섰다.

"어서 오세요."

주인은 예전 그분이었다. 윤진을 알아보지 못했지만, 윤진은 살

짝 눈인사를 하고 케이크 쇼케이스 앞으로 향했다.

"당근케이크랑 패션후르츠 주스 한 잔 주세요."

먹을 걸 고르고 계산대 앞에 선 윤진은 이곳에서 직접 만든 아기자기한 쿠키를 만지작거렸다. 인심 좋은 이곳 사장님은 커플들이 오면 하나 먹어보라고 주시곤 하셨다.

별걸 다 기억하네. 그게 벌써 몇 년 전인데……

"어서 오세요. 어? 어쩐 일로 직접 오셨어요? 오늘도 야근하시나 봐요."

"늘 그렇죠."

계산을 마치고 테이블로 향하려는데, 귀에 익은 목소리가 들렸다. 설마 하고 뒤를 돌아보는데 그가 있었다. 수트 팬츠에 셔츠 차림의 그는 주인을 향해 환히 웃고 있었는데, 윤진의 시선이 느껴졌는지 윤진이 있는 쪽으로 고개를 돌렸다. 윤진이 냉큼 고개를 돌렸지만 신욱의 따가운 시선이 고스란히 느껴졌다.

"주문하신 당근케이크와 패션후르츠 주스 나왔습니다. 맛있게 드세요."

친절한 직원의 말이 끝나기도 전에 윤진은 고개를 끄덕이며 트레이를 들고 객석으로 발길을 옮겼다. 이쯤 되니, 아는 척을 하기도 좀 그렇고, 계속 모른 척을 하기도 낯간지러운 상황이 되었다.

갈팡질팡하던 윤진은 테이블 위에 트레이를 내려두고 의자를 잡아당겼다. 그런데 그때 갑자기 뭔가가 불쑥 앞에 나타났다. 그였다. 그가 먼저 의자를 빼고 맞은편에 자리를 잡았다.

"아무리 그래도 모른 척하는 건 너무한 거 아냐?"

"누가 모른 척했다고 그래."

그는 여유롭게 웃었고, 윤진은 이대로 땅을 파고 들어가고 싶은 심정이었다.

그는 그날 이후 일주일 동안 연락이 없었다. 불편함을 감수한 채 그렇게 평생 살겠다던 말이 진심이었는지, 그는 더 이상 그녀를 흔들어대지 않았다.

"오늘 예물 다 들어갔다던데, 얘기 들었어?"

"관심 없어."

그럴 줄 알았다는 듯 그는 고개를 끄덕였다.

"알았어."

그러곤 일어서서 걸음을 옮겼다. 순간, 마음이 발밑으로 덜컹 내려앉았다. 윤진은 아무렇지 않은 척 포크로 케이크를 쿡쿡 찔렀지만, 차마 고개를 돌려 그를 볼 수도 없을 만큼 머릿속이 얼어버렸다.

좀처럼 적응이 되질 않는다. 차가운 그의 태도, 서늘한 그의 표정, 무감한 그의 말투 모두. 당연한 것들이다. 오히려 예전처럼 자신을 대하는 게 더 이상할 일이니까.

그래, 내 입으로 뱉은 말이다. 불편한 대로 살겠다는 말.

그렇다면, 그렇게 살아야겠지. 까짓것…… 못할 거 뭐 있어!

호기로운 마음과는 정반대로, 코끝이 찡하고 눈시울에 눈물이 모여들었다. 윤진은 크게 숨을 고르며 주스 한 모금을 마시고 가슴을 들썩이며 숨을 골랐다.

그때, 그가 다시 앞에 나타났다. 테이블 위에 트레이를 내려놓더니, 그가 무척이나 좋아하던 가나슈케이크를 말없이 먹어치웠다. 자신에겐 시선조차 주지 않고 묵묵하게 먹었다. 윤진은 그런 그를 더는 바라보기 힘겨웠다. 바보처럼…… 자꾸만 눈물이 날 것 같았다. 가슴 깊은 곳에서부터 뭔가가 울컥 치밀어 올랐다.

윤진도 지지 않고 케이크를 입에 넣었다. 목이 막혔지만 꾸역꾸역 밀어 넣었다.

참 다정했던 예전의 그날이 거짓말처럼 눈앞에 생생히 떠올랐다. 손을 잡고 이곳에 들어와 가장 좋아하는 창가 자리를 차지하고 앉아 두 시간이고 세 시간이고 이야길 나누며 웃던 그날의 우리…… 그땐 뭐가 그렇게 나눌 이야기가 많았는지, 매일 하루 종일 붙어 있어도 그와 함께하는 시간, 대화, 그 모든 것이 행복했다.

케이크 한쪽을 금세 해치운 그가 오렌지주스를 마시다가 뒤를 힐끔 보더니 갑자기 피식 웃었다.

"……왜?"

"쟤들 얘기하는 게 귀여워서."

신욱의 말에 윤진도 그가 가리킨 곳을 보았다. 그곳엔 케이크 쇼케이스 앞에서 웅성거리고 있는 한 무리의 여고생들이 있었다. 이걸 살까 저걸 살까 고민하던 아이들은 겨우겨우 케이크를 고르곤 설렌 표정으로 계산을 하고 있었다.

"좋아하는 남자애한테 선물로 줄 건가 봐. 근데 저 밖에서 그 남자애가 다 보고 있었어."

그의 말을 듣고 창밖을 내다보니, 정말로 한 남학생이 쑥스러워 죽겠단 표정으로 가게 밖을 서성이고 있었다.

"그걸 애들이 보고 남자애가 다 봤다고, 어떻게 하냐고 호들갑을 떠는데 귀엽네."

귀엽다고 말하는 그의 표정은, 지금 밖에 서 있는 그 남학생만큼이나 설레어 하고 있었다. 여학생들이 소란스럽게 퇴장하자, 그의 시선도 여학생들을 따랐다. 윤진도 그의 시선을 타고 여학생들을 보았다.

가게 밖으로 나간 여학생이 몸을 배배 꼬며 남학생에게 케이크를 건넸고, 남학생은 멋대가리 없이 받아 들곤 휙 가버렸다. 그래도 여학생은 뭐가 그리도 좋은지 내내 웃으며 손바닥으로 가슴을 쓸어내리며 떨리는 마음을 진정시키고 있었다. 윤진의 입가에도 저도 모르게 미소가 번졌다.

"쟤 오늘 밤에 잠 못 자겠다, 설레서."

윤진의 말에 신욱도 고개를 동의하는 듯 고개를 끄덕였다.

"남자애도 잠 못 잘 거야, 뻣뻣하게 군 게 미안해서."

그는 남은 주스를 몽땅 들이켠 후 냅킨으로 입을 닦았다.

"만나면 잘해줘야지, 다짐을 수백 번 해도 막상 만나면 똑같이 굴겠지."

그가 자리에서 일어서는 순간 윤진은 하마터면 그를 잡을 뻔했다. 잠시만, 아주 잠시만이라도 더 그와 함께 있고 싶었다. 별다른 대화를 하지 않더라도, 정말 이런 내가 너무 웃긴 거 아는데 조금만 더 있다가 가라고 말하고 싶었다.

하지만 끝내 입이 떨어지질 않았다. 윤진은 입술만 질근질근 깨물며 포크만 꽉 움켜쥐었다.

"조심히 들어가."

그는 결국 먼저 자리를 떠났다. 허전함에 가슴이 서늘해졌다. 지난 5년, 그 없이 그럭저럭 지내왔는데도 지금 이 순간만은 견디기가 힘겨웠다. 윤진의 시선이 계속 그의 뒤를 좇았다. 차에 오른 그는 시동을 걸고 미간을 구기며 관자놀이를 꾹꾹 누른 후 출발했다. 그의 차가 길에서 완전히 사라질 때까지도 윤진은 시선을 옮기지 못했다.

윤진도 자리에서 일어섰다. 그러곤 그가 있던 빈자리를 보았다. 마치 내 앞에 있었던 것이 거짓말 같았다.

"두고 가세요. 저희가 치울게요."

트레이를 가져다주려고 들자 직원이 다가와 친절하게 말했다. 윤진은 고개를 끄덕여 인사를 하고 가게를 빠져나왔다.

혹시나 하는 마음에, 계속 길 위를 지나는 차를 살피게 되었다. 그는 이미 떠나고 없는데, 그걸 알면서도 미련하게 굴었다.

우리는 왜 그렇게도 서로에게 상처를 주고 마음을 할퀸 걸까. 도대체 무엇을 위해서.

내게 상처를 주었기 때문에? 날 힘들게 했기 때문에? 그를 믿을 수 없어서? 서운하고, 화가 나고, 자존심이 상해서?

여전히 서윤진은 스물둘 그 상태에서 한 치도 자라지 못했어. 5년이나 흘렀지만 아직 어른이 되지 못한 거야.

윤진은 그 자리에 우뚝 멈춰 서서 양손으로 얼굴을 감쌌다. 순간, 그 앞에서 독한 말을 퍼붓던 제 모습이 떠올랐다. 그런 날 실망스럽게 보던 그의 눈빛도, 화가 나지만 애써 참아보던 그의 표정도 모두 다.

차라리 나타나지 말지. 다시 시작하잔 말 같은 거 하지 말지. 그런 말에 휘둘려 자꾸만 뭔가를 기대하게 되는 내 자신이 너무 밉고 한심해서 견딜 수가 없단 말이야. 내가 그에게 어떻게 했는데, 염치도 없이……

윤진은 헝클어진 마음을 간신히 추스르며 다시 걸음을 옮겼다.

주체할 수 없이 밀려드는 후회에 가슴이 미어졌지만 꿋꿋하게 걸었다. 주먹을 꾹 움켜쥐고 허리에 힘을 주어 더욱더 당당히 걸었다.

얼마 가지 않아 아직까지 영업 중인 약국이 눈에 들어왔다. 잠시 망설이던 윤진은 약국 문을 열었다.

"두통약 하나 주세요. 독하지 않은 걸로요."

정재계 인사들이 즐겨 찾는다는 한식당. 무형문화재 분이 직접 만들었다는 방짜유기 그릇과 그 그릇에 담겨 나오는 산해진미, 휘황찬란한 금빛 인테리어는 단연 압도적인 곳이었다.

그 외에도 눈길을 사로잡을 만한 것들이 수도 없이 많았지만, 지금 신욱에겐 그저 관심 밖의 일이었다. 소화가 잘 되지 않은 건지 식사 내내 가슴을 부풀리며 숨을 고르는 윤진 때문에 온 신경이 그녀에게 쏠려 있었다. 본요리부터는 아예 손을 대지도 못했다.

"물론 결혼 준비는 사람들이 알아서 할 테지만, 세세한 건 둘이 챙겨야 할 거다. 잘하고 있는 거지?"

김 회장의 물음에 신욱과 윤진은 잠시 시선이 닿았지만 선뜻 먼저 입을 열지 못했다. 그러다 신욱이 김 회장의 빈 잔을 채우며 옅은 미소를 지었다.

"걱정 마세요, 회장님."

"그래요, 장인어른. 둘이 죽고 못 살던 애들인데 어련히 알아서 하겠습니까? 하하하!"

창욱의 말에 윤진은 못마땅한 표정을 숨기려 턱 근육이 움찔하도록 억세게 이를 꾹 다물었다. 맞은편에 앉은 신욱이 윤진에게 눈짓을 하자, 윤진은 구겼던 미간을 풀며 매실차가 담긴 둥근 잔을 손으로 만지작거렸다.

"5월까지 달 수로는 여덟 달이 남긴 했지만 시간 금방 간다. 비서실 통해서 준비 상황 꼼꼼히 챙겨 듣고 있으니 더욱더 신경 쓰고."

"네, 회장님."

그 말은 마치, 지금 신욱과 윤진 사이의 신경전을 모두 알고 있다는 듯했다.

윤진은 식사 내내 입을 열지 않았다. 그나마 다행인 건 불편한 기색을 노골적으로 드러내지 않은 것. 평소 같았다면 아예 이 자리에 나오지도 않았을 것이다. 그래도 적당히 기분을 맞추며 시간을 보내기로 마음을 먹고 나온 모양이다. 애써 참고 있는 것이 신욱의 눈엔 훤히 보이긴 하지만 말이다.

"장인어른, 앞으로 이런 자리 자주 가져야겠어요. 다 같이 모여서 밥을 먹는 것만으로도 진짜 한 가족이 된 것 같은 기분이 들고 정말 좋은데요?"

가장 신이 난 건 창욱이었다. 차 회장과 외부 만남을 늘리며 언론의 분위기를 주도해 가고 있었다. 모든 사람들에게 친절하고 자상하고 인자한 정치인으로 철저하게 메이킹된 서창욱. 신욱은 이미 오래전 윤진을 통해 그의 진짜 모습을 익히 들었다. 그래서인지 그런 창욱을 바라보는 윤진의 서늘한 시선이 이해가 되었다.

"나도 그러고 싶지만, 워낙 바쁜 사람들이라 시간이 나야 말이지. 차 회장, 어떻게 생각하나?"

"이런 가족모임이라면 시간이 없어도 쪼개서 만들어야죠. 좋은 생각이십니다."

차 회장이 창욱의 의견을 치켜세우자 창욱은 뿌듯한 표정을 지으며 차 회장의 빈 잔을 채웠다.

"김 사장은 지난 전체회의 때 신욱 군을 봤다고?"

"네, 아버지. 아주 당당하고 멋지던걸요? 윤진이한테 아까울 정도였어요."

나현의 말에 윤진의 표정이 어두워졌다. 나현은 늘 그렇게 윤진을 대했다. 인정받으려 아등바등 노력하는 윤진의 노력을 봐주지 않았다. 곁에서 이런 얘길 들을 때마다, 신욱은 제 가슴이 더 아플 지경이었다.

"감사합니다, 사장님."

"에이! 무슨 호칭들이 여태까지 사장님이고 회장님이고 그래? 다들 호칭 정리 제대로 해. 여기가 회사도 아니고."

"네, 회장님."

"어허!"

"네, 할아버님. 명심하겠습니다."

그제야 만족스러운 듯 김 회장이 호탕하게 웃었다.

"두 사람 내일 행사 참여 있다고 했지? 사람들 앞에 처음으로 나란히 서는 자리니 각별히 신경 쓰고."

아직 일정을 듣지 못한 건지, 윤진이 놀란 눈으로 신욱을 보았다.

"첫인상이 중요한 법이야. 이번 혼사에 호의적인 사람만큼이나 못마땅해하면서 뒤에서 수군대는 사람도 많다. 그들에게 흠을 보여선 안 돼."

서윤진과 차신욱의 결혼이 아니었다. 이건 이든그룹과 코어그룹의 혼사였다. 양가 어른들은 그 무게감과 부담감을 끊임없이 말해주셨다.

"자! 이제 두 사람은 좋은 시간 보내고, 우린 이만 빠져 줍시다. 어서들 일어나자고."

김 회장이 먼저 자리를 털고 일어나자, 다들 일어섰다.

"장인어른, 저는 바깥사돈어른과 술 한잔 더 하고 들어가겠습니다."

갑작스러운 창욱의 말에 차 회장은 난감해했지만, 차마 거절하지 못했다.

"니들은 나올 거 없다. 우린 알아서 갈 테니까 둘이서 얘기 더 나눠."

김 회장이 신욱과 윤진의 어깨를 다독이며 가장 먼저 방을 나섰고, 그 뒤를 차 회장과 창욱, 나현과 임 이사장이 따랐다. 연신 고개를 숙여 어른들께 인사를 하던 신욱은 방문이 닫히자 그제야 긴 한숨을 내쉬며 넥타이를 헐겁게 늘였다.

"고생했다."

신욱의 말에, 윤진이 웃으며 잔에 담겨 있던 술을 단번에 마셨다.

"우리도 10분만 있다가 나가자."

서너 시간 정도 함께 있다가 집에 들여보내 주려던 생각, 그게 윤진을 불편하게 하는 거란 걸 윤진의 말을 듣고서야 느꼈다. 신욱은 다시 넥타이를 조이고 옷매무새를 고치며 한 손으로 이마를 감쌌다. 늘 달고 살던 편두통이 요즘 들어 부쩍 강도가 세져 눈앞이 아찔할 때가 많아졌다.

"이거."

윤진이 가방에서 뭔가를 꺼내 내밀었다. 다름 아닌 두통약이었다.

"미련 떨지 말고 아플 땐 약 좀 먹어."

그렇게 툭하니 뱉어놓곤 거울을 꺼내 화장을 고쳤다. 신욱은 웃으며 약 한 알을 까서 입에 넣고 물을 한 잔 마셨다.

"한 시간 있다가 나가자. 일찍 나가봤자 너 집에 들어가지도 못하잖아."

"다른 데 가 있다가 들어가면 되지."

"혼자 갈 데도 없으면서."

윤진이 헛웃음을 터뜨리며 노려보았지만 전혀 무섭지 않았다. 신욱은 윤진의 빈 잔에 술을 가득 채워주었고, 신욱의 제안을 받아들이겠다는 듯 윤진도 신욱의 잔을 채웠다.

"넥타이 좀 풀어. 보는 내가 더 갑갑하다."

신욱은 순순히 넥타이를 풀고 목을 갑갑하게 죄던 단추도 두 개 풀었다.

"근데 내일 무슨 행사인데?"

"자선행사. 몰랐어? 아무도 얘기 안 해준 거야?"

"난 내가 결혼하는 것도 몰랐는데, 뭐."

심드렁하게 뱉은 윤진의 말에 신욱은 뜨끔했지만, 내색하지 않았다.

코어그룹은 이미 여러 비인기 종목의 공식 후원사로 나서고 있었다. 정기적인 재정 지원을 필요로 하는 비인기 스포츠 종목의 팀을 꾸려 적극적으로 투자하고, 소속 선수들 관리와 꿈나무 육성과 선수들의 의료 지원 사업, 장학 사업까지 매년 그 규모를 확장하고 있었다. 그것의 일환으로 매년 대규모 자선행사를 여는데, 그 행사를 통해 다른 기업들과 개인투자자들에게 후원금을 받곤 했다.

"다섯 시간 정도 걸릴 거야. 편하게 입고 와. 발목 부러질 것 같은 그런 구두 신지 말고."

"할아버지 말씀 못 들었어? 흠 잡히지 말라고 하시잖아. 간만에 힘 좀 줘야지."

"지금도 잔뜩 들어가 있거든?"

윤진은 입술을 삐죽이며 잔을 기울였다. 오랜만에 보는 그 모습은 여전히 귀여웠다.

"생각해 봤는데, 결혼하고 나서 말야."

윤진의 입에서 나온 결혼이란 말에 신욱은 조금 긴장이 되었다. 윤진이 결혼을 기정사실로 받아들인 것에 대해 내내 복잡했던 마음을 애써 억눌러 왔는데, 다시 존재감을 드러내기 시작했다. 원하던 바고, 계획대로 진행되어 가긴 하지만 여전히 윤진의 마음을 열지 못했으니 윤진의 뒷말이 너무도 궁금했다.

"같은 공간을 쓰면 많이 불편할 것 같은데. 요즘엔 복층 구조로 나온 집도 있고, 한 집에 두 세대가 완전히 분리된 곳도 있잖아. 그런 집을……."

"아직 시간 많이 남았어. 천천히 생각하자."

벌써부터 선을 긋는 것이 못마땅했다. 결혼까진 아직 많은 시간이 남아 있는데, 그 시간 안에 많은 것을 되돌려놓으려고 다짐했건만……

"당신 입으로 말했어, 이건 정략혼 그 이상도 그 이하도 아니라고. 난 틈나는 대로 하나씩 정했으면 해."

"계약서라도 쓰잔 말이야?"

"필요하다면."

윤진의 냉정한 말에 정신이 좀 들었다. 말랑해지던 마음이 다시 단단해졌다.

"할아버님 앞에서 쓸까?"

"차신욱."

"어른들 앞에서 연기 잘하더라."

"거기서 내가 무슨 말을 해?"

"그래, 앞으로도 쭉 그렇게 해. 약혼녀 노릇 제대로 해주면 나야 고맙지."

조금은 편안해졌던 윤진의 표정이 다시 날이 섰다. 하지만 신욱은 괘념치 않았다.

"차신욱, 하나만 묻자."

무슨 말을 하려는 걸까.

윤진은 차가운 물을 마신 후 입술을 달막이다 다시 술 한 모금을 들이켰다.

"5년 동안…… 왜 날 보러 오지 않았어?"

그럴 리가. 신욱은 윤진을 보기 위해 수도 없이 비행기에 올랐었다.

하얀 피부와 무척이나 잘 어울리던 파란색 카디건을 입고 바쁘게 학교를 가던 모습, 아찔한 길이의 치마에 어깨가 훤히 드러난 옷을 옷을 입고 친구들과 어울려 술을 마시던 모습, 하얀 셔츠에 청바지를 입고 카페에 앉아 이어폰으로 음악을 들으며 노트북을 두들기던 모습, 눈 내리던 날 시린 손을 호호 불며 발길을 재촉하며 걷는 모습……. 그 모습들을 보며, 난 이렇게 아픈데 넌 아무렇지 않게 잘살고 있구나, 그런 생각이 아니라 잘살아보겠다고 애쓰고 있구나, 그런 생각을 했었다.

윤진은 지쳐서 떠나 버린 사람이었다. 붙잡고 싶었고, 당장 손목을 잡아끌고 데려오고 싶었지만 그땐 아무런 준비가 되어 있질 않았기에 그럴 수 없었다. 다시 돌아오면 또다시 같은 상황에 마주하게 될 거라 생각했다. 두 번 다신 휘둘리고 싶지 않았다. 그어떤 고통이 뿌리째 뒤흔든다 해도 곧게 버틸 수 있을 만큼의 힘을 기른 후에 그녀 앞에 서고 싶었다. 그래서 여기까지 왔다. 그무엇이든 해볼 생각으로 여기까지 온 것이다.

"날 기다렸어?"

신욱의 물음에 윤진이 고개를 돌렸다. 신욱은 손을 내밀어 윤진의 손을 잡았다. 이 순간에도 빛나고 있는 약혼반지. 이 반지를 손에 끼우기 위해 쉼 없이 달려왔던 지난 5년.

갑작스러운 신욱의 행동에 놀란 윤진이 손을 빼내려 했지만 신욱은 절대로 놓치지 않았다.

"내가 먼저 물었잖아."

"그래 봤자 아무것도 변하지 않을 테니까."

"그걸 왜 당신이 판단하는데?"

"나는…… 널 내 곁에 두고도 지키지 못했어. 우리가 헤어진 이유는 오해나 집안의 반대보단…… 결국은 내가 널 지키지 못해서야. 그 안엔 내가 네게 믿음을 주지 못해서도 포함되고."

윤진은 입술을 깨물며 신욱의 눈을 빤히 보았다.

"그래서, 지금은 지킬 힘이 생겼고? 아니. 이젠 지킬 힘이 생긴 게 아니라, 날 당신 곁에 묶어둘 힘이 생긴 거겠지."

"그게 나빠?"

그걸 몰라 묻냐는 듯 윤진은 미간을 구겼다.

"……나빠."

"그래? 그럼 내가 나쁜 놈 하지 뭐."

신욱은 술을 입에 털어 넣었고, 윤진은 자리에서 일어서며 신욱의 손을 세게 뿌리쳤다.

"왜 이렇게…… 사람이 변했니? 내가 사랑했던 차신욱은 이런 사람이 아니었어."

알고 있다, 서윤진에게 차신욱이 어떤 존재였는지. 그때의 차신욱은 서윤진에게 한없이 따뜻했고, 다정했고, 기댈 수 있는 든든한 사람이었다. 언제든 두 팔 벌리고 서서 힘껏 안아주고, 다독여주던 좋은 사람.

신욱도 일어나 윤진의 앞에 섰다. 윤진의 맑은 눈동자 안에 점점 투명한 눈물이 차오르고 있었다.

"우리가 서로에게 솔직해지면 다 해결될 일이야. 이미 다 지난 일이고, 까짓것 덮겠다고 마음먹으면 못할 것도 없지. 근데 그걸 알면서도 너나 나나 버티는 중이잖아. 똑같은 크기의 상처를 내려고 계속 칼을 휘두르잖아."

윤진이 눈을 질끈 감았고, 신욱은 그런 윤진을 품에 안았다. 상처로 가득한 그녀를 힘껏 안았다.

"내가 먼저 내려놓을게. 너도 이젠 내려놔."

상처를 내고 상처를 받는 일, 더는 하고 싶지 않았다. 내가 그녀에게 주는 상처, 결국은 내가 내게 긋는 상처니까.

윤진이 신욱의 허리를 붙잡고 힘을 주어 밀어냈지만 신욱은 윤진의 손목을 꽉 붙잡았다.

"나니까 괜찮아. 다른 사람 아니고 나니까, 창피할 것도 없고 자존심 상할 것도 없어. 그때 우린 어렸고 나약했으니까. 다른 사람은 이해 못해도 우린 이해할 수 있잖아. 잘못된 선택 아니었어. 아니, 잘못됐다 해도 되돌리면 그만이야."

복잡한 생각으로 가득 찬 두 눈……. 오래전 그날처럼 찬란하게 빛나는 윤진의 눈동자를 바라보며 신욱은 다짐했다.

난 계속 노력할 거다. 절대로 포기하지 않을 거야. 어르고 달래고 화내고 다그치고, 그 어떤 방법이라도 가리지 않고 뭐든 할 거야.

살며시 부풀어 오른 붉은 입술에 시선이 닿았다. 내게 사랑을 말하던 그 입술. 하지만 아직까진 완전히 내 것이 되지 못한 그 입술.

신욱은 거칠게 일렁이는 마음을 다독이며 애써 미소를 지었다. 그러곤 윤진을 놓아주고 다시 자리에 앉아 술잔을 채웠다.

"……먼저 갈게."

윤진이 방을 빠져나간 후에도, 신욱은 한참 동안 닫힌 문을 바라보며 홀로 술잔을 기울였다.

왜 이렇게 일찍 들어왔냐는 김 회장의 말에 몸이 좋지 않아 일찍 왔다고, 그가 집까지 데려다 줬단 거짓말을 하고서야 자신의 방으로 올라올 수 있었다. 식사 내내 긴장한 탓에 위가 꼬인 것처럼 묵직한 통증이 일어, 윤진은 침대에 앉아 손끝으로 윗배를 꾹꾹 눌렀다.

"내가 먼저 내려놓을게. 너도 이젠 내려놔."

집으로 오는 내내 그의 말이 머릿속을 떠돌았다. 맞닿은 가슴을 통해 울리던 그의 목소리가 귓가에 생생히 맴돌았다.

윤진은 문득 떠오른 생각에 벌떡 일어나 책장에서 책을 찾기 시작했다. 그 책 사이에 끼워둔 그와 찍은 사진 한 장을 찾은 후 비로소 안도의 한숨을 내쉰 윤진이 바닥에 그대로 주저앉았다.

"나니까 괜찮아."

무릎을 끌어안은 윤진은 사진을 바닥에 내려두고 바라보았다. 혼자서는 쑥스럽다며 절대 찍지 않겠다고 버티는 그를 사정사정해서 겨우 찍은 독사진. 입가에 머금은 옅은 미소, 웃고 있는 부드러운 눈매, 그 덕에 생긴 인디언 보조개. 어느 곳 하나 변한 것 없는 그의 얼굴, 하지만 조금 달라진 분위기…….

그래. 그라면, 내 모든 것을 알고 있는 그라면…….

그의 말대로 우린 서로에게 같은 크기의 상처를 주려고 날카로운 비수를 휘두르고 있었다. 뭘 잘했다고…… 상황을 이렇게까지 되도록 만든 건 나도 마찬가지면서 혼자만 피해자인 척 굴었던 스스로가 너무나 한심했다. 어서 어른이 되어 우리의 관계를 지킬 만큼의 힘을 갖고 싶다 해놓고, 그 누구보다 아이처럼 굴고 있었다.

5년의 시간이 흐르는 동안 대체 난 뭘 한 거지? 그는 저렇게 많은 걸 이루었고, 노력했는데…….

부모의 무관심과 비례하는 지나친 기대는 윤진의 자기 방어적인 성격에 한몫을 했다. 자라면서 이기심과 오만함까지 더해졌고,

그 탓을 오롯이 부모에게 돌리며 나 이만큼 상처받았어, 하고 피해의식마저 생겼다. 그나마 신욱이 곁에 있어줄 땐 서서히 변화가 생겼지만 그와 헤어진 후 내면은 점점 더 썩어 들어갔다.

전처럼 그가 곁에 있어준다면, 꼬일 대로 꼬인 못나 빠진 내 성격을 그가 다시 한 번 끌어안아 준다면······.

윤진은 휴대전화를 들고 그의 번호를 띄웠다. 통화버튼 위에 손가락을 얹고 망설이던 그때.

Rrrr.

그에게서 전화가 걸려왔다.

"여보세요?"

[나야. 내 전화 기다리고 있었어?]

윤진은 뜨끔했지만, 놀란 가슴에 손을 얹고 마음을 다독였다.

"그게 무슨 소리야."

[빨리 받기에.]

"······게임했어. 왜."

[집이야?]

"응."

그다음 말이 쉽게 건너오지 않자, 윤진은 긴장감을 견디지 못하고 조용히 침을 삼켰다.

[집이면 됐어. 쉬어.]

신욱이 먼저 통화를 끝냈다. 윤진은 아쉬운 마음에 화면에서 눈을 떼지 못했고, 다시 전화를 걸까 잠시 망설이다 그대로 바닥에 누워버렸다.

아무렇지 않은 척 백날 애써봐야 차신욱에 관해서라면 아무것도 손쓸 수가 없다. 윤진에겐 너무도 큰 영향력을 가진 사람이었다.

　윤진은 다시 휴대전화를 손에 들었다. 그러곤 메시지창을 열어 콕콕 문자메시지를 작성했다.

　신욱은 휴대전화를 테이블 위에 툭 던져 두고 소파에 털썩 누워 버렸다.

　오늘 밤, 식사 후에 잠시 이재하와 약속이 있다고 알고 있었는데, 곧장 집으로 간 모양이다. 그 사실에 안도하고 있는 제 자신이 너무도 한심했지만 어쩔 수가 없었다. 지금 우린 서로에게만 집중하기에도 시간이 부족하니까.

　띵동.

　메시지 도착음에 신욱은 휴대전화를 집어 들었다.

　「내일 행사 몇 신데? 그걸 알려줘야지.」

　그녀가 처음으로 먼저 연락을 해왔다.

　참나……. 이젠 별게 다 설레네.

　신욱은 저도 모르게 미소를 지었다.

　「퇴근 시간 맞춰서 데리러 갈게.」

　혹시나 윤진에게 다시 메시지가 올까 봐 신욱은 휴대전화를 손에서 놓지 못했다. 물론, 그 후로 윤진에게 두 번째 메시지는 오지 않았다.

06 잘 알지도 못하면서

다음 주부터 코어그룹 신사업팀과 통합될 호텔 이든의 신사업부 직원들은 사무실 이전 준비를 위해 토요일 아침부터 일찌감치 출근을 했다. 호텔 이든의 신사업부는 그동안 이든그룹 본사 빌딩을 사용했는데, 코어그룹에서 준비한 새 사무실이 마침 한 블록 사이에 있어 직원들은 중요한 것들을 직접 나르고 있었다.

윤진도 마찬가지였다. 오후 2시가 넘도록 제때 점심을 챙겨 먹지 못하고 일을 하다가 심 전무가 직접 사다 준 샌드위치와 커피로 간단히 끼니를 때웠다.

"전무님, 피곤하시죠? 주말에 쉬시지도 못하고."

"다음 주부터 코어 쪽으로 출근하려면 부지런히 준비해야죠."

"전무님까지 나와서 일하시니까 직원들이 불편해하잖아요."

"서윤진 씨도 나와 있는데 제가 어떻게 안 나옵니까. 하하."

그 말의 의미를 알아들은 윤진이 머쓱하게 웃었다.

"아참, 통합사업팀 정식 명칭 나왔어요. 'E코어사업본부' 로. 한 단계 격상했죠?"

"멋지네요."

'E코어사업본부' 의 총괄책임자로는 코어그룹의 차신욱 부사장이, 본부장으로는 호텔 이든의 심 전무가 이름을 올렸다. 겉으로는 보기 좋은 화합을 자처했으나, 주도권을 놓치지 않으려는 양사의 실무진들 간의 보이지 않는 경쟁이 본격적으로 시작되었다.

"운영기획안 확인하셨죠?"

"네. 팀 구성이나 분할이 아주 효율적이더라고요."

'E코어사업본부' 는 유통사업팀, 호텔사업팀, 전략경영팀, 마케팅팀, 경원지원팀 총 다섯 개의 팀과 이하 20여 개의 세부 부서로 조직을 나누었다. 윤진은 그중 전략경영팀 기획실에 배치되었다. 사업본부의 직통 라인이자, 'E코어그랜드타워' 의 설계부터 매장 입점까지 모든 결정권을 가진 최종 부서이자 핵심 부서다.

그래서 다른 직원들에게 눈총을 사고 있다. 회장의 외손녀이자 사장의 딸이라는 이유로, 경영 수업의 일환으로 중대 프로젝트에 숟가락을 얹는 것이 아니냐는 말들이 무성했다. 그러나 윤진은 개의치 않고 맡은바 일에만 최선을 다하는 중이었다. 잘해도 욕을 먹는 이 상황을 반전시킬 수 있는 비장의 카드 같은 것은 없다. 남들이 뭐라 하든 일단 엄마에게 조금이나마 인정받을 수 있을 정도는 되자, 하는 마음가짐으로 노력하고 있었다.

"윤진 씨 오늘 저녁에 중요한 약속 있다고 회장님께서 무리하게 일시키지 말라고 하셨는데."

"치. 카드 다 뺏고 차도 부숴 버리신 분이……."

"다 윤진 씨를 아껴서 그러시는 걸 겁니다. 포악한 짐승들로 가득한 이 정글에서 무사히 살아남게 하려면, 어쩔 수 없이 맹수로 길러야 하니까요."

윤진이 아주 어렸을 적부터 김 회장과 나현에게 반복적으로 들었던 말이 있다.

누구에게도 약점을 보여선 안 돼. 그 누구와 그 어떤 경쟁을 하더라도 절대 밀려선 안 돼.

주눅 들지 마. 항상 당당하게 굴어. 지지 마. 넘어설 때까지 물러서지 마.

그래서 늘 강한 척했다. 두렵고 겁이 나도 감췄다. 그리고 숨겼다. 오만한 표정으로, 날카로운 말로 무장, 아니, 위장했다. 그럴수록 속은 망가져 갔지만 윤진은 들춰보지 않았다. 나약하고 여린 제 속마음을 들여다보는 것이 겁이 나고 미안해서…… 그렇게 방치했다.

가업을 이어야만 하는 어린 딸에게 두 사람은 가혹했고 혹독했다. 빈틈을 허락하지 않았다. 끊임없이 몰아세우고 다그쳤다. 설득을 당한 건지, 세뇌를 당한 건지 모르겠지만 이젠 그런 것들이 너무도 익숙해져 버렸다. 어쩌면 그렇게 하는 것만이 이 세계에서 살아남을 수 있는 유일한 방법이라고 믿어버린 것일 수도 있었다.

"제가 잘할 수 있을까요?"

매일매일 두려움이 조금씩 자라고 있었다. 아직은 자신의 능력을 알지 못하기 때문에 걱정이 앞서기도 하고, 훗날 자신도 김 회장이나 나현처럼 변해 버릴까 봐…… 그게 두려웠다.

"걱정 마세요. 제가 있고, 차신욱 부사장님이 계시니까. 조급하게 마음먹지 말아요. 잘할 수 있어요."

심 전무는 늘 잘하고 있다고, 앞으로 더 잘할 수 있다고 늘 진심 어린 격려를 해주었다. 윤진은 그 말에 많은 용기를 얻었고 휘청이는 마음을 다시 한 번 가다듬곤 했다.

"전무님, 저 이거 갖다 놓고 올게요."

윤진은 세 뼘 높이쯤 되는 묵직한 서류 묶음을 두 손으로 받쳐 들고 심 전무의 집무실을 빠져나왔다. 엘리베이터 앞에 서서 내려오길 기다리다가 한참이 지나도 내려올 생각을 않자, 윤진은 화장을 살필 겸 화장실 입구에 붙어 있는 파우더룸으로 향했다.

"내 말이. 지가 회장 외손녀면 외손녀지, 회사에선 우리랑 똑같은 사원이면서."

"똑같긴! 말이 좋아 특채지, 대놓고 낙하산이잖아. 요즘 시대가 어떤 시댄대, 회사 꼬락서니 하고는. 아니, 그리고 걘 왜 그렇게 뻣뻣한 거야? 복사해 오라니까 표정 싹 변하는 거 봤어?"

"맨날 전무님하고만 시시덕거리고. 나참, 같잖아서. 업무 파악도 제대로 못한 주제에 라인 타는 거 봐라. 후계자라 이거지. 걔 학위도 돈 주고 산 거라며?"

"코어그룹 차신욱 부사장이랑 결혼하는 짓도 딱 보면 답 나오잖아. 숟가락 얹고 가겠단 거지. 비서실 윤 대리가 그러는데, 지난번 전체회의 때 김나현 사장이 완전 무시했다던데? 오죽하면 자기 딸인데도 그 많은 사람들 앞에서 망신 줬겠어?"

윤진의 표정이 싸늘하게 굳었다. 막연히 그럴 것이라고 짐작했던 것과 이렇게 직접 마주하는 것은 굉장한 차이가 있었다. 자신을 두고 여러 가지 이야기가 떠돌고 있다는 것 정도는 알고 있었다. 앞에선 김 회장 외손녀 대접을 하곤 뒤에선 쑥덕쑥덕, 또다시 앞에선 천사 같은 선배인 척, 뒤에선 따돌리고. 학교나 회사나 별반 다를 것이 없었다.

"능력이 없으면 착하기라도 하든가. 콧대만 높아가지고 도도한 척은."

"옷 걸치고 다니는 것도 죄다 비싼 명품에, 완전 기죽일려고 작정한 거야. 있는 것들이 더 하다니깐?"

"이따 저녁 먹으러 갈 때 같이 데려가 줄까? 돈도 많은데 한턱 쏘라고 그러자."

"절대 회식에 안 끼워주기로 다 약속했잖아. 그리고 보면 눈치도 없는 것 같아. 전무님 빼고 자기한테 말도 안 걸어주고, 밥도 같이 안 먹어주는데 되게 태연하네?"

자격지심과 피해의식으로 똘똘 뭉친 한심한 사람들의 뒷얘기에 불과하지만, 사람인지라 한 귀로 흘려들어지질 않았다. 윤진은 사이좋게 팔짱을 끼고 화장실을 나서는 네 명의 여직원들 앞을 가로막고 섰다. 그러자 윤진을 본 여직원들이 귀신이라도 본 것처럼 얼굴이 새하얗게 질려 아무 말도 하지 못했다.

"윤진 씨……."

"아니, 우린 그게……."

뭐라고 말을 해야 할지 열심히 머리를 굴리고 있는 여직원들 앞에 윤진이 좀 더 가까이 다가섰다.

"너무 걱정하지 마세요. 제가 머리는 꽤 좋은 편이라 학위를 위조할 정도는 아닙니다."

"윤진 씨……"

"앞으론 좀 더 유연하게 굴겠습니다. 회식 때 저도 불러주세요. 저 잘 놀거든요. 그럼."

윤진은 그들에게 고개를 꾸벅 숙여 인사하고 서류를 챙겨 들었다. 앞에선 입도 못 떼면서 뒤에선 가차 없이 뱉어내는 타인들의 평가와 지적 따위, 윤진에게 상처를 주기엔 역부족이었다. 물론 마음이 언짢아지긴 했지만, 좀 더 이를 악물어야 할 동기 부여를 해준 고마운 선배들이라 생각하기로 하고 엘리베이터 앞에 섰다.

고맙게도 엘리베이터가 바로 도착해 주었다. 윤진은 엘리베이터에 올라 1층을 누른 후 벽에 기대섰다. 숨을 크게 고르던 중, 얼마 가지 않아 엘리베이터 문이 열렸다. 나현과 그녀의 수행직원들이었다. 윤진은 나현에게 고개를 숙여 인사하고 구석으로 비켜섰다.

"저녁에 중요한 행사 갈 애가 꼴이 그게 뭐니. 내 얼굴에 먹칠하려고 작정이라도 한 거야?"

감정조차 실리지 않은 건조한 말투. 그것보다 더 독하고 날카로운 말을 수천 번쯤 더 들었지만, 지금은 그 말이 세상에서 가장 아팠다. 그녀의 수행직원들이 힐끔거리고 윤진을 바라보았다. 헐벗은 기분이었다. 창피하고 부끄러워서 딱 죽고 싶을 정도로.

윤진은 서류를 꼭 끌어안은 채 입술을 꽉 깨물었다.

"집안 망신시킬 거 아니면 똑바로 해. 어디 내놓기 창피해서……."

엘리베이터가 1층에 도착하자, 나현이 가장 먼저 내렸다. 그녀는 온화한 미소를 지으며 직원들의 인사를 상냥하게 받아주었고, 그 뒤를 따르던 윤진은 눈물을 씹어 삼키며 입술이 터져 나갈 정도로 꽉 깨문 채 숨을 몰아쉬었다. 로비를 나선 나현은 차에 올라 출발할 때까지 윤진에게 눈길 한 번 주지 않았고 그대로 떠나 버렸다.

역시나 뒤에서 쏟아내는 온갖 험담보다, 앞에서 툭 하고 던진 차가운 몇 마디의 말이 더 견디기 힘들었다. 그것도 남이 아닌 날 낳아준 엄마의 입에서 나온 말이라서 더 서럽고 쓰렸다. 괜찮은 척하기 힘들었다. 한 걸음 한 걸음 발을 내딛기 힘겨울 만큼 다리가 떨리고 숨이 찼다.

두고 봐. 맹수가 되고 말 테니까. 꼭 해내고 말 거야.

"서윤진."

등 뒤에서 들려오는 귀에 익은 목소리…… 고개를 돌려보니 신욱이었다. 차를 타고 길을 지나던 그가 차창 문을 열고 윤진을 바라보았다.

하필이면 그때…… 내내 잘 참아왔던 눈물이 왈칵 터져 버렸다. 그의 얼굴을 본 순간, 감정을 통제하는 게 불가능해졌다. 어떻게 손을 쓸 수도 없을 만큼 하염없이 눈물이 쏟아졌고, 신욱이 급하게 차에서 내려 다가왔다.

"뭐야. 너, 왜 이래?"

"하지 마……."

신욱은 윤진이 끝끝내 미련하게 들고 있던 서류를 뒤따라 내린 비서에게 건넨 후 윤진을 품에 안았다. 지금 이 길 위를 지나치는 수많은 직원들의 시선이 버거워 등을 다독이는 그의 손길을 억지로 밀어냈지만 그는 아랑곳하지 않고 더욱더 세게 윤진을 끌어안았다. 결국 윤진은 그를 붙잡은 채로 아이처럼 엉엉 울어버렸다.

목 끝까지 차오른 서러움이 가슴을 틀어막아 터질 듯 죄었다.

그렇게 한참을 기다려 주던 그가 윤진을 품에서 떼어내고 뺨을 두 손으로 감싸며 얼굴을 바라보았다. 눈물로 얼룩져 엉망진창이 되었을 게 뻔해, 윤진은 고개를 숙이며 얼굴을 가렸다.

"일단 타."

"당신도 나 때문에 망신당하고 싶어? 빨리 가."

"그게 무슨 말 같지도 않은…… 얼른 타!"

화가 났는지, 그는 윤진의 손을 억지로 잡아끌어 차에 태웠다. 그러곤 손수건을 꺼내 얼굴을 닦아주었고, 윤진은 창피함에 고개를 돌렸다.

"가만히 좀 있어!"

"왜 화를 내고 그래!"

"……말 좀 들어."

애써 참고 있는 듯한 그의 나지막한 음성에 윤진은 그의 손을 꼭 쥐었다가 손수건을 건네받고 눈 주위를 닦아냈다.

"말해, 무슨 일인지."

뭐라고 말을 해야 할까. 분명 털어놓으면 위로를 해줄 것이다. ……그럼, 뭐가 해결되지?

윤진은 고개를 가로저었다.

"내가 알아내?"

"모른 척해줘."

"그래, 내가 직접 알아낼게."

"차신욱!"

"출발해요."

차가 출발하고, 그는 싸늘하게 얼어붙은 표정으로 입을 꾹 다물었다. 코너를 돌아 코어그룹 본사 뒤편 별관에 차가 멈췄다. 블랙 슈트를 차려입은 도어맨이 다가와 문을 열어주자 윤진이 머뭇거리며 차에서 내렸고, 신욱이 그런 윤진의 손을 잡고 건물 로비로 향했다.

"손 놓고 가."

"여기 너랑 나랑 약혼한 거 모르는 사람 없어."

이곳은 임원급 이상의 코어그룹 전 계열사 직원들이 근무한다는 브레인 타워. 두 사람의 뒤로 여섯 명의 수행직원이 따랐고, 로비에서 마주치는 모든 직원들이 신욱을 보고 고개를 숙여 깍듯이 인사했다. 윤진은 몸 둘 바를 몰라 했다.

"따로 가죠. 서윤진 씨 서류는 기획실 사무실로 올려주세요."

"네, 부사장님."

신욱의 말에 수행직원들은 다른 곳으로 향했고, 신욱은 윤진의 손을 여전히 꽉 붙잡은 채로 엘리베이터 앞에 섰다. 화가 난 듯한 그의 표정에, 윤진은 뭐라고 말을 해야 할지 난감했다. 슬쩍 손을 빼보려 했지만 실패. 엘리베이터에 오른 그는 22층을 눌렀고, 윤진은 새 사무실이 있는 13층을 눌렀다. 하지만 신욱이 13층 버튼을 다시 눌러 꺼버렸다.

"나 사무실 가봐야 해."

"그래, 그럼. 거기 가서 알아보면 되겠다."

신욱이 22층을 눌러 끄고 다시 13층을 누르자, 놀란 윤진이 다시 22층을 누르고 13층을 껐다. 모른 척하고 넘어가 줄 생각이 전혀 없는 모양이다.

"알았어, 말할게. 그냥 좀…… 속상한 얘길 들었어."

"무슨 이유로."

너무도 자존심이 상해서 말하기 싫었지만, 윤진은 눈을 꾹 감고 결정했다. 그가 뭔가를 해결해 주길 바라서가 아니라, 지금은 그의 위로가 절실히 필요한 순간이라서…… 내 감정에 솔직해지기로 했다. 내 바닥을 본 사람이니까…….

"다른 직원들이 뒤에서 수군거리는 건 참을 만했는데, 엄마가…… 날 많이 창피해하는 것 같아."

분명 그의 품에 안겨 전부 다 쏟아냈는데도, 눈물이 꾸역꾸역 밀고 올라왔다. 윤진은 짜증스럽게 눈물을 닦아내고 떨리는 입술을 질끈 물었다.

22층에 도착한 엘리베이터 문이 열리고, 신욱은 여전히 윤진의 손을 잡은 채로 아까보단 조금 느려진 걸음으로 걸었다. 로비에서 헤어졌던 직원들과 다른 비서들을 지나, 그의 집무실 안으로 향했다.

신욱은 문을 닫자마자 윤진을 끌어안았다. 도망치지 못하도록 기다란 두 팔로 허리를 꽉 옭아매었다.

"자존심 상하지? 나한테 얘기해서."

윤진이 고개를 가로젓자, 신욱은 커다란 손으로 다정스레 윤진의 뒷머리를 쓰다듬었다.

"차 한잔하고 내려가. 앉아."

이 꼴을 하고 곧장 사무실로 내려가 직원들의 얼굴을 볼 수 없었던 윤진은 순순히 신욱의 제안을 받아들였다. 윤진이 먼저 앉자, 신욱이 재킷을 벗어 걸고 윤진의 맞은편에 자리 잡았다.

"당신도 처음엔 나처럼 힘들었어?"

신욱은 웃으며 고개를 저었다.

"너보다 더. 각오 단단히 하는 게 좋을 거야. 잔혹하고 냉정한 세계에 발을 들인 걸 환영이라도 해줘야 하나."

신욱의 말에 윤진은 창밖으로 시선을 옮겼다. 뷰가 환상적이었다. 윤진은 일어나 창가로 향했다.

"아깐 고마웠어. 하마터면 거기 그대로 주저앉을 뻔했거든."

전혀 생각지도 못한 순간 그가 거짓말처럼 나타났다. 아무에게도 보여주고 싶지 않았던 한심한 모습을 그에게 보여준 것이 조금은 창피하지만, 그래도 시원하게 쏟아내고 나니 마음이 한결 가벼웠다.

"당신 앞이라…… 참 다행이다. 창피할 것도 없고, 자존심 상할 것도 없고."

그가 곁으로 다가와 윤진의 어깨를 감싸 안아주었다. 어깨를 단단히 움켜쥔 그의 손……. 윤진은 신욱을 올려다보았다. 살짝 찌푸려진 눈썹, 생각에 잠긴 두 눈, 굳게 다문 입술. 지금 그가 무슨 생각을 하고 있는지 알 수 없지만, 곁에 있어줘서 고마웠다. 그저 생각 없이 베푼 친절함일지라도 윤진은 감사했다. 이렇게 계속 그의 곁에 있고 싶은 욕심이 생겼다.

과거의 일들과 타협을 하고 싶었다. 없던 일이 될 순 없겠지만 아프고 힘들게 했던 기억들 말고, 행복하고 좋았던 시간들의 무게가 좀 더 커지길……. 그것이 윤진의 솔직한 심정이었다.

"갈게."

윤진의 말에 신욱이 윤진의 손을 꼭 잡았다. 손을 완전히 뺄 때까지 미련스럽게 힘을 주는 그의 손길에 윤진은 좀처럼 발길이 떨어지지 않았지만, 크게 숨 한 번 고르고 그의 집무실을 나섰다.

약속 시간에 맞춰 간신히 퇴근을 하고 주차장으로 내려가 보니 윤진의 차 앞에 신욱이 기대서 있었다. 그의 늘씬한 바디 쉐이프에 많은 사람들의 시선이 닿았지만 그는 무심한 얼굴로 팬츠 주머니에 두 손을 찔러 넣은 채 엘리베이터 출입구만 보고 있었다. 윤진은 허리를 바짝 더 세우고 어깨를 당당히 펴며 신욱에게 다가갔고, 윤진을 발견한 신욱이 그제야 입가에 미소를 지었다.

"잠깐 사이에 다시 예뻐졌네?"

마치 아무 일도 없었던 것처럼 굴어줘서 고마웠다. 윤진은 신욱의 팔을 팔꿈치로 툭 치고 윤진의 차 옆에 주차된 신욱의 차 조수석에 올랐다.

"눈이 좀 부은 것 같지 않아?"

윤진의 물음에 신욱은 고개를 저으며 차에 시동을 걸었다. 윤진은 신욱의 대답을 믿지 못해 가방 안에서 거울을 꺼내 들었다. 역시 눈두덩이 살짝 부풀어 있었다.

윤진은 들리지 않게 작은 한숨을 내쉬며 창밖을 보았다. 토요일 저녁이라 그런지 길 위는 차로 가득했다. 기다 서다를 반복하는 동안 해는 완전히 저물어 어둑해졌고, 눈이 부실 만큼 휘황찬란한 불빛들이 도로 위를 어지럽혔다.

"가서 난 뭘 하면 돼?"

"내 옆에 있어."

윤진은 고개를 돌려 신욱을 보았다. 운전 중인 그를 보고 있자면 가끔씩 가슴이 설레곤 했다. 살집 없는 홑 눈꺼풀, 길고 큰 눈매, 반듯한 코, 단정한 입술, 매끈한 턱, 핸들을 움켜쥔 커다란 손, 가끔씩 핸들을 톡톡 두들기는 길고 가는 손가락까지……. 가만히 보고 있으면 시간 가는 줄 모를 만큼 넋을 놓고 보곤 했다. 그는 그때나 지금이나 여전히 멋졌다.

"적당히 웃고, 인사도 받아주고."

"그런 거 잘해. 걱정 마."

"기회 봐서 빼내줄게. 피곤해도 조금만 참아."

"끝까지 있을 거야. 아무한테도 흠 잡히고 싶지 않아."

"……고집은."

신욱이 고개를 젓자 윤진은 창밖을 보며 옅게 웃었다. 그때 신욱이 윤진의 손을 꼭 잡았다.

"뒤에서 수군대던 직원들, 다른 부서로 발령 낼 수도 있어."

그는 그걸 내내 신경 쓰고 있었던 모양이다.

"됐어. 보내도 내가 보내."

"네가 무슨 수로, 같은 사원끼리."

"못 견디고 제 발로 나가게 하면 돼. 그런 애들까지 일일이 신경 안 써. 내가 앞으로 상대해야 할 사람들은 그런 시시한 애들이 아냐."

윤진은 그런 사소한 일로 시간 낭비를 하고 싶지 않았다. 차신욱 만큼이나 앞만 보고 무조건 달릴 생각이었다. 나현에게 인정을 받는 걸 넘어서서, 가장 높은 곳에 오르고픈 욕심이 생겼다.

"서윤진은 여기서 더 독해지면 안 될 것 같은데."

"왜?"

"벌써부터 마음가짐이 틀렸잖아. 자고로 직원은, 수틀리면 다 버리고 가는 게 아니라 그럼에도 불구하고 안고 갈 줄도 알아야 돼. 월급 몇 푼 쥐어준다고 그들의 인생까지 뒤흔들 자격이 있는 건 아냐. 그렇다고 인정에 휘둘려서 회사에 손해를 끼치게 해서도 안 되고. 그러니 무언가를 결정할 땐 항상 신중하게. 절대로 기분 대로 휘둘려선 안 돼."

단호한 그의 말에 윤진은 신욱의 얼굴을 힐끔 보곤 다시 앞을 주시했다.

"그리고 목표를 제대로 세워, 막연한 거 말고 구체적이고 실현 가능한 걸로. 그렇게 해서 망설이고 고민할 시간을 최대한으로 줄여."

머릿속을 들여다보기라도 한 건지 신욱이 윤진의 생각을 정확히 읽어냈다. 어떻게 해서, 어떤 방법으로 인정받을 건지 계획도 세우지 않고 신욱의 표현대로 막연한 목표를 세웠던 윤진이기에 그의 말에 뜨끔했다. 냉정한 말이었지만, 그의 판단이 옳았다. 그건 부정할 수 없는 것이었다. 예전 같았으면 내 편을 들어주며 위로해 주고 다독여 줬겠지만, 바른말만 따박따박 해줘서 오히려 더 믿음이 갔다.

"정말 날 도와줄 거야?"

윤진의 물음에 신욱이 고개를 끄덕였다.

"이번엔 꼭…… 끝까지 믿어줬으면 좋겠다."

신욱의 마지막 그 말에 윤진은 가슴 한구석이 잘려 나간 듯 서늘해졌다. 눈물이 비집고 나오려 했지만 코끝을 문지르며 간신히 참아 넘겼다. 그의 얼굴을 보면 마음이 무너질 것 같아서 차마 볼 수가 없었다. 윤진은 창밖에 시선을 고정한 채로 마음을 다독였다.

차가 멈춘 곳은 '호텔 이든'. 도어맨이 문을 열어주자 윤진이 먼저 차에서 내렸고, 신욱은 보닛을 돌아 재킷 단추를 여미며 윤진의 곁에 다가왔다. 순간 훅 하고 끼치는 그의 좋은 향기에 조금은 긴장됐던 마음에 안정이 찾아왔다.

"갈까?"

윤진이 고개를 끄덕이며 신욱의 팔에 팔을 걸자, 신욱이 팔을 내리며 손을 내밀었다. 윤진은 마지못해 그와 손을 맞잡았다.

"친척들도 꽤 왔을 거야. 우리 집 가계도 간단히 설명하자면……."

"기억하고 있어."

오래전 그가 설명해 준 적이 있어서 알고 있었다.

"그래."

그게 뭐가 그리 웃겼는지, 신욱이 피식 웃으며 손을 힘을 꽉 주었다.

호텔 로비에서부터 사람들이 꽤 많이 있었다. 그들 중 30대 후반 정도로 보이는 한 남자가 윤진과 신욱의 앞으로 다가왔다.

"인사해. 우리 비서실장 최현 이사님."

낮에는 경황이 없어서 제대로 보지 못했는데 그의 곁에 있던 사람이었나 보다. 윤진은 고개를 끄덕이며 정중히 인사했다.

"낮에는 실례가 많았습니다."

못 볼 꼴을 보여준 게 쑥스러워 어색하게 웃자, 비서실장도 미소만 지을 뿐 별다른 말을 잇진 않았다.

"가시죠."

비서실장의 안내를 받아 3층 대연회장으로 가는 동안, 사방에서 눈인사를 건네오는 사람들에게 윤진은 연신 미소를 지었다. 호기심 가득한 시선에 얼굴이 닳아 없어지는 것 같았지만 윤진은 개의치 않았다.

"오늘 목표 기금액은 3억 원. 400명에게 초대장을 발송했고 300명 이상이 참석할 거야. 참석하는 사람들은 행사장에 들어가기 전 저 엽서를 한 장씩 사야 돼."

신욱이 가리킨 곳은 대연회장 입구였다. 단정한 원피스 차림의 여직원들이 참석자 명단을 확인하고 엽서를 건네자, 준비해 온 봉투를 건넸다. 윤진도 직원에게서 엽서를 받아 들고 가져온 봉투를 건넸다.

대연회장 안은 보통의 자선행사와 사뭇 다른 모습이었다. 대부분 사교모임인지 자선행사인지 분간이 안 되는 바자회, 경매, 디너쇼 형식의 어수선한 분위기인데, 이곳은 다들 아까 들어오면서 받은 엽서를 쓰느라 자리를 지키고 앉아 주변 사람들과는 차분하게 대화를 나누었다. 고가의 수트를 차려입은 남성들도, 머리끝부터 발끝까지 명품을 휘감은 여성들도 너나 할 것 없이 엽서를 쓰고 있었다.

"행사에 참석하는 사람들은 아까 산 엽서에 메시지를 반드시 작성해야 해."

보통의 자선행사에서는 참석비의 개념으로 30만 원가량의 후원금을 내곤 하는데, 여긴 그 비용을 내는 것에서 그치지 않은 것이다.

"돈만 내는 것보단 나름 성공한 인생의 대선배들이 직접 후원받는 친구들에게 말 한마디라도 해주면 좋을 것 같더라고. 넌 특별히 세 장 써."

신욱의 요구에 윤진은 미소를 머금은 채로 날카롭게 노려보았다.

대대로 장학재단을 운영했던 임 이사장이 안주인이라 그런지, 자선행사 하나에도 남다른 감각을 접목한 것이 인상적이었다.

"일찍 왔네?"

두 사람을 향해 반갑게 손을 흔든 건 다름 아닌 차 회장이었다. 윤진이 신욱의 손을 놓고 고개를 숙여 인사하자, 차 회장은 성큼성큼 다가와 윤진의 손을 잡아주었고, 그 뒤에 임 이사장이 따라왔다.

"인녕하셨어요?"

"못 본 사이에 더 예뻐졌다."

차 회장의 칭찬에 윤진은 쑥스러움을 감추지 못하고 웃어버렸다.

"요즘 회사일이 많아서 피곤할 텐데. 와줘서 고마워."

"괜찮습니다, ……어머님."

차마 어머님 소리가 입에서 떨어지질 않았지만, 일전의 식사 자리에서 호칭을 제대로 하라는 김 회장의 언질이 있었던지라 그냥 넘어갈 수가 없었다. 그래도 막상 한번 하고 나니 마음은 가벼웠다. 임 이사장도 품위 있게 미소를 지으며 윤진을 바라봐 주었다.

"사람들이 윤진 양한테 많은 관심을 보일 거야. 불편하겠지만 집안일이다 생각하고 최선을 다해줘."

"네, 아버님. 걱정 마세요. 제 몫은 제가 하겠습니다."

윤진의 다부진 대답에 차 회장이 흡족하듯 환히 웃으며 어깨를 다독였다.

"일단 여기 왔으니 엽서부터 써야지?"

윤진과 신욱은 차 회장과 임 이사장이 앉아 있던 테이블에 자리를 잡고 앉아 엽서를 적기 시작했다. 그런데 한 줄 써넣기가 힘들 정도로 사람들이 줄을 지어 테이블로 찾아와 인사를 건넸다. 그중엔 그의 친척들도 있었고, 다른 기업인들도 있었다. 그들은 김 회장과 나현, 창욱의 안부를 묻기도 했고, 합작 사업에 대해 묻기도 했다. 윤진은 적당한 선에서 대답을 해주었고 신욱과 그의 부모님이 적절한 선에서 커트해 주기도 했다. 머리끝부터 발끝까지 훑어보는 예리한 시선이 느껴졌지만, 워낙 어렸을 적부터 단련이 되었던지라 그다지 불쾌하지는 않았다. 걱정하는 듯한 신욱의 표정에 윤진은 일부러 더 괜찮은 척 밝게 굴었다.

다른 내용으로 두 장까진 적었는데, 세 장째가 되니 더 쓸 만한 내용이 없어 막막했다. 윤진은 슬쩍 신욱의 엽서를 훔쳐보았다.

그 순간, 물밀 듯이 밀려드는 뭉클함에 코끝이 찡했다. 여전한 그의 글씨체……. 도서관에서 주고받았던 자그마한 쪽지가 생각났다. 그와 닮은 단정하고 반듯한 글씨체. 전보다 말은 좀 밉게 하지만 글씨는 여전했다.

"뭐 좀 먹을래?"

"괜찮습니다, 아버님. 제가 챙겨 먹을게요."

"보는 눈 많으니까 신욱이 시켜."

"네."

윤진의 대답에 신욱이 피식 웃으며 샴페인 잔을 들었다. 하지만 윤진이 그 잔을 도로 빼앗았다.

"운전하셔야죠."

"대신 운전해 줄 사람 많은데."

신욱은 못 이기는 척 어깨를 으쓱이며 다시 엽서를 적기 시작했고, 그 모습을 지켜보던 차 회장이 흐뭇한 표정으로 두 사람을 바라보았다.

이제 겨우 세 번째 뵙는 거지만, 차 회장은 창욱이 입에 거품을 물고 욕하던 것이 이해가 안 될 정도로 좋은 분이었다. 일부러 정을 붙이려고 애쓰시는 건지도 모르겠지만, 그래도 상관없었다. 오히려 그래서 더 감사했다. 윤진의 주변엔 늘 다그치고 재촉하던 어른들이 전부였기에, 젠틀하고 다정한 차 회장의 사소한 말 한마디에 고마운 마음이 드는 건 어쩔 수 없는 일이었다.

"신욱아, 오늘 축사 네가 한번 해볼래?"

"제가요? 저 아무것도 준비 안 하고 왔는데."

신욱은 뱉은 말과 달리 별 고민 없이 자리에서 일어섰다. 한 번 뺄 만도 한데 그는 기회를 놓치지 않고 옷매무새를 가다듬으며 망설임 없이 단상 위로 올라갔다. 그러자 사람들의 시선이 단번에 그에게 집중되었다.

"안녕하십니까. 차신욱입니다."

이름 석 자로도 설명은 충분했다. 그룹 내에선 그의 어린 나이를 빌미로 걱정과 의심이 눈초리가 많다고 알려져 있지만 그는 항상 당당했다. 여유로운 미소를 띤 채, 단 한 장의 원고조차 준비되지 않은 상태에서 물 흐르듯 자연스레 이야기를 이어나갔다. 과하지도 않고, 그렇다고 냉정하지 않은 단어 선택과 문장의 나열로 이 자선행사의 취지와 목표, 앞으로의 계획 등을 조리 있게 설명했다.

문득, 기억이 떠올랐다. 누구에게나 사랑받고 인정받던 그가, 선배 동기 후배 할 거 없이 모든 사람에게 인기 있던 그가 떠올랐다. 그 덕에 늘 레이더를 활짝 켜고 다녔던 철없는 질투쟁이 서윤진도 기억이 났다.

그때와 비교를 하자면, 그는 조금 달라졌다. 조금 더 성숙해지고 시야가 넓어졌다고나 할까? 이젠 전처럼 한없이 다정하고 따뜻하던 사람은 아니지만, 이성적이고 지혜로워진 그가 더욱 멋졌다.

불현듯 떠오른 옛날 생각에 윤진은 저도 모르게 웃어버렸다.

과거에서 자유로워지지 못하고, 여전히 그때의 행복한 기억들을 떠올리는 걸 보면 나도 참 바보 같은 인간이구나.

여전히…… 그를 좋아하고 있나 보다. 인정하고 싶지 않지만, 그가 신경 쓰이는 건 부정할 수가 없다. 그때의 미안함과 자존심에 묶여 단 한 걸음도 떼지 못하고 있지만, 내가 내 마음을 속이는 건 불가능했다.

마음을 들여다보는 게 두렵다. 하지만 이젠 인정해야 할 것 같다.

전혀 힘들지 않다고 끝까지 버티더니, 윤진은 결국 차에서 잠이 들었다. 윤진의 집 앞에 차를 세운 신욱은 차마 윤진을 깨우지 못하고 라디오를 켰다. 가요를 즐겨 듣지 않는 윤진이 무척이나 좋아하던 가수 윤종신의 노래. 신욱의 입가에 미소가 걸렸다.

신욱은 핸들에 손을 얹고 그 위에 뺨을 기댄 채 윤진을 바라보았다. 정신없이 잠에 빠진 모습을 보니, 새삼스레 스물둘의 서윤진이 떠올랐다.

신욱은 손을 뻗어 윤진의 가지런한 눈썹을 만져 보았다. 콧등을 지나 오뚝 솟은 코끝을, 그리고 입술을 가만히 쓸었다.

"흐음……."

간신히 잠에서 깬 윤진이 눈꺼풀을 밀어 올렸고, 신욱은 손을 거뒀다.

"깨우지 그랬어."

잠이 잘 깨지 않는지, 고개를 저으며 두 손으로 뺨을 톡톡 두들기기도 했다.

"샴페인을 너무 많이 마셨나 봐."

"술이 왜 이렇게 늘었니."

신욱의 말에 윤진이 코웃음을 치며 안전벨트를 풀었다.

"그걸 몰라서 물어?"

뾰로통한 얼굴로 아무렇지 않게 툭 던진 그 말이 신욱의 가슴에 박혔다.

"윤진아, 잠깐만."

신욱은 막 차 문을 열려던 윤진을 잡아 세웠다. 아직 무슨 말을 해야 할지 정리하지 못한 신욱이 망설이자, 윤진은 다시 바른 자세로 고쳐 앉아 기다려 주었다.

"오늘 고마웠어."

다른 사람들 앞에선 주제만 주어지면 30분이고 한 시간이고 논리정연하게 이야기할 수 있는데, 왜 서윤진 앞에선 자꾸만 말이 막히는 건지. 신욱은 그런 제 자신이 답답해 한숨을 내쉬었다.

"아직도…… 내가 불편해?"

윤진은 생각에 잠긴 눈으로 신욱을 바라보고 있었다.

"말로 잘 설명되지 않는, 이걸 뭐라고 표현해야 할지 모르겠는데……."

신욱이 윤진의 손을 잡고 고개를 끄덕였다.

"알았어. 무슨 말인지 알 것 같아. 들어가서 쉬어."

이 정도도 괜찮다. 그렇게 묵묵히 가다 보면 분명 좋은 날이 올 거란 기대를 갖게 된 것만으로도 다행이라 생각한다. 어떻게 해야 할지 너무도 막막하기만 했던 때도 있었으니까.

신욱은 자신의 마음을 다독이며 정면을 보았다.

"근데…… 나 뭐든 해보려고."

예상치 못했던, 그러나 조금은 기대했던 윤진의 말에 신욱이 고개를 돌려 윤진을 보았다.

"잊히진 않을 거야. 우리 둘 다 너무 많이 아팠잖아. 근데 언제까지 과거에만 갇혀 살 순 없으니까. 그러니까…… 해보려고. 오빠가 날 좀 도와줘."

다시 오빠라고 불러줬다. 사랑을 밀하며 품에 안기던 그때처럼.

제법 담담한 얼굴을 하고 말했지만, 윤진은 분명 떨고 있었다. 내 가슴이 이렇게 뛰는데…… 아무렇지 않을 리가 없었다.

신욱은 윤진을 끌어안았다. 윤진의 가는 두 팔이 신욱의 등을 감싸 안았다.

"결국 여기까지 왔으니 어쩔 수 없지, 한번 해보자…… 그런 마음 아니야. 나…… 오빠가 너무 신경 쓰여."

다들 잊으라고 말했다. 다 지난 일이라고, 오해가 깊고 상처가 커서 되돌릴 수 없을 거라고, 다시 만난다 해도 똑같은 실수를 반복할지도 모른다고, 도대체 그런 여자가 왜 그렇게 좋은 거냐고 정신 차리고 그만하라고 쉽게 말했다. 하지만 신욱은 멈출 수가 없었다. 감당하기 버거운 시련에 열병을 앓았고, 뜨겁고도 아팠던 그 추억들이 우리에겐 독이 되기도 했지만, 신욱에겐 유일한 사랑이었다. 그렇기에, 지금 윤진이 내준 용기가 고맙고 미안해서 가슴이 터질 것 같았다.

"나 정말 미친 것 같애. 결국 이렇게 오빠를 놓지 못하고……."

"네가 나한테 했던 말 생각하면, 이러고 있는 나야말로 제대로 돈 거지."

윤진이 두 눈 가득 눈물을 담은 채 노려보며 가슴을 밀쳤지만 신욱은 다시 끌어안았다. 여전히 마음을 온전하게 꺼내 보이진 않았지만 진심만은 충분히 전해졌다. 이만큼 제 진심을 인정한 것도, 이만큼 용기를 낸 것도 기특했다.

이젠 정말…… 다시 시작할 수 있게 된 것이다.

07 손끝에 연애

E코어사업본부 전략경영팀 기획실.

첫 출근을 하자마자 윤진의 어깨가 무거워졌다. 출근과 동시에 전략경영팀 전체회의가 진행되었고, 뒤이어 기획실에서도 첫 회의가 이루어졌다. 한배를 탄 직원들의 간략한 소개와 전반적인 업무에 대해 편안히 이야기를 나누는 분위기였지만 윤진은 꽤 긴장하고 있었다.

큰 틀로 보자면 전략경영팀에서 호텔 사업과 유통 사업의 중재 역할을 하게 되는데, 양 사의 합작 사업을 통해 만들어질 시너지를 최대한으로 끌어내는 기획력을 보여줘야 하는 것이 주 업무라고 했다. 그중 기획실의 포지션은 'E코어그랜드타워'에서 도입하게 될 새로운 시스템과 제도를 구축하고 신규 사업 분야의 타당성을 검토, 그 외에 국내외 기업들의 유사 사업 진행 현황을 파악하고 분석하는 일이다. 거시적 관점에서 세계 경제의 흐름과 트렌드를 체크하여 동업계의 정보 분석을 통해 앞으로 'E코어그랜드타워'만의 색다른 기획력을 갖출 수 있게 되는 것이다.

윤진이 부여받은 일은 국내외 호텔업계의 경영 트렌드를 분석, 그것을 통해 얻은 데이터를 토대로 타사에서 도입해 볼 만한 아이템을 찾는 것이다. 훗날 윤진이 자신의 힘으로 임원 자리에 오르게 되면 호텔과 유통 사업 간의 중추 역할을 도맡게 된다.

아직까지 사무실 분위기는 어색한 편이다. 호텔 이든의 신사업부와 코어그룹의 신사업팀 직원들이 비슷한 비율로 섞여 있는데다가, 기획실 자체가 조직의 수뇌부인지라 다들 신중하게 행동했다. 팀장은 코어 측 상무고, 기획실장은 호텔 이든 쪽 부장인데 두 사람 다 40대 초반의 젊은 분들이라 그다지 무겁지는 않았다.

전략경영팀을 통틀어 나이로는 밑에서 세 번째 안에 들어가는 윤진인지라, 회의가 끝난 후 회의실을 정리하는 건 윤진의 몫이었다.

"어?"

정리를 마치고 자리로 돌아온 윤진은 자신의 책상 위에 놓인 제법 큰 선물 상자를 보고 의아해했다. 윤진은 주저 없이 선물 상자를 열었고, 그 안에는 'E코어그랜드타워'를 상징하는 로고가 박힌 파란색 작은 배지와 USB, A사의 태블릿 PC, 그리고 라뒤레 마카롱이 담겨 있었다.

"사장님 선물이래. 센스 장난 아니지?"

윤진의 옆자리인 이 대리의 말에 주변을 둘러보니 직원들 책상 위에 같은 선물 상자가 놓여 있었고, 이미 선물을 확인한 직원들은 삼삼오오 모여 사장님 찬양을 하거나 인증샷을 찍기도 했다.

"그 아래 카드도 있어."

친절한 이 대리의 설명에 윤진은 바닥에 깔려 있던 카드를 열어 보았다. 놀랍게도 신욱의 친필이었다. 한 장 한 장 직접 쓴 모양이다.

—당신의 첫 근무를 기념하여 준비한 선물입니다. 세계 최고 호텔 복합쇼핑몰 'E코어그랜드타워'의 일원이라는 자긍심을 가지고 함께해 주시길 바랍니다.

—E코어사업본부 사장 차신욱.

모두에게 똑같이 돌아간 선물과 카드였지만, 그래도 덕분에 윤진은 긴장감을 많이 덜어낼 수 있었다. 그가 꽤 가까운 곳에 있고, 같은 목표를 향해 함께 가고 있다는 안도감에 절로 한숨이 새어 나왔다.

윤진은 배지를 재킷 왼쪽 깃에 달고 마카롱 박스를 열어 하나를 꺼내 입에 넣었다. 단거 좋아하는 사장님 취향이 고스란히 밴 사심 가득한 선물이었다.

"윤진 씨, 바빠?"

경영 트렌드를 분석해야 할 국내외 호텔 리스트를 뽑던 윤진은 실장의 물음에 눈을 동그랗게 떴다.

"아뇨."

"본부장실 호출. 당분간은 날 통해서 전달될 거고, 나중엔 직접 위에서 호출 갈 거야. 앞으로 나 신경 쓰지 말고 편히 다녀와."

다른 직원들이 듣지 않도록 조용하게 말을 건넨 실장이 다시 제 자리로 돌아갔고, 윤진은 괜히 미안한 마음에 어색하게 웃었다. 지금도 충분히 많은 배려를 받고 있기에 부담이 되고 가시방석에 앉은 듯했다. 하지만 피할 수도 없는 일. 그렇다고 당연하게 여기고 당당하게 굴 수도 없는 노릇이었다.

답답한 마음을 안고 윤진은 리스트 목록을 챙겨 들고 심 전무가 있는 본부장실로 향했다. 안 그래도 묻고 싶었던 게 많았던 참이라 윤진의 걸음이 빨라졌다. 본부장실에 도착하니 윤진의 얼굴을 알아본 비서들이 곧장 윤진을 집무실 안으로 안내해 주었다.

똑똑.

"본부장님, 서윤진 씨 오셨습니다."

문을 열고 안으로 들어가니, 심 전무가 일어선 채로 윤진을 반겼다. 반가운 마음에 환히 웃으며 다가가는데, 어딘가 낯이 익은 뒤통수가 눈에 들어왔다.

"어서 와요."

심 전무의 맞은편에 앉아 있던 익숙한 뒤통수의 주인은, 다름 아닌 신욱이었다.

"나는 놀러 왔어. 바로 옆방이거든."

신욱은 윤진이 묻지도 않은 걸 대답했고, 윤진은 살짝 눈짓을 하고 자리에 앉았다.

"사무실 분위기는 어때요?"

"좀 더 지내봐야 알겠지만, 실장님이나 팀장님 감각이 젊으셔서 그런지 몰라도 자유로운 분위기인 것 같아요. 딱딱하거나 무겁진 않아요."

"불편한 거 있으시면 언제든 저한테 얘기하세요."

"어떻게 그래요. 그러다 저 완전 찍혀요."

힐끔 보니, 신욱은 대화에 끼지 못해 무척이나 언짢은 듯한 표정으로 윤진을 노려보고 있었다.

"안 그래도 전무님 뵙고 여쭤볼 게 있었는데."

윤진은 아랑곳하지 않고 용건을 말했다. 챙겨온 리스트를 건네자 신욱이 더는 못 기다리겠던지 허리를 숙여 윤진과 거리를 좁혔다.

"그게 그렇게 급해?"

신욱의 진지한 표정에 심 전무가 웃음을 참지 못했다.

"흠흠. 저 잠깐 다녀올 데가 있어서."

"전무님!"

붙잡기도 전에 심 전무가 종종걸음으로 집무실을 나섰고, 윤진은 상황을 이 지경으로 만든 주범, 신욱을 바라보았다.

"사장님 때문에 본부장님 저러시는 거 맞죠?"

신욱이 귀를 후비적거리며 태연하게 눈을 끔벅였다. 아주 잠깐 그가 얄미웠다.

"왜 남의 사무실까지 와서 간섭을 하시냐구요. 직원들 일도 못 하게 왜 그래요?"

"공과 사 구분이 뚜렷하시네, 서윤진 씨."

"당연한 거 아닙니까?"

윤진이 되묻자 그는 코웃음을 치며 딴청을 부렸다.

"선물 잘 받았습니다. 직원들이 무척 좋아하더군요. 그래도 그렇지, 어떻게 제 거까지 다 똑같은 걸……."

일부러 비아냥거리듯 말했더니 신욱은 마치 그럴 줄 알았다는 듯 여유롭게 웃었다.

"왜? 마음에 안 들었나?"

"그럴 리가요. 마음에 쏙 들었습니다. 그럼."

윤진이 고개를 꾸벅 숙여 인사를 하고 자리에서 일어서자, 신욱이 윤진의 손목을 잡았다.

"이건 사장 말고 내가 주는 선물."

신욱이 자그만 상자를 하나 건넸다. 아까 거보다 훨씬 작은 크기의 상자였지만, 윤진은 직감했다. 반지가 들어 있을 것이라고.

"이게 뭔데?"

그는 만족스러운 미소를 지으며 찻잔을 입으로 가져갔다. 윤진은 신욱이 건넨 상자를 조심스레 열어 안을 확인했다. 그런데 상자 안은 텅 비어 있었다.

"직원들한테 준 선물은 비서실에서 준비한 거고, 그건 내가 직접 주문 제작한 거야. 한 3개월 걸렸나?"

도통 무슨 소린지. 이 상자 만드는 데 그렇게 오래 걸린 건가?

"네가 지금 끼고 있는…… 우리 약혼반지."

신욱의 말에 뒤통수를 한 대 얻어맞은 듯 정신이 번쩍 들었다.

윤진은 자신의 왼손 약지에 끼워진 반지를 바라보았다. 그 난리를 치고 결국 손에 끼운 반지를 보고 있자니, 가슴 한구석이 시큰거렸다.

"직원이 고른 거라며."

"거짓말이었어. 반응이 그렇게 셀 줄 몰랐다."

"왜 말을 그렇게 했어! 날 진짜로 나쁜 년 만들려고 작정했구나?"

그가 멋쩍은 듯 웃으며 손끝으로 눈썹을 긁적였다.

"웃음이 나와?"

"버리려고 할 땐 언제고, 볼 때마다 끼고 있던데."

"그거야……."

신욱이 일어나 윤진을 안아주었다. 갑작스러운 신욱의 행동에 놀란 윤진이 그를 밀어내려 했지만, 신욱은 그러면 그럴수록 더욱 더 세게 껴안았다.

"미안해. 솔직하게 말해주기 싫은 못된 마음 때문에 그랬어."

그 말에 윤진은 웃고 말았다. 자꾸만 웃음이 새어 나왔다. 그를 볼 때마다 전과 많이 달라졌다고 느낀 적이 많았는데, 정말 변하긴 변한 모양이다. 예전의 그라면 절대로 그런 말을 하지 않았을 것이다. 날 위해 준비한 거라고 솔직하게 말해줬을 것이다. 그런데 그의 마음속에 정말로 못된 마음 같은 것이 자리를 튼 건지, 예상하지 못했던 말과 행동을 보였다. 5년 만에 처음 만났던 그날처럼 말이다.

"내 사무실로 갈까?"

뜬금없는 신욱의 말에 윤진이 신욱을 밀어내고 노려보았다. 예전엔 그렇게 꼬드겨도 안 넘어오더니…….

"사장님, 고정하시고 얼른 사부실로 가세요. 남의 사무실에서 뭐 하는 거야."

억지로 등을 떠밀자 그제야 마지못해 걸음을 옮겼다.

"점심 같이 해."

"팀에서 다 같이 먹기로 했어."

"저녁은?"

"저녁엔 선약이 있고."

"누구?"

"친구."

"이재하?"

"어? 오빠가 걔 어떻게 알아?"

윤진이 묻자, 신욱이 어깨를 으쓱였다.

"설마…… 사람 붙이고 뒷조사하고 그런 건 아니지?"

그는 대답이 없었고, 표정은 무척이나 뻔뻔했다. 전혀 차신욱답지 않은 행동에 윤진은 기가 막혀서 웃음만 나왔다.

"그럼 나랑은 언제 볼 건데?"

"음…… 저녁 먹고 볼까?"

"하!"

문고리를 쥔 그가 어이가 없다는 듯 미간을 구겼다.

"그럴 거 없이 아예 같이 만나. 겸사겸사 나한테도 소개해 주면 되잖아."

"그래도 괜찮겠어?"

"그게 무슨 뜻이야?"

"뭐가?"

"괜찮겠냐니. 안 괜찮을 이유라도 있나? 셋이 같이 보면 안 되는 이유라도 있어?"

갑작스러운 과민반응에 윤진은 고개를 저으며 웃었다.

"아니, 난 오빠가 불편할까 봐. 뭘 또 그런 걸 예민하게 받아들여."

"예민?"

이 남자 진짜 왜 이러지?

윤진은 하는 수 없이 신욱의 허리를 두 팔로 꽉 끌어안았다.

"알았어, 알았어, 실수. 내가 말 잘못했다."

"하여간…… 이따 봐."

턱 근육이 움찔할 정도로 어금니를 악다문 그가 먼저 집무실을 나섰고, 윤진은 한숨 돌리고 뒤따라 빠져나왔다.

바보 같을 정도로 착하고 다정했던 그가 왜 저렇게 변했을까. 정말…… 나 때문인 건가.

그의 변화가 싫지만은 않았기에, 사무실로 가는 내내 윤진의 입가에 미소가 걷히질 않았다. 늘 초조하고 조마조마해하던 건 윤진이었다. 특히 눈엣가시 같은 혜민 때문에 연애하는 동안 늘 노심초사했었다. 그런데 이젠 그가 레이더망을 활짝 펴고 안달이 난 모습을 보였다. 내심 뿌듯하기도 하고, 왠지 이긴 기분도 들고, 기분이 묘했다.

말도 안 돼, 이재하라니.

신욱은 윤진과 함께 재하와의 약속 장소로 가는 내내 가슴속에서 들끓고 있는 천불을 삭이려 안간힘을 쓰고 있었다. 당연히 첫 출근 날이니 단둘이 저녁 시간을 보낼 것이라 생각하고 진작부터 시간을 비워둔 참인데, 이재하라니!

약속 취소하라고 억지를 부리고 싶었지만, 그렇게 해버리면 이재하에게 지는 기분이 들 것 같아 차마 그렇게 말할 수 없었다. 하긴, 둘의 약속 자리에 따라나선 것만으로도 이미 진 것일지 모른다.

"우리가 먼저 왔나 보다."

윤진은 뭐가 그리도 신이 난 건지, 매니저의 안내를 받아 자리로 가는 동안에도 연신 콧노래를 흥얼거렸다.

"이재하 만나는 게 그렇게 신나?"

"아니, 재하한테 오빠 소개시켜 주는 게 신나서. 걔가 오빠 욕되게 많이 했었거든."

재밌어 죽겠다는 듯 밝게 웃는 모습을 보고 있으니, 예전의 윤진을 보는 것 같아 덩달아 마음이 설레었다.

"네가 이재하한테 내 얘길 어떻게 했는지 대충 감이 온다."

"과거 일 들춰봤자 손해 보는 쪽은 오빠거든?"

윤진의 귀여운 협박에 신욱은 고개를 끄덕이며 그만하자고 신호를 보냈다.

"앞으로 살아가면서 평생 동안 사과할게."

신욱의 말에 윤진이 만족스러운 듯 웃었다.

그땐 왜 그렇게밖에 하지 못했는지, 두고두고 후회했었다. 하지만 이젠 새로 시작하겠다고 마음먹었으니 처음부터 다시 시작하는 마음으로 윤진과 모든 순간을 함께할 것이다. 같은 실수를 반복하지 않고, 서로에 대한 믿음을 굳건히 만드는 일. 이제까지 함께했던 시간보다, 앞으로 함께할 시간이 더 많기에 최선을 다할 생각이었다.

"어, 저기 온다."

윤진이 손을 흔들기에 뒤를 돌아보니, 한 남자가 걸어오고 있었다. 사진으로 숱하게 봐왔기에 낯설지 않았다. 신욱은 일어나 재킷 단추를 여미며 옷매무새를 가다듬었다.

"서윤진, 이게 어떻게 된……."

"인사해. 이쪽은 이재하, 그리고 이쪽은…… 차신욱."

예상치 못했던 신욱의 등장에 당황했는지, 재하의 표정은 티가 날 정도로 불쾌해 보였다. 그런 재하의 표정을 보며 신욱이 먼저 손을 내밀었다.

"차신욱입니다."

"아, 예…… 이재합니다."

어색한 악수가 오가고, 신욱은 태연했지만 재하는 불편한 기색을 숨기지 않았다.

"앉으시죠."

신욱이 먼저 앉자 자연스레 윤진이 신욱의 옆자리에 앉았다. 그 모습을 지켜보던 재하의 두 눈이 휘둥그레졌다.

"두 사람 약속에 갑자기 제가 끼어들어서 많이 놀라셨죠?"

"그러게요. 서윤진, 너는 아무 말도 없이."

재하가 윤진을 타박했지만, 윤진은 신욱을 보며 해맑게 웃었고, 재하는 여전히 황당하단 표정이었다.

"제가 이재하 씨를 뵙고 싶어서 실례란 걸 알면서도 나왔습니다."

"뭐, 괜찮습니다. 저도 차신욱 씨 꼭 한 번 뵙고 싶었거든요."

재하는 쉽게 경계를 풀지 않았다. 절대로 지지 않겠다는 의지가 엿보였고, 그럴수록 신욱은 좀 더 편안히 재하를 보았다.

"윤진이가 미국에서 지내는 동안 많이 의지하던 친구라고 들었는데, 정말 감사합니다. 윤진이 돌봐주셔서. 손이 많이 가는 아인데."

"손이 많이 가긴 하죠. 근데, 차신욱 씨가 감사 인사할 일은 아닌 것 같은데…….”

　날 선 말이었지만, 충분히 그럴 만한 반응이긴 했다. 윤진을 통해 들었을 자신의 이야기를 알기에 신욱은 이해했다. 그렇게 아프고 독한 말을 퍼부어놓곤 다시 시작한다며 불쑥 나타났으니, 친구로서 마음이 안 내키는 건 당연한 일이었다.

　“우리 밥부터 먹자. 배고파.”

　윤진의 재촉에 요리를 주문하고 기다리는 동안, 신욱은 윤진을 바라보는 재하의 시선을 계속해서 지켜보았다. 처음 두 사람이 가깝게 지낸다는 이야기를 들었을 때 마음을 파고들던 질투와 불안함이, 직접 두 사람 사이에 오고 가는 시선을 보고 나니 모두 쓸데없는 것들이었다는 생각이 들었다. 윤진이 자신을 바라볼 때의 눈빛과 재하의 바라볼 때의 눈빛은 사뭇 달랐다. 괜히 마음 상해했던 것 같아 오히려 창피한 마음도 들었다.

　식사를 하는 동안 겉치레 대화가 오갔다. 온 일가가 법조인인 가운데 혼자만 사업을 하고 있다는 그는 자기 자신을 외톨이라고 표현했다. 좀 더 깊이 자기 얘길 하진 않았지만, 꽤 많은 서러움과 아픔을 안고 있는 듯했다. 윤진은 그런 재하를 자신과 많이 닮았다고 설명했고, 신욱은 이해할 수 있었다. 서로에게 좋은 친구가 되어줄 만했다는 생각이 들었다.

　“사실 재하 씨 직접 만나기 전엔 혼자서 오해하고 불안해했는데, 이렇게 만나서 얘기하다 보니 괜한 짓을 했던 것 같아 부끄럽습니다.”

　“저도 차신욱 씨 욕 엄청 많이 했었는데, 아주 나쁜 사람 같지는 않아 보여서 다행이에요.”

욕인지 칭찬인지 모르겠지만, 어쨌든 세 사람 사이에는 끊임없이 웃음이 피어났다.

"주제넘게 한 말씀 드리자면, 두 사람…… 바닥까지 한 번 가봤으니까 두 번 다시 실패하지 않았으면 좋겠어요. 더 늘어놓고 싶은 잔소리는 많지만, 오늘은 여기까지 하겠습니다. 다음에 기회가 되면 더 해드릴게요."

서로를 좀 더 이해하고, 자존심만 세우지 말고, 서로를 믿어주고, 흔들릴 땐 잡아주며 그렇게 사랑이 강해지도록 만들 것이다. 더는 같은 실수를 반복하지 않도록 괜한 일에 힘 빼지 않고 서로를 더 많이 사랑하도록. 이제 평생을 함께할 사람이니까.

신욱은 윤진의 손을 꼭 잡았고, 윤진은 신욱을 바라보며 예쁘게 웃었다.

"저희 가게 놀러 오세요. 회사에 직원들도 많을 텐데 단체 주문 팍팍 해주시면 더 고맙고요."

재하가 먼저 명함을 건넸고, 신욱도 자신의 명함을 건네며 재하의 것을 받았다.

"왜? 벌써 가게?"

"나도 눈치란 게 있거든? 두 사람 좋은 시간 보내려면 이쯤에서 빠져줘야지."

신욱이 흡족한 마음을 감추지 못하고 웃자, 윤진이 어이가 없다는 듯 눈을 흘겼다.

"일어나지 마세요. 갑작스럽긴 했지만, 만나서 반가웠습니다."

"저도 반가웠어요. 곧 다시 뵈어요."

재하와 공손하게 인사를 나눈 신욱은 재하가 자리를 벗어나자

다시 자리에 앉았다.

"재하 어때?"

"신선한데?"

윤진이 와인 한 모금을 마시며 흐뭇하게 웃었다.

"내가 27년 살면서 사귀어온 친구 중에 제일 마음에 드는 친구야."

"그런 것 같았어."

성격이 잘 맞는 것 같았다. 솔직하고, 돌려 말하는 법 없고. 그렇기에 윤진을 컨트롤할 수 있었던 것 같았다.

"오빠 마음에도 들었다니 다행이다."

윤진이 신욱의 어깨에 머리를 기대자, 신욱은 윤진의 머리칼을 만져 주며 어깨를 감싸 안았다.

"마음 하나 고쳐먹은 것뿐인데…… 이렇게 좋을 줄이야."

작은 목소리로 속삭인 윤진의 그 말에 가슴이 일렁였다.

자신이 생각했던 것보다 윤진은 훨씬 더 성숙해진 듯하다. 끝까지 밀어내기만 할 거라고 생각하며 걱정했던 제 자신이 바보처럼 느껴질 정도로 윤진의 변화가 고맙고 미안했다.

"잠깐만."

메시지가 도착했음을 알리는 알림음에, 윤진이 가방에서 휴대 전화를 꺼내 확인하더니 갑자기 자리에서 벌떡 일어섰다.

"왜? 무슨 일이야?"

"할아버지가 쓰러지셨다고, 빨리 집으로 오라고……."

윤진은 많이 놀란 듯 뭐부터 해야 할지를 몰라 우왕좌왕하자, 신욱이 윤진의 코트와 가방을 챙겨 들었다.

"회장님이 갑자기 왜……."

"그러게. 오늘 아침에도 멀쩡하셨는데."

"내가 데려다 줄게."

갑작스러운 연락에 당황한 윤진을 챙겨 식당을 나선 신욱은 서둘러 주차장으로 향했다.

집 안은 무척이나 어수선했다. 거실에는 담당 의료진들과 나현이 한창 이야기 중이었고, 김 회장의 방 앞에는 비서진들과 임원들이 서성이고 있었다. 너무도 낯선 상황에 어찌할 바를 몰라 갈팡질팡하던 윤진은 어리둥절한 표정으로 홍 여사를 찾았다.

"어! 아가씨."

홍 여사가 먼저 윤진을 발견하고 주방 쪽으로 불렀다. 윤진은 냉큼 달려가 홍 여사의 손을 잡았다.

"갑자기 이게 무슨 일이에요? 아침엔 괜찮으셨잖아요?"

"아휴, 아까 저녁 드시고 서재에서 사장님이랑 얘기 나누시다가 갑자기……."

"엄마랑 무슨 얘길 하셨기에……. 지금은 어떠세요?"

"방금 전에 안정 찾으셨어요. 지금 장관님께서 간호하고 계시구요."

이때를 놓치지 않고 창욱은 또 김 회장 곁에 딱 붙어 있는 모양이다. 그래도 괜찮아지셨다는 홍 여사의 말에 걱정을 한시름 놓은 윤진이 찬물 한 잔을 들이켜며 놀란 속을 달랬다.

"다들 걱정 마시고 들어가세요. 전문 간호사들이 남아서 회장님 보살필 겁니다."

나현의 말에 웅성거리던 임원들과 비서진들이 안도의 한숨을 내쉬었다.

"병원으로 안 모셔도 되는 겁니까?"

"연세도 많으시고 원래 혈압이 있으셔서 잠시 쇼크가 왔을 뿐입니다. 급한 상황은 아니니 심려들 마세요."

박 원장의 부연설명에 그제야 걱정을 내려놓은 사람들은 다들 나현에게 위로의 말을 건네며 집을 나섰다. 그제야 윤진도 마음의 안정을 찾고 김 회장의 방으로 향했다.

"……차라리 손바닥으로 하늘을 가려! 나중에 차 회장 얼굴을 어찌 보려고 그래!"

"일단 제가 최선을 다해서 막는 데까진 막아보고……."

"내 얼굴에 먹칠을 해도 유분수지, 일 틀어지면 책임질 각오 단단히 해!"

김 회장의 방에서 고성이 튀어나왔다. 방금까지 쓰러져 계셨다던 김 회장의 큰 소리에 놀란 건 윤진뿐만이 아니었다. 복도에서 대기 중이던 전문 간호사들이 서둘러 방 안으로 들어갔고, 윤진은 다시 나와 나현의 집무실로 향했다.

"엄마, 할아버지 방 앞에서 잠깐 들었는데, 차 회장님이 뭐 어쩌고 하시던데……. 아버지 혹시 뭐 사고 쳤어?"

"네 아버지 그러는 게 하루 이틀이니. 괜한 입방정 떨지 마."

나현은 가방을 챙겨 들고 외출 준비를 하고 있었다.

"엄마, 어디 가?"

윤진의 말엔 대꾸도 하지 않고 나현은 집무실을 나섰다. 아직 대답을 듣지 못한 윤진이 나현의 뒤를 따랐고, 비서가 나현의 방에서 커다란 트렁크 가방 세 개를 끌고 나오자 윤진은 당황했다.

지금 이 상황에 잠시 외출을 한다 해도 이해할 수가 없는 일인데, 도대체 어딜 가려고…….

"엄마."

"당분간 호텔에서 지낼 거야. 급한 일 아니면 찾지 마."

"엄마!"

잡을 새도 없이 나현이 현관을 나섰다. 윤진은 어안이 벙벙했다. 이 집에서 무슨 일이 벌어지고 있는 건지 자신만 모르고 있는 기분에 절로 이마가 구겨졌다.

아무래도 아버지가 할아버지의 심기를 건드린 건 분명한데. 근데 이런 일 한두 번도 아니고, 그때마다 집에서 쫓겨난 건 아버지였다. 엄마가 집을 나간 건 처음 있는 일이었다.

"아가씨, 회장님께서 찾으셔요."

홍 여사의 말에 윤진은 서둘러 김 회장의 방으로 향했다. 문을 열고 들어가니, 상기된 표정의 창욱이 소파에 앉아 있었고, 김 회장은 침대에 누워 여러 개의 링거를 맞고 계셨다.

"많이 놀란 모양이구나. 이리 가까이 와."

윤진이 다가가자 김 회장이 손을 내밀었다. 윤진은 김 회장의 투박한 손을 잡고 하얗게 핏기가 가신 김 회장의 얼굴을 바라보았다.

"잘되어가니?"

"네. 오늘 'E코어사업본부'로 첫 출근했어요."

"그건 이미 보고받았고, 신욱 군이랑 잘돼가느냔 말이다."

윤진이 고개를 끄덕이자, 김 회장의 표정이 한결 편안해 보였다.

"윤진아, 아무래도 네 결혼을 앞당겼으면 좋겠는데."

갑작스러운 창욱의 말에 놀란 윤진이 뒤를 돌아보았다.

"할아버지도 건강이 좋지 않으시고, 생각해 봤는데 인사청문회 전에 결혼식을 올리는 게 나을 것 같아서."

"얼마나 빨리 해야 하는데요?"

"다음 달 안으로 서둘렀으면 하는데."

"너무 촉박하지 않을까요?"

"차 회장 쪽에 방금 연락 넣었는데 긍정적으로 얘기하셨어. 너도 그렇게 알고 준비해."

고개를 끄덕이며 다시 김 회장의 얼굴을 보는데, 그사이 김 회장의 표정은 차갑게 굳어 있었다. 다시 뒤돌아 창욱의 얼굴을 보니 창욱의 표정 역시 싸늘했다.

"서 서방, 노파심에서 하는 말인데, 만약에 총리 임명이 되지 않는 불상사가 생긴다면……."

"장인어른, 걱정 마십시오. 반드시 됩니다. 이번 한 번만 절 도와주시면……."

"자네가 내게 제대로 된 믿음을 줘야 도울 마음이 생길 것 아닌가!"

"저도 제 개인적인 목표가 있는 사람입니다. 왜 저를 번번이 무시하십니까? 이든그룹만 중요하고 저는 안중에 없으십니까? 저도 이 집 식구입니다! 저도 그동안 이 집안을 위해 할 만큼 했다고요!"

창욱이 언성을 높이자 놀란 윤진이 달려가 창욱을 막아섰다.

"네가 하긴 뭘 해! 입은 비뚤어졌어도 말은 바로 하랬다. 내가, 이 이든그룹이 다 만들어준 거지!"

"네, 그렇겠죠. 장인어른께선 저 혼자 아무것도 이루지 못하는

한심한 놈으로밖에 안 보이시죠? 두고 보십시오! 제가 어디까지
올라가는지!"

창욱이 더는 참지 못하고 방문을 박차고 나섰다. 김 회장 앞에
서 늘 설설 기며 머리를 낮추던 창욱의 낯선 모습에 윤진은 머릿
속이 멍해졌다. 대충 무슨 일인지 감은 왔다. 적극적인 김 회장의
후원을 바라는 모양인데, 김 회장은 늘 겉으론 뻣뻣하게 대하면서
도 끝까지 지지해 주시곤 하셨다.

근데 오늘은 뭔가 달랐다. 창욱도 이상하고, 김 회장도 이상했
다. 도대체 무슨 일로 저러시는 걸까.

"할아버지, 무슨 일 있는 거예요?"

"신경 쓰지 마라. 인사청문회 앞두고 예민해져서 그런가 보다."

그냥 지나치기 힘든 심상치 않은 분위기.

윤진은 창욱이 박차고 나간 방문을 한참 동안 바라보았다.

윤진을 집에 데려다 주고 집으로 향하던 신욱은 차 회장의 연락
을 받고 다시 본사로 차를 돌렸다. 회장실은 오늘도 늦게까지 불
이 켜져 있었다.

"아버지, 저 왔어요."

창가에 서 있던 차 회장은 신욱의 인기척에 천천히 돌아섰다.

"어, 그래. 앉아라."

차 회장이 먼저 상석에 앉자 신욱도 자리에 앉았다.

"그래, 오늘 'E코어사업본부' 발족하고 첫날인데 어땠니?"

"뭔가를 새롭게 시작할 땐 늘 마음이 설레더라고요."

차 회장은 그런 신욱이 기특하다는 듯 어깨를 다독여 주었다. 찻잔을 손에 쥔 차 회장은 한 모금을 입에 머금은 채 한참 동안 생각에 잠겨 있었다.

"김 회장님 쓰러지셨다는 얘기 들었지?"

"네. 안 그래도 윤진이 집에 데려다 주고 오는 길이에요."

"그랬구나. 두 사람 사이가 제법 편해진 모양이야?"

신욱이 쑥스럽게 웃자, 차 회장도 만족스러운 눈빛으로 신욱을 보았다.

"방금 그쪽 비서실에서 연락이 왔는데, 결혼식을 서둘렀음 하더구나."

"회장님 건강이 많이 안 좋으신가 봐요."

"그것도 그렇고, 서 전 장관 총리 임명 전에 했으면 하더라고. 다음 달이 어떻겠냐고 하던데."

"그렇게 빨리요? 다음 달엔 서 전 장관님 인사청문회 일정도 잡혀 있을 텐데."

"그게 마음에 걸렸던 모양이야. 인사청문회 시작되면 이런저런 안 좋은 말들 많이 나올 테니까. 어찌 됐든 서두르면 못할 것도 없지 싶어서 그러자고 했다. 넌 괜찮겠니?"

"저야 뭐, 준비만 된다면 언제든 상관없어요. 근데 윤진이가 괜찮을지 모르겠네요. 여자들은 준비할 게 더 많잖아요."

"녀석, 표정 보니까 괜찮은 정도가 아니라 신이 난 것 같은데?"

내심 내년 5월까지 어떻게 기다리나 싶었는데, 차라리 잘됐지 싶었다. 마음을 들킨 신욱이 멋쩍게 웃었다.

"그럼 그렇게 알고 있어라. 윤진 양이랑은 네가 잘 얘기해 보고. 가서 쉬어."

"네, 아버지. 먼저 들어가겠습니다."

차 회장에게 고개 숙여 인사를 하고 나온 신욱은 괜히 가슴이 설레어 실없이 웃었다. 다시 윤진의 마음을 연 것만으로도 날아갈 듯이 기쁜데, 결혼까지 앞당겨지다니. 김 회장의 건강이 걱정됐지만, 동시에 철없이 마냥 좋기만 한 자신의 마음이 너무 유치하고 바보같이 느껴졌다.

엘리베이터 앞에 선 신욱은 윤진에게 전화를 걸었다.

[어, 오빠.]

"회장님은 어떠셔?"

[괜찮아지셨어. 집안이 어수선해서 정신이 하나도 없다.]

윤진이 푹푹 한숨을 내쉬었다.

[오빠 어디야? 집에 도착했어?]

"나 지금 아버지 만나고 이제 집에 들어가려고."

[그럼…… 그 얘기 들었어? 우리 결혼 앞당긴다는 거.]

"응. 다음 달이라며?"

윤진이 허탈하게 웃었고, 신욱도 덩달아 웃었다.

[갑자기 실감이 확 난다. 오빠랑 결혼이라니…….]

여기까지 돌고 돌아 왔다는 게 새삼 감격스럽고 신기했다.

"감격스럽지 않아?"

[못다 한 연애를 좀 더 해보려고 했는데 틀렸네. 아! 청혼도 못 받았잖아!]

청혼.

그걸 까맣게 잊고 있었다. 생각조차 하지 못했다. 어떻게든 윤진과 결혼할 생각만 했지 가장 중요한 걸 놓치고 있었던 것이다.

[피부 관리도 받아야 하고, 요리학원도 다녀야 하는데…….]

"일도 해야 되고?"

[아…… 망했어. 오빠, 아무것도 기대하지 마. 나 일 열심히 해야 하는 거 잘 알지?]

"알아. 아무것도 안 해도 돼. 그냥 나랑 살아주기만 하면 그거로도 충분해."

이젠 윤진이 곁에만 있어준다면, 다른 건 아무것도 상관없었다.

[뭐, 정 그러시다면 그 정도는 해드리고.]

인심 쓰듯 말하는 윤진의 말투가 귀여워서 신욱은 연신 웃고 있었다.

[피곤할 텐데 얼른 집에 가서 쉬어. 도착하면 연락하고.]

"어. 이따 다시 전화할게."

통화를 끝낸 신욱은 휴대전화 액정화면에서 눈을 떼지 못했다. 화면 가득 담긴 윤진의 사진. 모든 것이 거짓말 같은 이 상황이 마음을 설레게 만들었다. 일이 너무 술술 풀리니 오히려 불안함이 깃드는 것 같았다.

그래도, 참으로 오랜만에 누려보는 이 설렘이 미치게 좋아서 신욱은 도저히 웃음을 참을 수가 없었다.

08 내가 나빴다

회사 안에서 신욱을 개인적으로 만날 수 있는 일은 예상했던 것보다 많지 않았다. 일주일에 두 번은 백화점 '더 그레이스' 매장 순회를 나갔고, 그렇지 않은 날엔 기존에 하던 업무와 'E코어사업본부' 내의 업무까지 모두 처리하느라 야근을 밥 먹듯이 했다. 그는 일분일초도 허투루 쓰지 않았다.

구내식당에서 같이 점심 먹을 시간조차 없었다. 그는 매번 제때 끼니를 챙기지 못하는지 비서실 직원이 종종 그의 단골 케이크 가게에서 케이크나 샌드위치 같은 것들을 사다 나르곤 했다.

퇴근 후에도 상황은 비슷했다. 퇴근 시간이 일정치 않은 날이 대부분인데 일주일에 한 번 정도 제때 퇴근을 하게 되면 그마저도 저녁 약속이 잡혀 윤진은 늘 후순위였다. 지난 2주 동안 그와 만날 수 있었던 건 딱 두 번. 그래도 윤진은 서운하지 않았다. 불안하지도 않았다. 일에 최선을 다하는 그를 보며 윤진도 한수 배우고 있는 중이었다. 그 짧은 시간 안에 저 높은 곳까지 올라가는 동안, 그가 얼마나 많은 노력을 했을지 감히 상상조차 할 수 없었다.

"윤진 씨, 피나클 타워랑 콘라드 마이애미 사진 준비됐죠?"

"네. 혹시 몰라서 설계도랑 투시도, 평면도 모두 첨부했습니다."

윤진이 USB를 건네자 심 전무는 잠시 숨을 돌리려는 듯 넥타이를 느슨하게 풀고 가는 한숨을 내쉬었다.

코어그룹 본사 빌딩에 위치한 대회의실. 'E코어그랜드타워'의 내부 설계를 맡아줄 설계팀을 최종 결정하기 위해 E코어사업본부 임원진들이 대회의실에 모두 모인 참이었다. 각종 건축상을 휩쓸며 세계적인 유명 건축물들의 내부 설계를 맡아왔던 두 팀이 장장 네 시간에 걸쳐 브리핑을 하고 있었다. 지난주에 있었던 1차 브리핑에서 결정이 보류되는 바람에 두 팀 모두 수정안을 들고 다시 이곳을 찾았다. 절대 물러설 수 없는 업계 1, 2인자들의 자존심 싸움이 더해져서인지, 브리핑 현장은 전쟁터를 방불케 했다.

"두 분 결혼 얼마 안 남았죠?"

"한 달 정도 남았어요."

윤진의 대답에 심 전무가 고개를 절레절레 흔들었다.

"왜요?"

"사장님이랑 같이 살려면 윤진 씨 꽤 힘들겠어요."

심 전무의 말이 무슨 의미인지 알아들은 윤진이 웃음을 참으며 말아 쥔 주먹으로 입을 가렸다.

그는 임원들 사이에서 회의 좋아하는 걸로 꽤 유명했다. 오죽하면 직원들이 회의성애자가 아니냐며 농담까지 할까. 아침에 출근

하자마자 회의, 오전 회의, 오후 회의, 퇴근 전에도 최종 회의. 그가 소집하는 회의는 시도 때도 없고, 심지어는 각 팀 대리급 이상의 직원들을 불려 올릴 때도 허다했다. 그 덕에 직원들은 불시에 소집될 회의를 미리 준비하기 위해 늘 긴장 속에서 근무해야만 했다.

"나중에 저 너무 괴롭히지 말아달라고 말 좀 잘해주세요. 늙고 배 나온 불쌍한 아저씨잖아요."

심 전무의 진담 섞인 농담에 윤진이 웃으며 어깨를 으쓱였다.

"회의 참관하시는 건 어때요?"

"제가요? 에이, 아니에요."

"두 팀 다 브리핑은 끝났고요, 가볍게 의견 나누고 회의 끝낼 거예요. 부담 가지실 거 없어요. 자꾸 눈에 익혀야죠. 같이 들어가요."

심 전무의 손짓에 윤진은 잠시 망설였다. 임원들로 가득한 대회의실 안에 사원이 불쑥 들어가면 눈치가 보일 것 같아서였다. 그러나 망설임도 잠시, 윤진은 심호흡 한 번 하고 회의실 안으로 들어갔다. 이런 좋은 기회를 놓칠 순 없었다. 어차피 내가 일개 사원이 아니라는 걸 다 아는 사람들인데, 여기서 빼는 게 더 이상하지.

잠시 쉬는 시간이었던 회의실 안은 음료를 마시며 휴식을 취하거나 삼삼오오 모여 대화를 나누는 임원들이 대부분이었다. 윤진은 마음의 안정을 위해 심 전무의 자리 뒤편 구석 자리에 섰고, 설계팀 대표로 보이는 외국인 남성과 대화 중인 신욱을 찾아낸 후 반가운 마음에 저 혼자 웃고 있었다.

"회의 마무리하죠."

신욱이 대형 스크린 앞에 서서 마이크를 잡았다. 두어 번 접어 올린 셔츠 소매를 좀 더 위로 걷어 올리며 물 한 모금을 마시고 목청을 가다듬었다.

윤진이 서 있는 곳과 신욱이 서 있는 곳은 꽤 거리가 멀었다. E코어사업본부 사장과 말단 사원의 거리만큼이나 한참 떨어져 있었다. 윤진은 자기보다 한참이나 나이가 많은 임원들 사이에서 절대 주눅 들지 않고 당당하게 선 신욱을 보며 뿌듯함과 부러움을 동시에 느꼈다.

윤진은 신욱을 보며 나현에게 보여주기 위해, 나도 이만큼 잘할 수 있다는 걸 과시하기 위해 삼았던 목표를 이젠 고쳐야겠단 생각을 했다. 그의 곁에 섰을 때 무척이나 잘 어울려 보일 그런 모습의 내가 되고 싶었다. 그가 날 자랑스럽게 생각하고, 날 보며 뿌듯해했으면……. 모든 사람들이 입을 모아 차신욱 곁에 선 서윤진을 흐뭇하게 바라봐 주었으면…….

스크린과 연결해 둔 노트북을 보던 그가 고개를 돌리다가 윤진과 시선이 닿았다. 그러자 그는 눈썹을 치켜세우며 눈짓을 했고, 윤진도 미소로 답했다.

"두 설계팀의 브리핑 잘 보셨죠?"

신욱의 물음에 임원들이 허허 웃으며 고개를 젓기도 하고 한숨을 쉬기도 했다. 꽤나 지친 모습이었다.

"아시다시피 'E코어그랜드타워'의 건축설계를 맡은 G&H에선 저희 측 요구대로 친환경 설계를 완성했습니다. 세계적인 트렌드가 외부나 내부 모두 친환경 설계로 가고 있어요. 사실 외부 설계보다 더 중요한 부분은 자연친화적인 내부 인테리어와 타워 전 부분에 걸쳐 적용될 에코시스템입니다. '코어 스테이션'의 경우엔 건물 지붕에 솔라 루프를 설치하는 것만으로도 연간 20%가 넘는 에너지를 대체하고 있습니다. '코어 스테이션' 전국 20여 개 매장은 친환경 점포 시스템으로 환경부에서 발표한 지속가능한 정책을 실행 중이기도 하죠."

그는 태양전지패널로 빌딩 전체를 감싸고 있는 영국 런던의 피나클 타워 사진과 'E코어그랜드타워'의 최종 건축설계와 흡사한 콘라드 마이애미 호텔 사진을 나란히 화면에 띄웠다.

'E코어그랜드타워'의 최종 설계는 세계적인 건축설계팀인 G&H에서 지난 3년간 수십 차례의 수정을 거듭한 끝에 완성 지었는데, 외부에는 아직 비공개인 상황이라 콘라드 마이애미 호텔 사진으로 늘 대신하고 있었다. 임원급 중에서도 수뇌부들만 최종 설계도를 가지고 있는데, 윤진은 심 전무에게서 건네받은 태블릿 PC로 최종 설계를 확인할 수 있었다. 본관은 말할 것도 없고, 야외공연장과 국내 최대 규모로 조성될 분수광장 등이 자리하게 될 외부조경이 압권이었다.

"네 시간 넘게 충분히 설명 들으셨으니까 설계 부분에 대해선 제가 더 이상 말을 덧붙이지 않겠습니다. 이달 안에 양 사 임원들을 모시고 첫 프레젠테이션을 해야 하는데, 적어도 설계는 확정을 해야 할 것 같습니다. 이번 주 안으로 EST와 제네럴 컴퍼니 두 설계팀의 설계를 꼼꼼히 확인해 보시고 금요일까지 의견 주세요."

EST라면…….

윤진은 고개를 내밀어 심 전무 자리에 놓인 설계도면의 표지를 확인했다. 신욱의 말대로 하나는 제네럴 컴퍼니라고 적혀 있었고, 다른 하나에는 EST라고 적혀 있었다. 잘못 들은 게 아니었다. 차

혜민의 친아버지가 속해 있고, 차혜민이 일을 시작했다던 그 설계 팀, EST가 분명했다.

하긴, 최고의 설계팀에게 맡긴다 했으니 EST도 그중 한 팀으로 선정된 건 당연한 일이었다. 그가 별말 없는 걸 보면 혜민과는 전혀 상관이 없는 것도 같고.

윤진은 괜한 걱정에 사로잡히고 싶지 않아 예민하게 뻗어나가는 생각들을 단칼에 잘라 버렸다.

"참고로 목요일엔 조경설계팀 브리핑이 있습니다. 오늘은 이만 마치죠."

신욱의 말에 임원들이 자리에서 일어나 서둘러 회의장을 빠져 나갔다. 신욱은 오늘 브리핑을 한 두 곳의 설계팀과 깍듯이 인사를 나눈 후 윤진에게 손짓을 했다. 윤진은 곁을 지나치는 임원들에게 공손히 인사하며 신욱에게 가까이 다가갔다.

그는 무척 피곤한 듯 다시 의자에 털썩 주저앉아 고개를 뒤로 젖히며 마른세수를 했다.

"사장님은 두 팀 중에 어느 팀의 설계가 마음에 드십니까?"

윤진의 물음에 신욱이 어깨를 으쓱였다.

"설마, 나한테도 비밀?"

"내 의견이 너무 일찍 공개되면 임원들이 부담스러워할 거야."

"사장님 의견을 따라줘야 하니까?"

윤진의 생각이 맞았는지, 그가 고개를 끄덕이며 대답을 대신했다.

"네 생각은 어때?"

"뭐가?"

"'E코어그랜드타워'의 컨셉. 아니, 구체적으로 'E코어그랜드타워' 중에 호텔 라인의 컨셉. 우리가 호텔 이든 쪽에 제시한 컨셉은 '에코'와 '마인드 디톡스'거든. 그런데 호텔 이든 쪽에서는 식상하다는 의견이 지배적이고."

회의장 안에 신욱과 자신뿐이란 걸 확인한 윤진은 테이블에 걸터앉았다. 그러자 신욱이 노트북에서 'E코어그랜드타워'의 설계 투시도 화면을 스크린에 띄워주었다.

"사실 최근엔 호텔업계 트렌드가 다시 고급화로 가고 있어. 장기적으로 경기 침체가 지속되다 보니까 보상 심리가 뒤따르는 거지. 호텔 이든의 대체적인 전략도 그러하고. 압도적인 인테리어와 내가 지금 대우받고 있구나, 다른 이들과 차별받고 있구나, 란 걸 바로 느낄 수 있는 서비스."

윤진의 말에 신욱은 고개를 끄덕이며 각 층의 평면도를 차례로 보여줬다.

"근데 이 호텔의 가장 큰 메리트가 쇼핑몰과 연계되고 그 외의 편의시설을 보다 다양한 층의 사람들이 이용할 수 있다는 거잖아. 그러려면 접근하기에 누구나 부담이 없어야 하고, 문턱이 높으면 안 된다고 생각해. 어느 정도의 고급화 전략은 당연한 거지만 한 명의 VIP를 위해서 백 명의 일반 고객이 불편함을 느끼는 건 좋은 전략이 아니라고 봐. 만약 호텔에 투숙하려고 갔는데 로비에서부터 기가 죽으면 마음 편히 쉴 수 없겠지. 부대시설을 제대로 이용하지 못하는 사람도 생각보다 많거든. 그래서 난 내가 마음껏 이용할 수 있는 호텔을 원해. 결론적으로 대중성을 중요하게 생각해야 한다는 쪽인데, 그런 면에서 에코는 이미 많은 사람들에게 익숙한 컨셉이니까. 난 에코 좋아. 그리고 타워 전체가 컨셉을 통일

해야지, 호텔만 다르게 가면 조화가 이상할 텐데."

"그렇지?"

"타워가 지향하는 건 '모두가 즐겁게 머물 수 있는 공간' 이잖아. 고객이 어느 곳으로 눈을 돌려도 마음이 즐겁고 조금 더 머물고 싶은 곳. '에코' 와 '마인드 디톡스' 모두 그런 측면에서는 잘 부합되는 컨셉이라고 생각해."

"음……. 나도 그렇게 생각해. 실은 그래서 그렇게 하기로 했고."

신욱의 말에 윤진이 눈썹을 찡그리며 미간을 구겼다.

"뭐야. 다 정해놓고 나한테 왜 물어봤어?"

"네 감각을 본 거지."

진심으로 얄미웠다. 윤진은 노트북을 툭툭 두들겨 꺼버린 후 얼른 닫아버렸다.

"대중화를 가져가면서도 고급화를 놓쳐선 안 돼. 평범한 99%도 우리 타워에서는 상위 1%가 된 기분을 누릴 수 있는 게 '마인드 디톡스' 가 될 수도 있으니까. 대신 상위 1%와 평범한 99% 사이에 위화감을 조성하지 않는 게 중요하겠지."

"그렇지. 결국은 그런 디테일에서 승부가 나는 거니까 적정선을 잘 지켜줘야지."

"걱정했던 것보다 사원이랑 대화가 좀 되네?"

윤진은 어이가 없어서 웃고 말았다.

"그렇게 되면 매장 입점도 컨셉을 유지할 수 있도록 선정 기준을 꼼꼼하게 만들어야겠지?"

"당연한 말씀."

윤진이 고개를 끄덕이며 테이블에서 내려오자, 신욱이 윤진의 손목을 잡아당겨 자신의 무릎 위에 윤진을 앉혔다.

"어머! 미쳤어?"

예상치 못한 행동에 깜짝 놀란 윤진이 다시 한 번 회의장 안을 두리번거리며 살폈다. 윤진이 다시 일어나려 하자 신욱이 아까보다 더욱 세게 윤진의 손목을 당기며 한 팔로 허리를 끌어안았다.

"잠깐만. 잠깐이면 돼."

신욱은 윤진의 팔에 이마를 기댔고, 윤진은 자신의 허리를 감싼 신욱의 손을 꼭 잡았다.

"피곤해?"

그가 고개를 끄덕였다. 차신욱 사장은 회의성애자라고 말하던 직원들의 말은 거짓이었다. 그는 지치지 않는 게 아니라, 힘들어도 참고 있는 것뿐이었다.

"내가 저녁 때 맛있는 거 사줄까?"

신욱이 윤진을 올려다보며 씨익 웃었다.

"회식 있어."

거절을 뭘 그렇게 웃어가면서 해.

윤진은 내심 아쉬웠지만 표정으로 드러내진 않았다.

"설계팀이랑?"

"채찍을 줬으니 당근도 줘야지."

"아쉽다. 오빠 좋아하는 돈가스집 가려고 했는데."

"다음에 가자."

"내일 갈까?"

"내일은 경제인 모임."

이번에도 거절을 당하자 윤진은 섭섭한 마음에 저도 모르게 입을 쑥 내밀었다.

"윤진아, 그럼 우리 밤에 볼래?"

"오늘 어차피 야근이니까 그래도 되겠다."

"오랜만에 술이나 한잔하자."

"좋아. 대신 분위기 좋은 데로 오빠가 예약해 놔."

신욱이 고개를 끄덕이며 상체를 세우더니 입맞춤을 시도했다.

"어허. 사장님 너무 과감하시다."

입술이 닿기 직전 윤진이 신욱의 어깨를 밀어내자 신욱은 지지 않고 더욱더 힘을 주며 거리를 좁혀왔다. 윤진이 고개를 뒤로 빼고 버티자 그제야 포기를 하고 윤진을 두 팔로 꼭 끌어안았다.

"빨리 결혼했으면 좋겠다."

한숨 섞인 그의 나지막한 목소리에 윤진은 가슴이 쿵 하고 바닥에 떨어지는 것 같았다.

"왜?"

"그런 자리 가기 싫을 때 집에서 와이프가 기다리고 있다고 핑계 댈 수 있잖아."

"치……. 안 그래도 얼마 안 남았다."

윤진의 말이 마음에 들었는지 신욱이 윤진을 빤히 올려다보았다. 푹 꺼진 눈두덩 위에 두세 겹으로 겹친 눈꺼풀도, 핏대가 선 두 눈도 너무나 안쓰러웠다. 윤진은 신욱의 뺨을 두 손으로 감싸고 천천히 고개를 숙여 입을 맞췄다. 입술 새로 파고드는 그의 따스한 숨결이 가슴까지 닿자, 멍울진 가슴이 풀어지는 것만 같았다.

그와 결혼을 앞두고 있다는 것이 이젠 더 이상 어색하지 않다. 아픈 기억들로 가득한 본가에서 해방될 수 있다는 안도감과 그의 품에 안겨 그와 함께할 시간들에 대한 기대감에 어느 순간부터 그 날을 기다리고 되었다. 그와 함께할 일상을 상상하며 복잡미묘했던 여러 가지 감정들이 하나로 정리되기 시작했다.

마음껏 사랑할 것이다. 후회할 짓 같은 거 하면서 시간을 낭비하지 않을 것이다. 잃었다가 되찾은 사랑이기에, 최선을 다해 지켜낼 것이다.

5년의 시간이 흐르는 동안, 그는 많이 달라졌다. 처음엔 낯설었지만, 이젠 예전의 모습을 떠올리며 그가 무엇이 달라졌는지 되짚어보게 되었다. 그러는 동안, 서로를 아프게 만들었던 흉터들이 완전히 사라진 것 같은 착각마저 들었다. 어쩌면…… 오직 행복하고만 싶은 욕심에 억지로라도 지우려 하는 건지도 모르겠다.

먼저 약속 장소에 도착한 건 윤진이었다. 10분쯤 늦을 거란 연락을 받은 윤진은 차에서 내리기 전 거울을 꺼내보았다. 퇴근 전에 다시 공들여 한 화장을 확인하며 만족스럽지 않은 곳을 수정했다. 야근만 아니었어도 더 예쁘게 하고 올 수 있었는데, 조금 아쉬웠다.

거의 다 도착했다는 신욱의 메시지를 확인한 윤진은 그제야 차에서 내렸다. 그가 예약한 곳은 정재계 인사들과 명사들이 즐겨 찾는다는 유명한 와인바. 와인바 안은 프라이버시 보호를 위해 각각의 룸으로 나뉘어져 있었고, 입구에서 윤진을 알아본 직원이 복도로 안내했다.

"화장실은 어디 있어요?"

"이쪽 끝으로 쭉 가시면 왼쪽에 있습니다."

예약된 룸을 확인한 윤진은 화장실에서 다시 한 번 최종 점검을 하려 직원이 알려준 길을 따라 걸었다.

"잔 비었잖아. 가득 채워."

룸 앞을 지나가는 그 찰나의 순간, 귀에 익은 음성이 들렸다. 멈칫한 윤진은 방금 스쳐 지난 룸 앞에 서서 반 뼘쯤 열린 문틈 사이로 안을 보았다.

그런데…… 그곳에 나현이 있었다. 누구와 함께 있는 건지 확인하려 조심스레 좀 더 문을 연 윤진은 룸 안의 상황을 파악하고 벌어진 입을 다물지 못했다. 나현의 양옆엔 이름만 대면 전 국민이 다 아는 제 또래의 남자배우 둘이 앉아 있었고, 그중 한 명은 셔츠를 풀어헤친 채 나현의 목덜미에 입을 맞추고 있었다. 다른 한 명은 나현의 빈 잔을 채워주고 있었는데, 그 남자의 바지 앞섶엔 나현의 손이 닿아 있었다. 이미 잔뜩 취한 듯한 나현은 고개를 가누지도 못할 정도로 흐트러진 모습이었다.

직접 두 눈으로 보고 있었지만, 윤진은 믿을 수가 없었다. 믿어지질 않았다. 숨이 턱 막히고 발이 떨어지질 않았다. 지금 저기 앉아서 자식뻘 되는 사내들과 뭘 하고 있는 건지……. 실망과 분노가 뒤섞여 정체를 알 수 없는 거대한 감정 덩어리가 윤진의 두 발을 붙잡고 그 자리에 옭아매 버렸다.

윤진은 문고리를 손에 쥔 채 천천히 숨을 골랐다. 무슨 말을 해야 하나, 이 상황을 어떻게 하지? 몇 번이나 제 자신에게 물었지만 생각이란 것 자체가 되질 않았다. 먹통이 되어버린 것 같다.

"여기서 나 기다리고 있었……."

뒤에서 신욱이 다가왔다. 그제야 정신이 든 윤진은 신욱의 팔목을 잡아채 벽으로 밀어 세웠다. 갑작스러운 윤진의 행동에 신욱이 많이 놀랐지만, 윤진은 아무런 설명을 할 수가 없었다.

"왜 그래?"

신욱이 심각한 표정으로 윤진을 본 후, 윤진이 보고 있던 곳으로 향했다. 점점 굳어지는 신욱의 표정을 지켜보며…… 윤진은 두 눈을 질끈 감았다.

"……나가자."

신욱은 윤진을 팔로 감싸 안으며 와인바를 나섰다. 윤진이 휘청거릴 때마다 넘어지지 않도록 꽉 붙잡아주었다.

"차로 갈까?"

윤진이 고개를 끄덕이자, 신욱이 자신의 차로 가 윤진을 태웠다. 운전석에 오른 그는 시동을 건 채로 한참을 멍하니 앉아 있었고, 그 어떤 말도 꺼내지 못했다.

"창피하다……."

순간…… 윤진은 그의 어머니를 모욕했던 그날이 떠올랐다. 그리고 상처받은 표정의 그의 얼굴도 생생히 떠올랐다.

"윤진아."

"너무 창피해서…… 오빠 얼굴을 못 보겠어."

결국 잘 참았던 눈물이 뺨을 타고 흘러내렸다. 거짓말처럼 쉬지 않고 흘렀다. 가슴을 흥건히 적실 만큼 하염없이 흐른 눈물 때문에, 마음이 눈물로 잠겨 버렸다. 손을 쓸 수가 없었다. 신욱이 손수건을 건네며 어깨를 감싸 안아주었지만 이 순간만큼은 그의 위로도 눈물을 막아내지 못했다.

"서윤진, 또 네 멋대로 상상하고 결론짓지 마."

생각지 못했던 신욱의 냉정함에 윤진은 미간을 구기며 신욱을 바라보았다.

　"오빠 아까 그걸 직접 보고도…… 그렇게 말할 수 있어?"

　"너 앞뒤 사정 전혀 모르잖아."

　"아니, 알아. 엄마…… 일주일 전에 집 나가셨고, 지금 호텔에서 혼자 지내셔."

　"그래서? 네 어머니가 집을 나간 이유가 지금 이 상황과 연관이라도 있을 거란 뜻이야? 그것도 네 추측이잖아. 차라리 직접 가서 물어봐. 저 남자들 누군지, 지금 여기서 뭘 하고 계신 건지. 무턱대고 오해하지 말고, 바보처럼 울고만 있지 말란 말이야."

　울고만 있는 내가 안쓰럽고 가여워서, 속상하고 마음 아파서 하는 말이란 걸 알고 있다. 그에게 했던 오해와 실수를 나현에게 똑같이 할까 봐 걱정돼서 그러는 거란 것도 알고 있다. 하지만…… 윤진은 절대 신욱의 말대로 할 수가 없었다. 나현의 입을 통해 듣게 될 이야기가 너무도 두렵고 겁이 나서 아무것도 묻고 싶지 않았다.

　신욱이 차에서 내리더니 조수석 문을 열고 윤진에게 손을 내밀었다.

　"가자."

　"싫어."

　신욱이 윤진의 손목을 잡아당기자, 윤진은 신욱의 손을 뿌리쳤다.

　"못됐어…… 진짜 못됐어! 내가 어떻게 가서 물어봐! 그게 말이 돼?"

　"왜 말이 안 돼?"

　그의 진심을 알면서도 자꾸만 벼랑 끝까지 밀어붙이는 그가 미워서 견딜 수가 없었다. 윤진은 바들바들 떨리는 입술을 꾹 깨물고 그의 가슴팍을 주먹으로 쳤다. 그러자 신욱이 윤진을 두 팔로 꽉 끌어안았다.

자신에겐 늘 차가웠지만, 그래도 윤진은 나현을 존경했다. 최고의 여성 기업가 김나현의 딸이라서 자랑스러웠고, 김나현이 서윤진의 엄마라서 늘 뿌듯했다. 사람들이 털어서 먼지조차 안 나는 사람은 오직 김나현이라고 말할 정도로 사생활에 있어서는 지나칠 만큼 완벽하고 숨 막힐 정도로 반듯한 분이었다. 자신과는 전혀 다른 유전자를 가진 사람 같았다. 그랬던 엄마기에…… 윤진은 방금 본 나현의 모습을 받아들이기가 너무 힘겨웠다.

젊은 사내의 품에 안겨 잔뜩 취해 웃고 있던 엄마……. 단 한 번도 본 적 없는 모습이었기에 상상조차 해본 적 없었다. 혹시…… 내가 알지 못했던, 내가 보지 못했던 엄마의 모습 속에 아까 본 그 모습이 늘 존재해 있었던 건 아닐까. 설마…… 그럴 리 없어. 절대 그럴 리 없어.

"겁나?"

신욱의 물음에 윤진은 고개를 끄덕였다. 그는 무릎을 꿇고 앉아 눈높이를 맞추곤 손수건으로 눈물로 얼룩진 윤진의 얼굴을 닦아 주었다.

"이건 정말…… 말도 안 되는 일이야."

다른 사람도 아닌 엄마가 어떻게…….

간신히 삼켰던 눈물이 다시 흘렀다. 윤진은 신욱의 어깨에 얼굴을 묻은 채 눈물을 쏟아냈다.

"윤진아, 세상에 절대로 있을 수 없는 일 같은 건 없어. 말도 안 되는 일이 일어나기도 하는 게 세상이야. 다 사람이 하는 일이고, 사람이 만든 일이라고. ……네가 상처받지 마. 미리 겁먹지도 마."

지금 이 순간, 그가 자신을 있는 힘껏 안아주지 않았더라면…….

윤진은 그런 생각을 하는 것만으로도 가슴이 철렁 내려앉아 신욱의 목을 두 팔로 끌어안으며 매달렸다. ……절대로 놓을 수가 없었다.

윤진은 내내 말이 없었다. 눈물을 참고 있는 건지 고개를 옆으로 돌린 채 창밖을 바라보았다. 차마 울지 말란 소리까진 할 수가 없어서 신욱은 핸들을 꽉 움켜쥐고 밤길을 달렸다.

윤진에게 엄마란 존재가 보통의 모녀 관계와 다르다는 걸 알고 있다. 사랑받지 못하고 자란 자신을 엄마에게 자식으로서 인정받지 못한 것이라고 여기는 듯했다. 거기서부터 시작한 애정 결핍은 방어기제로 이어졌고, 윤진은 독한 말과 차가운 표정으로 자신을 과잉보호하거나 화려한 치장으로 포장하기도 했다. 한땐 바닥을 친 자존감이 윤진을 위태롭게 만들었지만 회사 일을 시작하고 곧잘 적응하면서 나아지는 중이었다. 그런 윤진을 가까이에서 지켜볼 수 있어서 다행이라 여기고 마음을 놓았는데…… 예상치 못한 곳에서 일이 터져 버렸다.

신욱은 차를 세웠다. 5년 전 윤진과 함께 다녔던 대학 캠퍼스. 윤진은 아직 눈치채지 못했는지 아무런 말이 없었다.

"내리자."

그제야 윤진이 주변에 눈길을 주며 두리번거렸다.

"여긴……."

"잠깐 숨 좀 돌리라고."

신욱이 먼저 내려 조수석 문을 열어주니, 윤진이 마지못해 차에서 내렸다. 신욱이 손을 내밀어 윤진의 가는 손가락 사이사이에 빈틈없이 깍지를 꼈다.

노랗게 물든 은행나무 사이사이 자리한 가로등이 신욱과 윤진의 뒤에 긴 그림자를 남겼다. 도서관으로 향하는 나지막한 언덕을 천천히 오르며 신욱은 윤진의 옆얼굴을 빤히 바라보았다. 많은 생각에 잠식당한 커다란 두 눈, 길었던 울음 탓에 부풀어 버린 붉은 입술…… . 더는 바라보는 게 괴로울 만큼 마음이 아팠다.

"학교는 왜…… ."

"너 이 길 좋아했잖아."

"치…… ."

이 길 끝에 서서, 가쁜 숨을 몰아쉬며 자신을 향해 달려오던 윤진을 지켜보곤 했다. 두려울 것 없던 스물두 살의 서윤진은 그렇게 거침없이 달려와 안기며 사랑한다 말하곤 했다. 그날의 기억들이 눈앞에 선했다.

"일곱 살 땐가…… 그때 처음 알았어. 엄마가 날 사랑하지 않는다는 걸."

금방이라도 쏟아질 듯 눈가에 고인 눈물이 위태롭게 매달려 있었다.

"전부터 그 마음이 느껴지긴 했는데, 엄마가 그때 처음 말해줬어. 날 사랑하지 않는다고."

윤진이 희미한 미소를 지으며 가슴이 들썩일 정도로 크게 숨을 골랐다.

"근데 난 엄마가 좋았다? 엄만 늘 예쁘게 화장을 했고, 그래서 항상 좋은 향기가 났고, 친구들 엄마랑은 비교가 안 될 만큼 멋있었거든. 그런 엄마가 자랑스러웠어. 그렇게 멋진 사람이 내 엄마라는 것만으로도 좋았어. 비록 날 사랑하진 않지만, 날 따뜻하게 안아준 적 없지만, 그냥…… 엄마라서 좋았던 것 같아. ……엄마니까."

신욱이 그 자리에서 멈추자 윤진도 걸음을 멈췄다.

"원치 않았던 결혼, 원치 않았던 임신…… 결국 그해 목숨을 끊어버린 연인까지. 엄마도 많이 힘들었겠지. 내가 엄마 같은 상황이었다면 진즉에 도망쳤을 거야. 난 그렇게 못해."

윤진은 나현을 이해하려 애쓰고 있었다. 필사적으로 노력했다. 그렇지 않으면 나현을 잃게 될까 봐 무척 두려워하는 것 같았다.

"내가 미웠을 거야. 예쁠 리가 없지. 그래서…… 날 낳고 한 달도 안 돼서 미국으로 가버렸어. 그러곤 6년 동안 단 한 번도 날 보러 오지 않았고. ……엄만 모를 거야, 내가 엄마를 얼마나 기다렸는지. 참 신기하지? 그 어린 나이에도 낳아준 엄마를 알아본다는 게. 여섯 살 때까진 사진으로 본 게 전부인데도, 사람들이 저 여자가 네 엄마야 하는 순간 엄마를 사랑하게 돼버렸어."

끊어질 듯 끊어질 듯 힘겹게 말을 잇는 윤진이 안쓰러워 신욱은 윤진을 품 안에 안았다.

"오빠 말이 맞아. 세상에 있을 수 없는 일 같은 건 없어. 그 어떤 일이든 일어날 수도 있는 게 세상이야. 그래서 나…… 엄마를 믿어보려고. 내가 더 많이 좋아하니까……. 엄마마저 잃을 수 없으니까."

신욱의 뺨에도 결국 눈물이 흘러내렸다. 자신을 사랑하지 않는다고까지 말했던 엄마를 잃고 싶지 않은 마음에, 어떻게든 엄마를 이해하고 붙잡아보려는 윤진의 간절함과 절실함에…… 마음이 무너지는 것 같았다.

그 순간, 5년 전 그때가 떠올랐다. 내게 많은 것을 의지할 수밖에 없던 상처 많은 아이. 날 믿었고, 날 사랑했던 것이 전부였던 그 아이에게 지워지지 않는 상처를 주었다. 그 간절함을 알면서도 결국 나약하고 어리다는 변명 뒤에 숨어 비겁하게 굴었다.

도대체…… 내가 무슨 짓을 한 거야…….

"미안해, 윤진아…… 내가…… 내가 잘못했어."

신욱은 그 자리에 주저앉고 말았다. 누군가 심장을 틀어쥐는 것처럼 고통스러워 숨을 쉴 수가 없었다. 두 손으로 일그러진 얼굴을 감싼 신욱은 눈물을 쏟아내며 어깨를 들썩였다.

"오빠가 왜…… 오빠를 믿지 못한 건 난데……. 결국 나가떨어진 건 난데 오빠가 왜……."

윤진의 작은 손이 신욱의 등을 다독였다. 그러곤 신욱의 눈물 젖은 얼굴을 닦아주었다.

"믿지 못할 상황을 만들어놓고 너한테 믿어달라고만 했잖아. 널 속 좁게 구는 여자로 만들었어. 내가 먼저 믿음을 주지 못해놓고 왜 넌 나를 믿지 못하냐고 흔들고……."

내가 아니면 안 된다는 걸 알면서 결국 혼자 떠나게 만들었다. 그리고 5년을 혼자 두었다. 차마 가까이 갈 수 없었다는, 때를 만들고 있다는 그럴듯한 변명을 하며 마지막 한 걸음을 딛지 못했다. 그래 놓고 간신히 마음잡고 사는 사람 앞에 나타나 내 계획대로 따르라며 밀어붙였으니…….

난 정말…… 이기적인 놈이었구나. 나쁜 놈이었어.

"아프게 말해서 미안해."

윤진이 고개를 저으며 신욱의 손을 잡았다.

"……상처 준 거 미안해."

"못된 말만 해서…… 정말 미안해."

윤진이 소리 내어 울었다. 그간의 서러움과 아픔을 모두 털어내듯이 아이처럼 목 놓아 엉엉 울었다. 신욱은 입술을 꾹 다문 채 윤진을 안고 자그만 등은 연신 쓰다듬었다. 내가 낸 상처에 흉터로 남은 그곳을 하염없이 문지르며, 눈물을 삼켰다.

다시 시작하겠다는 말로 한 꺼풀 더 덮어버리고 방치해 뒀던 흉터……. 행복한 미래를 꿈꾸면서도 내심 마음 한 켠에 그때 주고받았던 상처가 남아 내내 마음이 불안했었다. 다신 들여다볼 자신이 없었던 그곳을 이제야 똑바로 마주했다. 가슴을 꽉 틀어막고 있던 얼음덩어리가 서서히 녹아내리는 것 같았다.

얼마나 시간이 흘렀을까.

더 이상 눈물이 남아 있지 않을 만큼 실컷 눈물을 쏟아낸 후에야 윤진과 얼굴을 마주 본 신욱은 퉁퉁 부은 윤진의 입술을 엄지로 쓸었다. 서글픈 눈으로 자신을 바라보던 윤진이 천천히 눈을 감았고, 신욱은 윤진의 입술에 입을 맞췄다. 파르르 떨리는 윤진의 입술이 고스란히 느껴져, 신욱은 윤진의 목덜미를 손으로 감싸며 더욱 깊숙이 숨을 나눴다.

09 어떤 의미

서로의 몸을 탐하는 순간만큼은 모든 것들을 잊을 수 있어서 좋다. 머릿속을 하얗게 비우고, 사소한 반응 하나하나에 온 신경을 세우며 서로에게만 집중하는 시간…… . 더 이상 혼자가 아니라는 사실에 안도했고, 전부터 지금까지 그는 늘 내 사람이라는 것에 가슴이 미어지듯 벅차올랐다. 윤진은 인정할 수밖에 없었다. 아픈 말을 퍼붓고 그를 떠나던 그 순간에도, 긴 시간을 돌아 마주한 후에도 그를 그리워하고 사랑했다는 것을.

오래전, 서로를 처음 안던 그날처럼 그는 무척이나 조심스러워했고, 그런 그의 따뜻한 배려 때문에 울컥 눈물이 치밀기도 했다. 만약…… 오늘 밤 그가 곁에 있어주지 않았더라면 윤진은 또 한 번 중심을 잃고 흔드는 대로 흔들렸을 것이다.

윤진은 신욱의 골반을 허벅지 안쪽에 힘을 주어 꽉 조였다. 먼저 절정에 다다른 윤진이 허리를 젖히며 가쁜 숨을 토해내자, 신욱은 땀으로 얼룩진 윤진의 가슴 위로 쓰러지듯 무너졌다. 봉긋 솟은 젖가슴에 자잘한 입맞춤을 남긴 그가 천천히 올라와 윤진의 목덜미에도 흔적을 새기고 이내 입술을 찾아왔다. 벌어진 입술 사이로 드나드는 끈적하고 따스한 숨결에 전신을 감싸고 발끝까지 이르러 움츠러들게 만들었다. 윤진은 흠뻑 젖은 그의 혀를 욕심껏 빨아 당기며 자신의 입안을 마음껏 휘젓도록 내버려 두었다.

신욱의 뒷머리를 쓰다듬던 윤진의 손이 그의 매끈한 등을 쓸고 탄탄한 허리 근육까지 뻗쳤다. 유려한 굴곡을 타고 손이 점점 아래로 내려가자 여전히 자신의 몸속에 갇혀 있던 그의 분신이 다시금 부풀어 오르는 게 느껴졌다.

"미안……."

그가 서둘러 분신을 빼내곤 윤진의 옆으로 돌아누웠다. 생각지도 못한 그의 사과가 우스워서 윤진이 미소를 지었다.

"오랜만에 주인 만나니까 걔도 반가웠나 보다."

윤진의 말에 신욱이 피식 웃으며 윤진을 품 안에 끌어안았다. 등을 어루만지는 부드러운 그의 손길에 다시 한 번 아랫배에 묘한 기운이 감돌았다. 여전히 한 몸처럼 맞닿아 있는 그곳에선 금세 기운을 되찾은 그의 분신이 성난 듯 펄떡였고, 윤진은 그를 좀 더 자극하고 싶은 욕심에 그의 것을 손으로 가볍게 감싸 쥐었다.

"안 되겠다. 나 먼저 씻고 올게."

그는 난처한 표정을 애써 감추며 침대에서 일어나 앉았고, 윤진은 그런 그를 향해 팔을 뻗어 손을 내밀었다. 일어날 기운이 없어서 그를 잡을 순 없었지만, 이대로 그를 보내고 싶지 않아서였다.

"그럼 나도 같이 씻어."

잠시 망설이던 신욱은 결국 윤진에게 손을 내밀었고, 윤진은 그의 손을 잡고 일어섰다. 윤진이 침대에서 내려와 바닥을 디디다가 휘청거리자 놀란 신욱이 윤진을 번쩍 안아 들었다. 윤진은 신욱의 목을 두 팔로 단단히 감은 채 그의 입술에 입을 맞췄다. 그가 도망치려 이리저리 고개를 돌렸지만, 윤진은 집요하게 그의 입술을 찾았다. 그러고도 만족하지 못해, 그의 목과 가슴에도 연신 입술을 가져갔다.

"어쩌려고 이러실까."

한숨 섞인 그의 말에 윤진은 그저 웃기만 했다. 이 순간에서 벗어나면 다시 현실로 돌아가야 한다는 게 두려웠다. 할 수만 있다면 이 밤을 묶어놓고만 싶었다. 그의 품에 안긴 채로 마음껏 사랑을 나누고 싶었다. 아무런 생각 없이, 아무런 걱정 없이 그와 시간을 보내며 계속 이렇게 있고만 싶었다.

욕실 안으로 들어간 신욱은 윤진을 욕조에 걸터앉힌 후 샤워부스 안으로 들어가 샤워기를 틀어 물 온도를 체크했다. 거울 위엔 금세 뽀얀 습기가 차올랐다. 윤진은 신욱의 손바닥 위에 바디워시를 듬뿍 짜준 후, 착한 아이처럼 무릎 위에 가지런히 손을 모으고 어깨를 으쓱였다.

난감해하던 그는 이내 결심한 듯 손바닥을 비벼 거품을 만들고 윤진의 어깨부터 부드럽게 쓸었다. 그의 시선과 그의 손길이 살갗에 닿자 온몸이 따끔거렸다. 이렇게 밝은 곳에서 서로의 벗은 몸을 오랫동안 보고 있던 적도 없거니와 함께 샤워를 한 적도 없었기에, 지금 그와 나누고 있는 이 사소한 교감이 낯설면서도 묘한 흥분을 가져왔다. 직접적으로 몸을 나누는 것 이외의 행위로부터 얻어지는 절정. 좀처럼 해소되지 않았던 갈증이 조금은 잦아드는 것만 같았다.

신욱의 커다란 손이 가슴을 스칠 때마다 그의 길고 가는 손가락이 유두를 툭 하고 건드렸다. 순간 허리가 찌릿해진 윤진은 아랫입술을 꾹 깨물며 신욱을 빤히 바라보았다.

신욱은 본능을 억누르며 자꾸만 윤진의 옆구리를 톡톡 질러대는 분신을 외면하고 있었다. 이토록 간절하게 존재감을 과시하고 있는데…….

윤진은 자신의 배 위에 닿아 있던 그의 손을 제 가슴 위에 얹고, 잔뜩 팽창된 그의 분신을 조심스레 손으로 감아쥐며 고개를 옆으로 돌려 그를 올려다보았다. 부드럽게 위아래로 움직이자 그는 턱이 무너지도록 이를 악다물며 눈매를 가늘게 만들고 윤진을 바라보았다. 약간의 원망, 그리고 약간의 황홀함이 비쳤다. 좀 더 자극하고 싶은 못된 마음에 손을 좀 더 빠르게 움직이자, 인내심에 한계가 달했는지 그는 더 이상 참지 않고 고개를 숙여 입을 맞추며 샤워부스 모서리로 윤진을 몰아세웠다.

윤진의 무릎과 무릎 사이에 자신의 무릎을 넣어 공간을 만든 신욱은 윤진의 한 손을 벽을 짚어 중심을 잡게 해준 후 자신의 한 손으론 윤진의 허리를 감싸며 분신을 깊숙이 밀어 넣었다. 전희는 충분했다. 이미 젖어 있던 윤진의 몸속으로 그의 것이 미끄러져 들어왔다. 그가 아래를 움직일 때마다 철썩철썩 살이 부딪히며 만들어내는 소리와 바닥으로 쏟아지고 있는 물줄기 소리가 한데 뒤섞여 윤진의 작고 가는 신음을 감추기에 충분했다.

신욱의 손이 윤진의 젖가슴을 덥석 움켜쥐었다. 힘을 조절하기 힘겨웠는지, 손아귀에 제법 힘이 들어가 윤진은 저도 모르게 '헉' 하고 가쁜 숨을 뱉었다. 뒤에서 밀어치는 힘이 거세지자 윤진은 두 손으로 벽을 짚은 채 등을 오목하게 휘어 밀리지 않으려 허리에 힘을 주며 받아들였다.

"하아……."

그가 정신없이 자신의 몸을 탐하는 순간이 좋다. 안달내고 매달리는 게 좋다. 윤진이 슬쩍 허리를 빼자 놓치지 않고 허리를 두 손으로 단단히 움켜잡으며 더욱 깊숙이 들어왔다. 윤진은 거울에 비친 그와 자신을 바라보았다. 샤워부스 유리에 짓눌린 젖가슴이 지독히 자극적이었다. 그의 일그러진 미간과 살며시 벌어진 입술, 고통과 환희가 공존하는 자신의 표정도, 모든 것이 만족스러웠다.

그때, 신욱이 거울을 바라보았다. 거울로 마주한 시선 때문에 가슴이 철렁 내려앉았다. 옅은 미소를 입에 건 그는 눈을 마주친 채로 더욱더 속도를 높였고 그럴수록 윤진은 다리에 힘이 풀려 제대로 서 있기가 힘겨워졌다. 그가 승자의 표정을 지으며 더욱더 강렬한 눈빛으로 바라볼수록 윤진은 속절없이 무너져 내렸다.

"아웃……."

윤진이 고개를 떨구며 무릎을 굽히자 그도 허리를 숙였다. 결국 윤진이 먼저 주저앉아 버렸고, 신욱은 폭발 직전의 분신을 윤진의 몸에서 빼냈다. 윤진은 자신의 몸을 가득 채우고 있던 그의 것이 순식간에 빠져나가자 밀려드는 허전함에 한 손으로 아랫배를 감쌌다.

정흔을 물줄기에 내려보낸 그가 벽에 기대앉아 있던 윤진의 곁에 털썩 주저앉았다. 윤진은 신욱의 허벅지 위에 올라가 마주 보고 앉아 두 팔로 그를 꼭 끌어안았다.

"계속 이렇게 있었으면 좋겠다."

"감기 걸려. 마저 씻고 나가자."

"나가서 한 번 더 하면."

윤진의 도발에 신욱이 웃으며 이마를 콩 하고 박았다. 신욱은 샤워볼에 거품을 잔뜩 묻히는 것으로 답을 대신했다.

윤진의 살결에서 신욱과 같은 향이 났다. 머리카락에서도, 뺨에서도, 어깨에서도…… 손길이 닿았던 모든 곳에서 같은 향이 나고 있었다.

말로는 설명할 수 없는 뿌듯함. 그녀를 다시 품에 안기까지 5년이 걸렸다. 손으로 꼽을 수도 없을 만큼 수많은 날이 지나는 동안, 기다리고 애태우고 마음 졸이던 그날들이 하나둘 떠올랐다.

신욱은 윤진의 동그란 맨 어깨를 어루만지며 마치 한 몸처럼 뒤엉킨 채 자신의 팔을 베고 누운 윤진을 보았다. 화장기 없는 말간 얼굴을 보고 있으니, 마치 5년 전으로 돌아가 그날의 서윤진을 마주 보고 있는 것 같았다.

"물어볼 거 있는데."

잠든 줄 알았는데.

윤진이 눈을 감은 채로 입술을 열었다. 신욱은 그런 윤진의 콧등에 입을 맞추고 흐트러진 머리카락을 쓸어 넘겨주었다.

"난 오빠한테 어떤 사람이야?"

윤진이 눈꺼풀을 밀어 올리더니 신욱과 눈을 맞추었다. 확신이 필요한 눈동자……. 간절함이 담긴 시선에 신욱은 윤진을 품 안으로 꼭 끌어안았다.

"바보 같은 질문이네."

"내가 오빠한테 아무런 의미도 없는 사람일까 봐…… 겁나."

뭐라고 설명해 줘야 할까. 고통을 버텨내는 이유라고 말해주면, 속상해하려나.

신욱에게 서윤진이란 여자는 무엇이든 해내게 하고, 끊임없이 노력하게 만드는 동기였다. 신욱은 결국엔 가장 높은 자리에 올라서게 될 윤진의 곁에 어울리는 사람이 되고자 했다. 그녀가 언제든 기대고 의지할 수 있도록, 나약함으로 예전 같은 실수를 반복하지 않도록 신욱은 더욱더 강해지려고 한다. 서윤진을 비롯한, 서윤진과의 관계 모두를 지켜내기 위해 신욱은 고단한 회사 일을 묵묵히 견뎌내고 있었다.

"그럴 리가 없잖아. 네가 아무런 의미가 없었다면, 내가 왜 죽어라 노력하면서 기회를 만들고 바보처럼 널 기다렸겠어?"

"그럼…… 날 사랑해?"

금세 윤진의 두 눈에 눈물이 차올랐다. 가여운 아이……. 숱한 날 동안 가장 가까운 사람들로부터 날 선 말에 상처받고 내내 혼자 앓았을 그녀 때문에 신욱도 가슴이 아렸다.

"정말 몰라서 묻는 거야?"

윤진은 고개를 가로저었다. 그녀는 그저 확신이 필요했던 것이다. 바닥까지 떨어져 버린 그녀의 자존감이 눈에 훤히 보여 절로 한숨이 새어 나왔다.

어서 그 집에서 빼내오고 싶단 생각뿐이었다. 그 어린아이에게 사랑하지 않는다고 말했다던 어머니. 딸의 존재 가치를 물건 대하듯 하는 아버지. 가업을 위해서라면 그 어떤 선택도 마다하지 않는, 그들 중 가장 냉정한 외조부. 그들 틈에서 늘 상처받고 아파했을 그녀가 안쓰러워서 하루라도 빨리 자신의 곁에 두고 싶었다. 내가 그녀를 사랑하는 것보다 더 많이 자기 자신을 사랑하게 하고 싶었다.

"······사랑해, 윤진아."

신욱의 말에 윤진이 옅은 미소를 지어 보였다. 흘러 버린 눈물이 신욱의 팔을 적셨지만, 윤진의 표정은 더할 나위 없이 밝았다.

"이젠 아무것도 겁나지 않아."

그 어떤 시련이 와도, 그 어떤 위기가 와도 상관없다. 더 이상 두렵지 않다. 5년을 기다려 되찾은 사람이다. 세월이 흘러, 언젠가 윤진이 나를 더 이상 사랑하지 않는다며 떠나가 버린다 해도 괜찮다. 돌아오지도 않을 누군가를 기다리는 바보 같은 짓, 한 번도 했는데 두 번 못할까. 다시 날 사랑하게 만들면 그만이다. 분명, 그때도 윤진은 나를 다시 사랑하게 될 것이다.

"난 늘 네 곁에 있을 거고, 다신 잃지 않을 거야."

파르르 떨리는 윤진의 입술에 신욱이 입을 맞췄다. 그러곤 작고 동그란 어깨 위에 턱을 괸 채 등을 다독여 주었다.

한때 우린 뜨겁게 사랑했고, 감당하기 힘겨울 만큼 아픈 이별을 했다. 못된 말로 지울 수 없는 상처를 주고 서로를 외면했지만, 결국 가장 힘든 순간 다시 만났다.

사람이 사람을 사랑하는 일. 누군가에겐 일생에 수차례 반복되는 일일지 몰라도, 신욱은 아니었다. 단 한 번뿐인 사랑. 처음이자 마지막이 될 나의 그녀. 한 번 어긋났었기에 더 간절하고 소중한 사람.

그래서 신욱은 윤진을 안을 때마다 다짐에 다짐을 거듭했다. 그녀를 두 번 다시 잃지 않겠다고…….

곤히 잠든 그의 편안한 얼굴을 확인하고, 윤진이 조심스레 이불 밖으로 빠져나왔다. 그가 깨지 않도록 소리 나지 않게 방문을 열고 거실로 나온 윤진은 소파에 두었던 가방에서 휴대전화를 꺼냈다.

새벽 2시 25분.

메시지창을 띄운 채 잠시 망설이던 윤진은 이내 글자를 적어 넣었다.

「엄마랑 할 얘기가 있는데…….」

메시지를 보낸 윤진은 몸을 웅크려 무릎을 끌어안고, 테이블 위에 올려둔 휴대전화만 바라보았다.

아까 보았던 나현의 모습이 어슴푸레 떠올랐다. 너무 당황한 나머지 자신의 눈으로 직접 보고서도 그때의 상황을 제대로 기억하지 못하고 있었다.

도대체 엄마는 왜 그러고 계셨던 걸까. 평생을 빈틈없이 살아오고 행동하던 엄마였기에, 절대로 그렇게 노는 사람이 아니란 걸 알기에 윤진은 이해할 수가 없었다.

여성편력이 심한 창욱을 항상 괄시하고 벌레 보듯 하던 나현이었다. 늘 김 회장이 바라는 대로 올곧고 바르게 행동했고, 단 한 번도 김 회장의 기대를 벗어난 적이 없었다.

그런 엄마가 왜……. 혹시 여성편력이 심한 아버지에 대한 복수일까? 평생을 그렇게 살아오셨는데, 왜 하필 지금?

돌부처로 불리던 엄마의 평정심을 깨뜨린 결정적인 사건이 있었을 것이다. 그렇다면 원인제공자는 누구일까. 아버지? 외할아버지? 그러고 보니 엄마와 대화 중에 쓰러졌다는 외할아버지도 이상하고, 그날 나눈 외할아버지와 아버지의 대화도 이상했다. 그리고 집을 나선 엄마까지……. 생각이란 놈이 꼬리에 꼬리를 물고 상상을 더해 걷잡을 수 없이 커지기 시작했다. 윤진은 나현이 아직까지 메시지 확인조차 하지 않았다는 걸 확인하고, 나현에게 전화를 걸었다.

[여보세요?]

그때, 낯선 남자의 목소리가 건너왔다. 당황한 윤진은 뭐라 말을 해야 할지 난감해 입을 벌린 채 아무 말도 하지 못했다.

[여보세요? 누구세요?]

"……누구시죠?"

상대방은 대답이 없었다. 그때부터 심장이 터질 듯이 뛰기 시작했다. 윤진은 타들어가는 입술을 질끈 깨물며 정신없이 뛰어대는 가슴을 손바닥으로 지그시 눌렀다.

[이 시각에 웬일이니.]

나현의 평온한 음성이 수화기를 통해 넘어왔다. 그 순간, 가슴이 와르르 무너져 내리는 것만 같았다. 윤진은 두 눈을 질끈 감고 마른침을 삼킨 후 천천히 눈을 떴다.

"메시지 남겼는데."

[늦었다. 다음에 얘기하자.]

"엄마! ……잠깐만."

5초도 되지 않는 그 짧은 순간, 수화기 사이에 흐르는 적막함이 윤진의 숨을 틀어막았다. 도통 입이 떨어지질 않아 입술만 달싹거리던 윤진은 한 손으로 이마를 감싸 쥐고 크게 심호흡을 했다.

"아까…… 엄마 봤어. 술 많이 마신 것 같았는데……."

나현은 대답이 없었다.

괜히 전화했어. 그냥 모른 체할걸.

윤진은 후회했다. 나현의 입을 통해 듣게 될 진심이 두려웠고, 덜컥 겁이 났다. 완전히 날 떠나겠다는 말을 할까 봐, 이렇게라도 옆에 있어주지 않겠다고 할까 봐 조마조마했다.

"무슨 일 있는 거 아니지? 내가 걱정해야 될…… 뭐, 그런 거 아니지?"

제발 아니라고 말해주길…….

윤진은 아무 일 아닐 거라고 끊임없이 주문처럼 되뇌었다.

[내일부터 일주일간 호주 출장이야. 다녀와서 얘기하자. ……늦었다, 이만 끊자.]

끝내 대답은 건너오지 않았지만, 나현은 윤진이 먼저 통화를 끝낼 때까지 전화를 끊지 않고 기다려 주었다. 윤진은 휴대전화를 손에 쥔 채 소파에 쓰러지듯 누워 몸을 동그랗게 말았다.

돌아와서 내게 해주겠다는 그 얘기가 무엇일지 궁금하면서도, 동시에 불안했다.

"윤진아, 일어나."

천근만근인 눈꺼풀을 간신히 밀어 올린 윤진은 눈을 뜨자마자 신욱의 얼굴을 마주 보게 되었다. 막 씻고 온 건지 그의 얼굴은 물기를 잔뜩 머금고 있었다. 비몽사몽 여전히 정신 못 차리는 윤진을 향해 신욱이 두 손을 내밀었고, 윤진은 팔을 뻗어 그가 일으켜 주는 대로 상체를 일으켰다.

"어우⋯⋯."

윤진은 고개를 떨군 채 팔을 머리 위로 길게 늘여 기지개를 켰다. 나현과 통화 후 새벽 내내 잠을 설치다가 막 잠이 든 참이었다.

"어제 너무 무리했나 봐."

"그렇긴 했지."

윤진은 고개를 사정없이 좌우로 털며 잠을 쫓아내려 안간힘을 썼다.

"많이 피곤해?"

거울 앞에 서서 얼굴에 로션을 바르던 신욱이 힐끔 고개를 돌리며 능청스러운 표정을 지었다. 윤진이 고개를 끄덕이자 신욱이 윤진을 번쩍 안아 들어 욕실에 데려다 주었다.

"씻고 나와. 아침은 먹고 출근해야지."

신욱이 문을 닫자, 윤진은 거울 앞에 서서 자신의 얼굴을 바라보았다.

기분 탓일까. 완벽한 화장에서만 얻을 수 있었던 자신감이, 맨 얼굴에서도 아주 조금 비치는 것 같았다. 윤진은 거울에 자신의 얼굴을 요리조리 비추어보며 눈, 코, 입을 찬찬히 살폈다. 입매를 늘여 웃어보기도 하고, 미간을 구겨 인상도 써보고, 다시 눈썹을 치켜세워 환히 웃어보았다.

남들이 쉽게 감정을 읽을 수 없는 나현의 서늘한 표정을 윤진도 언젠가부터 따라 하게 되었다. 그래야 하는 줄 알았다. 그게 맞는 건 줄 알았다. 남들이 날 어려워하고 불편해하는 게 당연한 거라고 여겼다. 상대방에게 빈틈을 주지 않으려 여러 겹의 벽을 세우는 동안, 윤진은 표정과 감정을 잃어가고 있었던 것이다.

윤진은 거울을 보며 다시 한 번 미소를 지었다. 이번엔 아까보다 더 크게, 더 활짝 웃어보았다. 조금은 어색했지만, 나쁘진 않은 것 같았다.

씻고 욕실을 나온 윤진은 뭔가 요란스러운 주방으로 향했다. 왠지 분주해 보이는 그의 뒷모습이 가장 먼저 눈에 들어왔고, 윤진은 젖은 머리카락을 수건으로 꾹꾹 누르며 식탁 의자에 앉아 지켜보았다.

오랜만에 보는 그의 편한 옷차림이 마음에 들었다. 니트에 베이직한 면바지 차림. 5년 만에 다시 만난 그는 늘 슈트에 정돈된 머리를 하고 있었다. 슈트를 입은 그는 젠틀하면서도 섹시하고 남자다웠지만, 실은 이런 편한 모습이 그리웠다. 어쩌면, 예전의 그가 그리워서 그랬는지도 모르겠다.

"주스 한 잔만 줘도 되는데."

"이 집엔 주스 없어. 나 그날 이후로 집에 주스 안 사다 놓거든."

"응? 그날?"

둥근 접시 위에 살짝 볶을 토마토와 버섯, 에그프라이를 차례로 담고 토스트기에 구운 식빵까지 챙겨 식탁 위에 내려놓은 그는 냉장고 홈바를 열어 우유를 꺼냈다.

"그날, 주스 따르다가 옷에 쏟아서 내 셔츠 입고 있었던 거거든."

이젠 정말 오래전 일에 불과한지라 웃음이 먼저 나왔다. 이제야 진실을 알게 되었으니 오해가 풀려서 다행이란 말이라도 해야 하나. 그렇다고 달라질 건 없었기에 윤진과 신욱은 서로를 보며 웃음을 터뜨렸다.

"오빠, 오렌지주스 제일 좋아하잖아."

"그래서 밖에서 먹잖아."

생각할수록 웃겼다. 그렇다고 집에 오렌지주스 반입 자체를 금지하다니.

윤진은 자신의 맞은편에 앉은 그의 발등 위에 자신의 발을 올렸다.

"오빠, 어머니…… 어디 모셨어?"

"그건 왜?"

"인사드리러 가려고. ……많이 늦었지만."

마음 한 켠에 늘 무거운 짐으로 남아 있었다. 신욱에게 어머니가 돌아가셨단 이야기를 전해 듣고 정말 너무도 죄송스러워서 그날을 떠올릴 때마다 가슴이 시큰거렸다.

"그럴 거 없어. 괜찮아."

"내가 안 괜찮아서 그래. 나 착한 척하려는 거 아니고, 내 마음 편하자고 그러는 거야. 결혼 전에 꼭 봬야겠어."

괜찮다는 게 그의 진심일지도 모르겠지만, 그날의 상처가 가장 큰 흉터로 남았다던 신욱의 말이 늘 마음에 걸렸다.

"그럼, 나중에 나랑 같이 가."

신욱에게 허락을 받은 윤진이 그제야 포크를 들고 식사를 시작했다. 바쁘게 준비했을 그의 첫 요리. 접시에 담긴 못생긴 에그프라이와 그의 얼굴을 번갈아가며 보던 윤진은 저도 모르게 웃고 말았다.

Rrrr.

거실 테이블 위에 올려둔 신욱의 휴대전화가 요란하게 울었다. 이른 아침부터 걸려온 전화가 반갑지 않은 듯, 그는 느릿하게 걸어가 휴대전화를 집어 들었다.

"네, 회장님."

윤진은 설마 하는 마음으로 뒤를 돌아보았다. 신욱이 난처한 표정을 지으며 입을 뻥긋거려 발신자가 김 회장임을 알렸다. 그제야 윤진은 지난밤 연락도 없이 집에 들어가지 않은 사실을 자각하고 한숨을 내쉬었다.

"네. ……네. ……네. 그럼 점심때 뵙겠습니다."

깍듯하게 인사를 한 신욱이 통화를 끝내고 다시 식탁으로 돌아왔다.

"외할아버지? 뭐라셔?"

"셋이 점심식사 같이 하자고."

"휴우, 큰일 났다."

윤진은 벌써부터 두려웠다. 그 불같은 성정에 지금쯤 제대로 불이 붙어 계실 텐데. 몇 개 남지도 않은 가방과 옷들이 오늘도 성치 못할 것 같아 저절로 한숨이 새어 나왔다.

"일단 이거 다 먹고 출근부터 하자. 혼내시면 혼나지 뭐."

신욱이 태연한 표정을 지으며 다시 포크를 쥐자, 윤진도 식빵을 집어 들고 입안에 뚝뚝 떼어 넣었다.

하긴, 곧 있으면 결혼할 텐데 크게 혼내진 않으시겠지.

윤진은 일단 걱정은 잠시 미뤄두고, 지금 이 순간을 즐기기로 했다. 매일같이 그와 함께 아침을 맞이할 날도 머지않았다는 사실이 새삼 실감 났다. 머릿속으로 그려보곤 했던 먼 미래. 그날이 손에 잡힐 듯 아주 가까이 다가와 있었다.

김 회장과의 점심 약속 장소는 '호텔 이든'의 중식당. 김 회장은 평소에도 체인을 돌며 각 식당마다 들러 식사를 해보곤 하는데, 갑작스러운 김 회장과 윤진, 신욱의 등장에 식당 직원들은 잔뜩 긴장을 하고 있었다. 그 분위기가 윤진에게도 고스란히 전해질 정도로 말이다.

"자, 시장할 텐데 어서 들지."

김 회장이 먼저 젓가락을 집어 들자, 윤진과 신욱도 식사를 시작했다.

"어제 윤진이가 집에 안 들어온 걸로 아는데."

막 입안에 음식을 집어넣던 신욱이 김 회장의 일갈에 사레가 들어 기침을 해댔다. 그 모습에 윤진은 웃음이 터졌고, 김 회장의 입가에도 미소가 번졌다. 걱정했던 것보다 나쁘지 않은 김 회장의 반응에 윤진은 조금 안심할 수 있었다.

"죄송합니다."

"곧 결혼할 사인데 죄송은. 다만 보는 눈들이 많으니 식 올리기 전까진 주의해 주게."

"네, 할아버님."

"나야 하루라도 빨리 증손주를 안아보고 싶지만, 자네도 알다시피 윤진이가 앞으로 해야 할 일이 많지 않은가. 알아서들 잘하겠지만 노인네가 한마디 보태자면, 두 사람 다 아직 젊은 나이니까 2세는 여유 있게 가졌으면 하네. 내 말…… 무슨 뜻인지 알겠는가?"

그냥 스치듯 지나갈 수도 있는 이야기였지만, 윤진은 순간 지나치게 간섭받고 있다는 기분이 들어 조금 언짢았다. 오직 가업만을 생각하는 김 회장의 발언에 서운한 마음도 들었다. 좀 더 자리 잡고 난 후에 아이를 가져도 가지라는 말을 돌려 하신 것이었다.

엄마도 그렇게 철저히 관리하셨겠지. 누구와 결혼을 하고, 어떤 시기에 아이를 낳고……. 김 회장의 계획대로 살아온 나현이 안타까웠다. 늘 불행해 보였던 엄마의 표정, 서늘하고 차갑기만 했던 얼굴, 감정이라곤 눈곱만큼도 남아 있지 않아 보였던 모습들이 머릿속을 스쳐 지나갔다.

"네 엄만 오늘 호주로 출장 갔다지?"

"일주일 일정으로 다녀오신다고 얘기 들었어요."

"네가 얼른 자라서 네 엄말 많이 도와야 할 텐데. 차 서방이 수고 좀 해주게."

신욱의 찻잔에 향기로운 재스민 차가 채워졌다.

"차 서방이 보기에 윤진이 어떤가? 자질이 있어 보이는가?"

"잘할 것 같습니다. 오기도 있고, 의욕도 좋고, 시야도 넓고요."

"거기다 성질도 있고?"

"차마 아니라곤 말씀 못 드리겠습니다."

"하하하! 성질머리가 날 꼭 닮아서 그렇다네. 하하하!"

김 회장이 호탕하게 웃는 사이, 신욱이 손을 내밀어 윤진의 손을 잡아주었다.

"목표가 뚜렷하니 헤맬 일 없어서 다행이야. 윤진아, 어떠니? 할 만하지?"

"아직은 버거운데, 해볼 만해요. 제 몫은 어떻게든 할 테니까 너무 걱정 마세요."

"아무렴, 네가 누군데. 이 김성회의 외손녀이자 김나현의 딸 아니냐. 넌 절대 날 실망시키지 않을 거야."

아무래도 오늘 부담을 주려고 작정하신 듯했다. 윤진은 더 이상 먹었다간 속이 부대낄 것 같아서 젓가락을 내려놓았다. 그걸 눈치챈 신욱이 윤진의 찻잔에 따뜻한 재스민 차를 채워주었다.

"두 사람 식 올리기 전에 집에서 다 같이 식사 한번 하지. 갑자기 결혼 일정을 당기는 바람에 양가 식구들이 정들 새도 없이 한 식구가 되게 생겼으니."

"네, 할아비님. 아버지께 말씀 전하겠습니다."

김 회장이 만족스러운 표정을 지으며 식사를 이어갔다.

윤진은 신욱을 바라보았다. 고맙기도 하고 미안하기도 하고……. 그가 곁에 있어줘서 얼마나 다행인지.

작고 가늘게 한숨을 내쉬자 신욱이 잡은 손에 힘을 주었다. 마음 한구석에서 여전히 존재감을 과시하고 있는 이유를 알 수 없는 두려움과 불안함을 잠재워 주는 건 오직 차신욱뿐. 윤진은 그런 그를 향해 환한 미소를 지어 보였다.

10 날 웃게 만드는 건

코어그룹 본사 빌딩 본관에 들어선 신욱은 지끈거리는 머리를 양손으로 꾹꾹 누르며 회장실을 찾았다. 눈에도 피곤함이 밀려왔지만 오늘 일정이 아직 끝나지 않았기에 좀 더 힘을 내야 했다.

"기다리고 계십니다."

비서의 안내를 받고 회장실 안으로 들어선 신욱은 누군가와 얘기 중인 차 회장을 발견하고 잠시 멈칫했다. 그때 마침 차 회장과 눈이 마주쳤고, 신욱은 고개를 숙여 인사하며 다가섰다.

"오빠."

차 회장과 대화를 나누던 상대는 다름 아닌 혜민이었다. 신욱을 발견한 혜민이 자리에서 일어나 환히 웃었지만, 신욱은 그 자리에 멈춰 섰다.

"오랜만이야. 잘 지냈어?"

혜민이 다가오자 신욱은 불편한 감정을 숨기지 못하고 표정에
고스란히 드러내고 말았다. 혜민은 그런 신욱의 표정을 살피더니
다시 자리로 가 앉았다.

"어쩐 일이야?"

"5년 만에 만났는데 두 사람은 전혀 반갑지 않은가 보구나."

차 회장의 말에 신욱은 별다른 대답을 하지 않은 채로 혜민의
맞은편에 자리를 잡았다.

"그러게요. 제가 별로 보고 싶지 않았나 봐요. 난 오빠 되게 보
고 싶었는데."

혜민의 볼멘소리에 신욱은 이번에도 아무런 대답을 하지 않았
다. 두 사람 사이에 싸늘한 기운이 감돌자, 그 이유를 알지 못하는
차 회장만 머쓱하게 웃었다.

"사람이…… 차가워졌네."

"여긴 왜 왔어?"

신욱이 말을 자르자 혜민의 표정도 점점 굳어졌다. 작은 한숨을
몰아 쉰 혜민은 서운한 기색이 역력한 얼굴로 신욱을 바라보았다.

"EST 소속이야."

EST라면, 제네럴 컴퍼니와 함께 'E코어그랜드타워'의 내부 설
계 계약을 앞두고 경합 중인 팀이었다. 신욱은 차 회장을 보았다.
차 회장은 의미를 알 수 없는 모호한 미소를 지으며 찻잔을 손에
쥐었다.

"아버지."

"미리 말하지 않아서 섭섭하니?"

이건 또 무슨 그림인 거지. 총괄책임자 자리와 함께 모든 권한

을 주기로 해놓고, 뒤에선 조종을 하고 계셨던 건가.

신욱은 차 회장이 개입했다는 것과 개입의 이유 중 하나가 혜민 때문일지도 모른다는 추측 때문에 기분이 언짢았다.

"제네럴 컴퍼니 쪽에서 나중에 이 사실을 알게 되면 굉장히 불쾌해할 겁니다."

"그렇게까지 비약할 것 없다. 혜민이가 EST 소속이건 아니건, 두 팀은 공정하게 경쟁할 거고 최종 선택은 너랑 네 임원들이 할 거야."

"정말 공정하게 진행되는 맞습니까? 저 말고 다른 임원들은 EST에 차혜민이 속해 있단 사실을 모르는 거 확실해요?"

신욱의 물음에 차 회장은 시원하게 대답하지 못했다. 자신만 빼고 다들 알고 있었던 모양이다.

예리한 송곳으로 찌르는 듯한 두통에 신욱의 미간이 구겨졌다. 이건 예민할 수밖에 없는 사안이었다. 전혀 아버지답지 않은 행동이었다. 코어그룹 차동민 회장만큼은 공사 구분이 확실하다고 믿었기에 그런 차 회장을 늘 존경해 왔고, 그 어떤 선택을 하더라도 믿고 따랐는데…….

"그룹 차원에선 EST로 내정된 거라고 봐도 무방하겠군요."

"신욱아."

"섭섭하네요, 아버지. 절 못 믿고 계셨다니."

"그런 거 아니다. 혜민이를 자연스럽게 경영에 참여시키기 위해서였지 절대 너를 믿지 못하거나 네 능력을 의심해서 개입한 게 아니야. 'E코어그랜드타워'는 처음부터 네가 계획한 거고 끝까지 네가 완성해야 할 온전한 네 작품이야. 난 절대로 관여할 생각 없다."

"적어도 저랑 한마디 상의는 하셨어야죠."

"이게 뭐라고 그렇게 삐딱하게 구는 거니. 혜민이도 우리 집안 사람이다. 이제 제자리 찾아서 경영 수업도 받아야 하고⋯⋯."

자리에서 일어난 신욱은 혜민을 싸늘하게 내려다보았다. 혜민은 신욱의 날 선 반응에 당황한 기색이 역력했다.

5년 전, 프랑스로 떠나겠다는 말에 그 자리에서 다 묻어버리는 게 아니었는데⋯⋯.

"아버지, 저는 계속 설계 일 하고 싶어요. 가업에는 관심 없어요. 오빠, 나 정말 관심 없어. 나 때문에 아버지한테 그렇게 굴지 마."

혜민은 착한 얼굴을 하고 차 회장과 신욱을 번갈아가며 바라보았다.

"흠흠. EST가 됐든, 제네럴이 됐든 결정을 서두르는 게 좋겠다. 올해 안에는 건축심의 들어가야 계획에 차질이 안 생기는 거 너도 잘 알고 있지?"

신욱의 완강함에 한발 물러선 차 회장 때문에 신욱은 표정을 풀고 차 회장을 보았다.

"'E코어그랜드타워', 저한테 맡기신 거면 끝까지 믿고 맡겨주세요. 서두른다고 될 일 아닌 거 잘 아시잖아요."

"그래, 네 말 무슨 뜻인지 알겠다."

차 회장은 내심 서운했는지 언짢은 표정으로 고개를 저었고, 신욱은 다시 자리에 앉았다.

"오늘 저녁에 별일 없으면 집에 들어와라. 오랜만에 다 같이 저녁이나 먹자."

"팀 회식 있습니다."

"그래? 그럼 시간 날 때 들어와. 혜민이 당분간 집에서 지낼 거다. 혜민이…… 아이도 한 번 봐야 하지 않겠니?"

차 회장이 일어서자 혜민도 덩달아 일어섰다.

"우린 이만 들어가자."

차 회장이 먼저 회장실을 빠져나가고 그 뒤를 혜민이 따랐다. 신욱은 자리를 박차고 일어나 혜민의 손목을 잡아 세웠다. 문을 닫고 혜민과 마주 선 신욱은 금방이라도 눈물이 흐를 것만 같은 혜민의 눈을 뚫어져라 바라보다 손목을 놓고 바짝 다가섰다.

"EST에 있었다고?"

"몰랐어?"

"몰랐어."

"……아무도 얘기 안 해줬구나."

"내가 묻지 않았으니까. 이럴 줄 알았으면 한 번쯤은 네 소식 물을 걸 그랬다."

혜민이 허탈한 듯 웃었고, 눈가에 고여 있던 눈물이 뺨을 타고 흘러내렸다.

지난 5년간 신욱은 단 한 번도 혜민에게 먼저 연락한 적 없었다. 종종 여러 루트를 통해 연락이 왔지만 단 한 번도 받지 않았다. 그러다 아이를 낳았다는 소식은 들었으나 더 이상 묻지도, 궁금해하지도 않았다. 자신의 생에서 가장 도려내고 싶은 순간을 준 사람이라서 돌아보고 싶지 않았기 때문이다.

"난 오빠 소식 쭉 듣고 지냈어. 윤진이랑 약혼했다고?"

"다음 달에 결혼해."

"알아. 그렇게 강조 안 해도 다 알아들어."

혜민이 짜증스럽게 반응하자 신욱은 한 발 더 뒤로 물러서서 혜민을 바라보았다. 혜민은 그때나 지금이나 상처 많은 눈으로 자신을 바라보고 있었다.

왜 다시 나타난 걸까. 정말 일 때문인가.

이젠 그때와 상황이 많이 다르기 때문에 전과 같은 상황이 벌어질 걱정 같은 건 하지 않아도 되겠지만, 그래도 마음이 좋지 않았다. 윤진이 이 사실을 알게 되면 분명 신경 쓸 텐데, 그게 가장 걱정이었다.

"그때 분명히 말했어, 다신 마주치지 말자고."

"이건 일이야."

"난 너 불편해."

"비즈니스일 뿐이라고 생각해."

"아무리 그래도 아닌 건 아닌 거다."

"솔직히 우리 팀 설계가 더 마음에 들잖아. 그래서 아버지도……."

"결정은 내가 해. 아버지 움직여도 소용없어."

신욱의 단호함에 혜민은 더 이상 말을 잇지 못했다. 난감한 듯 어색하게 웃던 혜민이, 아까와는 사뭇 다른 도발적인 눈빛으로 신욱을 올려다보았다.

"서윤진도 여기서 일한다며? 자주 만나게 되겠네."

자극적인 말이었다. 하지만 신욱은 물러서지 않았다.

"그럴 일 없어. 좋은 말로 할 때 조용히 돌아가. ……네 어머니를 위해서라도."

신욱은 혜민을 회장실에 남겨두고 먼저 빠져나왔다. 엘리베이터 앞에 선 신욱은 넥타이를 느슨하게 풀고 숨을 크게 골랐다. 그리고 재킷 안주머니에서 휴대전화를 꺼내 들었다.

"본부장님, 오늘 저녁 회식 제 대신 참석 부탁드려도 될까요? ……아, 감사합니다. 그럼 내일 뵙겠습니다."

심 전무에게 회식 자리를 부탁한 신욱은 아직 위층에 멈춰 있는 엘리베이터 층수를 확인한 후 비상계단 쪽으로 달려갔다.

지금 당장 윤진을 봐야 했다. 같은 실수를 반복하지 않기 위해서…….

모두가 퇴근한 사무실에서 마지막으로 불을 끄고 나온 윤진은 서둘러 주차장으로 향했다. 간만에 이른 퇴근이라 그 어느 때보다 발걸음이 가벼웠다.

Rrrr.

엘리베이터에서 막 내린 윤진은 발신자를 확인하고 빙긋 웃으며 통화를 연결했다.

"왜?"

[지금 어디야?]

신욱이 다급한 목소리로 묻자 덩달아 놀란 윤진이 그 자리에 우뚝 멈춰 섰다.

"주차장 내려왔어. 왜? 무슨 일 있어?"

[내 방으로 올라가 있어. 아니다, 내가 그리로 갈게. 거기서 기다리고 있어.]

"아냐, 오빠. 내가 올라가 있을게."

통화를 끝낸 윤진은 다시 엘리베이터로 향했다. 늘 차분하고 이성적이던 그가 왜 그리 서두르는 건지, 무슨 일인지 이유를 알 수 없어 윤진의 마음도 급했다.

그의 사무실 앞에 도착한 윤진은 자신을 알아보고 인사를 건네는 비서실장에게 공손하게 인사했다.

"지금 회장실에서 오고 계시는데, 안에서 잠시 기다리시라고 하셨습니다."

윤진은 비서실장의 안내를 받아 그의 사무실 안으로 들어섰다. 주인이 자리를 비운 빈 사무실. 윤진은 그가 없는 틈을 타 집무실 곳곳을 둘러보았다.

집무실 한쪽 벽을 차지한 책장과 서울이 발아래 내려다보이는 탐나던 창가, 그리고 그가 하루 중 대부분의 시간을 보내는 책상까지…… 윤진은 손끝으로 매만지며 빠짐없이 눈에 담았다.

그리고 그의 명패. 책상 위에 놓인 '차신욱' 이름 석 자가 적힌 그의 명패에 모든 것이 담겨 있었다. 이 자리에 오르기까지 그가 이 악물고 견뎌냈을 부담의 무게, 견제투성이인 주위의 시선, 혹독하고 치열한 경쟁들이 눈앞에 훤히 그려졌다. 그는 변할 수밖에 없었고, 이만큼이나 성장해 있었다.

그의 책상 위에는 아직까지 처리하지 못한 결재서류가 쌓여 있었고, 스케줄러에는 단 한 칸의 빈공간도 남아 있질 않았다. 작은 나무 상자에는 또박또박 반듯한 그의 글씨가 적힌 메모지들이 한가득 담겨 있었고, 마시다 만 커피는 차게 식어 있었다.

"어……."

걸음을 옮기던 윤진의 시선에 책상 위에 놓인 액자가 들어왔다. 벚꽃나무 아래 서서 손을 맞잡고 머리를 기대고 찍은 사진…….

스물두 살 서윤진과 스물네 살 차신욱이 더할 나위 없이 밝게 웃고 있었다.

윤진은 액자를 집어 들고 사진을 가만히 들여다보았다. 지금보다 앳된 얼굴인 것만 빼면 변한 건 없었다. 윤진이 좋아하던 눈꼬리가 살짝 처진 예쁜 눈매는 그때나 지금이나 여전했다.

"오래 기다렸어?"

문을 열고 신욱이 들어오자, 윤진은 신욱에게 달려가 두 팔로 허리를 끌어안았다.

"왜 이래?"

윤진이 더욱 세게 허리를 끌어안자, 잠시 당황한 신욱이 윤진의 뒷머리를 쓰다듬어 주었다.

"……좋아서."

신욱의 가슴에 뺨을 대고 있으니 그가 쿡쿡 웃을 때마다 그 울림이 고스란히 전해졌다.

"회사에서 이게 뭐 하는 짓이야."

"다른 건 몰라도 안고 싶을 땐 안을 수 있게 해줘. 아니, 해줘요, 사장님."

윤진은 고개를 들어 간절한 눈으로 바라보았고, 신욱은 고개를 뒤로 젖히며 크게 웃었다.

"이 사진, 아직도 가지고 있었네."

윤진이 액자를 내밀자 그가 미소를 지으며 액자를 건네받았다. 도로 책상 한가운데 올려둔 그는 윤진의 뺨을 손등으로 부드럽게 쓸며 이마에 입을 맞추었다.

"결국 모두 다 제자리를 찾게 될 거란 걸 알고 있었거든."

자신감이 대단하다고 해야 하나 아니면 나에 대한 믿음이 강하다고 해야 하나. 어떻게 그렇게 단언할 수가 있을까. 만약 내가 돌아오지 않았으면 어쩌려고…….

"윤진아."

"응?"

"할 말 있어."

그의 입에서 나올 이야기가 솔직히 조금은 걱정스러웠다. 그의 편치 않은 표정 때문이기도 하고, 그가 평소답지 않게 다급하게 군 탓이기도 했다. 혹시나 나쁜 소식일까 봐 마음이 조마조마했지만 윤진은 흔들리지 않겠다고 마음을 굳게 먹었다. 근심 가득한 그의 눈빛에 가슴이 철렁 내려앉았지만, 윤진은 크게 숨을 들이쉬며 천천히 고개를 끄덕였다.

"말해, 들을 준비됐어."

윤진이 입매에 힘을 주어 미소를 얹자, 신욱은 윤진의 머리카락을 귀 뒤로 넘겨주며 뺨을 어루만졌다.

"혜민이가 왔어."

차혜민. 잠시 행복에 젖어 잊고 지냈던 그 이름.

신욱과 다시 만난 후로도 가끔씩 가슴을 답답하게 하던 그 존재가 다시 눈앞에 나타났다. 윤진은 저도 모르게 긴 한숨을 뱉고 말았다. 차 회장에게 혜민이 EST 소속이란 사실을 듣고 난 후, 'E코어그랜드타워'의 내부설계팀 경합에 EST가 있단 사실에 내심 걱정하기도 했었다. 그런데 그 걱정이 결국 현실이 되어버렸다.

"EST 소속이라 같이 들어온 건가?"

"너…… 혜민이가 EST 소속인 거 알고 있었어?"

"오빠 몰랐어?"

정말 몰랐던 건지, 그는 기가 막히다는 듯 웃었다. 그의 그런 반응을 보고 나니 EST의 직원들과 태연하게 상대할 수 있었던 이유를 이제야 알 것 같았다.

"그래서 내가 또 도망이라도 갈까 봐 그렇게 불안한 얼굴 하고 온 거야?"

그는 부정하지 못했다. 윤진은 그에게 좀 더 가까이 다가가 허리를 두 팔로 감싸고 단단히 손깍지를 꼈다.

"안 도망가. 차신욱 포기 안 해."

그의 사랑을 믿는다. 한순간도 변함없었던 그의 마음을 믿는다. 그리고 두 번 다시 같은 실수를 반복하지 않을 것이다. 더는 그때의 내가 아니니까. 흔들리지 않을 것이다. 그 어떤 순간이 와도 그를 남겨두고 도망치지 않을 것이다. 그 어떤 반대와 시련에도 부딪치고 맞설 용기가 생겼다.

"나 서윤진이야. 차혜민은 내 상대가 안 되지. 약혼녀 노릇 좀 할게. 나 말리지 마."

일부러 좀 더 과장되게 의기양양한 표정을 지어 보이자, 그가 웃으며 이마를 콕 하고 부딪혀 왔다. 윤진은 신욱의 품 안에 다시 한 번 안기며 그를 꼭 끌어안았다.

윤진은 자주 찾는 와인바에서 혜민을 기다리고 있었다. 직접 혜민에게 연락을 할까 하다가, 혜민에게 부담을 주고 싶은 마음에 비서실을 통해 연락을 보냈다.

다시 돌아온 저의가 뭘까. 정말로 일 때문일까.

차 회장과 임 이사장의 결혼 관계가 지속되는 한 혜민을 가족으로서 가업에 참여시킨다는 계획은 일리가 있었다. 그것이 임 이사장 측의 요구일지도 모르니까. 그렇다면 반드시 충족시켜 줘야만 하는 사항이니 윤진도 뭘 어쩔 수 없는 처지였다. 나 하나 때문에 그 집안을 풍비박산 낼 수도 없는 노릇이니. 생각 같아서는 차혜민만 그 집에서 쏙 빼버리고 싶지만 그럴 수 없다는 걸 알기에 윤진은 머리가 지끈지끈 아파왔다.

와인을 채운 윤진이 막 잔을 집어 드는데, 문이 열리고 혜민이 들어왔다. 윤진은 웃으며 와인 잔을 내려놓았다.

"앉아."

예전이나 지금이나 혜민은 여전했다. 속을 알 수 없는 표정, 지지 않으려는 듯 한껏 힘준 화려한 옷과 화장, 머리치장까지. 윤진은 혜민에게 와인을 따라주었다.

"너랑 이렇게 마주 앉아서 와인을 마실 날이 올 거라곤…… 상상해 본 적 없는데."

윤진의 말에 혜민이 옅게 웃으며 잔을 기울였고, 윤진 역시 잔을 빙그르르 돌리며 향을 음미했다.

"왜 보자고 한 거야?"

"왜겠어. 네가 돌아왔기 때문이지."

혜민은 한숨을 내쉬며 마저 잔을 비웠고, 윤진은 스트레이트 잔에 독한 술을 가득 채워 건넸다.

"왜 돌아왔어?"

혜민은 코웃음을 치며 스트레이트 잔을 단숨에 비웠다.

"왜 돌아왔을 것 같니?"

"어쭙지 않은 말장난은 하지 않는 게 좋을 거야. 내가 인내심이 없는 사람이란 걸 겪어봐서 잘 알잖아."

"돌아오면 안 될 이유라도 있나? 아직도 그렇게 자신이 없어?"

윤진은 어깨를 으쓱이며 와인을 한 모금 입에 머금었다.

"날 자극하고 싶어서 안달났구나. 어설프니까 그만해."

"내가 농담하는 것 같니?"

"경영 수업받으러 왔잖아. 과정이야 어찌 됐든 너도 코어그룹 사람이니까. 이사장님과 차 회장님 결혼에 네가 포함되어 있는 건 당연한 거고, 계획대로 진행하시는 거겠지. 나도 거기엔 불만 없어."

EST에서 일을 배우다가 'E코어그랜드타워' 설계를 빌미로 코어그룹 사업에 합류하고, 그렇게 자연스레 이곳에 남았다가 결국 안착할 듯했다. 만약 설계팀이 제네럴 컴퍼니로 최종 확정되더라도, 일단 혜민이 이곳에 남을 빌미는 만들어졌으니 목적은 달성한 것이다.

"그렇게 잘 알면서, 왜 물어보는 건데?"

"여전한지 궁금해서."

여전하냐는 말이 무엇을 의미하는 건지 단번에 알아차린 혜민이 쓰게 웃으며 눈썹을 구겼다.

"여전하다면?"

"상관없어."

"두 사람, 죽고 못 살아서 결혼하는 거 아닌 걸로 알고 있는데."

"네가 어디까지 듣고 들어왔는지 모르겠다만, 지금은 아냐. 이젠 죽고 못 살아서 결혼하게 됐거든."

"넌 양심도 없구나. 그렇게 상처를 줘놓고 어떻게……."

"그건 내가 하고 싶은 말인데? 우릴 그 지경으로 만들어놓고 어떻게 다시 돌아왔어?"

지지 않고 받아치자 혜민이 턱을 움찔거리며 윤진을 노려보았다.

"그래, 네 말이 맞아. 나도 이제 본격적으로 코어그룹 일 시작하려고 왔어."

불길하게 빛나는 혜민의 눈동자를 빤히 바라보며 윤진은 와인을 채웠다.

"그러고 보면 차 회장님 마음이 정말 넓으시다. 어떻게 아내의 전남편과 그 사이에서 태어난 아이가 다니는 회사까지도 끌어안으실까."

결국 이든그룹이나 코어그룹이나 마찬가지였던 것이다. 가업을 위해서라면 그 어떤 선택이라도 하는 건 별반 다르지 않았다. 하긴, 차 회장 역시 아내까지 버리면서 선택한 결혼인데 아내의 전남편쯤이야⋯⋯.

"근데 네가 이렇게 나오니까⋯⋯ 두 사람 또 흔들고 싶어지네? 어쩌지?"

혜민은 싸늘한 표정으로 말했지만, 윤진은 아랑곳하지 않았다. 윤진은 고개를 숙이며 혜민에게 좀 더 가까이 다가갔다.

"해봐, 어디. 네가 아무리 날고 뛰어봤자 넌 결국 남의 남자를 탐낸 나쁜 년이 되는 거야. 거기다 그 남자가 또 보통 남잔가? 네 오빠잖아, 오빠. 너 아이도 낳았다며. 아이에게 부끄러운 엄마가 되어선 안 되지."

잔을 움켜쥔 혜민의 손이 바들바들 떨리고 있었다.

"난 뭐든지 다 할 수 있어. 사람들 앞에서 웃으면서 널 안을 수도 있고, 널 위해 울어줄 수도 있어. 물론 그것보다 더한 것도 할 수 있지. 정신 못 차리는 시누이 머리채를 잡아 흔든다든가, 뺨을 때려준다든가."

"서윤진!"

"목소리 낮춰, 망신당하고 싶지 않으면."

"넌 그때나 지금이나 못돼 처먹은 건 여전하구나?"

"본성이 어디 가겠니. 그러니까 허튼수작 부리지 마. 다음번엔 말로 안 끝나."

윤진은 잔을 끝까지 비운 후 자리에서 일어섰다. 그리고 혜민에게 손을 내밀어 악수를 청했다.

"앞으로 잘해보자."

혜민은 고개를 돌리며 윤진의 악수를 거부했다. 속은 부글부글 끓었지만 윤진은 이를 악물고 참으며 끝까지 미소를 지었다.

피해갈 수 없다면, 누구 하나 나가떨어질 때까지 부딪치는 수밖에. 이번엔 절대로 지지 않을 것이다.

빌라 주차장에 주차를 마친 신욱은 시동을 끄고 차에서 내렸다. 막 걸음을 옮기려는데, 낯익은 한 여자가 신욱을 향해 걸어오고 있었다. 혜민이었다. 눈물로 범벅이 된 얼굴은 엉망이었고, 술에 취했는지 비틀거리고 있었다.

"오빠……."

"여긴 어떻게 알고 찾아왔어?"

혜민의 얼굴엔 서운한 기색이 가득했다. 하지만 신욱은 거리를 유지한 채 혜민을 바라만 보았다.

"그렇게 한국 떠난 후로 내가 어떻게 지냈는지…… 내가 얼마나 아프고 힘들었는지 모르지? 알면 나한테 이럴 순 없어."

"모두가 힘들었어. 하지만 모두 너와 같은 선택을 하진 않았지."

"내가 오죽했으면……."

"가장 상처받았던 사람이 누군지 몰라? 윤진이야. 윤진이는 가장 힘들었던 때에 혼자가 되었다고."

그때 생각만 하면 신욱은 가슴이 저몄다. 가장 힘들고 아플 때 곁에 있어주기는커녕 상처까지 더해서 늘 미안한 마음뿐이었다.

"방금 윤진이 만나고 오는 길이야."

"둘이 만날 거란 얘기 윤진이한테 들었어."

"한국에 돌아온 거, 오빠 때문 아니었어. 정말 일 때문이라고."

"알아. 그래도 난 불편해."

"난 여기서 내 일을 할 거야."

"난 네가 여기서 네 일을 못하게 할 수도 있어."

혜민은 실망감을 감추지 못했다. 하지만 신욱도 이번만큼은 물러서지 않았다.

"오빠가 그렇게 일을 크게 만들면, 아버지랑 엄마 사이도 틀어지게 될 텐데?"

"당연히 일이 복잡해지겠지."

"그걸 다 감수하겠다?"

"네가 순순히 포기하면 아무 문제 없을 거야. 섭섭지 않게 배려해 줄게."

혜민이 어이가 없다는 듯 피식 웃었다.

"이런 제안, 두 번은 안 할 거다. 잘 생각해 보고 말해."

"얼마나 배려해 줄 건데?"

"적어도 빈손으로 쫓겨나진 않게 해줄게. 네 어머니의 명예, 네 외가의 명예도 지켜주고."

순식간에 입가에서 미소를 거둔 혜민이 신욱을 차갑게 노려보았다. 신욱은 그런 혜민을 그 자리에 남겨두고 곁을 스쳐 지나갔다. 그때, 혜민이 신욱의 팔을 붙잡았다.

"다신 내 몸에 손대지 않았으면 좋겠다."

신욱은 혜민의 손을 떼어내고 엘리베이터에 올랐다. 혜민은 여전히 그 자리에 서 있었고, 신욱은 고개를 돌리며 2층을 눌렀다.

Rrrr.

때마침, 그 순간 윤진에게서 전화가 걸려왔다. 신욱은 한 손으로 이마를 감싸 쥐며 벽에 기대섰다.

"어, 윤진아."

[지금 어디야?]

"집에 올라가는 중. 너는?"

2층에 도착한 엘리베이터의 문이 열리고, 그 앞에 윤진이 서 있었다. 예상치 못했던 윤진의 등장에 놀란 신욱이 머뭇거리며 내리자, 윤진은 두 팔을 활짝 벌리고 서서 신욱을 맞이했다.

"언제 왔어?"

윤진은 고개를 옆으로 갸웃거리며 옅은 미소를 지었다. 신욱은 그런 윤진을 품 안에 꼭 끌어안았다. 그제야 안도의 한숨을 새어

나왔다. 혜민을 만나러 가겠다고 할 때부터 숨통을 틀어막고 있던 무거운 추 하나가 떨어져 나간 것만 같았다.

"주차장에서 혜민이 만났지?"

"어떻게 알았어?"

"기지배가 그럴 것 같아서 내가 기다렸다가 걔 뒤를 밟았어."

신욱은 윤진의 말에 웃음을 터뜨렸다.

"치밀하네."

"내가 그 여시한테 두 번은 안 당하지."

신욱은 윤진의 얼굴을 내려다보았다. 다부진 표정이 사랑스러워서 볼을 살짝 꼬집어보았다.

"괜찮아?"

"당연히 괜찮지! 내가 한 방 먹여주고 오는 길인데?"

"거짓말. 안 괜찮아 보이는데."

신욱의 말에 윤진이 신욱의 허리를 빈틈없이 꽉 끌어안았다.

"미안해."

"차혜민 때문에 나한테 미안해하지 마. 싫어."

그래도 미안한 걸 어떡해.

신욱은 못다 한 말을 목구멍 깊숙이 도로 삼키며 아랫입술을 질끈 깨물었다. 이제 봄날이 오나 했더니, 아무래도 시련 없인 안 될 모양이다. 결혼식도 앞당겨지고, 윤진과 다시 관계도 회복해서 일이 술술 잘 풀린다 했더니……

"오빠, 근데 집에 안 들어갈 거야?"

새침하게 묻는 윤진 때문에 신욱은 또 한 번 웃고 말았다.

"목적이 있었구나?"

"당연하지."

신욱이 도어락 비밀번호를 누르자 옆에서 지켜보던 윤진이 고개를 빼꼼 내밀었다. 신욱은 일부러 윤진을 등진 채 번호패드를 가렸고, 윤진은 번호를 훔쳐보려 안간힘을 썼다.

"그냥 알려줘."

"안 돼."

"어차피 다음 달부턴 같이 살 건데."

"그때까진 내 자유도 보장해 줘야지."

"5년이나 자유 줬으면 됐잖아."

잠금장치가 풀리자 윤진은 서슴없이 앞장서서 문을 열고 안으로 들어갔다. 신욱은 윤진의 당돌함에 고개를 절레절레 흔들며 뒤를 따랐다.

"난 그 5년이 지옥이었거든?"

"어머, 그랬어? 난 자유를 누렸는데."

신욱은 일부러 얄밉게 말하는 윤진을 번쩍 안아 들었다. 그러자 꺄악 소리를 지르며 큰 소리로 웃었고, 신욱은 곧장 침실로 향했다.

내내 무겁고 버거웠던 마음이, 우습게도 윤진이 웃는 걸 보면 눈 녹듯 사라지곤 한다. 그녀가 웃으면 자신도 웃게 되고, 그녀가 행복해하면 자신도 덩달아 행복해졌다. 앞으로도 쉽지 않겠지만 그녀가 곁에 있어준다면, 그녀가 지켜봐 준다면, 지금처럼 품에 안겨 환하게 웃어준다면…… 신욱은 무엇이든 이겨낼 자신이 있었다.

11 균열

재하와 단둘이 식사를 하는 건 오랜만이었다. 그간 결혼 준비에
회사 일에 바쁘기도 했고, 신욱이 탐탁치 않아 하는 것 같아 만나
는 횟수가 자연스레 준 것이다. 오늘도 원래는 신욱까지 셋이서
만나 저녁을 먹고 청첩장을 주려 했는데, 갑자기 잡힌 회의 때문
에 신욱은 뒤늦게 오기로 한 참이다.

"자, 받아."

식사를 마친 윤진은 가방에서 청첩장을 꺼내 재하에게 건넸다.
수정과를 마시던 재하는 청첩장을 받아 펼쳐 보곤 웃음을 참지 못
했다.

"청첩장 너한테 제일 먼저 주는 거야."

"이야…… 두 사람 결국 결혼을 하긴 하는구나."

"엊그제 웨딩 촬영 했는데, 사진 보여줄까?"

"됐어, 됐어, 별로 보고 싶지 않아."

재하가 고개를 절레절레 저으며 질색했지만 윤진은 휴대전화에 저장해 둔 사진을 억지로 보여주었다.

결혼식까지 앞으로 남은 시간은 3주. 신혼집 단장도 끝이 났고, 이젠 말 그대로 식만 남겨둔 상태였다. 하루하루 그날을 손꼽으며 매일을 설레어하는 것밖에는 더는 준비할 것이 없었다.

"내가 도울 건 없어?"

"와서 노래나 한 곡 할래?"

"못할 것도 없지."

윤진의 농담을 받아친 재하가 어깨를 으쓱이며 웃었고, 윤진도 찻잔을 손에 쥐며 미소를 지었다.

"호텔 이든 라온홀이면, 가장 작은 홀 아냐?"

"양가 가까운 친인척이랑 친구들까지 해서 백 명 정도만 초대하기로 했어. 아빠 청문회도 얼마 안 남았고, 조용히 치르려고."

"하긴, 너희 같은 사람들이 결혼식까지 떠들썩하게 하면 대번에 말 나온다. 있는 것들이 더하다, 위화감을 조성한다, 뭐 그런."

마음 같아서는 많은 사람들의 축복을 받으며 꿈에 그리던 결혼식을 올리고 싶었지만, 이런 가족 행사 하나에도 의도치 않게 역풍을 맞을 수도 있기에 매사에 신중할 수밖에 없었다.

"어머니는 아직도 연락 없으셔?"

나현의 생각에 절로 한숨이 새어 나왔다. 윤진은 고개를 끄덕이며 쓰게 웃었다.

출장을 다녀와서 얘기하자던 나현에게선 여전히 연락이 없었다. 나현은 호주에서 돌아온 이후에 아예 출근도 하지 않고 있었다. 나현이 머물고 있는 호텔에 몇 번이나 찾아갔지만 매번 없다는 말만 듣고 걸음을 돌려야 했다.

마음이 답답했다. 도대체 엄마에게 무슨 일이 벌어진 건지, 왜 내겐 말해주지 않는 건지…….

이런 와중에 김 회장과 창욱의 사이도 점점 더 벌어지고 있어서 윤진은 애가 탔다. 좋은 일을 앞두고 집안이 뒤숭숭하니…….

"다시 한 번 찾아가 보려고."

호텔 이든 김나현 사장이 매일 밤 어린 남자들을 데리고 논다는 소문까지 은밀하게 퍼지고 있는 상황. 천하의 김나현도 결국 어쩔 수 없는 여자였다고 수군대니 윤진은 너무도 걱정스러웠다. 평생 동안 가십과는 거리가 먼 분이었는데, 요즘 대체 왜 그러시는 걸까.

"미안, 내가 많이 늦었지?"

꼬리에 꼬리를 무는 생각에 붙잡혀 우울해지려던 찰나, 반가운 목소리가 들려왔다. 신욱이었다. 윤진이 손을 흔들자 그는 가쁜 숨을 몰아쉬다가 크게 숨 한 번을 고르고 윤진의 옆자리에 앉았다.

"잘 지냈어요?"

"저야 늘 그렇죠."

그는 재하에게 밝은 미소를 지으며 다정하게 인사를 건넸다. 재하와 악수를 나눈 신욱은 재킷 단추를 풀고 조금 편한 얼굴로 윤진을 바라보았다.

"오빠, 배고프지? 주문부터 하자."

"아냐, 괜찮아. 두 사람은 맛있는 거 먹었어?"

"오빠가 없어서 그랬는지 별로."

윤진의 애교 섞인 대답에 재하는 노골적으로 불쾌하단 표정을 지었다. 그러거나 말거나, 윤진은 신욱을 바라보며 두 눈을 반짝였다. 그는 곁에 있어주는 것만으로도 마음에 안정감을 줬다.

"저 대신 윤진이랑 같이 저녁 먹어줘서 고마워요."

"같이 저녁 먹을 수 있게 허락해 주셔서 제가 더 감사하죠."

마음에도 없는 소리를 주고받는 두 남자가 귀여웠다. 재하의 비아냥거림을 그저 미소로 응수하는 신욱도 귀여웠고, 윤진을 노려보며 인상을 쓰는 재하도 귀여웠다.

"청첩장도 받았고, 임무 끝났으니 전 이만 일어나겠습니다."

재하가 일어나자 신욱도 덩달아 일어나 재킷 단추를 여미며 다시 한 번 먼저 악수를 청했다.

"근데 두 사람, 식장 들어가기 전까진 어떻게 될지 모르는 거 알죠?"

재하의 농담에 신욱이 소리 내어 웃으며 재하의 어깨를 손바닥으로 툭툭 쳤다. 제법 힘이 실렸는지 재하가 휘청거릴 정도였다.

"배웅 안 할게요. 잘 가요."

그렇게 재하는 반 억지로 등 떠밀려 식당을 나섰고, 윤진은 신욱의 유치함에 웃음을 참지 못했다. 신욱이 재하가 앉아 있던 윤진의 맞은편 자리에 앉자, 윤진은 냉큼 종업원을 향해 손을 들었다.

"많이 먹고 살 좀 쪄야겠어. 얼굴이 그게 뭐야."

남들이 백날 잘생겼다고 칭찬을 해대도, 윤진의 눈엔 그저 피곤함에 살이 쭉 빠져 안타까운 몰골이었다. 가장 일찍 회사에 출근해서 가장 늦게 퇴근하는 그 때문에 윤진은 여러모로 불만이 많았다.

"누구 덕분에 요즘 많이 피곤해져서 말야."

신욱의 말에 윤진은 못 들은 척 능청스럽게 그가 먹을 음식을 주문했다.

신혼집을 꾸민다는 핑계로 윤진은 요즘 신욱과 신혼집에서 시간을 보내곤 했다. 김 회장에게 몇 번 가벼운 경고를 받긴 했지만 윤진은 조금이라도 더 신욱과 함께 있고 싶은 욕심에, 본가에 가고 싶지 않은 마음에 신욱의 곁에 머물렀다.

후회가 되었다. 왜 이렇게 멀리 돌아왔는지, 결국 이렇게 못 견디고 그의 사람이 될 거였으면 왜 그렇게 아픈 말로 상처를 주고 서로를 힘들게 했는지. 그의 말을 들으려고도 하지 않고 오해하고, 원망하고, 미워하던 시간들이 너무나 아까웠다. 매 순간이 이렇게 소중한데, 도대체 왜 그리 미련하게 굴었던 건지…….

주문한 음식이 테이블 위에 가득 차려지고, 윤진은 신욱의 밥그릇 위에 연신 반찬을 가져다 날랐다. 그가 좋아하는 잘 구운 갈치의 살을 발라 건네며 흐뭇한 표정으로 신욱을 바라보았다. 그가 음식을 먹는 것만 봐도 왜 그리 뿌듯하고 가슴이 벅찬지…….

"내일 낮에 성남 내려간다고?"

"응. 어머니가 초대해 주셨어."

"흠……."

결국 신욱이 한숨을 쉬며 젓가락을 내려놓았다. 그가 왜 그런 반응을 보이는지 잘 알기에 윤진은 웃으며 그의 손에 다시 젓가락을 쥐어주고 갈비찜의 살을 발라 건넸다.

"괜찮아. 얼른 마저 먹어."

"내가 같이 있어야 하는데."

"정신 바짝 차리고 있을 테니까 아무 걱정 마. 나 못 믿어?"

윤진이 신욱의 본가에 가 있을 동안 신욱은 창욱과 차 회장, 김 회장과 함께 필드에 나가기로 미리 선약이 되어 있었다. 즉, 윤진은 임 이사장과 함께 시간을 보내야 하는 것. 어쩌면 차혜민도 함께······.

그래서 신욱이 걱정하고 있었다. 혹시라도 혜민과 마주쳐 불미스러운 감정 싸움에 휘말리게 될까 봐. 그렇다고 피하거나 미룰 수 있는 자리가 아니었다.

"되도록 빨리 갈게."

"괜찮다니까 그러네."

"내가 괜찮지 않아. 무슨 이유에서든, 너 마음 상하는 거 싫어."

윤진은 신욱의 옆으로 자리를 옮겨 앉아 손을 잡아주었다.

"이제 시작인데 벌써부터 이러면 어떡해."

앞으로 평생 얼굴 마주 보며 살아야 하기에 윤진은 마음을 단단히 먹은 참이다. 그가 무엇을 걱정하는지 잘 알지만 윤진은 두렵지 않았다.

"조금이라도 마음이 힘들거나 상처받게 되면 나한테 말해. 혼자 속 썩고 아파하는 거 절대 안 돼."

"내가 어디 그럴 사람이야? 참을성 없는 거 알면서······. 그 불똥 다 차신욱한테 튀고도 남을 거니까, 내 걱정 말고 당신 걱정이나 해. 그리고······ 나도 꽤 강해. 믿어봐."

윤진의 호언장담에 신욱이 옅게 웃으며 윤진의 어깨를 끌어안아 주었다. 윤진은 신욱의 어깨에 머리를 기대 마음의 평온함을 얻었다. 윤진이 좋아하는 신욱의 향기를 맡으며, 좀 더 깊이 그의 품에 안겼다.

❖

신욱의 본가는 윤진의 집과 비슷한 분위기였다. 전에 신욱이 말해준 대로 두 분의 사적인 공간이 철저히 분리가 되어, 좀 더 정적이고 고요한 편이었다.

이 집에서 두 분이 공동으로 사용하는 곳은 손님을 접대하는 전용 주방과 거실이 유일하다고 했다. 윤진 역시 이 두 곳에서만 머물렀다. 임 이사장이 손수 준비했다는 점심 식사를 마치고 거실에 마주 보고 앉아 따뜻한 차 한 잔을 마시고 있었다.

혜민은 집에 없었다. 제 엄마한테 딱 붙어서 미주알고주알 일러 바치며 흉을 잡거나 골탕이라도 먹일 줄 알았는데. 아무래도 드라마를 너무 많이 본 모양이다.

"집이 많이 조용하지?"

윤진의 속을 읽고 묻는 듯한 임 이사장의 말에 윤진이 옅게 웃었다. 어찌 보면 임 이사장의 분위기와 많이 닮아 있었다. 집은 정말 숨이 막히도록 조용했다.

"미리 말해두고 싶은 게 있는데, 너희들 결혼 후에 우리 서로 편하게 살자. 너도 시댁 눈치 볼 거 없고, 나도 니들한테 간섭할 마음 없다. 그게 서로 좋지 않겠니?"

냉정한 말이었지만, 윤진은 그 말이 이해가 되었다. 그간 신욱에게 이 집안에 대해 충분히 이야기를 들어서일 것이다.

"서로 도리만 하자. 이제 식구가 될 사람이니까 내가 정말 솔직하게 말하는 거야."

"네, 어머니. 어머니 말씀 무슨 뜻인지 알겠습니다."

"고맙다, 윤진아."

내내 조금은 불편한 기색이 보였던 임 이사장의 얼굴이 한결 밝아졌다.

"차 회장님이랑 나, 필요에 의해서 부부가 되었지만 어찌 됐든 10년 넘게 부부로 지내고 있어. 우린 서로에게 꼭 필요한 존재고, 가장 좋은 파트너거든. 너희들은 우리와 달리 거기에 애정까지 있으니 참 다행이다 싶어."

차신욱과 서윤진의 결혼을 반겨주는 건, 그로 인해 창출될 이익을 기대하는 사람들이 대부분이었다. 업계 최고 두 그룹 간의 혼사. 그 무게감이 새삼스럽게 부담으로 다가왔다.

"너희들 결혼에 두 기업의 명운이 달렸다고 생각하고, 행동 하나 말 하나 늘 신중했으면 한다. 부담되겠지만 그게 너희들이 감당해야 할 무게니까 받아들여야지 어쩔 수 없잖니?"

"네, 어머니. 명심하겠습니다."

윤진의 대답에 임 이사장은 만족스러운 듯 미소를 지었다.

"이사장님."

그때, 어디선가 불쑥 나타난 임 이사장의 비서가 허겁지겁 달려와 귓속말을 남겼다. 곧 한 식구가 될 사람을 이렇게 가까이 앉혀두고 귓속말을 주고받으니 내심 언짢았지만, 윤진은 내색하지 않고 찻잔을 손에 감싸 쥐었다.

"어, 이거 어쩌지? 내가 지금 급히 나가봐야 할 것 같은데."

"다녀오세요, 어머니. 저도 이만 일어나겠습니다."

안 그래도 서먹서먹하고 불편해서 일어날 타이밍을 찾던 참이었는데 차라리 잘됐다 싶었다. 그러나 임 이사장은 이대로 윤진을 보내줄 생각이 없는지, 손사래를 치며 다시 앉으라고 손짓했다. 윤진은 엉거주춤 하며 다시 자리에 앉았다.

"곧 운동 마치고 차 회장님이랑 신욱이가 돌아올 거야. 그리고 혜민이도 올 거고. 만나고 가면 좋겠는데."

"그럼 기다렸다가 만나뵙고 가겠습니다. 걱정 말고 다녀오세요."

임 이사장은 그제야 마음이 놓이는지 서둘러 집을 나섰다. 윤진은 과일과 쿠키를 내오는 메이드에게 미소로 인사를 건네고 테이블 위에 놓인 여러 권의 책을 뒤적였다. 글자가 눈에 들어올 리 만무하지만, 뭐라도 하고 있어야 할 것 같아서였다.

그때.

"엄마!"

낯익은 남자아이가 쿵쿵거리며 집 안으로 들어왔다. 전에 사진으로 본 적 있는 혜민의 아들이었다. 메이드의 손을 잡고 거실로 온 아이는 좌우를 두리번거리며 혜민을 찾다가 윤진을 빤히 바라보았다. 혜민의 아들과 함께 들어온 메이드는 다른 메이드에게 윤진에 대한 정보를 듣고 나서야 경계를 풀고 자리를 떠났다.

"어? 우리 엄마 어디 갔지?"

아이는 등에 메고 있던 가방을 소파 위에 휙 던져 놓고 윤진의 맞은편에 앉았다. 윤진이 바라보자 아이는 눈을 깜박이며 고개를 갸우뚱거렸다. 아이는 사진으로 보던 것보다 훨씬 더 혜민과 많이 닮아 있었다.

"이름이 뭐야?"

"이안."

"잘생겼다, 너."

마치 알고 있다는 듯, 아이는 어깨를 으쓱였다. 웃음이 났다. 이 아이가 누구의 아이라는 걸 떠나, 귀엽고 자꾸만 시선이 갔다.

"몇 살?"

윤진의 물음에 아이는 손가락 다섯 개를 모두 펼쳤다. 그럴 리가 없는데 싶어 고개를 갸웃거리자, 가까운 곳에 머물던 메이드가 네 살이라고 알려주었다. 사람들이 물으면 늘 다섯 살이라고 한다는 설명도 덧붙여 주었다. 저 나이 때 아이들과 별반 다르지 않았다. 아이는 자꾸만 자신을 쳐다보는 윤진이 이상했는지 윤진을 힐끔거렸다.

"어디 다녀왔어?"

"문화센터."

아이가 가방에서 뭔가를 꺼내려고 뒤적였다. 한참을 꼼지락대다가 꺼낸 건 사탕을 엮은 목걸이. 아마도 자랑을 하고 싶었던 모양이다.

"줄까요?"

윤진이 고개를 끄덕이자 아이는 하나를 풀어 윤진에게 건넸다. 아이는 다시 가방 안에 손을 넣어 조그만 얌체공을 꺼내 통통 튀겼다.

"저, 죄송하지만 10분만 이안이 좀 봐주시겠어요? 아무래도 마트에 지갑을 두고 온 것 같아서요."

"아, 예, 그렇게 하세요."

"TV를 틀어주면 그거 보고 혼자 잘 있을 거예요. 부탁드릴게요. 죄송합니다."

"아니에요. 다녀오세요."

아이를 전담하던 메이드가 서둘러 집을 나섰고, 윤진은 메이드의 말대로 TV를 틀어주었다. 아까 전만 해도 근처에 서 있던 메이드가 보이질 않아 조금 긴장이 되었지만, 10분 정도 같이 있어주는 것 정도는 할 수 있을 것 같았다.

아이는 금세 TV 속 만화에 몰입했다. 시원한 물 한 잔을 마시려고 주방으로 향한 윤진은 물컵을 찾기 위해 이곳저곳을 기웃거렸다.

"아줌마, 뭐 먹어요?"

불쑥 뒤에서 나타난 이안 때문에 하마터면 들고 있던 물컵을 놓칠 뻔했다. 윤진은 놀란 가슴을 쓸어내리며 정수기에서 찬물을 가득 받았다.

"물 마시려고. 너도 마실래?"

이안이 고개를 저었지만 뭔가 먹고 싶은 건지 입맛을 다시고 서 있었다.

"배고프니?"

아이가 고개를 끄덕였다. 메이드를 찾아보려 근처를 두리번거렸지만 다른 일을 하러 간 건지 보이질 않았다.

"과일 먹을래?"

"아뇨."

"그럼 주스? 우유?"

"아뇨."

"쿠키는 어때?"

"아뇨."

고집이 제 엄마를 닮은 건지, 아이는 연신 고개를 가로저었다. 그렇다고 남의 집 주방을 뒤질 수도 없는 노릇이고. 난처해진 윤진은 아랫입술을 잘근잘근 깨물었다.

"저기 위에 수프 있는데."

"수프?"

"물에 넣어 먹는 거."

이안의 말대로 수납장을 열어보니 끓는 물에 타 먹는 작은 수프가 있었다. 윤진은 한 봉지를 꺼내 그것을 타 먹을 만한 컵을 찾았다.

"이거 줄 테니까 저기 앉아서 기다리고 있어."

아이는 그제야 환히 웃으며 식탁 의자에 앉았다. 윤진은 지금 내가 여기서 뭘 하고 있는 건가 싶어 저도 모르게 피식 웃고 말았다. 뜨거운 물을 받아 수프 가루를 풀고 아이가 기다리고 있는 식탁 위에 올려두었다.

"뜨거우니까 조금 있다가 먹는 게 좋겠어."

윤진의 말에 아이는 고개를 끄덕이곤 식탁 유리 위에 얌체공을 통통 튀기며 기다렸다.

"스푼도 주세요."

"맞다, 스푼."

윤진이 다시 싱크대 근처로 가 스푼을 찾아 들고 돌아서던 그때.

쿵!

바닥에 떨어진 얌체공을 주우려 의자에서 내려온 아이가 식탁 모서리에 머리를 찧었다. 그런데,

"으아아앙!"

본능적으로 손을 위로 뻗은 아이가 수프가 담긴 컵을 건드려 엎은 것이다. 그 뜨거운 수프가 아이의 뒤통수에 떨어졌고 목덜미로 쏟아졌다. 깜짝 놀란 윤진이 달려가 아이를 안고 싱크대로 향했다. 차가운 물을 틀어 아이의 목을 닦는데, 놀란 아이는 눈물을 멈출 줄 몰랐다.

"어머! 무슨 일이에요!"

그제야 놀라서 달려온 메이드 덕분에 윤진은 한숨을 쉬며 고개를 뒤로 젖혔다. 가슴이 벌렁거려서 설명해 줄 정신도 없었다.

"데었어요. 차가운 수건 좀 빨리!"

메이드는 냉동실을 열어 얼음을 꺼냈고, 수건에 감싸 아이의 붉은 목에 대주었다. 아이는 여전히 자지러지게 울고 있었다.

"많이 놀란 것 같은데, 병원 가봐야 하지 않을까요?"

"그래야겠어요. 이리 주세요."

메이드는 윤진에게서 아이를 건네받아 서둘러 집을 나섰다. 윤진도 거실에 두었던 코트와 가방을 들고 그 뒤를 따랐다.

"제 차로 가죠."

넓은 마당을 가로질러 대문으로 달려간 윤진이 대문을 여는데, 그곳에서 혜민과 딱 마주치고 말았다. 혜민은 윤진과 메이드, 여전히 울고 있는 아이를 번갈아가며 보았다.

"무슨 일이에요?"

"제가 잠시 자리를 비운 사이에……."

엄마의 얼굴을 확인한 아이는 더욱더 서럽게 울었다.

"미안해. 내 실수였어. 배가 고프대서 수프를 타줬는데 그걸 쏟아……."

짝!

눈앞이 번쩍했다. 죽일 듯이 자신을 노려보는 혜민을 바라보면서도 윤진은 쉽게 말을 잇지 못했다. 말문이 턱 막혀 버린 것이다.

"내 아이한테 무슨 짓을 한 거야!"

"진정하고 내 얘기 마저 들어."

낯빛이 사색이 되어버린 혜민의 두 손이 바들바들 떨렸다. 뭔가 단단히 오해하고 있단 생각에 윤진은 긴 한숨을 내쉬었다.

"애가 무슨 죄가 있다고…… 이 어린애한테 도대체……."

"차혜민!"

아이를 안고 가운데서 어쩔 줄 몰라 하던 메이드는 혜민이 타고 온 차에 올랐다. 차가 출발하고 나니 윤진은 그제야 조금 정신이 들었다. 차가운 바람이 불고 있었지만, 혜민에게 맞은 뺨은 불이라도 붙은 듯 뜨겁게 달아올랐다.

"내가 일부러 그랬다고 생각하는 거야?"

"넌 그러고도 남을 사람이니까! 내가 널 몰라?"

소리치는 혜민을 바라보던 윤진의 얼굴이 점차 굳어졌다.

"네 입으로 네가 말했어. ……뭐든지 할 수 있다고. 이런 일도 포함일 줄 몰랐다."

"지금 이 상황이랑 전혀 상관없는 얘기야. 억지부리지 마."

"내가 너한테 당한 게 한두 번이니? 어떻게 아이한테 저런 짓을 할 수가 있어!"

그렇게 상황을 단정지어 버린 혜민은 가쁜 숨을 몰아쉬며 윤진에게 바짝 다가섰다.

"서윤진, 그때나 지금이나 여전하구나? 사람이든 마음이든, 수 틀리면 앞뒤 안 가리고 집어던지고 짓밟고…… 너처럼 나쁜 애는 우리 오빠 옆에 있을 자격 없어."

다른 사람도 아닌, 차혜민이 자격을 논하다니.

윤진은 헛웃음이 터져 버렸다.

"어디까지 갈 건데?"

"뭐?"

"너 점점 주제넘은 짓 하고 있는 거 알고 있어?"

윤진도 혜민에게 한 걸음 더 다가섰다.

"참아주는 것도 한계가 있지, 더는 못 들어주겠네. 그렇게 네 맘 대로 오해하고 믿어버리면 기분이 좀 나아지니? 매사 그런 식으로 나에 대한 원망을 합리화하고 나면 마음에 위로가 돼? 그때 차신 욱과 틀어진 것도 다 나 때문이고, 나만 없었어도 달라졌을 거 다…… 뭐 그런 생각을 했던 거야?"

혜민은 부정하지 않았다.

"오빠가 나한테 어떤 사람이었는지 네가 알기나 해? 오빠는……."

"차신욱이 너한테 어떤 존재였는지 어떤 의미였는지는 내겐 전 혀 중요하지 않아. 그게 나랑 무슨 상관인데?"

윤진이 잘라 말하자 혜민은 더 이상 말을 잇지 못했다. 순간 허 무함이 찾아들었는지 시선이 바닥을 향해 툭 떨어졌다가 다시 윤 진을 쏘아보았다.

"5년이나 지났어. ……넌 아직도 그대로구나?"

"나 다 잊고 잘살고 있었어!"

"그럼 이런 꼴을 나한테 보여주면 안 되지."

"그때 네가 나한테 얼마나 많은 상처를 줬는……."

"피해자인 척하지 마, 차혜민. 네가 대체 무슨 상처를 받았다고 그래? 그때 네가 무슨 잘못을 했는지 아직도 몰라? 오빠랑 나 사이에 끼어든 건 너야! 그래 놓고 뭐가 그렇게 당당해?"

혜민이 이를 악물며 다시 한 번 손을 치켜들었고, 윤진이 혜민의 손목을 잡아 막아섰다.

"네 아이 다치게 한 건, 내가 부주의했어. 미안해. 사과할게. 근데 너도 알 거야, 내가 일부러 그런 게 아니란 거. 그럴 이유 또한 없다는 거. 그러니까 더는 나한테 화풀이하지 마. 놀라게 해서 정말 미안하다."

잡고 있던 혜민의 손목을 놓자, 혜민이 팔을 뚝 떨어뜨리며 긴 한숨을 내쉬었다. 윤진은 그제야 한기가 밀려들어 손에 들고 있던 코트를 입으며 차로 향했다.

"……오빠."

그런데 그곳에 신욱과 차 회장이 서 있었다.

"둘이 지금 무슨 얘기를……."

혜민 역시 두 사람을 발견했고, 차 회장의 물음에 혜민은 얼어붙어 버렸다.

"저, 저…… 병원 다녀올게요."

혜민은 황급히 자리를 벗어났다. 도망치듯 달려가는 혜민의 뒷모습을 바라보며 윤진은 고개를 떨구고 말았다. 차마 차 회장의 얼굴을 볼 수가 없었다.

"지금 이 상황 설명이 필요할 것 같은데, 일단 안으로 들어가지."

신욱은 혜민에 대한 모든 이야기를 차 회장에게 했다. 윤진이 말하는 것보단 자신이 하는 게 맞다고 생각했다. 망연자실한 표정의 차 회장을 마주하는 게 불편하고 송구했지만, 더는 덮어둘 수가 없었다.

5년 전 윤진을 끊임없이 흔들고 괴롭혔던 일들. 결국 믿음을 주지 못하게 만들고 윤진과 헤어지게 되었던 결정적인 오해. 그 후 혜민이 프랑스로 떠난 이유. 그리고 5년 만에 다시 돌아와 일을 핑계로 윤진과 신욱의 주변을 여전히 맴도는 것까지, 하나도 남김없이 모두 말해 버렸다. 다 털어놓고 나면 마음이 가벼워질 줄 알았는데, 여전히 마음은 무거웠다. 과연 아버지가 어떤 결정을 내리실지 아직 확신이 없었기 때문이다.

신욱은 옆에 앉은 윤진의 손을 꼭 잡았다.

"생각 많이 해봤는데, 혜민이는 여길 떠나는 게 좋을 것 같아요. 더는 윤진이 마음 불편하게 하고 싶지 않습니다."

깊은 생각에 잠긴 차 회장의 얼굴은 신욱을 불안하게 했다. 아버지가 망설이는 이유, 물론 머리로는 이해가 되었다. 감정적으로만 해결할 수 없다는 걸 말이다. 하지만 그렇다고 해서 물러서고 싶진 않았다. 5년 전 일을 반복할 순 없었다.

"혜민이 때문에 두 사람이…… 참 멀리 돌아왔구나."

드디어 차 회장이 입을 열었다. 말 사이에 뱉어낸 짙은 한숨은 지금 아버지가 얼마나 갈등을 하고 있는지를 알 수 있게 했다.

"짐작은 하고 있겠지만, 혜민이가 그룹 경영에 참여하는 건 네 어머니와 나 사이의 중요한 약속이다. 하지만…… 두 사람 결혼을 앞두고 있는 이 상황에서 혜민이가 더 이상 이곳에 머무는 건, 윤진이나 윤진이 집안에 실례가 되는 일이지."

지금 이 상황에서도 머릿속에서는 계산기를 내려놓지 못하는 차 회장의 모습이 실망스러웠다. 이해는 하지만, 그래도 답답했다. 조급한 마음에 신욱의 몸에 힘이 들어가자 윤진이 맞잡은 손에 힘을 주어 신욱을 다독였다.

"애초부터 양가 어른들끼리 합의한 부분이 있다. 이든과 코어의 이번 합작 사업에 걸림돌이 될 추문이 절대로 있어선 안 된다는 거. ……내가 무슨 수를 써서라도 혜민이 돌려보내마."

차 회장이 결단을 내렸다. 물론 계산으로 내려진 이성적인 선택이었겠지만 그래도 상관없었다.

"네 어머니와 상의해서 조속히 마무리 지을 테니, 너무 걱정 마라."

차 회장은 여전히 착잡한 표정이었다. 갑자기 날벼락을 맞은 거나 진배없으니 당연히 그럴 수밖에……. 임 이사장과 재혼을 했을 때부터 차 회장 나름의 계획도 있었을 테니까, 친남매처럼 다정한 사이까지 바란 것 아니었겠지만 불미스러운 일까지 있었다 하니 당황스럽고 난감하기도 하실 테고.

"월요일에 내부설계팀 제네럴 컴퍼니로 최종 발표할 겁니다."

"그래, 그렇게 하자."

이번 사업에 혜민을 참여시켜 보려던 차 회장의 기대마저 무너져 버렸다.

"지금은 네 어머니와의 약속보다 이든과의 약속이 더 중요하다고 판단했다. 너희 결혼엔 너무 많은 것이 걸려 있거든. 이번 합작 사업에 두 그룹이 사활을 걸었다는 거 알고 있지?"

"네, 아버지."

"난 이 그룹을 위해 ······내가 사랑하던 여자도 외면했다. 이번엔 너희들의 결혼을 위해 반드시 지켜야만 하는 약속도 깨기로 했고. 반드시····· 두 사람이 완벽하게 해내야 해. 사업도, 결혼도."

"명심하겠습니다."

모든 것을 체념한 듯, 차 회장은 무거운 발걸음으로 서재를 나섰다. 서재 문이 닫히자 윤진은 긴 한숨을 내쉬며 쓰러지듯 신욱의 어깨에 머리를 기댔다. 신욱은 그런 윤진의 어깨를 단단히 감싸 안았다. 차마 입 밖으로 내기 버거울 만큼의 마음고생과 오해들, 그리고 서로를 아프게 했던 지난 시간들이 떠올라 코끝이 찡했다.

"이제 다 끝난 건가?"

신욱의 말에 윤진이 희게 웃으며 그의 허리를 두 팔로 감싸 안았다. 내내 가슴을 무겁게 짓누르던 돌덩이가 사라지고 나니, 우습게도 눈물이 날 것만 같았다.

윤진은 곧장 집으로 가지 않고 나현이 머무는 호텔로 향했다. 여기서 지내는지만 알려달라는 윤진의 부탁에, 아무 말씀도 드릴 수 없다는 지배인의 애매한 대답이 돌아왔지만 윤진은 쉽게 돌아서지 못했다.

호텔 커피숍에 앉아 멍하니 창밖을 바라보았다. 눈을 깜박이는 것조차 잊은 채 생각을 거듭했다. 도대체 엄마가 비뚤어진 이유는 뭘까. 그 끝에 분명 아버지가 있는데, 그게 뭘까. 무슨 일이 벌어지고 있는 걸까.

그때, 거짓말처럼 나현에게서 전화가 왔다. 순간 가슴이 철렁 내려앉았지만 윤진은 서둘러 통화를 연결했다.

"여보세요?"

[그때 그 와인바로 와.]

짧은 통화였지만, 윤진은 날 듯이 기뻤다. 무슨 말을 듣게 될지 걱정도 잠시, 그저 좋았다. 윤진은 긴 한숨을 몰아쉬며 마음을 가다듬고 자리에서 일어섰다.

나현이 어린 남자의 품에 안겨 술을 마시던 그 자리. 나현은 그곳에서 자신을 기다리고 있었다. 윤진은 나현의 대각선 방향에 앉았고, 나현은 윤진의 잔을 채워주었다.

이미 많은 양을 혼자 마신 모양이다. 총기가 가득했던 나현의 두 눈은 생기를 잃었고 어딘가 나른해 보이기도 했다. 흐트러진 머리카락은 나현과 어울리지 않았다. 윤진은 손을 내밀어 나현의 머리카락을 단정히 매만져 주었다. 다른 때였다면 손을 뿌리쳤겠지만, 어쩐 일인지 나현은 얌전하기만 했다.

"계속 호텔에서 지낼 거야? 집에는 왜 안 들어오는데."

윤진이 잔소리에 나현이 피식 웃으며 잔을 기울였다.

"난 그 집이 싫어. 처음부터 싫었지."

한 손으로 이마를 짚은 나현은 고개를 떨군 채 두 눈을 질끈 감았다.

"지옥 같아…… 숨을 쉴 수도 없어. 그 집에만 들어가면…… 죽어버릴 것 같았고, 그래서 늘 벗어나고 싶었어."

"엄마……."

"아버지도 싫고 네 아빠도 싫고…… 그 집은 내게 불행 그 자체야."

불행. 그 말이…… 가슴에 박혔다. 마치 그 불행에 내가 속해 있은 것만 같아서 가슴이 시렸다. 단 한 번도 꺼내 보여준 적 없었던 엄마의 속마음이 지독하게 아프고 서러웠다.

나현은 가방을 뒤적여 두툼한 서류 뭉치를 꺼내 테이블 위에 던졌다.

"읽어봐."

윤진은 그 서류 뭉치를 자신의 앞으로 끌어와 한 장씩 넘겨보았다. 건물 매매 문서와 낯선 이름의 사람들이 주고받은 금융 거래 내역. 그리고…… 그 뒤에 붙어 있는 사진들. 그 속에 창욱이 있었다. 젊은 남자의 사진도 함께.

"네 아빠 한 번 이혼했던 사람이란 거 알고 있지? 나랑 재혼하기 전에 결혼을 약속한 여자가 있었나 봐. 자기 자서전을 대필해 준 여자였다지. ……그 여자와의 사이에서 아이가 있었는데, 약속을 깨고 네 아빠 나랑 결혼을 했어. 물론 나도 내가 사랑하던 사람을 두고 네 아빠와 결혼을 한 거고."

나현의 그 선택으로 인해, 나현의 연인이 자살을 했단 이야기를 오래전 우연히 들었다. 원치 않았던 결혼으로 얻은 자신을 그래서 그렇게 미워하나 보다 생각했다. 하지만 창욱에게 다른 자식이 있단 얘기는 너무도 충격적이었다.

"문제는…… 이 사실이 3대 메이저 언론사에 모두 들어갔다는 거야. 네 아빠랑 오랫동안 일했던 전 보좌관이 투고한 모양이야. 그 서류, K일보 쪽에서 건네준 거다."

K일보라면 김 회장의 둘째 형이 설립한 언론사로, 현재 나현의 사촌이 사장 직에 있었다. 이걸 다행이라고 해야 할지 모르겠지

만, 그쪽에서 먼저 나현에게 연락이 갔던 모양이다.

윤진은 다시 서류를 뒤적였다. 수많은 금액이 차명계좌를 통해 오고 갔고, 건물을 양도하기도 했다. 그 다음 장을 넘기니, 이번엔 한 꼬마 아이를 안고 있는 창욱의 사진이 첨부되어 있었다.

"이건……."

"혹시나 하고 사람 붙였는데, 네 아빠한테 혼외자가 한 명 더 있더라. 올해 초등학교 입학했대."

기가 막혀서 더는 말도 나오지 않았다. 윤진은 다시 한 번 사진을 보았다. 자신에겐 단 한 번도 보여준 적 없는 낯선 모습이었다. 제 품에 안긴 아이를 향해 환히 웃고 있었다. 소름이 돋았다.

"당초엔 30여 년 정치 인생을 걸고 절대 부인하겠다더니, 생각을 바꿨다는구나. 네 아빠 결국 오직 자신만을 위한 방법을 선택할 모양이야."

"어떻게……."

"양심고백으로 동정 여론을 만들겠단다. 그거야 뭐, 어려울 거 없지. 평생을 그렇게 살아온 네 아빠 같은 사람한테는. 네 아빠 어차피 이번 총리 직이 문제가 아니잖니. 그다음까지도 노리고 있으니 이번 일로 총리에 임명되지 못한다 해도 괘념치 않을 거야. 그다음 행보를 위한 초석을 다지기 위해서라도 스캔들을 마무리 지으려고 할 거다."

윤진은 입이 바짝바짝 타들어갔다. 마치 남의 일을 얘기하듯 건조하게 말하는 나현이 신기하기도 하고, 얼마나 마음이 말라 버렸으면 저런 반응이 나올까 싶어 화가 치밀었다.

"그럼, 할아버지도 다 알고 계신 거야? 그래서 그때……."

"네 아빠의 외도로 두 명의 혼외자가 있다는 사실보다, 내가 그 사람과 이혼하겠단 말에 충격받으셔서 쓰러지셨다. 네 할아버지…… 그런 분이야."

나현은 감정이 메마른 사람이 아니었다. 결국 눈물을 흘리고 말았다. 윤진은 차마 손을 뻗어 닦아줄 수가 없었다.

"일단은 네가 결혼하기 전까지 네 할아버지가 사력을 다해 기사를 막을 거다. 내가 이혼을 하겠다고 발표하거나, 그 사람이 먼저 혼외자의 존재를 인정한다면…… 네 결혼은 힘들어질 거야. 합작 사업까지도 흔들릴 수 있어."

"만약 내가 먼저 결혼한 후에 이 사실이 알려지면…… 차 회장님은 어쩌려고? 그럼 난?"

나현이 윤진의 손을 잡아주었다. 오랜만에 잡아본 엄마의 손은 너무나 차가웠다.

"윤진아, 이번이 엄마한텐 마지막 기회야. 난 이제 다 내려놓고 싶어. 단 하루만이라도…… 내가 원하는 삶을 살고 싶다."

마음이 무너져 내렸다. 허무함에 말을 이을 수 없었다.

이건 아니지. 어떻게, 어떻게 엄마가 나한테 이럴 수가 있어? 그러면 안 되는 거잖아. 엄마라면, 정말 엄마라면 이럴 순 없는 거잖아!

가슴 깊은 곳에서부터 원망이 차올랐다.

"엄마, 그럼 난…… 난 어쩌고? 어떻게 여기까지 왔는데…… 어떻게 다시 찾았는데……."

윤진의 뺨에도 뜨거운 눈물이 흘러내렸다. 나현은 떨리는 입술을 질끈 깨물며 눈물로 얼룩진 윤진의 뺨을 닦아주었다.

"미안하다. 널 볼 때마다 늘 미안했어. 따뜻하게 안아준 적도 없고, 사랑해 주지도 못하고, 내가 증오하던 삶을 그대로 네게 줘서…… 정말 미안했어."

"엄마!"

"너한테 엄마라고 불릴 자격도 없는 사람이야, 난. 널 낳기만 했지 아무것도 해준 게 없으니까. 이렇게 또…… 널 힘들게만 하니까."

"안 돼, 엄마……. 나 이젠 정말 그 사람이랑 못 헤어져. 그렇게 못해……. 그러면 안 돼……."

윤진은 그 자리에 무릎을 꿇고 앉아 나현의 손을 붙잡고 애원했다.

"내가 잘못했어……. 더 잘할게. 죽어라 노력할게. 목숨 걸고 일만 할게. 그러니까 제발, 날 단 한 번만이라도…… 지켜줘."

윤진의 간절한 부탁에도 나현은 고개를 돌리며 외면했다.

절벽 아래로 떠밀려진 기분…….

윤진은 고개를 떨구고 말았다. 가슴을 쥐어뜯고 악을 쓰며 울어도, 나현은 절대 달래주지 않았다. 윤진의 작은 가슴에 원망과 분노가 차올랐다.

12 존재의 이유

임 이사장과 만나기로 한 곳은 그녀의 재단에 속한 갤러리였다. 신욱은 단둘이 밖에서 만나는 일이 처음인지라 조금은 어색하고 불편했지만, 단숨에 달려올 수밖에 없었다. 혜민의 일이 걸려 있었기 때문이다.

"바쁜 사람 여기까지 오라고 해서 미안해."

"아닙니다, 어머니."

차 회장과 상의를 끝냈는지, 임 이사장의 안색이 평소보다 좋지 못했다. 마음이 무거웠지만 신욱은 모른 체하기로 했다. 지금은 남의 마음을 들여다볼 여유가 없었다.

"회장님한테 얘기 들었어. ……내가 대신 사과할게. 그 아이가 그런 마음을 키운 데는 내 잘못이 커. 내가 제대로 보살피지 못해서 자란 마음일 테니까. 여러 사람을 힘들게 했으니 이를 어쩜 좋아."

임 이사장은 진심이 담긴 표정으로 말했고, 신욱은 애써 미소를 지었다.

"혜민이 곧 떠날 거야. 그동안 마음고생 많았을 텐데, 면목이 없네. ……회장님이 옳은 판단을 하신 거라고 믿어. 그렇게 믿지 않으면, 이 집안에서 내가 너무 초라해지잖아."

그녀는 지금 이 순간에도 솔직했다. 담담하게 말하면서도 서운한 기색을 감추지 않았다. 임 이사장의 입장에선 하나뿐인 자식을 자신의 손으로 내쳐야 하는 상황이니 그럴 것이란 생각도 들었다.

일단은 그녀가 한발 뒤로 물러선 셈이다. 절대로 손해를 보지 않는 철저한 사람들이니, 훗날 아주 작은 트집도 잡혀선 안 되겠다는 생각이 들었다.

"이런 말 염치없지만, 이대로 묻고 다신 열어보지 말자. 부탁할게."

"안 그래도 그럴 생각이었습니다. 이미 지난 일이고, 혜민이가 떠난다면 더는 신경 쓸 이유도 없으니까요."

"그렇게 생각해 주니 고맙고."

임 이사장은 팔짱을 낀 채 그림 앞에 멈춰 섰다. 속을 읽을 수 없는 냉랭한 표정으로 한참 동안 그림을 바라보았다.

"그런데 말야, 김 회장님 댁에 무슨 일이라도 생겼나?"

"네? 무슨……."

"아니라면 다행이고. 차 사장이 아직 모르는 일이라면 큰일은 아니겠지."

혹시 김나현 사장의 일을 알게 된 건가 싶었지만 충분히 묵인해

줄 수 있는 선이라고 판단한 신욱은 모르는 척하기로 했다.

"별일 없는 걸로 알고 있습니다."

"그래. 당연히 그래야지. 중요한 혼사를 앞두고 사람들 입에 오르내리기 좋은 흠이라도 잡히면 안 될 일이지."

하지만 묘하게 일그러지는 눈썹이 불길했다. 임 이사장은 의미 모를 미소를 지으며 입술을 굳게 다물고 살며시 고개를 저었다.

"빠른 시일 안에 윤진 양이랑 다 같이 자리 한 번 만들었으면 하는데, 대신 부탁해도 될까? 혜민이 얘긴…… 내가 직접 하는 게 좋을 것 같아서 말야."

"윤진이와 상의해 보고 말씀드리겠습니다."

신욱은 임 이사장을 향해 고개를 숙여 인사하고 걸음을 옮겼다. 하지만 신욱의 머릿속은 이곳에 오기 전보다 훨씬 더 복잡해졌고, 생각이 많아졌다. 마치 뭔가를 알고 있는 듯한 임 이사장의 표정이 자꾸만 마음에 걸렸다.

신욱은 휴대전화를 꺼내 윤진에게 전화를 걸었다. 하지만 여전히 꺼져 있는 전화기. 어제저녁부터 윤진과는 연락이 닿질 않았다.

"후우."

가는 한숨을 몰아 쉰 신욱은 불쑥 치민 두통에 미간을 구기며 빠른 걸음으로 계속 걸었다.

건축심의를 앞두고 E코어사업본부는 부쩍 분주했다. 세계에서 다섯 손가락 안에 들어가는 메머드 급의 호텔쇼핑복합타워이다 보니, 전 세계적으로도 이목이 집중된 가운데 시의 허가를 받기 위해 그룹의 핫라인이 모두 가동된 상태였다.

"오늘 시청에는 본부장님께서 직접 가시는 겁니까?"

"네, 저랑 경영지원팀 정효준 본부장도 함께 가기로 했습니다. 철저히 준비해 뒀으니 심려 마십시오."

늘 믿음을 주는 심 전무의 자신감 넘치는 말에 신욱은 한시름 걱정을 놓았다.

"쇼핑몰 입점 업체 예비 목록입니다."

비서실장이 건넨 서류는 'E코어그랜드타워' 쇼핑 파트에 입점을 희망하는 업체들의 목록이었다. 국내외 내로라하는 업체명이 빼곡하게 적혀 있었다.

"오후에 유통사업팀 회의 잡아주세요."

"네, 사장님."

"임원뿐만 아니라 대리급 이상 전부 참석시켜 주시고요."

"알겠습니다."

비서실장이 결재를 받아 사무실을 나서자, 심 전무가 고개를 절레절레 흔들며 웃었다.

"왜 웃으십니까?"

"매번 그렇게 갑자기 회의를 잡으시니까 직원들이 늘 조마조마해하죠. 적어도 회의 준비할 시간은 주셔야지, 너무하십니다."

심 전무의 우스갯소리에 신욱도 피식 웃고 말았다. 시도 때도 없이 회의를 소집하고, 불쑥 사무실에 나타나 진행 상황을 수시로 체크하는 통에 직원들 사이에선 사람 피 말리는 사장으로 유명했다. 모두가 느긋하지 못한 성격 탓이다.

"본부장님, 오늘 서윤진 씨 출근했습니까?"

"하…… 그게."

신욱의 물음에 심 전무는 뒷머리를 긁적이며 난감한 표정을 지었다. 신욱은 애써 미소를 지으며 고개를 끄덕였다.

연락이 안 되는 걸로도 모자라 윤진은 오늘 출근도 하지 않았다고 했다. 걱정스러워서 일이 손에 잡히질 않았지만, 신욱에겐 처리해야 할 일이 너무도 많아 미룰 수가 없었다.

"무단결근하는 사원, 그냥 확 잘라 버릴까 봐요."

"내일은 올 겁니다. 그때 징계하셔도 늦지 않아요."

그런 신욱을 달래주는 건 심 전무였다. 심 전무가 무거운 마음을 안고 사무실을 나서자, 신욱은 두 손으로 머리를 감싸며 의자 등받이에 깊숙이 등을 기댔다.

휴대전화를 꺼내 다시 전화를 걸어보았지만 여전히 꺼져 있는 전화기…….

신욱은 비서실에 호출했다.

[네, 사장님.]

"비서실장님 다시 들어오시라고 해요."

윤진에게 어서 혜민에 대한 이야기를 해주고 싶었다. 혹시라도 불안한 마음을 갖진 않았을까, 앞으로 일절 신경 쓰지 않아도 되니 걱정 말라고 말해주고 싶었다. 깨끗하게 정리했다고, 다 끝났다고……. 그렇게 말을 해줘야만 신욱의 마음도 안심이 될 것 같았다. 그런 신욱의 조급한 마음을 아는지 모르는지 윤진과는 연락조차 닿질 않았다.

"찾으셨습니까?"

"오늘 저녁에 모임 참석 있다고 했죠? 그 일정 취소 가능할까요?"

"무슨 일로……."

"서윤진을 찾아야겠어요. 어젯밤부터 연락이 안 되네요."

"어디 계신지 파악해 보겠습니다. 근데 요즘 부쩍 사장님 안색이 안 좋으세요. 병원에……."

"피곤해서 그래요. 비서실장님이 일을 너무 많이 주시니까."

혹시라도 걱정을 할까 봐 신욱이 있는 힘껏 미소를 지었다. 그러자 비서실장은 인사를 하고 다시 사무실을 빠져나갔다.

신욱은 자리에서 일어나 창가에 섰다. 구름 한 점 없이 유난히 맑은 하늘이 어지럽게 흩어진 신욱의 마음을 다독였다. 빌딩 숲 사이에서도 가장 높은 곳에 우뚝 선 이곳. 이곳에 오르며 그 무엇도 두렵지 않다 자신했다. 그 무엇으로부터도 윤진을 지켜낼 수 있다 생각했다. 그런데…… 왜 이리 마음이 불안한 걸까. 왜 이렇게 초조한 걸까. 윤진이 내 곁에 있고, 결혼을 앞두고 있는데도…….

미리 걱정하는 건 시간 낭비일 뿐. 별일 없을 거다. 아무 일 없었다는 듯 짠, 하고 나타나 내 품에 안길 것이다.

신욱은 두 눈을 질끈 감고 긴 한숨을 내쉬었다.

이렇게 마주 앉은 게 얼마 만인지 기억조차 나질 않았다. 윤진은 무심한 얼굴을 하고 신문을 넘기고 있는 창욱의 맞은편에 앉아 가만히 지켜보다가, 창욱이 손에 쥔 신문을 빼앗아 접었다.

"뭐 하는 짓이냐?"

"사람 앞에 앉혀두고 뭐 하시는 거예요."

"할 말 있으면 빨리 하고 가든가."

일부러 시간을 끈 게 아니라 차마 입이 떨어지지 않아서였다. 어떻게 어디서부터 말을 꺼내야 할지 정리가 되지 않아 머릿속이 터져 나갈 것만 같았다. 그걸 알 리 없는 창욱의 짜증에 윤진의 표정은 점점 서늘해져 갔다.

"너 지금 회사에 있을 시간 아니니? 네가 아무리 회장 외손녀고 사장 딸이라 해도, 사람들 입에 오르내릴 흠집이 잡혀선 안 돼. 누누이 말했잖니, 네 결혼에 많은 것들이 걸려 있다고. 아무리 결혼을 앞두고 있다 해도 매번 외박하고…… 그러다 소문이라도 나면 어쩌려고 그래? 식 올리기 전까진 몸가짐을 바로 해야지."

마음에도 없는 소리.

그 모든 것들을 깨부수기로 작정했으면서…….

"그렇게 흠 없고 반듯한 분이 혼외자를 둘이나 낳으셨어요?"

창욱이 뜨악한 표정으로 윤진을 바라보았다. 그래서 서글펐다. 그것이 사실이라는 걸 어렵지 않게 알 수 있었기 때문이다.

"제 흠집, 소문, 몸가짐…… 그런 걱정 절 위해 단 한 번도 해본 적 없으셨고 앞으로 하실 필요도 없잖아요. 더 이상 연기 안 하셔도 돼요."

"너, 너……!"

분기가 치민 창욱은 움켜쥔 주먹을 바들바들 떨며 두 눈을 크게 뜨고 윤진을 쏘아보았다. 그런 창욱의 모습에 윤진은 또 한 번 절망했다.

윤진은 숨 한 번 크게 고르고 천장을 올려다보았다.

비뚤어지지 말자. 이러려고 여기까지 온 거 아니잖아. 날 선 말…… 지금은 안 돼. 그런 말론 아무것도 해결할 수 없어. 어떻게 해서든 아버지를 설득해야 해.

마음을 바로잡은 윤진은 소파에서 내려와 무릎을 꿇었다. 지금 이 순간, 자존심 같은 건 전혀 필요치 않았다. 무슨 수를 써서라도 창욱의 결심을 되돌려야만 했다. 그럴 수만 있다면, 이까짓 무릎 수백 번도 더 꿇을 수 있었다. 지푸라기라도 잡고 매달려야 했다.

"부탁드려요, 아버지. 한 번만…… 딱 한 번만 절 지켜주세요. 두 번 다시 도와달란 말 안 해요. 아버지한테 아무것도 안 바랄게요. 이번이 마지막이에요……. 처음이자 마지막이에요."

턱 밑까지 차오른 눈물을 삼키며 윤진은 한 음절 한 음절 똑 부러지게 말했다. 울음이 터지려 할 때마다 허벅지를 손으로 꽉 움켜쥐어 가며 참고 또 참았다.

"그건 어려울 것 같다."

한 치의 고민도 없이 뱉어낸 창욱의 단호한 말에 숨이 턱 하고 막혔다. 윤진은 고개를 들어 창욱의 얼굴을 바라보았다. 내 애길 제대로 듣기는 한 건지, 무감각해 보이는 싸늘한 표정……. 윤진의 얼굴도 차갑게 굳어버렸다.

"처음엔 나도 어떻게든 막아보려 했어. 하지만 너무 멀리 왔다. 누가 먼저 입을 여느냐에 따라 내 정치 생명이 결정돼. 언론이 먼저 터뜨리면 난 매장될 거고, 내가 먼저 터뜨리면 후일을 도모할 수 있어. 다시 내가 원하는 쪽으로 방향키를 잡을 수 있는 유일한 기회야."

사실 이런 이야길 듣게 될 거라 예감했었다. 창욱이 딸을 위한 결정을 내려주지 않을 거란 걸 말이다. 희생 같은 건 아버지와 어울리지 않으니까. 아버지의 선택엔 늘 내가 없었다는 걸 또 한 번 깨달았다.

그래도 혹시나, 만에 하나를 믿고 여기까지 왔는데…… 그 기대는 늘 그랬듯 산산이 부서져 버렸다.

"네 외할아버지는 날 번번이 무시했지. 꼭 보여줄 거다. 여봐란 듯이 해낼 거야. 오로지 내 힘으로 어디까지 올라가는지 똑똑히 보여줄 거야."

창욱은 김 회장의 앞에선 비굴하리만큼 몸을 낮추었다. 하지만 윤진은 여러 번 보았다. 김 회장의 뒤에서 야욕에 번들거리는 눈빛으로 숨을 죽이고 있었던 것을. 30년 가까이 억눌러 온 분노가 터지기 일보 직전이었다. 이혼을 선언하고 집을 나간 나현이 그러했듯이……

"아버진 끝까지 아버지 생각만 하실 건가요?"

"넌 아직 젊잖니. 앞으로 수많은 기회가 있지만, 난 여기가 벼랑 끝이야. 뛰어내릴 수 없으니, 정면 돌파를 하는 수밖에 없다. 넌 내 딸이니 내 선택을 존중해 다오."

결국…… 아무도 내 편이 되어주지 않는다.

눈앞이 아찔해진 윤진은 눈을 질끈 감고 천천히 숨을 골랐다.

"절 자식으로 생각은 하셨어요?"

"그게 무슨 말도 안 되는……"

"그랬던 적 없는 걸로 알고 있는데."

"서윤진!"

"저한테 하실 말씀이…… 정말 그것밖에 없으신 거예요?"

적어도, 미안하단 말 정도는 할 줄 알았다. 역시나 바보 같은 기대……. 아버지를 그렇게 겪어보고도 그런 헛된 기대를 하다니, 정말 우스웠다. 윤진은 저도 모르게 피식 웃음이 터져 나왔다. 이런 사람 앞에서 무릎을 꿇고 있다는 것이 치욕스러웠다. 잠시 버려두었던 내 자존심이 아까웠다. 윤진은 자리에서 일어나 창욱의 앞에 섰다.

"아버진 이 순간에도 당당하시네요. 제가 어리석었어요, 아버질 찾아오는 게 아니었는데."

"난 결정을 번복할 생각 없다."

"그러시겠죠. 늘 그러셨잖아요. 자식의 인생 따윈 안중에도 없고, 오직 자기에게 이익이 될 때만 자식을 이용하셨죠. ……이젠 그 혼외자들도 그렇게 이용되겠네요."

"말이 지나치구나."

"지나치다뇨. 저 지금 많이 참고 있는 거예요."

창욱의 따가운 시선을 오롯이 받아내며 윤진은 한 치도 흔들리지 않았다.

"아버지가 자식을 밟고 일어섰듯이, 저도 아버지를 밟고 일어설 거예요. 이제 더는 안 참아요. 두고 보세요. 지금 이 선택…… 처절하게 후회할 날이 올 거니까."

"네가 감히 아버지한테 저주를 퍼붓는 거냐?"

"단 한 번도 제 아버지였던 적 없었으면서, 제겐 자식의 도리를 원하시는 건 욕심이죠. 가보겠습니다."

윤진은 허리까지 숙여 정중히 인사를 하곤 창욱의 사무실을 빠져나왔다. 사무실 문 너머에서 들려오는 창욱의 고함과 소란 따위는 괘념치 않았다. 사람들의 시선과 수군거림은 너무도 익숙한지라 상관없었다. 막을 새도 없이 흘러내린 눈물을 손으로 닦아내며 멈추지 않고 계속 걸었다. 허리를 바짝 세우고 어깨를 쫙 편 채 걷고 또 걸었다.

아무도 날 지켜주지 않아. 더 강해져야 해.

윤진은 턱이 무너져라 이를 악다물고 주먹을 움켜쥐었다. 피가 흩어져 새하얗게 질린 작은 주먹이 바들바들 떨렸지만 윤진은 흔들리지 않았다. 문득 떠오른 신욱의 얼굴에 가슴이 시큰거려 울음이 터져 나올 것 같아도 고개를 저으며 마음을 다잡았다.

"여기서 뭐 하는 거야. 그 사람 너 찾는다고 난리도 아냐."

재하는 등장과 동시에 잔소리부터 퍼부었다. 윤진은 그런 재하의 타박에도 아랑곳하지 않고 웃으며 빈 잔을 건넸다.

"그만 좀 땍땍거려. 시끄러."

"허! 너 정말 상황 파악이 안 되는구나? 전화라도 좀 받아주든가."

윤진이 두 손으로 얼굴을 감싸자 재하는 윤진의 손목을 거칠게 잡아채 억지로 손을 떼어냈다. 그러곤 심각한 표정으로 윤진을 바라보았다.

"언제부터 마신 거야? 완전 취했네."

정신을 놓고 완전히 뻗어버릴 만큼 마실 작정이었다. 잠시만이라도 현실을 외면할 수 있도록, 두려움과 불안함을 떨칠 수 있을 만큼……

"뭔데 그래."

"……뭐가."

"그 사람 말고 날 부른 이유가 있을 거 아냐. 하고 싶은 말 있으면 다 해봐."

윤진은 재하와 자신의 빈 잔을 가득 채웠다. 그러자 재하는 두 잔을 몽땅 비워 버렸다. 그 독한 술을 연거푸 석 잔이나 더 따라 마시더니 짙은 한숨을 내쉬었다.

하지만 윤진은 쉽게 입을 열지 못했다. 입 밖으로 내버리면 그땐 정말 두려워질 것 같아서…… 잘 숨겨뒀던 나약함을 들켜 버릴 것만 같아서 아무 말도 하지 못했다.

차라리 마시지 말걸……. 고작 술 몇 잔에 이리도 한심한 인간이 되어버릴 줄 알았다면, 마시지 말걸.

허탈하게 웃던 윤진은 한 손으로 테이블 위를 싹 쓸어버렸다. 테이블 위에 놓여 있던 접시와 유리잔, 술병들이 몽땅 바닥에 쏟아졌고, 그 바람에 깨진 유리 조각이 사방으로 튀었다. 갑작스러운 소란에 놀란 웨이터가 허겁지겁 달려왔다.

"괜찮으십니까?"

"괜찮아요. 나가봐요."

재하의 말에 직원들이 도로 룸을 떠났다.

"술값보다 네가 때려 부순 거 물어주는 값이 더 나오겠다. 왜 이러는지 말을 해. 숨넘어가겠어."

재하는 손수건으로 윤진의 젖은 손을 닦아주었다. 뭔가 따끔해서 보니 손목뼈 아래가 유리에 긁혔는지 피가 배어 나오고 있었다. 자잘한 상처는 손등에도, 다리에도, 발등에도 있었다.

한심해. 서윤진, 정말 한심해서 눈 뜨고 봐줄 수가 없네. 이게 지금 대체 뭐 하는 짓이야…….

피가 밴 손수건을 꼭 움켜쥔 윤진은 마른 입술을 질끈 깨물었다.

"……자신이 없어."

"자신이 없다니, 그게 무슨 말이야?"

윤진이 고개를 저으며 옆으로 돌아앉자 재하가 윤진의 손목을 잡아 억지로 몸을 돌렸다.

"내 눈 보고 똑바로 말해. 무슨 일이야. 그 사람한텐 말 못할, 그런 거야?"

차마 재하의 눈을 똑바로 보면서 거짓을 말할 순 없었다. 윤진은 천천히 고개를 끄덕이고 말았다.

"혼자서 안고 갈 수 있었으면 나한테 연락 안 했겠지. 미련해가지고……. 나한테라도 털어놔. 무슨 일인지 말해."

"결혼…… 못하게 될지도 몰라."

"왜?"

"우리 아버지가 조만간 큰 사고를 칠 예정이거든."

웃어보려 했지만, 바보처럼 눈물만 흘렸다. 손으로 닦아내도 끊임없이 흘러내렸다.

"더 이상 어떻게 해볼 방법이 없어. 아버지도, 엄마도…… 난 안중에도 없어. 해지고 찢겨진 내 마음을 못 봐. 날…… 사랑하지 않아."

재하는 윤진이 가정이란 울타리 안에서 보호받지 못하고 사랑조차 받지 못하고 자랐다는 걸 알고 있었다. 게다가 이 결혼에 많은 것들이 걸려 있다는 것도 알고 있었기에, 더 이상의 설명이 필요 없다는 듯 윤진의 어깨를 다독여 주었다.

"휴우."

윤진은 정신을 차려보려고 얼음물을 벌컥벌컥 들이켰다. 차근차근 생각해 보면 분명 방법이 있을 거란 희망의 끈을 놓지 않았다. 어른들의 계획대로 휘둘리지 않으려면 정신을 바짝 차려야 한다고 스스로를 채찍질했다.

"혼자 끙끙대지 말고 그 사람이랑 얘기해 봐. 너 혼자 이래 봤자 답 안 나와. 그러니까 지금 당장……."

"재하야, 내가 너무 많이 취했나 봐…… 헛것이 보여……."

그때, 윤진의 시야에 신욱의 모습이 들어왔다. 술을 너무 많이 마셔서인지 신욱의 얼굴이 또렷하게 보이진 않았지만, 실루엣만 봐도 알 수 있었다. 좀 더 집중해서 얼굴을 보려고 눈을 깜박이던 윤진은 미간을 잔뜩 구겼다. 서늘한 표정으로 저만치에서 바라보고 있는 저 남자, 차신욱이 분명했다. 하지만 그는 점점 더 흐릿하게만 보였다. 손등으로 두 눈을 비벼봐도, 고개를 흔들어봐도 소용없었다.

"오빠……."

신욱이 서 있는 곳을 향해 손을 내민 윤진은 그대로 테이블 위에 폴썩 엎드리고 말았다.

신욱은 자신의 침대 위에서 곤히 잠든 윤진을 내려다보았다. 힘겨운 꿈이라도 꾸고 있는지 윤진은 자꾸만 몸을 뒤척였고, 신욱은 그런 윤진을 달래려 곁에 누워 어깨를 감싸 안았다. 등을 다독여 주자 뒤척임은 잦아들었고, 점차 고른 숨을 뱉으며 잠에 빠져들었다.

재하에게서 윤진을 찾았다는 연락을 받고 한달음에 달려간 곳은, 그녀가 자주 가는 단골 와인바였다. 술에 잔뜩 취해 몽롱한 얼굴로 행패까지 부리고 있었다.

분명, 요즘 뭔가 신변에 문제가 생긴 것이다. 늘 당당하고 거침없던 서윤진은 이렇게까지 힘들어하는 성격이 아닌데, 뿌리째 흔들리고 있었다.

신욱은 윤진이 잠에서 깨지 않도록 조심스레 일어나 이불을 턱 아래까지 올려주고 잠든 윤진의 얼굴을 바라보았다.

"윤진아, 뭐가 그렇게 널 힘들게 하는 거니. 이젠 나한테 기대도 되는데, 왜 또 혼자서 아파하는 거야."

다행히 아까보단 조금 더 평온해진 얼굴이었다. 신욱은 윤진의 이마 위에 입을 맞추고 자그만 손을 꼭 잡아보았다.

하루 온종일 정말 미친놈처럼 윤진을 찾아 헤맸다. 윤진이 가볼 만한 곳은 몽땅 뒤졌다. 자주 다니던 단골 와인바는 진즉에 살폈던지라 건너뛰었는데, 마침 그곳에 있었던 모양이다. 재하의 도움이 아니었다면 지금쯤 신욱은 여전히 윤진을 찾아다녔을 것이다.

이젠 한시라도 윤진이 시야 밖으로 멀어지면 마음이 불안했다. 결혼을 앞두고 있는 마당에 불안한 마음이 가실 만도 한데 왜 이리 마음이 쓰이는 건지 그 이유를 알 수가 없었다. 당장 내일이라도 혼인신고부터 해놓던지 해야지, 이거야 원…….

"흐음……."

그 순간, 머리가 쪼개지는 듯한 격한 통증이 밀려들었다. 윤진을 눈앞에 두고 나니 이제야 안도감이 들어 피곤이 몰려들었다. 가뜩이나 몸살 기운까지 겹쳐 온몸이 천근만근인데 신경을 곤두

세웠더니 머릿속에선 전쟁이 난 것 같았다.

신욱은 혹시나 윤진에게 감기를 옮길까 걱정이 되어 침대에서 내려왔다. 그러곤 휴대전화에서 이재하의 전화번호를 찾아 전화를 걸었다.

[네, 이재합니다.]

"차신욱입니다. 통화 가능하십니까?"

신욱은 윤진을 방에 남겨두고 발코니로 향했다.

"아깐 경황이 없어서 묻지 못했는데, 혹시 윤진이에게 무슨 일이라도 있는 겁니까?"

[윤진이가 직접 얘기해 줄 때까지 기다리시는 게 좋을 것 같습니다. 분명한 건, 지금 윤진이가 많이 힘들어하고 불안해하고 있어요. 흔들리지 않게 잘 잡아주시면…….]

"고작 이런 얘길 듣자고 이 새벽에 이재하 씨한테 전화한 거 아닙니다. 돌리지 말고 바로 말하세요. ……무슨 일입니까."

수화기 너머에서 긴 한숨이 건너왔다. 신욱은 가슴이 들썩일 정도로 크게 숨을 몰아쉬며 감정을 조절했다. 솔직히, 자신이 아닌 재하에게 속마음을 보였다는 것 자체가 불쾌하고 마음이 쓰였다. 하지만 지금은 이런 거 저런 거 따질 때가 아니므로 참는 중이었다. 일단 윤진의 상태를 파악하는 것이 급선무였다. 그래서 자존심 다 내려놓고 먼저 전화를 한 것인데, 상대방이 저렇게 잘난 척을 하니 불쑥불쑥 화가 치밀었다.

그래도 참자. 이재하가 아니었다면 윤진이를 찾지 못해 더 많이 헤맸을 테니까.

[어쩜 그렇게 서윤진이랑 똑같으신지……. 두 사람 참 잘 어울

립니다.]

"이재하 씨!"

[결혼 엎어질까 봐 전전긍긍하고 있어요. 그걸 막아낼 자신이 없답니다. 됐습니까?]

그는 선뜻 이해가 되지 않는 말들만 해댔다. 덕분에 신욱의 반듯한 눈썹이 일그러졌다.

이건 대체 무슨 소리지? 결혼이 엎어질 걱정을 하고 있다니. 거기다 무엇을 막아내야 한다는 걸까.

"중요한 혼사를 앞두고 사람들 입에 오르내리기 좋은 흠이라도 잡히면 안 될 일이지."

잠시 잊고 있었던 그 말이 불현듯 떠올랐다. 마치 뭔가를 알고 있는 듯했던 임 이사장의 그 말.

통화를 마친 신욱은 생각을 정리하느라 잠시 동안 멍하니 서서 눈만 깜박였다. 그러다 천천히 뒤돌아서서 윤신이 잠들어 있는 자신의 방을 바라보았다.

……정말 뭔가 문제가 생긴 건가.

신욱은 머릿속을 잠식하는 불길한 생각들을 털어내며 주방으로 향했다. 그러곤 두통약 한 알을 꺼내 먹고 다시 윤진의 곁으로 돌아갔다.

13 사랑, 내겐 너무 아픈

잠에서 깬 윤진은 간신히 눈꺼풀을 밀어 올렸다. 머리가 깨질 듯 조이고 갈증에 목구멍이 타들어가는 것만 같아 윤진의 미간에 주름이 패었다.

여긴…… 어디지?

몇 번 눈을 깜박이던 윤진은 그제야 이곳이 그의 침실이란 것을 깨달았다.

"하윽…… 머리야."

막 몸을 일으키려는데, 술이 아직 덜 깼는지 움직일 때마다 머릿속이 찌릿찌릿해 윤진은 눈을 질끈 감았다. 결국 신욱의 품에 안겨 이곳으로 온 모양이다. 결국 못나고 추한 꼴을 보이고 말았구나.

옆을 보니, 그가 잠들어 있었다. 그를 보는데 괜히 눈물이 날 것 같았다.

"오빠."

그는 대답이 없었다. 윤진은 그에게 좀 더 가까이 다가가 뺨을 어루만졌다.

"오빠."

"……흐음."

그는 끙끙 앓고 있었다. 예상치 못했던 그의 신음에, 단박에 술이 깨고 정신이 번쩍 들었다.

"세상에!"

뺨은 물론이고 목, 가슴, 손 할 거 없이 온몸이 불덩이였다. 이마와 목덜미는 땀에 젖어버렸고, 고통스러운 듯 이불을 손에 꼭 쥔 채 턱이 무너져라 이를 악다물고 있었다. 윤진은 신욱의 머리를 제 허벅지 위로 끌어 올려 어깨를 붙잡았다.

"오빠, 일어나 봐."

아프면 아프다고 말을 하지. 난 그것도 모르고 잠이나 자고 있었잖아…….

그의 미련함에 화가 치밀었다. 실은 아무것도 몰랐던 제 자신에게 가장 화가 났다. 윤진은 이마에 맺힌 땀을 손바닥으로 닦아주며 그를 흔들어 깨웠다.

"정신 차려봐. 얼른 병원 가자."

두 팔로 그를 꽉 끌어안은 채 일으켜 세워보려고 아등바등하는데, 그가 천천히 눈꺼풀을 밀어 올렸다.

"정신이 들어?"

그는 신음을 삼키며 희게 웃었다.

"이 지경이 되도록 왜 혼자 앓고 있었어! 바보같이!"

속상한 마음에, 어찌할 틈도 없이 눈물이 후드득 떨어졌다. 신욱이 손을 내밀어 윤진의 손목을 잡았다.

"잠이나 한숨 푹 자면 괜찮을 것 같은데……."

꼭 잠긴 그의 목소리가 어떻게든 병원에 데려가겠다는 윤진의 다짐을 건드렸다. 하는 수 없이 윤진은 침대 위에 그를 반듯하게 눕히고 이불을 덮어주었다.

"아버님한테 연락해야겠어, 주치의라도 보내달라고."

혼자서 무슨 수로 이렇게 큰 남자를 병원까지 데리고 갈 수 있을까. 차라리 주치의를 집으로 부르는 게 빠를 것이라 생각한 윤진은 휴대전화를 집어 들었다. 그러자 신욱이 윤진의 손을 잡아당겼다. 이 와중에도 손 힘 자랑하기는. 윤진은 단호하게 고개를 저었다.

"놔. 고집부릴 걸 부려."

윤진은 신욱을 떼어내고 방을 나섰다. 죽이라도 끓여 먹일 요량으로 주방으로 향하던 윤진은 차 회장에게 전화를 걸었다.

"아버님, 저 윤진이에요. 지금 오빠가 많이 아픈데, 주치의 선생님 연락 부탁드려도 될까요?"

냉장고를 열어 죽을 끓일 만한 재료를 찾던 윤진은 차 회장의 답에 안도의 한숨을 내쉬었다.

"감사합니다, 아버님. 제가 간호하고 있으니까 너무 걱정 마세요."

통화를 끝낸 윤진은 본격적으로 죽 만들기에 돌입했다. 다행히 며칠 전 가사도우미분이 냉장고를 그득하게 채워주신 덕에 간단

한 야채죽을 끓일 순 있을 것 같았다. 윤진은 찬물 한 컵을 들이켠 후, 머리를 세차게 흔들어 숙취를 억지로 털어내고 식칼을 손에 쥐었다.

그의 팔에 뾰족한 바늘이 꽂혔다. 머리맡에 걸어둔 링거에선 끊임없이 약이 흘러들어 갔고, 그의 주치의를 포함한 두 명의 의사와 두 명의 간호사가 이런저런 이야기를 나누며 돌아갈 채비를 했다.

이렇게 약한 모습을 처음 보는지라, 윤진은 당혹감을 감추지 못했다. 담담하게 굴고 싶었지만 그럴 수가 없었다. 조급한 마음을 고스란히 드러내며 주치의를 못살게 굴었다. 그를 진찰하는 내내 끊임없이 물었고, 연신 다그쳤다. 만약 문제가 생기면 가만히 있지 않겠다는 말도 안 되는 엄포까지 놓으며 어수선을 떨었다. 이런 행동들이 그의 진찰에 전혀 도움이 되지 않는 걸 알면서도 이성적으로 행동할 수 없었다.

주치의가 내린 진단은 심한 감기몸살과 피로 누적. 심신의 안정을 취하는 게 유일한 처방이라는 설명을 덧붙였다. 큰 병이 아니라서 다행이긴 하지만, 그렇다고 해서 걱정의 크기가 작아지진 않았다.

"요즘 부쩍 두통이 심해진 것 같은데, 병원에 가서 검사를 받아 보는 게 좋겠죠?"

"두 달 전 건강검진에선 별다른 소견이 없었습니다. 그래도 걱정되신다면 내원해서 좀 더 정밀한 검사를 받는 것도 좋습니다. 제 소견으론 두통은 크게 걱정하지 않으셔도 될 것 같습니다. 사장님께서 워낙에 스트레스에 민감하시거든요. 그 때문일 겁니다. 제가 차 회장님 댁 전담한 지 10년이 넘었는데, 두통을 호소하신 건 한 4, 5년 된 것 같습니다. 평소 꾸준한 운동으로 체력 관리가 잘되어서 괜찮으셨는데, 최근에 많이 피곤하셨나 봅니다. 제가 자주 살피고 있으니 너무 걱정 마십시오."

4, 5년 전부터 시작되었다던 두통. 그가 이렇게 맥을 못 추고 누워 있는 것도 윤진은 제 탓인 것만 같았다. 윤진은 잠든 신욱의 손을 꼭 잡고 엄지로 손등을 살살 문질렀다.

최근 들어 회사 일도 바빠지고 신경 쓸 일도 많았으니 그럴 수밖에……. 거기다 원래 약을 잘 챙겨 먹지 않아 병을 키우는 타입이니 지치지 않고 이제까지 멀쩡했던 게 더 이상했다. 넘어진 김에 쉬어가라고, 윤진은 이번 기회에 그에게 휴식을 주고 싶었다.

"너무 걱정 마십시오. 이틀 정도 푹 쉬고 나면 금세 회복하실 겁니다. 워낙에 건강하신 분이거든요."

"수고 많으셨습니다. 감사합니다."

그제야 윤진에게서 풀려난 의료진들이 서둘러 집을 빠져나갔다. 윤진은 그들을 배웅하고 다시 돌아와 신욱의 곁을 지켰다. 잠든 그의 얼굴을 바라보다가, 손을 내밀어 그의 얼굴을 만져 보았다.

이젠 이 남자가 없는 삶은 상상이 되지 않는다. 왜 그렇게 미워하고 무엇 때문에 상처를 줬는지 모두 잊고 싶을 만큼, 그가 간절했다. 허투루 보낸 시간들이 안타까워 목이 메이고 가슴이 시렸다. 돌아오지만 않았어도 우리, 이미 오래전부터 행복한 일상을 함께할 수 있었을 텐데……. 아무런 힘이 없는 후회만 되뇌며 자신을 책망하고 시간을 원망했다.

"흐음⋯⋯."

뒤척이다가 잠에서 깬 그가 윤진과 눈을 맞추며 옅게 웃었다.

"깼어?"

무겁게 밀어 올린 눈꺼풀은 서너 겹으로 겹쳐졌다.

"배 안 고파? 내가 죽 맛있게 끓였는데."

그는 마른 입술을 보기 좋게 늘이며 고개를 끄덕였다.

"잠깐만 기다려. 금방 가져올게."

윤진은 서둘러 주방으로 달려갔다. 어서 챙기고픈 마음에 서두르느라 손이 바르르 떨렸지만 실수하지 않으려 정신을 집중했다. 작은 그릇 안에 알맞게 식은 죽을 옮겨 담고, 백김치도 자그만 종지에 담아 쟁반 위에 올렸다. 쟁반을 들고 그의 침실로 들어가니, 그는 상체를 일으켜 세우고 앉아 윤진을 기다리고 있었다. 윤진은 신욱의 앞에 마주 보고 앉아 자신의 무릎 위에 쟁반을 올려두었다. 떠먹여 주려 하자, 그는 고개를 흔들며 손사래까지 쳤다.

"환자 취급 하지 마."

"이런 기회 흔치 않아. 먹여줄 때 감사합니다, 하고 받아먹어."

윤진의 말에 그는 못 이기는 척 입을 벌렸다. 윤진은 죽을 한입 먹이고 백김치 한 조각을 입에 넣어주었다.

"맛있다."

신욱의 말에 윤진도 한 숟갈 떠먹어보았다. 맛있다는 그의 말은 거짓이었다. 얼마나 정신이 없었는지, 간을 제대로 하지 않았던 것이다. 야채를 제대로 볶지 않아 약간 풀 내까지 났다. 윤진은 엉망진창인 제 자신에게 화가 치밀어 깊은 한숨을 내쉬고 말았다.

"아플 때마다 이렇게 해줄 거야?"

"아니, 안 해줄 거니까 앞으로 절대 아프지 마."

윤진의 뿌루퉁한 대답에 신욱이 웃으며 볼을 꼬집었다. 윤진이 흘겨보았지만 아랑곳하지 않았다.

그 순간, 윤진은 이대로 시간이 멈춰 버렸으면 좋겠다는 생각을 했다. 아무 일도 일어나지 않았다는 듯, 오직 서로에게만 집중할 수 있는 이 시간이 너무나 소중했기 때문이다. 다른 생각 같은 거 하지 않고, 다른 고민 같은 거 하지 않고 오직 서로가 전부인 것처럼 보내는 순간…… 앞으로 두 사람 사이에 쉽게 허락되지 않을 이 순간이 윤진에겐 너무나 간절했다.

"회사는?"

"비서실장님한테 연락해 뒀어. 본부장님 계시니까 걱정 말라고, 이번 기회에 제대로 쉬고 오래. 덕분에 회사 직원들도 숨 좀 쉬게 제발 좀."

윤진의 무덤덤한 대답에 신욱이 웃었다.

"아참, 그리고 사흘 후에 출장 있어? 어떻게 할지 물어봐 달래서 못 갈 수도 있다고 말했는데."

"이틀이면 나을 텐데."

"의사선생님이 무리하지 말라고 하셨어."

그는 고개를 가로저었다.

"내가 꼭 가야 되는 출장이야."

"그냥…… 나랑 이렇게 있자. 응?"

머리카락을 귀 뒤로 넘겨주는 그의 다정한 손길에 윤진은 그만 울컥하고 말았다.

"어리광만 늘어가지고. 앞으로 매일 이렇게 살 건데 뭘."

윤진의 속내를 알지 못하는 신욱의 말에 윤진은 차마 말을 잇지 못했다. 그는 윤진의 무릎 위에 놓인 쟁반을 콘솔 위에 올려두고, 윤진의 다리를 베고 누웠다.

"조금만 더 잘게."

윤진은 이불을 그의 가슴까지 덮어주곤 머리맡에 놓인 베개를 끌어당겨 그의 머리 아래에 괴어주었다.

잠에서 깨어났을 땐, 윤진이 곁에 누워 잠들어 있었다. 신욱은 흐트러진 윤진의 머리카락을 매만지며 잠든 윤진의 얼굴을 가만히 바라보았다. 모든 고민과 걱정들로부터 벗어나 어린아이처럼 잠에 빠진 윤진의 모습은 무척이나 사랑스러웠다. 꿈속에서 만큼은 힘들어하지 않기를…… 신욱은 바라고 또 바랐다.

"흐음."

대체 얼마나 잔 건지. 자다 깨다를 반복하며 거의 하루 온종일 잠을 잔 것 같았다. 시계를 보니 저녁 8시. 신욱은 침대에서 내려와 방을 나섰다. 그러곤 휴대전화를 들어 비서실장에게 전화를 걸었다.

[사장님, 몸은 괜찮으십니까?]

"좋아요. 걱정하게 해서 미안합니다."

[어휴, 다행입니다.]

땅이 꺼져라 한숨을 쉬는 비서실장 때문에 신욱은 웃고 말았다.

"부탁할 게 있는데, 지금 회사죠?"

[당연하죠. 사장님이 안 계시니 사장 비서실은 지금 비상근무

체제 아니겠습니까. 말씀하세요.]

신욱은 혹시나 윤진이 잠결에라도 들을까 걱정이 되어 목소리를 한껏 낮췄다.

"김 회장님 일가에 문제가 생긴 것 같은데, 자세히 알아봐 주세요. 서창욱 전 장관을 비롯해서 가까운 친척까지 모두. 우리 결혼에 충분히 영향을 줄 만큼 가까운 사람의 일인지, 그리고 그게 어떤 문제인지……."

[무슨 말씀이신지 알겠습니다. 서두르겠습니다.]

"그리고 말레이시아 출장은 갈 수 있을 것 같아요. 예정대로 준비해 주세요."

[네, 사장님. 그럼 푹 쉬십시오.]

통화를 마친 신욱은 다시 방으로 향했다. 윤진의 옆에 누운 신욱은 팔꿈치를 세워 손바닥으로 머리를 받치고 윤진을 내려다보았다. 화장기 없는 말간 얼굴이 새삼 반가웠다. 외모 치장이 마치 제 자존심이라도 되는 양 한 치의 흐트러짐도 허용하지 않던 윤진이었기에, 신욱은 자신의 앞에서 무장해제한 윤진이 좀 더 사랑스러웠다.

더는 참을 수가 없었던 신욱은 윤진의 뺨에 쪽 소리가 나도록 입을 맞추었다. 그러자 윤진이 눈을 뜨고 신욱을 바라보았다.

"그만 자."

"으흠……."

한쪽 눈을 간신히 뜬 윤진은 머리 위로 두 팔을 뻗으며 기지개를 켰고, 신욱은 그런 윤진을 꼭 끌어안았다. 그러자 윤진이 신욱의 품에 안긴 채 바둥거렸다.

"숨 막혀!"

윤진이 컥컥 숨을 몰아쉬자 신욱은 그제야 품에서 윤진을 놓아주었다. 심통이 난 윤진이 입술을 쭉 빼물고 신욱의 팔뚝을 툭툭 쳤다.

"저녁 먹고 약 먹자."

신욱은 침대를 빠져나가려는 윤진을 다시 잡아당겨 품에 끌어안았다. 신욱의 몸 위로 올라온 윤진은 숨결이 닿을 만큼 가까운 거리를 사이에 두고 신욱을 내려다보았다. 신욱이 윤진의 뒷머리를 한 손으로 감싸며 턱을 들어 입을 맞추려 하자, 윤진이 요리조리 잘도 피했다. 얄미운 윤진 때문에 오기가 끓어올랐지만, 혹시나 감기가 옮을까 걱정이 되어 신욱은 윤진의 입술 대신 이마에 입을 맞추었다.

"오빠."

"응?"

"나 어머니 뵙고 싶은데."

윤진은 생각이 많은 눈을 하고 신욱을 그윽하게 바라보았다. 왜 그런 부탁을 하는 건지, 무슨 뜻인지 알 것 같아서 신욱은 고개를 끄덕였다.

"출장 다녀와서 같이 가자."

"출장 가려고?"

신욱이 고개를 주억거리자 윤진은 못마땅한 표정을 감추지 않았다. 하지만 신욱의 입장에선 빠질 수 없는 중요한 일정이었다. 이번에 말레이시아에 가서 답사하게 될 곳은 'E코어그랜드타워'와 비슷한 규모의 쇼핑호텔복합타워인데다가, 코어그룹과 호텔 이든 쪽 관계부서 임원들이 대거 참석하는 자리였다. 명색이 'E코어그랜드타워'의 수장인데 건강을 핑계로 빠질 순 없었다.

"근데 엄마 만나면…… 뭐 하려고?"

"잘못했다고, 죄송하다고 사과드리려고. 내가 너무 어리석었다고…… 용서해 달라고. 우리가 행복할 수 있도록…… 기도해 달라고."

윤진의 눈빛에 간절함과 동시에 불안함이 묻어났다. 신욱은 윤진을 꼭 안아주었다. 맞닿은 가슴 사이로 쿵쿵대며 뛰는 심장박동이 고스란히 느껴졌다.

"우리…… 오래오래 행복하게 살자. 너 닮은 예쁜 딸도 낳고, 아이가 자라면 마당 넓은 집으로 이사도 하자. 봄에는 꽃이 피고 가을엔 열매가 열리는 커다란 과실나무도 잔뜩 심고, 나무 사이에 아이가 타고 놀 그네도 만들자. 너 좋아하는 개랑 고양이도 키우면서…… 그렇게 행복하게 살자, 우리."

……우는가 보다. 윤진의 작은 어깨가 자잘하게 떨렸다.

신욱은 가슴이 벅찼다. 서윤진이 곧 나의 신부가 된다는 사실을 믿을 수 없었다. 그동안 멀리 돌아와야만 했던 시간들이 새삼스럽게 느껴졌다.

신욱은 윤진의 이마에 다시 한 번 입을 맞추고, 빈틈없이 윤진을 꼭 끌어안았다.

김 회장으로부터 차 회장 쪽에 되돌려줄 예물을 빠짐없이 챙기라는 지시를 받았다며, 혹시 무슨 일이 생긴 것이냐고 묻는 홍 여사의 전화를 받고 윤진은 곧장 본가로 향했다. 결혼이 그러했듯이, 파혼 역시 윤진의 의지와는 상관없이 진행되고 있었다.

김 회장은 테라스 테이블에 나와 한가로이 햇볕을 쬐며 책을 읽고 있었다. 평소 즐겨 마시는 국화차 한 잔을 테이블 위에 올려두고 무릎 위엔 얇은 담요를 덮은, 여유롭기 그지없는 김 회장의 모습에 윤진은 저도 모르게 눈썹을 구기고 말았다.

"이 시각에 네가 어쩐 일이냐? 회사 일은 어쩌고."

윤진이 뒤를 돌아 주변에 서 계시던 분들에게 고개를 숙여 인사하자, 김 회장은 물러나도 좋다는 듯 손짓을 했다. 아마도 어떤 말을 하게 될지 눈치를 채신 모양이다.

"내게 할 말이 있는가 보구나."

"애초에 이 결혼하기 싫다던 저를 억지로 하게 만드신 건 할아버지셨어요."

"그래서, 나보고 책임을 져라?"

"전 꼭두각시가 아니에요."

김 회장은 가슴이 저릿할 만큼 차가운 시선으로 윤진을 바라보고 있었다. 주저앉고 싶었지만 아직은 포기하기 이르기에 윤진은 버티고 있었다.

"네 아비가 저리 펄펄 뛰는데, 나도 더 이상은 막을 재주가 없다. 두 사람 파혼하는 선에서 정리하자. 네 아비와 나현이는 곧 이혼 절차 밟을 거야. 그에 관해선 적당히 소문 흘리고 있고. 그 후에 청문회에서 기자회견을 하기로 했다. 그렇게 하면 합작 사업만큼은 네 아비의 도덕성에서 좀 더 자유로울 수 있어. 수백 번도 더 고민해서 내린 결론이다. 데미지를 최소화할 수 있는 최선의 방법을 찾은 거야."

엄마의 이혼 허락 역시 가업의 위한 선택이었다. 그렇지 않았다면, 그것마저 허락하지 않으실 요량이었던 것이다. 이젠…… 엄마가 가여웠다. 나를 사랑해 주지 않아 원망도 많이 했는데, 이젠 동정하게 되었다. 어른이 되고 나서야 깨달은 엄마의 인생……. 지독하게 아팠을 엄마의 인생이 너무도 불쌍하고 속상했다.

어쩜 저렇게 차분하실 수가 있을까. 어떻게 이런 상황에서도 손익을 고려할 수 있는 거지? 이런 것도 이성적이라고 해야 하는 건가.

"저와 그 사람이 받을 상처는…… 전혀 생각 안 하시는 거예요?"

윤진이 물음에 김 회장은 내가 그걸 왜 고려해야 하는 것이냐고 되묻는 듯 의아하단 표정을 지어 보였다.

"오늘 저녁에 차 회장 만나기로 했어. 아마 차 회장은 내 생각을 따라줄 거야. 그렇게 되도록 설득할 거고. 그러니 너도 마음 정리해라. 여기 있는 게 정 힘들면 외국으로 보내주마."

이미 김 회장의 머릿속엔 모든 계획이 철저하게 짜인 상태였다. 늘 그랬듯 한마디의 상의도 없었다. 일방적인 통보에 불과했다.

"제가 잘못한 것도 아니잖아요."

"네가 누리는 것들에 비례하는, 어쩔 수 없이 감당해야 할 몫이라고 생각해라."

벽을 보고 얘기하는 기분이랄까. 숨이 턱턱 막혔다. 윤진은 답답함에 눈을 질끈 감고 긴 한숨을 내쉬었다.

이제 어쩌지? 결국…… 차 회장까지 찾아가야 하는 걸까.

혜민이가 결혼에 흠이 될까 봐 보내기까지 하신 분인데…… 그런 분에게 뭐라고 설득을 해야 하지. 무슨 면목으로…….

머릿속이 새하얘진 윤진은 사방으로 흩어진 생각을 한데 모아 차분히 정리하기 시작했다.

"미리 말해두는데, 차 회장한테 매달릴 생각 마라. 그 회사, 차 회장이 자기 여자까지 버려가면서 지켜낸 회사다. 하찮은 니들 사랑과 바꿀 엄두도 내지 마라. 욕심이다."

김 회장의 말을 듣는 그 순간, 윤진은 일전에 차 회장의 말이 떠올랐다.

"난 이 그룹을 위해 ……내가 사랑하던 여자도 외면했다. 이번엔 너희들의 결혼을 위해 반드시 지켜야만 하는 약속도 깨기로 했고. 반드시…… 두 사람이 완벽하게 해내야 해. 사업도, 결혼도."

그 말은 차신욱과 서윤진 결혼의 전제이기도 했고, 한수 물렀던 차 회장이 이를 악물고 내건 조건이었다.

윤진은 고개를 떨구고 말았다.

"일이 이렇게 돼서 유감이구나."

김 회장이 집 안으로 들어간 후에도 윤진은 그곳에 멍하니 서서 한참을 움직이지 못했다.

❖

서둘러 일정을 마치고 하루 앞당겨 먼저 귀국길에 오른 신욱은 돌아오는 비행기 안에서 잠시 잠을 청했다. 막 잠이 들려는데, 비서실장이 신욱의 어깨를 흔들어 깨웠다.

"사장님, 잠깐 이것 좀 보시죠."

신욱은 비서실장이 건넨 태블릿 PC를 받아 들고 집중해서 글을 읽었다. 여백이 거의 없는 빽빽한 글씨 탓에 절로 미간이 구겨졌다.

"이게 뭔가요?"

"J일보, K일보, B일보에 서창욱 전 보좌관이 보낸 파일이랍니다."

차명으로 관리된 듯한 계좌의 입출금 내역과 건물을 비롯한 토지 매매 계약서들. 그리고 낯선 배경 안에 자리한 창욱의 모습이 담긴 사진도 보였다.

그 순간, 신욱은 뭔가 단단히 잘못되었음을 직감했다.

"어디서 얻은 정보입니까?"

"그게…… 회장님 비서실에서……."

그렇다면, 아버지는 이 사실을 이미 보고 받았다는 건데.

신욱은 깊은 한숨을 내쉬며 두 손으로 얼굴을 감쌌다.

귀국하자마자 신욱은 곧장 본가로 향했다. 거실을 지나 차 회장의 서재로 가려는데, 거실 테이블 위에 잔뜩 쌓인 선물 상자가 눈에 들어왔다. 설마 하는 마음에 걸음을 돌려세운 신욱은 그것들이 윤진에게 보냈던 예물이란 것을 어렵지 않게 알 수 있었다.

예물이 되돌아왔다는 건…… 사태가 매우 좋지 않은 방향으로 흘러가고 있다는 말이었다.

"앉아라."

뒤에서 나타난 차 회장은 거실 소파에 앉으며 담담한 표정을 지었다.

"이게 다 뭡니까?"

"비서실 통해서 정보 받은 걸로 알고 있다."

"그래서요?"

"미안하지만, 내 결정을 존중해 줬으면 좋겠구나."

아버지의 결정이라……

신욱은 허망하게 웃었다.

"곧 나라가 시끄러워질 거다. 자리가 주는 무게가 있으니까. 피해를 최소화하기 위해선 어쩔 수 없는 선택이었어."

무슨 말을 해야 좋을지 쉽게 정리되지 않았다. 어떤 논리로 무장을 해야 아버지를 설득할 수 있을까. 어떻게 이 상황을, 이 난관을 헤쳐 나갈 수 있을까. 너무도 막막해서 가슴이 답답했다.

"두 사람 마음, 잘 알고 있다. 하지만 내가 이 결혼에 힘을 실어 줬던 건 비즈니스를 위한 측면이 훨씬 컸어. 그건 너도 이미 알고 있었을 거라 생각한다. 두 그룹이 같이 살기 위해선 무엇보다 합작 사업을 계속 진행하려면……"

"저는…… 오직 서윤진 한 사람 때문이었어요. 합작 사업, 가업…… 그런 것들보다 서윤진을 되찾는 게 먼저였다고요."

차 회장은 서늘한 시선으로 신욱을 바라보았다.

"잊었니? 이 그룹을 위해서 나는……"

"엄마를 버리셨죠. 하지만 저는 달라요. 전 그렇게 안 해요."

신욱의 단호한 대답에 차 회장은 턱에 힘을 주고 이를 악물었다.

"아버지, 다신 그 말을 자랑하듯 하지 마세요. 남자로서 부끄럽게 생각하셔야 해요."

"신욱아."

"전혀 대단해 보이지 않아요. 선택의 여지가 없었다는 건, 결국 아버지의 선택을 합리화하기 위한 변명에 불과하잖아요. 아버진…… 그때 인생에서 가장 큰 실수를 하신 거예요."

신욱의 날 선 말에 차 회장의 눈빛이 흔들렸다. 가장 깊은 곳에 자리한 상처를 건드린 것이다.

"제가 없는 사이에…… 두 분 다 치사하셨어요. 저희 일은 저희가 알아서 하겠습니다."

"김 회장님은 허락하지 않으실 거다."

신욱이 자리에서 일어서자 차 회장이 막아섰다.

"조만간 서창욱과 김나현은 이혼하게 될 거야. 이렇게 된 이상, 김 회장이 추문을 감수하면서까지 서창욱을 끌어안고 있을 이유가 없으니까. 김 회장이 모든 사실을 안다 해도 충분히 묻어두고 넘어갈 수도 있었는데, 서창욱이 독단적으로 판을 키운 모양이야. ……윤진 양도 노력을 많이 했던 것 같더라. 그 혼외자한테 찾아가기도 하고……."

차 회장은 신욱이 알게 된 그 이상의 많은 정보를 이미 가지고 있었다. 윤진의 행동까지 모두…….

혼자 아파하고, 혼자 고민하고, 혼자 힘들었을 윤진의 생각에 신욱은 마음이 미어졌다. 그래서 그렇게 불안한 눈을 하고 날 봤던 거구나. 잃을까 전전긍긍하며 가슴 졸이고 있었구나. 차마 이야기할 수 없었던 윤진의 마음을 신욱은 충분히 이해할 수 있었다.

겁나고 두려웠을 텐데, 어떻게든 해보겠다고 여기저기 부딪혔을 윤진이 가엽고 안쓰러웠다. 그 작은 가슴에 얼마나 더 많은 상처가 났을까······.

"사업은 계획대로 진행될 거다. 회사 일은 네가 결정해도 좋아. 원하면 남고, 원하지 않으면 내려놔도 돼. 하지만 두 사람 결혼 문제는 그렇게 억지를 부린다고 될 일이 아냐. 이미 양가에서 합의한 사항이었고, 두 사람은 이미 내 앞에서 약속까지 했었다. 그 약속은 지켜야 하지 않겠니?"

결국 그 약속이 우리의 발목을 잡게 될 줄이야.

신욱은 쓰게 웃으며 차 회장을 향해 허리 숙여 인사했다.

"죄송합니다. 이만 가보겠습니다."

뒤돌아보지 않고 곧장 집을 나선 신욱은 윤진에게 전화를 걸었다.

[응, 오빠.]

차분한 윤진의 목소리에 울컥 눈물이 치솟았지만 신욱도 애써 밝게 말했다.

"어디야?"

[······우리 집.]

우리가 함께 살기로 한 그 집에 윤진이 있었다. 신욱은 서둘러 차에 올라 시동을 걸었다.

"금방 갈게. 뭐 먹고 싶은 거 있으면 말해."

[음……. 그 집 케이크 먹고 싶다. 당근케이크. 그리고 패션후르츠 주스도.]

"알았어. 사가지고 갈게. 조금만 기다려."

통화를 끝낸 신욱은 가슴이 들썩이도록 크게 숨을 몰아쉬고 차를 출발시켰다.

현관문을 열고 안으로 들어가니, 거실 소파에 앉아 TV를 보고 있는 윤진이 눈에 들어왔다. 가까이 다가가는 동안에도 윤진은 인기척을 느끼지 못했는지 TV에서 시선을 거두지 못했다. 좀 더 가까이 가서 자세히 보니, 윤진은 TV를 보고 있는 것이 아니라 눈을 깜박이는 것조차 잊은 채 멍하니 앉아 있었던 것이다. 깊은 생각에 사로잡힌 윤진은 좀처럼 생각들을 털어내지 못했다.

"도둑 들어도 모르겠네, 이 여자."

그제야 윤진이 정신을 차리고 신욱을 보았다. 입매를 예쁘게 늘이며 씨익 웃는데, 그 모습이 무척이나 사랑스러워서 가슴이 찢어지는 것만 같았다.

"내일 온다더니. 나 보고 싶어서 일찍 왔나?"

"잘 아네."

윤진이 두 팔을 활짝 벌렸고, 신욱은 그런 윤진을 힘껏 끌어안았다.

혼자서 얼마나 힘들었을까. 그 자존심에 사람들 찾아다니며 상처받는 동안에도 내겐 말 한마디 하지 않고…….

하지만 신욱은 내색하지 않기로 했다. 마치 이 순간이 세상의 전부인 것처럼 말이다. 윤진도 그럴 생각인지 평소처럼 태연하게 굴었다.

"케이크 지금 먹을 거야?"

"아니, 이따 밥 먹고 나서. 오빠 좋아하는 꽃게 사다 놨는데 우리 시원하게 꽃게탕 해 먹자. 미나리 많이 넣고. 어때?"

"좋아."

윤진은 방긋방긋 연신 웃으며 주방으로 향했다. 냉장고 안에서 요리할 재료들을 식탁 위에 산더미처럼 쌓았고, 신욱은 그런 윤진을 뒤에서 지켜보았다.

"옷 갈아입고 얼른 씻어. 시간 좀 걸릴 거야."

신욱은 대답하지 않고 그 자리에 서서 재킷을 벗고 넥타이를 끌러 식탁 의자에 걸어두고, 손목에 채워둔 커프스 링크를 풀어 소매를 서너 번 접어 올려 윤진을 도울 채비를 마쳤다.

그런데 싱크대에 물을 틀고 꽃게를 담근 윤진이 그 자리에 가만히 서 있기만 했다. 축 늘어진 작은 어깨가 아주 작게 들썩였고, 쏟아지는 물살 사이로 훌쩍이는 소리가 들려왔다.

윤진이 우는 것 같았다. 신욱이 다가가 뒤에서 안으며 돌려세우려 하자 윤진이 몸에 힘을 주어 버렸다. 보여주고 싶지 않은 모양이다.

"윤진아."

이름을 부르는데…… 정말 우습게도 그 순간 신욱의 눈에 눈물이 고였다. 수만 번도 더 불렀던 그 이름이 오늘따라 왜 이렇게 아픈지…….

"내가 이렇게 아픈데…… 넌 얼마나 아플까."

다시 윤진을 힘들게 할 줄 알았다면, 이렇게 아파하게 될 줄 알았다면…… 절대로 다시 시작하지 않았을 것이다. 다시 내 곁에 두겠다고, 다시 사랑하게 될 거라고, 평생을 함께할 거라고 고집을 부렸던 제 자신이 너무도 한심하게 느껴졌다. 그날로부터 한 치도 자라지 않고 여전히 어리고 나약하게만 느껴져서…… 윤진에게 너무 미안했다.

윤진을 간신히 돌려세워 시선을 마주한 신욱은 뺨을 타고 쉼 없이 흘러내리는 윤진의 눈물을 닦아주었다. 턱 밑까지 차오른 숨 때문에 숨이 가빴지만, 신욱은 연신 윤진을 다독이며 마음을 굳게 다졌다.

"난 이렇게 못 끝내. 우리가 어떻게 여기까지 왔는데……. 우리 조금만 견뎌보자. 난 …… 너 없인 안 돼."

울먹이던 윤진이 고개를 끄덕이며 신욱의 가슴 위에 얼굴을 묻었다. 가슴이 무너지는 것 같았지만 신욱은 윤진을 빈틈없이 끌어안으며 머리에 입을 맞추었다. 신욱은 윤진의 흐느낌이 잦아들 때까지 기다려 주었다. 그간의 서러움 다 토해내도록, 쓰리고 아픈 마음 다 쏟아내도록 기다려 주었다. 윤진의 눈물로 셔츠가 점점 젖어들었고, 다행히 그녀의 울음소리도 작아졌다.

신욱은 윤진의 동그란 뒷머리를 쓰다듬어 주다가 가슴에 파묻힌 윤진의 얼굴을 떼어냈다. 퉁퉁 부은 눈두덩과 입술이 가장 먼저 눈에 들어왔다. 신욱은 윤진의 두 뺨을 두 손으로 감싼 채 고개를 숙여 윤진의 이마 위에, 콧등 위에, 입술에 차례로 입을 맞추었다. 윤진이 두 팔로 신욱의 목을 감싸 안자, 신욱은 망설임 없이 윤진을 번쩍 안아 들고 침실로 향했다.

14 사랑하니까, 다 괜찮아

TV 화면 하단에는 '뉴스속보 서창욱 국무총리 후보자 자진 사
퇴'라는 자막이 커다랗게 박혀 있었다. 창욱이 준비한 기자회견
자리는 바로 국무총리 후보자 인사청문회 자리였다.

무거운 표정을 한 창욱은 힘겹게 입을 열었다. 제법 담담한 어
투로 운을 띄우곤 감정에 북받친 듯 눈시울을 붉히며 손수건으로
연신 눈가를 닦았다.

[저는 이 자리에서 모든 걸 내려놓겠습니다. 제 욕심 때문에 평
생을 외면해야 했던 가여운 제 아이를 위해서, 더는 나쁜 아버지
로 남고 싶지 않은 마음에 이제라도 모든 걸 제자리로 돌려놓을
생각입니다. 죄송합니다. 면목 없습니다.]

거짓말. 더 큰 것을 얻기 위해 잠시 모든 걸 내려놓는 척을 하는
거면서.

마치 잘 짜인 각본대로 움직이는 듯한 그의 소름 끼치도록 차분한 모습에 윤진은 속이 울렁거렸다.

[멋지게 자라줘서 고맙다, 내 아들아. 사랑한다. 정말 미안하다.]

사랑한다는 그 말이 끝남과 동시에 윤진은 저도 모르게 웃고 말았다.

'사랑한다' 라니. 가식의 끝을 보여주는구나.

대체 어디까지 내려갈 작정인 건지. 도대체 얼마나 더 추한 모습까지 보일 건지 너무도 기가 막혔다. 자식을 그저 자신의 욕심을 채우기 위한 수단으로밖에 여기지 않는 자가 사랑을 운운하며 사람들 앞에서 사과를 한다? 정말 양심도 뭣도 없는 인간이었구나. 저런 사람이 자신의 아버지란 사실을 믿고 싶지 않았다. 경멸했다.

윤진은 TV에서 시선을 떼지 않았다. 화가 치밀고 구역질이 나도, 어디까지 하는지 두 눈으로 똑똑히 지켜볼 생각이었다. 배우도 울고 갈 놀라운 연기력에선 혀를 내두를 수밖에 없었다. 고개를 떨구고 흐느끼는 것으로도 부족하다 여겼는지, 무릎을 꿇고 앉아 어깨까지 들썩이며 울어댔다. 참으로 놀라운 모습이었다.

그는 사방에서 쏟아져 나오는 질문세례에는 절대 답하지 않고 자신의 할 말만 했다. 철저히 계산된 것이었다. 그의 보좌관이 그를 부축해서 장내를 빠져나간 후에도 생중계는 계속되었다. 얼마 지나지 않아 기자가 마무리 멘트를 했고, 드디어 한 편의 삼류영화가 막을 내렸다.

윤진은 TV를 끄고 소파에서 막 일어서다가 현기증이 일어 순간 휘청이고 말았다. 그 모습을 뒤에서 지켜보던 홍 여사가 달려와 윤진을 부축해 주었지만, 윤진은 창피함에 괜찮다는 말도 건네지 못하고 2층 방으로 올라갔다. 서창욱의 딸이라는 것이 너무도 부끄러웠다.

창욱의 기자회견이 있기 세 시간 전 차신욱과 서윤진의 파혼 사실이 세상에 흘러나갔다. 이미 마음의 준비를 한 참이라 윤진은 동요하지 않았다. 세상 사람들의 수군거림과 억측들은 어느 정도 예상을 했기 때문이다.

파혼이 알려졌다고 해서 변한 건 아무것도 없었다. 난 여전히 그를 사랑하고, 그는 나를 사랑한다. 우리가 함께 살기로 했던 신혼집 역시 그대로이다. 그곳에서 우린 여전히 사랑을 속삭이고, 밤을 지새우며, 그의 품에서 아침을 맞이한다.

달라진 것은, 그저 '파혼'이라고 규정된 우리의 관계. 단지 그게 조금 서러울 뿐이었다.

창가에 선 신욱은 발아래 펼쳐진 서울을 내려다보았다. 분주하게 길을 오가는 차들과 개미처럼 작게 보이는 사람들을 바라보다 문득 허무한 생각이 들었다. 누군가는 아등바등거리다 간신히 얻는 것을, 다른 누군가는 거짓된 말로 쉽게 얻어낼 수 있다는 것이 놀랍고도 화가 났다. 그 거짓말로 인한 파장이 자신에게까지 불어닥쳤기에 더더욱 그런 생각이 들었는지도 모른다.

똑똑.

"들어와요."

노크 소리에 문 쪽으로 돌아서니, 사색이 된 비서실장이 헐레벌떡 안으로 들어왔다. 그가 평정심을 잃고 허둥대는 모습을 거의 본 적 없었던지라, 순간 가슴이 철렁 내려앉았다. 좋지 못한 소식을 전할 게 분명했기에 신욱은 애써 태연한 척 굴었다.

"주식 어때요?"

신욱이 선수를 치며 묻자 비서실장이 허탈하게 웃으며 신욱의 책상 위에 놓인 랩탑을 열었다.

"안 보고 계셨어요?"

"제가 보고 있다고 오르는 거 아니잖아요."

실은 보고 싶지 않아서였다. 지금 같은 상황에선 그 누구보다 냉정해야 하지만, 쉽지 않았다. 윤진과의 일에서 냉정함을 갖추기란 너무도 어려웠다.

신욱은 어제 오후부터 증권가를 뜨겁게 달구고 있는 일명 '찌라시'의 주인공이 돼버렸다.

유명 정치인 A씨, 혼외자 논란으로 이혼 위기. B그룹 계열사 사장인 부인 C씨와 역대 최대 재산 분할 이혼소송 준비 중. 그로 인해 D그룹과 대규모 합작 사업 준비 중이던 부인 C씨의 사업 일정이 불투명해졌고, D그룹과 B그룹 사이의 정략혼도 파혼.

한 편의 드라마와 같은 이 내용은 결국 오늘 오전 대부분의 내용이 사실로 판명이 나버렸다. 단지, 코어그룹과 호텔 이든의 합작 사업은 차질 없이 진행될 것이라는 보도를 내는 것으로 공식적인 입장 발표는 끝을 냈다. 서창욱과 이든그룹의 일에 더는 관여하지 않기로 한 것이다.

그로 인해 재벌가의 냉혹함이 부각되었다. 김 회장과 차 회장의 선택은 파혼으로 두 기업의 거리를 유지하는 것이었지만, 신욱의 생각은 그들과 달랐다. 오히려 이럴 때 양 사의 관계를 돈독하게 유지하며 합작 사업의 투자자들과 협력업체들에게 믿음을 줘야 한다고 생각했다. 두 분의 지나치게 소극적이고 방어적인 태도가 조금은 답답하게만 느껴졌다.

비즈니스 이외의 관계를 모두 정리해서 피해를 최소화해 보자는 의견도 분명 일리는 있지만, 효율성에서는 의문이 드는 것도 사실이다. 오랜 시간 거대 그룹을 이끌어온 분들이기에 그들이 내린 선택을 존중해야겠지만, 신욱은 솔직히 동의할 수 없었다. 이 또한 지나가 버릴 파도에 불과할 텐데…….

비서실장이 띄워준 화면을 보며 신욱은 짙은 한숨을 내쉬었다. 파혼 사실이 알려진 후 파도처럼 넘실대던 관련 주식은 서창욱의 기자회견이 끝난 후 곤두박질치고 있었다.

아직까지 두 분의 이혼 기사는 공식적으로 나가지 않은 상태다. 애매한 소문은 그대로 방치해 두며 합작사업에 피해가 가지 않도록 거리를 유지하다가, 정식으로 이혼소송이 시작되면 서창욱의 불륜 사실을 전면에 내세워 끈질기게 물고 늘어지면서 까내릴 생각인 듯했다.

"이든 쪽은 어때요?"

"어휴……. 지금은 말도 못하죠. 그래도 얼마 안 가 회복될 겁니다. 잠깐이니까요."

비서실장이 대수롭지 않게 말하는 것은 어찌 보면 당연한 일이었다. 이런 사건 사고는 수도 없이 일어나곤 했지만 위기는 오래

가지 않았고, 사람들은 금세 잊었기 때문이다. 그런 면에선 김 회장의 선택이 옳은 걸지도 모른다. 서창욱은 어떻게 해서든 계속 정계에 남을 것이고, 서윤진의 부친이 서창욱이란 사실은 절대로 변하지 않는다. 서창욱의 행보에 따라 매번 양 사의 합작 사업이 흔들거리는 것보단 파혼으로 일 외적인 관계를 완전히 끊어버리고 사업만큼은 그의 도덕성으로부터 자유로워지는 게 나을지도……

신욱은 재킷을 집어 들고 자리에서 일어섰다.

"코어홀딩스 임원회의 소집됐어요?"

"지금 출발하시면 됩니다."

코어그룹의 지주회사인 코어홀딩스. 그곳의 부사장 직을 겸임 중인 신욱의 선택은 임원 달래기였다. 서창욱의 기자회견에 맞춰 임원회의를 소집해 둔 참이었다.

신욱은 임원들을 설득할 생각에 벌써부터 마음이 무거웠다. 하지만 모든 것이 자신이 선택한 일. 절대로 윤진을 포기할 수 없으니, 그 무엇이 되었든 해낼 생각이었다.

"차질 없이 진행될 거라는 기사가 나가긴 했지만 'E코어그랜드타워' 협력기업들 문의 전화가 쇄도하고 있습니다."

"제가 직접 통화하죠. 빠짐없이 모두 연결해 주세요."

"일일이 다 하시겠다고요?"

"믿음을 줘야 하잖아요. 그들이 불안해하는 거 당연하지 않습니까. 일단은 안심할 수 있도록 최선의 노력을 기울여야 합니다. 비서실에도 당부해 두세요."

"네, 사장님."

후 하고 크게 숨을 들이쉰 신욱은 마음을 다잡으며 옷매무새를 만졌다.

"회의 마치고 곧장 뵐 수 있게 김 회장님이랑 약속 잡아줘요. 김 나현 사장님도 함께 볼 수 있도록 해주면 더 좋고요."

"연락해 보겠습니다."

신욱은 책상 위에 놓인 윤진의 사진을 마지막으로 한 번 더 본 후, 그대로 집무실을 나섰다.

윤진은 창욱의 사무실을 찾았다. 건물 주변에서부터 취재진 통제가 이뤄져 들어오는 데 많은 시간을 허비한 탓에 머리끝까지 짜증이 치민 상태였다. 그런데 우습게도, 그의 사무실 안은 바깥의 아우성과는 전혀 무관하다는 듯 무척이나 고요했다. 마치 아무 일도 없었다는 듯 직원들 모두 태연한 표정이었다. 마치 다른 세상에 온 것 같았다. 지금쯤 여기저기서 전화 받느라 정신없고, 사고 친 당사자는 어딘가에 숨어 두문분출할 줄 알았는데, 이건 뻔뻔해도 너무 뻔뻔한 거지. 윤진은 비서의 안내를 받아 창욱이 있는 집무실로 향했다.

창욱이 담배를 물고 있었다. 기억하는 한, 담배 태우는 모습을 단 한 번도 본 적이 없어서 조금은 의아했다. 아마도 그는 집에 들어오는 순간부터 전혀 다른 사람이 되었나 보다. 이젠 그의 어떤 모습이 진짜 모습인지 모르겠다.

가슴 깊은 곳에서부터 불덩이처럼 뜨거운 화가 치밀어 올랐다.

이성과 논리가 지금 내 머릿속에 존재하는 건 불가능했다.

"기자회견 잘 봤어요. 기어이 해내셨네요."

"상처받게 해서 미안하구나."

"연기 그만하시라니까. 여기 저 말고 아무도 없잖아요."

윤진이 엷게 웃자 창욱의 표정이 일순간에 굳어졌다. 윤진은 그의 날카로운 시선을 피하지 않고 똑바로 응시했다.

"이제 속이 시원하세요?"

"아비한테 그렇게밖에 말 못하니?"

"남이었다면 더한 말을 했겠죠."

"서윤진!"

"그래요, 저 서윤진이에요. 저…… 아버지 자식이라고요."

순간, 그의 시선이 거칠게 일렁였다.

"아버지 앞에서 무릎도 꿇었어요. 붙잡고 매달려서 울기도 해봤고, 화내고 소리 지르고…… 그러다 또 울고…… 애원했잖아요. 그런데…… 그 순간에 제 생각 안 나시던가요?"

결국 그가 먼저 고개를 돌려 시선을 피했다.

"……그러셨겠죠. 곧 이혼도 하실 분이 저 같은 게 생각날 리가 없죠. 제가 어리석은 질문을 했네요."

"말이 지나치구나."

"계획한 대로 착착 진행되고 있으니 얼마나 기쁘시겠어요. 머릿속으론 어떻게 언론을 움직여 볼까, 어떤 모습으로 재기할까 온통 그런 생각뿐이겠죠. 한 여자의 남편, 아이의 아버지로 책임감 있게 살아본 적 없고, 앞으로도 그렇게 사실 분이 아니니까."

숨 한 번 쉬지 않고 쏘아붙였는데도 가슴이 답답했다. 말을 이으면 이을수록 분노가 들끓었다.

"그만두지 못해?"

"그런 사람이 정치는 무슨……. 자기 가정도 제대로 돌보지 못하는 분이 나라 살림을 어떻게 하시려고. 뻔뻔한 건 진즉에 알았지만 양심도 없으시네."

"너 이자식이!"

짝!

두툼한 창욱의 손바닥이 윤진의 뺨과 마음을 한꺼번에 할퀴었다. 입 안쪽 연한 살이 터져 핏물이 배어 나왔고, 순간 귀가 멍할 정도로 세게 얻어맞은 뺨은 불덩이처럼 뜨거워졌다. 그는 자신의 행동에 무척이나 놀라 당황한 듯 손을 부들부들 떨었다.

"그…… 그게 지금 아비한테 할 소리냐? 네가 제정신이야! 네가 뵈는 게 없구나?"

"당연한 걸 물으시네. 제가 지금 정신이 온전하게 생겼어요? 저 이대로 여기서 나가면…… 머지않아 아버지 정치 생명 끊어놓을 겁니다. 못할 것 같죠? 어린 게 입만 살아가지고 주제도 모르고 까부는 것 같죠? 한번 두고 보세요, 제가 어떻게 하는지. 5년이 걸리든, 10년이 걸리든 반드시 해낼 겁니다."

"너…… 너!"

"두 번 다신 재기하지 못하도록 꽉꽉 밟아드릴게요. 믿었던 사람에게 외면당하고 거부당하는 게 얼마나 고통스럽고 치욕적인지, 제대로 보여 드릴게요."

"이게 끝까지!"

창욱이 다시 한 번 손을 치켜들었지만, 윤진은 똑바로 그를 쳐다보았다. 그러자 그가 결국 팔을 떨구고 말았다.

"그래! 어디 마음대로 한번 해봐라! 내가 네깟 애송이 협박에 눈이나 깜짝할 것 같으냐? 나 서창욱이야! 내가 어떻게 여기까지 올라왔는데, 네가 감히! 넌 날 망가뜨릴 수 없어!"

"망가뜨리겠다고 한 적 없어요. 그저, 세상 사람들에게 아버지가 어떤 사람인지, 진짜 모습이 어떤 건지 보여주는 것만으로도 충분하니까. 판단은 사람들이 하겠죠. 그렇게까지 했는데도 사람들이 아버지를 선택한다면, 선택의 대가는 그들의 몫이고요."

그는 결국 이 정도밖에 안 되는 사람이었던 거다. 그는 내게 단 한 번도 아버지였던 적이 없었다. 그 누가 우릴 부녀지간이라고 생각할 수 있을까. 그는 오직 자신의 인생을 위해 살 뿐이었다. 가족이란 건 그에게 아무런 의미도 없는 것에 불과했고, 어쩌면 인정하지 않았을지도 모른다. 자신의 성공을 위한 도구 정도였겠지.

"다신…… 아버지라고 부르지 않을 겁니다. ……제가 먼저 버릴래요."

윤진의 마지막 말에 창욱이 흔들렸다. 마치 혼이 나간 사람 같았다. 윤진은 개의치 않고 서늘한 얼굴로 마지막 인사를 건넨 후 그대로 사무실을 나섰다.

윤진의 발길이 멈춰 선 곳은 한 빌딩 앞. 윤진은 긴 한숨을 내쉬며 빌딩을 올려다보았다. 해밀빌딩. 창욱이 자신의 아들 신해온에게 양도한 이 빌딩은 현대무용가인 그가 컨템포러리 아티스트 네트워크 팀원들과 모여 지내는 곳이었다.

지푸라기라도 잡고 싶은 심정으로 그를 두어 번 찾았고 매번 서로를 할퀴며 상처를 주고받았다. 결국 일이 이렇게 터지고 나니 화가 나면서도, 허망한 마음이 커서 다시 그를 찾게 되었다.

오늘이 중요한 공연 날이라고 했는데, 공연은 잘 마쳤을까. 그도 분명 청문회 기자회견을 보았을 텐데, 공연할 정신이 있었을지…….

이제 막 공연이 끝난 건지, 해밀빌딩을 빠져나오는 일반 관객들과 해온을 취재하기 위해 몰려든 취재진들로 장사진을 이뤘다. 빌딩 안으로 들어가는 건 거의 불가능할 정도였다.

하는 수 없이 윤진은 해밀빌딩 건너편 건물에 있는 카페에서 기다리기로 했다. 공연 끝나는 대로 잠시 만나자고 메시지를 남겼더니 근처에 와 있으면 끝나는 대로 만나자며 답을 해온 상태였다. 그런데 지금 이 상태로는 건물을 빠져나오는 것도 쉽지 않을 것 같았다. 아무래도 약속 장소와 시간을 다시 정하는 게 좋을 것 같아, 휴대전화를 꺼내 메시지를 작성했다.

"어느 병원으로 갔는지는 아직 확인 안 됐습니다."

그때, 어깨와 귀 사이에 휴대전화를 끼우고 통화하던 한 남자가 윤진의 옆 테이블에 앉아 노트북을 열었다.

"현장에서 본 관객들 말로는 공연 끝나자마자 다른 단원들이 들쳐 업고 뛰어나갔답니다. 부상이 꽤 심각했다는 것 같아요."

누군가 공연에서 부상을 당한 모양이다. 순간 불길한 예감이 머릿속을 스쳤지만 윤진은 고개를 저어 생각을 털어냈다. 해온의 번호를 찾아 메시지를 보낸 후, 혹시나 하는 마음에 전화를 걸어봤지만 바쁜 건지 받지를 않았다.

"에휴…… 그렇죠. 보통 멘탈로는 무대에 서는 것 자체가 불가능했겠죠. 하루 종일 그 난리가 났는데 무슨 정신으로 공연을 했 겠어요. 사람들 말로는 발목 완전 꺾여서 재기 힘들 거라고 하던 데. 신해온만 불쌍하게 됐죠."

……신해온?

신해온이라니!

왜 그 이름이…….

윤진은 휴대전화를 내려놓고 옆에 앉은 남자를 바라보았다. 빤 히 쳐다보자, 기자는 어리둥절해하며 좌우를 두리번거렸다.

"지금…… 신해온이라고 했어요?"

"네?"

"발목…… 부상…… 뭐, 그런 얘기 했잖아."

"그렇긴 한데, 그쪽은 누구신지. 기자예요? 어디 소속이에요?"

윤진은 카페를 뛰쳐나와 취재진 사이를 비집고 들어가 해밀빌 딩으로 진입을 시도했다.

"신해온 어느 병원으로 갔는지 아직 몰라?"

"관객 인터뷰 섭외 빨리빨리!"

그곳은 아수라장이었다. 그들은 모두 '신해온'과 '발목' 얘기 를 연신 해댔다.

윤진은 고개를 들어 해밀빌딩 외벽에 걸린 공연 광고 현수막을 보았다. 평생 무용을 해온 사람이다. 그런 사람이 다시 무대에 설 수 없을지도 모를 만큼 다쳤다면…… 이건 정말 안 되는 일이었 다.

윤진은 다시 한 번 해온에게 전화를 걸었다.

"받아…… 받으라고……."

해온은 결국 받지 않았다. 윤진은 입술을 질끈 깨물고 주변을 둘러보았다.

내 탓인가……. 멀쩡히 잘살고 있는 사람 흔들어놓았으니 내 탓도 있겠지. 결국 알게 될 일이긴 했지만, 그래도 나서지 말걸. 그랬더라면 미리 마음 흔들리지 않았을 테고, 어쩌면 오늘 같은 일이 일어나지 않을 수도 있지 않을까. 아무것도 모르고 죽어라 연습만 했다면, 그랬더라면…….

생각을 거꾸로 되짚어 올라갈수록 후회는 짙어졌다.

코어홀딩스 임원들과의 회의를 끝내고 계열사 사장단회의까지 연속으로 마친 신욱은 곧장 김 회장에게로 향했다. 두 번의 그룹 내부 회의에서 얻어낸 건 아무것도 없었다. 예상대로 파혼에 대한 의견은 반반으로 갈렸다. 김나현 사장의 이혼소송이 꽤 길어질 것으로 예상, 그로 인한 이미지 타격을 언제까지나 코어가 안고 갈 수 없으니 파혼 결정은 옳았고 되돌리지 않았으면 한다는 의견과 이럴 때일수록 관계를 돈독하게 유지하며 이미지 쇄신 방향으로 언론을 움직이는 것도 나쁘지 않겠다는 의견. 그러나 파혼 결정을 번복하지 않는 것이 좋겠다는 의견이 좀 더 지배적이었다. 설득에 실패했다고 봐도 무방했다.

해서, 신욱은 다시 한 번 김 회장을 설득해야 했다. 두 번이고 세 번이고 계속 해볼 작정이다. 될 때까지 반복할 생각이었다. 지금 이 상황에선 최선의 방법을 찾는 것이지 이것이 반드시 옳은 결정이란 것은 없으니, 타협점을 찾아야만 했다.

"오랜만이네."

파혼 후 처음 만난 김 회장은 여전히 정정한 모습이었다.

김 회장이 신욱을 부른 곳은 다름 아닌 이든그룹 본사 회장실이었다. 명예회장 직을 맡으며 경영에서 사실상 손을 떼긴 했지만, 여전히 막강한 권력을 행사하고 있는 건 공공연한 사실이었다. 세대교체가 이뤄지고 있는 시기여도 그는 여전히 건재했다.

지금 사안이 사안이니만큼 김 회장이 본사에 출근한 것은 당연한 일이었다. 언론 앞에 존재감을 과시하는 것만으로도, 이렇게 내가 버티고 있는 한 아무것도 변하는 건 없다라는 걸 몸소 보여주는 것이니까. 수많은 계열사들과 협력사들에게도 안도감을 주려는 듯한 행보였다.

김 회장과 대각선 방향으로 앉은 신욱은 무거운 마음에 쉽게 입술을 떼지 못했다. 비서가 차를 따라주고 집무실을 나선 후, 먼저 한숨을 내쉰 건 김 회장이었다.

"내가 집안에 사람을 잘못 들여서 모두를 힘들게 했어. 차 사장한테 면목이 없군 그래."

"아닙니다."

"나와 차 회장의 결정에 자네나 윤진이가 많이 힘들어한다고 들었네만……."

"괜찮아졌습니다. 저흰 아무것도 변한 게 없거든요."

김 회장은 이미 알고 있다는 듯 허탈하게 웃으며 찻잔을 손에 쥐었다.

"차 사장."

"할아버님, 저희는…… 결혼할 겁니다. 어르신들께서 허락할 수 없다 하셔도, 저흰 계속 함께하기로 했습니다."

"차 사장!"

좀 전과 달리 조금 엄한 목소리로 꾸짖듯 신욱을 불렀다. 하지만 신욱은 주눅 들지 않고 허리를 바짝 세우고 재킷 단추를 여미며 자세를 바르게 고쳐 잡았다.

"두 분께서 고심 끝에 내린 결론, 이해는 갑니다. 하지만 저희 사이는 머리로만 이해하고 계산해서 결정해 버릴 그런 가벼운 사이가 아닙니다. 사람이라서…… 마음이란 게 있고 감정이란 게 있습니다. 그렇게 단칼에 무 자르듯 잘라지는 그런 게 아닙니다."

"차 사장, 자네가 어떻게 내 앞에서 감히 그딴 식의 말을 들먹일 수가 있지? 두 사람 파혼 결정을 내린 나는, 감정도 없고 마음도 없는 사람 같지도 않은 그런 사람이란 말인가? 젊은 친구라서 그런지 아주 경솔하군 그래. 내가 사람을 잘못 봤어. 잘못 봐도 한참을 잘못 봤어!"

순식간에 집무실 안 공기는 싸늘하게 식어버렸고, 숨이 막힐 지경이었다. 그래도 신욱은 물러서지 않았다.

"죄송합니다. 솔직히 말씀드리면…… 전 할아버님이 무섭습니다. 마음만 먹으면 무엇이든 못할 게 없으신 분이잖아요. 그런데…… 전 윤진이 없인…… 안 됩니다. 제가 살 수가 없습니다. 그래서 정말 큰 용기 내서 할아버님 앞에 선 겁니다. 할아버님 결정을 어떻게 해서든 되돌려보려고 제 생에 가장 큰 용기를 낸 겁니다. 하찮아 보이겠지만, 여자에 목숨 거는 한심하고 덜떨어진 놈으로 보이겠지만, 그래도 이게 제 진심인걸요. 도무지 어떤 말로 할아버님을 설득해야 할지 답이 나오질 않으니…… 이렇게라도 해보는 것밖엔 방법이 없잖습니까."

신욱은 자리에서 일어나 바닥에 무릎을 꿇어앉았다.

"윤진이, 가여운 아입니다. 집안사람 그 어느 누구도 자신을 사랑하지 않는다며 오랜 시간 외로워했던 아입니다. 그만큼 이용당했으면…… 이젠 행복해져야죠. 그 정도 했으면 놔주셔야죠."

김 회장은 여전히 무서운 얼굴로 신욱을 노려보았다. 그래도 신욱은 피하거나 도망치지 않았다. 너무나 절박했고, 물러설 곳도 없었다.

"평생…… 나처럼 살게 할 순 없지."

귀에 익은 음성이 뒤에서 들렸다. 돌아보니 그곳엔 나현이 서 있었다. 나현을 발견한 김 회장은 미간을 구기며 입을 다물지 못했다.

"차 사장, 일어나. 거기 왜 그러고 있어."

나현은 신욱을 일으켜 세우고 신욱의 반대편에 마주 앉아 김 회장을 바라보았다.

"김 사장."

"김 사장 말고 나현이요, 김나현. 아버지 딸…… 김나현이요."

"……나현아."

나현은 옅은 미소를 지으며 한 번도 본 적 없는 따스한 시선으로 김 회장을 바라보았다. 변함없이 정갈하고 단정한 모습이었다. 그러나 못 보던 사이 많이 야윈 듯했다. 그런 딸의 모습을 바라보는 김 회장은 마음을 숨기지 못했다. 안타까운 시선으로 두 눈에 눈물을 글썽이기까지 했다. 가업을 위해서라면 자식을 사지로 내

모는 것쯤은 여사로 안다던 그 김 회장이 맞는지 싶을 만큼 애잔한 표정을 지었다. 그도 결국엔 어쩔 수 없는 사람이었나 보다.

"아버지, 저 정말 나쁜 년이에요. 제가요, 윤진이한테…… 자길 사랑하냐고 묻는 그 어린거한테 사랑하지 않는다고 말해줬어요. 그게 얼마 전에 생각나더라고요. ……상처 많이 받았겠죠, 윤진이?"

김 회장은 아무런 말도 하지 못했다.

"윤진이 가졌을 때…… 그때 저 완전 쓰레기였어요. 어떻게 하면 아버지한테 들키지 않고 뱃속에 든 이 아이를 지울 수 있을까, 내내 그 생각만 했거든요. 정말로 원치 않았고, 그래서 원망했고, 미워했고…… 절대 마음 주지 않을 거라고 다짐도 했어요. 그리고…… 세상에 나온 그 아이를 외면했죠. 젖 한 번 물리지 않고 떠났어요. 단 한 번도 안아준 적 없고, 그 아이 잠든 모습도 본 적 없어요. ……그런데요, 가끔씩 궁금하더라고요. 이는 났는지, 키는 많이 자랐는지, 날…… 아는지. 저 같은 건 엄마 소리 들을 자격도 없는데, 그 쪼그만 게 전화를 해서는 엄마라고 부르는 거 있죠? 대체 누가 시킨 건지……."

얼음으로 만들었다고 해도 믿어질 만큼 차갑고 냉정하던 그녀의 두 볼에 하염없이 눈물이 흘러내리고 있었다.

"근데요, 아버지…… 그 아이는 죽으나 사나 저를 엄마라고 불러요. 왜 그렇게 미련하고 눈치가 없는지…… 자꾸만 품에 안기려하고 제 손을 잡아요. 그렇게 싫다고 밀어내고 상처 줬는데도 그 바보 같은 기지배는 끝까지……. 난 그 애가 싫었다고요."

차오르는 감정을 주체하지 못하고, 나현은 결국 입술을 꾹 깨물며 턱을 바르르 떨었다. 김 회장도 눈물을 떨구고 말았다.

"나 닮아서 고집도 더럽게 세고, 정말…… 어디 하나 예쁜 구석이 없어. 하나도 안 예뻐. 미워 죽겠어. 그 아이를 볼 때마다 죽어버린 그 사람 생각이 나서…… 화가 나서 견딜 수가 없었어요. 그런데 왜 자꾸 나한테 엄마라고 하면서 안기냐고…… 멍청한 기지배……."

나현은 일순간에 터져 버린 자신의 감정 앞에서 당황한 것 같았다. 갑갑한 듯 가슴을 주먹으로 내려치며 숨을 내쉬지 못한 채 부푼 가슴을 들썩였다.

"아버지, 윤진이는 그냥 둬요, 우리. 나 하나 그렇게 살았으면 충분하잖아……. 갠 절대 나처럼 못 살아요. 마음이 여리고 생각이 짧아서 아버지 성에 안 차요. 그러니까…… 그냥 두자구요. 이 친구한테 그냥 떠맡기면 딱 좋잖아요."

말 한마디 한마디에서 간절함이 묻어났다. 그녀는 소리 내어 우는 법을 모르는지, 아니면 잊은 건지 가쁜 숨만 몰아쉴 뿐이었다.

"그 사람 저렇게 미쳐 날뛰니 차라리 잘됐지. 시한폭탄 같은 인간, 언제 터질지 몰라 조마조마하면서 살았잖아요. 아버지야 가업을 위한 결정을 내리신 거지만, 그 덕에 나도 그 사람이랑 갈라설 수 있어서 정말 날아갈 것 같아. 언론에 먹잇감 되고 주식 오르락내리락하는 거 잠깐이에요. 아버지가 제일 잘 아시잖아요. 이보다 더한 고비도 우리 잘 이겨냈고, 이번에도 이 고비만 지나면 돼요. 코어 쪽에서 조금만 기다려 준다면, 조금만 함께 고생하고 참아준다면 저 둘 갈라놓지 않아도 돼요. 물론 당장은 손실이 크고 감당하기 벅찰 수도 있어요. 그래도 저 사람이 해보겠다잖아요."

나현은 숨도 쉬지 않고 몰아붙였다. 가만히 듣기만 하던 김 회장은 생각에 잠긴 듯한 얼굴로 두 눈을 감았다.

그렇게 얼마의 시간이 지나고, 김 회장의 긴 한숨으로 비로소 고요한 정적이 깨졌다.

"차 사장."

"네, 할아버님."

"나현이 이혼이 먼저야. 꽤 더러운 이혼소송이 될 거고, 얼마의 시간이 걸릴진 장담 못해. 두 사람 이미 파혼한 상태라 차신욱 사장 처가 쪽 일 아니니까 코어에 타격은 적을 거네. 'E코어그랜드 타워'도 차질 없이 진행될 거고."

신욱은 주먹을 꽉 움켜쥔 채 긴장의 끈을 놓지 않았다.

"그때도 두 사람 마음 변함없다면, 그때까지 기다릴 자신이 있다면 ……어디 한번 버텨봐."

순간, 저도 모르게 안도의 한숨을 내쉬고 말았다.

"감사합니다, 할아버님."

"내 말 무슨 뜻인지 잘 알아들었으면, 이만 나가봐."

신욱은 김 회장에게 허리를 숙여 공손히 인사를 드리고, 나현에게도 정중하게 인사했다. 나현은 그런 신욱에게 고개를 끄덕이는 것으로 인사를 대신했다. 눈물로 얼룩진 도도한 얼굴에서 시선을 거두기 쉽지 않았다.

발길이 떨어지질 않아 엘리베이터 앞에 서서 한참을 멍하니 서 있었다. 몇 번이나 문이 열리고 닫혔지만 오르지 못했다. 마음이 복잡했다. 기쁘기도 하고, 무겁기도 하고, 도통 후련해지질 않았다.

"차 사장, 나랑 술 한잔할까?"

그때 나현이 신욱의 옆에 나란히 섰다. 그녀는 마치 아무 일도 일어난 적 없다는 듯, 아까 김 회장의 집무실에 들어서던 그 순간 완벽했던 그 모습을 하고 있었다.

"제가 사겠습니다."

"그래. 오늘은 자네한테 술 한잔 받을 자격 정도는 되는 것 같으니까."

"감사합니다. 정말 감사합니다."

"……미안해. 내가…… 아니야."

뒤에 삼킨 그 말이 마음에 남았지만, 신욱은 일부러 힘껏 미소를 지으며 앞장섰다.

"나 살겠다고 딸이 내민 손 외면했던 사람이야. 고마워하지 마. 나 그렇게 낯짝 두꺼운 사람 아니니까."

온더록스로 가득 채운 독한 술을 단숨에 들이켠 나현은 쓰게 웃으며 말했다. 차갑게 말했지만 전혀 그렇게 느껴지지 않았다. 그녀의 진심을 조금 들춰봐서일지도 모르겠지만 말이다. 그런 나현의 얼굴을 보는데, 문득 종종 상처받은 얼굴로 나타나곤 했던 오래전 윤진의 얼굴이 떠올랐다. 지금의 나현과 비슷한 표정이었다. 괜찮은 척하는 것에 익숙해져 버렸던 그 아이의 모습이 눈앞에 그려졌다.

"이혼소송, 오래 걸릴 거야."

"이든그룹 법무팀으로요?"

"이혼소송으로 내가 얻고 싶은 건 딱 하나, 그 사람의 이미지 실추야. 그래서 일부러 더 요란하고 끈질기게 할 생각이고."

이번 외도 스캔들로 차기는 조금 어렵게 됐지만, 창욱은 차기 대권주자로 유력하던 사람이었다. 돌아가는 여론의 흐름상 잘만 관리하면 차차기는 가능한 상황. 그는 오랜 정치 생활 동안 쌓아 둔 이미지가 좋은 편이고, 지지 기반이 탄탄하다. 아마도 이미지 회복을 위해선 뭐든 해낼 준비가 되어 있을 것이다. 그래서 나현은 그것을 망치려 하는 모양이다. 다신 재기가 불가능하도록 끊임없이 흠을 들춰내며 물고 늘어지고 괴롭힐 작정인가 보다.

"그렇기 때문에 나 역시 자네랑 윤진이가 파혼하는 게 옳다고 생각했어. 분명 코어 쪽과 합작 사업까지 피해가 갈 테니까. 차 회장님도 같은 생각이셨을 거야. 그러니 차 회장님 선택에 너무 섭섭해하지 마."

"어떤 선택을 하든지 단기간의 피해는 피할 수 없을 겁니다. 오히려 파혼으로 양 사의 합작 사업에 불화가 있는 건 아닌지 우려하는 협력업체들이 많습니다."

"그와 반대로 파혼을 잘한 일이라 여기는 사람들도 많지. 아까도 말했듯이, 사업에 개인사가 엮이면 판이 아주 더러워지거든. 거기다 합작 사업을 총괄하고 있는 책임자가 모두 개입되어 있으니, 그저 비즈니스로만 일을 처리해 주길 바라는 사람들이 많을 수밖에."

부정할 수 없는 사실이었다. 둘 다 일리가 있고 반박만 할 수 없는 상황이었다. 그래서 더 어렵고, 결정을 내리고도 개운하지 않았다.

"생각 같아서는 내일 당장 혼인신고라도 하고 싶지만, 기다리겠습니다."

"장인 장모의 이혼소송이 끝나길 기다리는 사위라……. 재밌네."

나현이 웃으며 잔을 채웠다.

"결혼식만큼은 많은 사람들 앞에서 축복받으며 하고 싶습니다. 윤진이가 자신이 사랑받고 있는 사람이란 걸 느낄 수 있도록, 그렇게 멋지게 해주고 싶어요."

잔을 비운 나현이 신욱을 지그시 바라보았다. 그녀는 노골적으로 신욱의 얼굴을 꼼꼼히 살피고 있었다. 이마, 눈썹, 눈, 코, 입술, 턱……. 민망할 정도로 쳐다보았다.

"윤진이가 나보다 낫다. 부모 복은 없어도 남자복은 제대로네. ……부러워라."

신욱은 멋쩍은 듯 웃으며 나현의 빈 잔을 채웠다.

"염치없고 우습지만…… 부탁 하나만 하자."

"말씀하십시오."

이번엔 나현이 신욱의 잔을 채웠다. 신욱은 두 손으로 잔을 공손히 받아 들었다.

"윤진이가 가진 흠은 모두 다 내 탓이야. 이건 변명의 여지가 없어. 그러니까…… 윤진이가 밉고 못되게 굴어도 그 아일 미워하지 말고 날 원망해 줘. 그것만 부탁할게."

그러곤 신욱의 대답은 듣지도 않고 또다시 단숨에 잔을 비운 후 자리에서 일어섰다.

"나 먼저 일어나야겠다. 오늘 굉장히 피곤하네."

"그러지 말고 저랑 같이 윤진이 만나러 가시죠?"

나현은 고개를 저었다.

"지금은 그 아이도 나도 많은 생각과 시간이 필요해. 서두르지 않을 생각이야. 나 참 이기적이지?"

미안한 마음이 너무 커서 다가서지 못하는 게 아닐까.

나현에 대해 잘 알진 못하지만, 감정을 표현하는 것이 서툴다는 것은 알 수 있었다. 그녀 역시 안고 있는 상처가 너무 크고 감당하기 버거워서 그저 묻어두는 방법밖에 모르는 가여운 사람일지도 모른다.

그렇기에 두 사람에겐 시간과 여유가 필요한 것이다. 평생을 그렇게 살아왔는데, 하루아침에 바뀌는 건 불가능하니까.

나현이 룸을 나선 후 신욱은 소파 등받이에 등을 기댄 채 두 눈을 감았다. 너무나 길었던 하루. 술 한 잔에 피곤이 몰려와 눈꺼풀들 힘도 남아 있지 않았다.

이럴 때일수록 제일 먼저 생각나는 건 서윤진뿐. 신욱은 휴대전화를 들어 윤진에게 전화를 걸었다.

[응, 오빠.]

많이 지친 듯한 목소리…….

"어디야?"

[우리 집이지. 오빠는?]

"아직 밖이야. 잠깐 본가에 들렀다가 갈게."

[알았어. 다녀와.]

"목소리가 많이 피곤한 것 같다. 먼저 자."

[응. 내 걱정 마.]

일부러 힘을 주어 말하는 윤진 때문에 더욱 마음이 아팠다.

"윤진아."

[응?]

"그날 왜 하필 내 눈앞에 나타나서…… 네가 이 고생을 하고 있니."

윤진을 처음 만났던 그날. 문득 그날이 원망스러웠다. 왜 하필 내 눈에 띄어서……. 원망의 의미는 후회가 아니라 미안함이었다.

[오빠 곁이 아니었다면 내가 이만큼이나 행복해질 수 있었을까? 난 오빠라서 정말정말 다행이라고 생각하는데?]

투덜거리며 말하는 게 어찌나 사랑스러운지. 신욱은 웃고 말았다.

[오빠, 술 마셨지? 오늘 좀 이상해.]

"안 되겠다. 나 갈 때까지 기다리고 있어. 절대로 잠들면 안 돼."

[졸린데.]

"자고 있으면 깨울 거야. 각오해."

신욱이 짐짓 엄한 목소리로 말하자 윤진이 소리 내어 웃었고, 신욱은 그 웃음소리에 귀가 간지러울 지경이었다.

정말 다행이지? 그때 널 알아본 게.

네가 아니었다면…… 내 평생 누군가를 이렇게 열렬히 사랑할 수 있었을까?

❖

화장실 거울 앞에 선 윤진은 고개를 이리저리 돌리며 자신의 얼굴을 살폈다. 지난 며칠 동안 제대로 자지 못하고 먹지 못했더니 얼굴 꼴이 말이 아니었다. 그래도 힘주어 화장을 한 참이다. 해온에게 초라해 보이고 싶지 않아서 제법 화려한 옷까지 차려입었다.

화장실을 나와 해온이 입원해 있는 병실로 향하던 윤진은 저 멀리서 휠체어를 타고 바퀴를 굴리고 있는 해온을 발견했다.

"신해온."

그 모습을 보는 순간, 윤진은 가슴이 철렁 내려앉았다. 가까이 다가갈수록 해온의 표정은 좋지 못했지만 윤진의 표정도 마찬가지였다. 애써 침착하려 마음을 다독이며 해온 앞에 다가선 윤진은 못마땅한 얼굴을 한 해온을 가볍게 노려보았다.

"인상 쓰지 마, 나도 기분 안 좋으니까."

어이가 없었는지 해온이 웃었다.

"얘기 좀 할 수 있지?"

윤진은 해온의 의사는 듣지도 않고 병실 문을 먼저 열고 들어갔다. 그러곤 테이블 위에 놓인 주스 박스에서 주스 병 하나를 꺼내 마셨다. 그사이 해온은 침대에 걸터앉아 두 다리를 차례로 침대 위에 올린 후 긴 한숨을 내쉬었다. 차마 볼 수가 없었다.

"나 파혼당했어. 책임져."

"지금 내 꼴을 보고도 그런 말이 나와?"

윤진은 해온이 누운 침대로 가 이불을 옆으로 밀치고 침대 끄트머리에 걸터앉았다. 그의 다리를 좀 더 가까이에서 보고 싶어서였다. 다친 그의 발목이 자꾸만 자신의 탓인 것만 같아 지난 며칠 윤진의 일상은 엉망진창이었다.

"나 얼굴 상한 건 안 보여?"

해온은 어이가 없다는 듯 소리 내어 웃었다.

"네 아버진 뭐라셔?"

"가서 사무실 한 번 뒤집었더니 뺨 한 대 때리시더라."

"너도 참 대단하다."

윤진은 별거 아니었다는 듯 어깨를 으쓱였다.

"근데…… 정말 파혼했어?"

"농담 같아? 기사도 났는데."

최대한 아무렇지 않게 넘어가고 싶었다. 윤진은 지금 이 순간 해온의 발목이 너무나 신경 쓰여 견딜 수가 없었다. 그의 인생을 송두리째 뒤흔들어 버린 것 같아서…….

하지만 그는 윤진의 파혼 사실이 마음에 걸리는지 눈썹을 긁적이며 멋쩍어했다. 해온의 표정이 점점 더 심각해지자 윤진은 애써 웃었다.

"근데 책임지란 말은 농담이야. 의붓남매의 로맨스는 진부하잖아."

툭 던진 보잘것없는 농담에 그의 표정도 조금은 가벼워졌다.

"그 다리…… 멀쩡해지려면 얼마나 걸린대?"

"글쎄. 한 1년?"

"다시…… 무대에 설 수 있대?"

"모르겠어."

윤진은 다시 그의 다리를 보았다. 무용가가 1년 동안 무대에 설 수도, 춤을 출 수도 없다는 건……. 그 말의 의미는 무용을 해본 적 없는 윤진에게도 너무나 큰 두려움으로 다가왔다.

"그걸 왜 몰라! 저기…… 병원 소개해 줘? 나 잘 아는 외과병원 있는데."

"왜? 걱정돼?"

"걱정은 무슨. 내 코가 석 잔데."

"괜찮아. 내가 알아서 해. 신경 쓰지 마. 네 탓 아니니까 자책하지도 말고."

동갑인 주제에 자신보다 어른인 척하는 그가 얄미웠다. 그냥 속 시원하게 누구의 탓으로 돌리면 욕이라도 쏟아낼 텐데, 그렇게 하지 않는 그 때문에 화가 치밀었다.

"누가 뭐래? 너 진짜 웃긴다!"

속상한 마음에 괜히 짜증을 뱉어버렸다. 그 순간 후회했지만 되돌릴 수 없었다. 해온은 마치 그런 윤진의 속을 읽은 사람처럼 피식 웃어댔고, 윤진은 결국 벌떡 일어섰다.

"나 갈 거야."

"멀리 못 나간다."

문을 열고 병실을 나선 윤진은 어깨가 들썩일 정도로 씩씩대며 문을 노려보았다.

괜히 왔어. 내가 왜 쟤를 신경 써. 막말로, 내가 다리 걸어서 다치게 한 것도 아닌데 왜 내가 미안해하냐고. 지가 조심성 없어서 그렇게 된 걸 왜 내가 걱정해, 왜!

그렇게 한참을 노려보던 윤진은 걸음을 옮기려다 다시 해온의 병실 문을 벌컥 열었다.

"복수하고 싶으면 말해! 같이 하게."

윤진은 쾅 소리가 나도록 문을 닫고 병원 복도를 빠르게 걷기 시작했다. 눈물이 날 것 같았지만 윤진은 입술을 꾹 깨물고 안간힘을 써서 눈물을 삼켰다.

김 회장의 부름을 받아 본사로 향한 윤진은 실로 오랜만에 김 회장의 집무실을 찾았다. 곁을 주지 않은 나현 때문이었는지 윤진을 가엽게 여긴 김 회장은 어린 시절 종종 이곳에 데려오곤 했다. 그때만 하더라도 윤진은 김 회장의 무릎 위를 독차지하고 앉아 귀여움을 받으며 책을 읽거나 간식을 먹었다.

이곳에서 윤진은 세상 모든 걸 다 가질 수 없다는 걸, 반드시 포기해야만 하는 것이 있다는 것도 배웠다. 처음으로 '대가'라는 것을 알게 된 곳이기도 하다.

"찾으셨어요."

"앉아라."

김 회장에게만 세월이 비켜간 듯, 윤진의 눈엔 오래전이나 지금이나 달라진 것이 없어 보였다. 오늘은 다른 날과 달리 조금 기운이 빠져 보이긴 했지만 말이다.

"이 할애비 안 보고 살 작정이라도 한 거냐?"

윤진이 아무런 대답도 하지 않자 김 회장은 가는 한숨을 내쉬었다.

"얼마 전에 차 사장 다녀갔다."

신욱에겐 듣지 못한 이야기였다. 신욱과 윤진은 어른들의 결정인 '파혼'과는 별개로 함께 사는 중이인데, 군이 그 관계에 단어를 붙이자면 '동거'가 적당할 것이다. 그에 대해 양가 어르신들이 별말씀이 없어서 내심 궁금하던 차였는데, 아마도 신욱이 말씀을 드렸던 모양이다.

"파혼, 무르지 않을 거다. 대외적으로 너희 둘은 완전히 끝난 거야."

그럼 그렇지.

극적인 반전 같은 건 절대 없을 텐데도 혹시나 하고 기대를 했던 제 자신이 한심하기까지 했다.

"……상관없어요."

"그래도…… 명색이 이든그룹 김성회의 하나뿐인 외손녀인데, 결혼식은 올려야 하지 않겠어?"

무슨 뜻인지 쉽게 이해가 되질 않아 윤진은 김 회장을 바라보았다.

"네 엄마 이혼 정리되면 다시 생각해 보기로 했다. 그때까지 얌전히 지내."

"그럼……."

"둘이 부부가 될 연이 맞긴 맞나 보더라. 어쩜 그렇게 너랑 똑같은지……. 에휴."

허락 같은 거 받지 못한다 해도 상관없다고 생각했었다. 하지만 할아버지가 마음먹고 끝까지 반대를 하신다면 엄마가 그랬던 것처럼 자신도 신욱을 영영 잃게 될지도 모른다는 두려움도 있었다. 그래서 마음 한 켠엔 늘 숨길 수 없는 불안함이 존재했다. 아무렇지 않은 척 버틸 수도 있다고 자신했지만 실은 막막했다. 잠시의 행복으로 모든 것이 끝나 버릴까 봐.

그런데 허락을 하셨다, 비록 반쪽짜리에 불과했지만, 그래도 윤진은 안도할 수 있었다. 갑갑했던 마음이 조금은 후련해졌다.

"그렇게 감격할 거 없어. 3년 시간 주마. 내가 인정할 수 있을 만한 성과를 가져와. 일도 좋고 공부도 좋아. 뭐가 됐든 네 힘으로 직접 해내."

역시나 그것에 대한 대가가 뒤를 따랐다. 어떻게 보면 윤진에겐 첫 번째 시험이었다. 윤진의 어깨에 절로 힘이 들어갔다.

"그 3년 안에 네가 이 그룹에서 제일 잘할 수 있는 일을 찾아와."

그 말은, 곧 경영 일선에 서게 될 것이란 뜻이었다. 어떤 계열사를 선택할지 결정하라는 말이었다.

"일단 E코어사업본부에서 나오겠습니다. 저 때문에 여러 사람 불편하게 만들고 싶지 않아요."

"그렇게 해라."

"그다음은 생각해 보고 말씀드릴게요."

처음으로 제대로 마음먹고 시작한 일이기에 마지막까지 해내고 싶었지만, 모두를 힘들게 하면서까지 남아 있을 수가 없었다. 시간이 지나고 나면, 그때도 내가 맡을 수 있는 일이 있다면 그때 다시 돌아오는 방법을 선택해야 했다.

3년. 김 회장이 준 그 시간 안에 심도 있는 고민을 해보고 그때도 E코어사업본부에 남을지, 아니면 다른 일을 배울지 결정할 일이었다.

주차를 마친 윤진은 진이 다 빠져 버려 핸들을 쥔 손 위로 이마를 쿵 찍으며 고개를 숙였다. 여전히 해온 때문에 마음이 무겁고, 김 회장 때문에 걱정도 앞선다.

내가 뭘 할 수 있을까. 내가 잘할 수 있는 일은 무엇일까.

이럴 땐 그의 조언이 필요했다. 경영인으로서 일찍이 성공적인 데뷔를 한 사람이니까.

똑똑.

차창을 두드리는 소리에 옆을 보니 신욱이 서 있었다.

이렇게 반가울 수가.

윤진은 환히 웃으며 차에서 내렸다.

"오빠, 언제 들어왔어?"

그는 입에 아이스크림을 문 채 어깨를 으쓱였다. 하얀 티셔츠 위에 버건디 색 카디건을 걸치고 비닐봉투를 손목에 걸고 비딱하게 선 그의 편안한 모습이 유독 멋있어 보였다.

"나보고 사오라고 하지."

그는 말없이 손을 내밀어 윤진의 손목을 움켜쥐었다.

"산책할래?"

윤진이 고개를 끄덕이자, 신욱은 비닐봉투 안에서 아이스크림 하나를 꺼내 껍질을 까 윤진에게 건넸다.

"가자."

길 양쪽에는 빌라들이 쭉 늘어서 있고, 좁은 도로 위에는 차들이 연신 지나다니는 낭만 없는 길이지만, 덕분에 그와 바짝 붙어서 걸을 수 있으니 나름 괜찮았다. 어둑한 길을 밝혀주는 가로등도, 그의 옆으로 꼬리처럼 길게 늘어진 그의 그림자도 제법 로맨틱했다.

"춥지?"

"아니, 하나도 안 추워. 속이 다 시원하다."

코끝이 찡할 만큼 차가운 바람이었지만, 윤진은 기분이 좋았다.

"할아버지 뵙고 왔어."

신욱이 윤진의 어깨를 감싸 안았다. 그 바람에 눈물이 울컥 치밀었다.

"괜찮아?"

윤진이 고개를 주억거리자 그는 윤진의 머리에 입을 맞추었다.

"도망치지 않고 이렇게 오빠 옆에서…… 뭐든 다 해낼 거야."

"시간이 얼마나 걸릴지 장담할 수 없는데도?"

"그래도 괜찮아."

"계속 파혼한 사이로 남을 텐데?"

"그래도 상관없어."

"……씩씩하네."

마치 아이를 칭찬하듯이 구는 신욱 때문에 윤진은 웃음이 터져 버렸다. 윤진은 두 팔로 그의 허리를 끌어안았다.

"사랑하니까, 다 괜찮아."

윤진의 말에 그가 우뚝 멈춰 섰다. 윤진이 올려다보자 신욱은 윤진의 뺨을 두 손으로 감쌌다. 부드러운 그의 손길에 위태롭게 매달려 있던 눈물이 결국 흘러내렸고, 윤진은 서둘러 눈물을 닦았다.

"행복해서 그런 거야. 오빠가 날 그렇게 봐주는 게 좋아서……."

혹시나 그가 오해할까 봐 구구절절 변명을 늘어놓는데, 그의 입술이 천천히 내려왔다. 윤진은 신욱의 목을 두 팔로 끌어안으며 그대로 입을 맞추었다.

이 세상 오직 그와 나 둘만 있는 것처럼.

이 순간이 전부인 것처럼.

15 거짓말처럼

1년 후.

'E코어그랜드타워' 의 기공식.

아시아 최대 규모라는 호텔 이든의 그랜드홀 안은 코어그룹과 이든그룹의 전 임원진을 비롯한 정재계 주요 인사들과 세계 각지에서 온 취재진들로 인해 발 디딜 틈 없이 붐볐다.

"안녕하십니까. 'E코어그랜드타워' 총괄책임자, E코어사업본부 사장 차신욱입니다."

신욱의 인사에 시끌벅적하던 홀 안이 순간 고요해졌다. 머리끝부터 발끝까지 완벽한 모습을 한 신욱은 숨이 막힐 정도로 단정한 모습이었다. 신욱은 그들에게 박수갈채를 받으며 단상 위에 올라섰다.

"먼저, 기공식에 참석해 주신 내빈 분들께 이든그룹과 코어그룹을 대표하여 감사의 인사를 드립니다."

신욱이 옆으로 살짝 비껴서서 허리를 숙여 정중하게 인사를 건넸다. 그러자 한 테이블에 앉아 있던 김 회장과 차 회장, 나현도 자리에서 일어나 내빈을 향해 고개를 숙였다.

신욱은 단상 뒤편, 홀의 전면에 설치한 대형 스크린 앞에 섰다. 기공식에 참석한 수많은 사람들의 시선이 신욱에게 집중되자 조명이 하나둘 꺼졌다.

"간단히 설명드리겠습니다. 'E코어그랜드타워'는 크게 네 개의 블록으로 구성될 예정입니다. A블록에는 체인호텔 '호텔 이든—E코어'가, B블록에는 '더 그레이스'가 기반이 된 글로벌 쇼핑센터가, C블록에는 아홉 가지 테마로 세분화한 라이프 스타일 센터가, D블록에는 최근 MOU를 체결한 네 곳의 세계적인 테마파크 사가 입점하게 됩니다."

신욱이 고개를 끄덕이자 대형 스크린을 가득 채우던 건축투시도는 각 블록별 상세평면도로 바뀌었다.

"A블록의 '호텔 이든—E코어'는 타워의 30층을 사용하게 되며 총 909개의 객실과 네 개의 그랜드홀이 설계되어 있습니다. B블록의 글로벌 쇼핑센터 안에는 '더 그레이스'와 '더 그레이스 면세점', '코어 스테이션'이 동시 입점하게 되는데, A블록과의 접근이 용이하도록 설계되었습니다. C블록의 라이프 스타일 센터에는 스파랜드, 아이스링크, 국제 규격의 수영장, 아시아 최대의 수족관, 열한 개 관 2,400석 규모의 멀티플렉스 영화관, 4천 명 동시 수용이 가능한 공연장, 갤러리, 10여 개의 고급 레스토랑을 포함한 70

여 개의 푸드파크와 문화센터가 입점하게 됩니다. 그 외에도 블록과 블록 사이에는 생태공원, 분수공원, 야외음악당 등 다양한 테마의 조경이 설계되었습니다."

설계에 대해 이미 알고 있던 사람들도, 모르고 있던 사람들도 다들 입을 다물지 못했다. 신욱은 단상 아래에 줄지어 서서 초롱초롱한 눈으로 화면을 보고 있는 직원들의 표정을 살폈다. 지난 1년여간 밤낮없이 고생했던 E코어사업본부 직원들과 건물 외부, 내부 설계팀 직원들은 가슴 벅찬 표정으로 화면을 바라보며 뿌듯해하고 있었다. 신욱의 입가에도 미소가 걸렸다.

"두 개의 지하철역과 인접한 우리 타워는 지상 45층, 지하 6층의 세계 최대 규모로 2년 6개월여 공사 기간 동안 약 2조 원가량이 투입될 예정입니다. 우리 'E코어그랜드타워'가 완공이 되면, 연면적 42만 4,300m²의 세계 최대 복합 호텔 쇼핑몰로 기네스북에 등재될 것입니다."

건축심의에서 수차례 보완 결정이 내려져 수정에 수정을 거듭해 온 설계는 앞으로도 계속 수정이 필요한 상황이다. 하지만 지금도 충분히 압도적이고 놀라운 설계였기에 홀 안 여기저기서 박수가 터져 나왔다.

신욱은 다시 한 번 고개를 숙여 공손하게 인사를 하고 단상에서 내려와 심 전무와 교대를 했다. 신욱의 뒤를 이어 E코어사업본부의 본부장 심 전무가 단상 위에 오른 후, 신욱은 김 회장과 차 회장, 나현이 모여 앉은 테이블로 다가갔다. 김 회장과 차 회장은 심 전무의 사업계획 발표를 들으며 계속 대화를 나누었고, 나현은 여유로운 얼굴로 샴페인을 마시고 있었다.

"유통사업팀 목표가 5년 안에 매출 1조원 달성이라고?"

"그렇습니다."

"목표치가 너무 높은 거 아냐? '더 그레이스' 강남점은 10년 걸렸다면서?"

"'호텔 이든'과의 시너지를 기대하는 거죠."

신욱의 능청스러운 대답에 나현이 고개를 절레절레 저으며 웃었다.

"대중적인 매스티지 브랜드부터 최고급 하이엔드 브랜드까지 풀 라인으로 갖출 겁니다. 거기다 '더 그레이스'에서 성공적으로 자리 잡은 명품 편집 매장도 세 곳 이상 배치할 거고요."

"매출은 결국 명품 몫이구나. 그럼 입점하게 될 매장 수는?"

"180에서 200개 사이가 될 것 같습니다."

"대형마트는 '코어 스테이션' 형태로 가는 건가?"

"대형마트와 명품 식품관을 동시 운영하는 방안으로 기획 중입니다."

"역시 물건 파는 기술은 코어그룹 못 따라가."

나현은 배포한 자료집을 뒤적이며 고개를 끄덕였다. 호텔사업팀 일을 도맡아보던 나현은 유통사업팀 사업 진행 내용이 궁금했는지 웬일로 질문까지 하며 관심을 보였다.

"더 궁금하신 거 없으십니까?"

"Enough."

나현은 짧은 대답을 하곤 신욱에게 샴페인 잔을 건넸다. 신욱은 나현과 가볍게 건배를 한 후 샴페인을 한 모금 마시고 들릴 듯 말 듯 작은 한숨을 내쉬며 숨을 돌렸다. 오늘 행사를 준비하는 동안 내색하진 않았지만 꽤 긴장을 했던 신욱이었다. 무사히 해냈다는 안도감에 정신없이 두근대던 심장박동도 조금씩 안정을 찾아가고 있었다.

"차 사장도 긴장을 하는구나. 저 위에 서서는 하나도 안 떨더니."

"제가 아직 내공이 부족한가 봅니다."

"잘난 척보다 더 재수 없는 게 겸손이 지나친 경우라는 거 알지?"

나현이 못마땅하단 표정으로 신욱을 노려보다가 이내 웃으며 어깨를 다독여 주었다.

나현과는 가끔씩 저녁에 만나 술을 한잔 기울일 정도로 조금 편안해졌다. 그렇다고 해서 가까운 사이라고는 할 수 없었다. 본디 차가운 성정을 가진 나현이기에 신욱은 여전히 그런 나현이 어려웠다.

그때, 나현의 비서가 다가와 한참 동안 귓속말을 건넸다. 점점 나현의 얼굴에 미소가 걸렸고, 결국엔 한숨을 내쉬며 고개까지 저었다.

"무슨 안 좋은 일이라도……."

"차 사장은 알고 있었지?"

"네?"

"서윤진 뭐 하고 지내는지, 다 알고 있지?"

"호텔 일 열심히 배우고 있잖습니까."

"그거 말고."

무슨 얘기인지 알 것 같아서 신욱은 고개를 갸웃거리며 웃었다.

"본인은 투자 사업이라고 하던데요?"

"투자가 아니라 기부겠지. 기부금영수증도 못 받는 기부."

미국에 머물고 있는 윤진은 지난 1년간 컨템포러리 무용 공연에 수차례 투자를 해왔는데, 단 한 번도 수익을 내지 못했다. 나현의 말대로 투자라기보단 거의 후원에 가까웠다.

"자기 마음 편해지고 싶어서 그러는 거니까 그냥 두고 봐야죠. 말린다고 들을 사람도 아니고."

"그러게 말야. 사사건건 되게 신경 쓰이네."

신경 쓰이는 게 아니라 걱정이 되는 걸 텐데.

이런 감정들은 나현이 늘 애써 외면하고 부정해 왔던 낯선 감정인지라, 자신이 딸을 걱정하고 있다는 걸 제대로 인지하지 못하는 것일 수도 있었다. 나현이 짜증스럽게 미간을 구겼지만, 그렇게밖에 표현하지 못하는 나현임을 알기에 신욱은 웃어넘길 수 있었다.

"윤진이가 뭘 어쨌다고?"

"아니에요, 아무것도."

불쑥 김 회장이 끼어들자 나현은 아무 일도 없었다는 듯 태연한 표정을 지었고, 신욱도 덩달아 덤덤한 표정으로 심 전무를 보았다.

"차 사장, 윤진이 언제 들어오겠다는 말 없었나?"

"조만간 들어오겠다고 했습니다."

구체적인 대답이 아니라 그런 건지 김 회장은 아쉬운 듯한 표정으로 혀를 끌끌 찼다.

"회장님, 윤진 양이 없어서 많이 허전하신가 봅니다?"

"허전은 무슨! 앓던 이가 빠진 것마냥 속이 다 시원하구먼. 흠흠."

차 회장의 말에 김 회장이 발끈하자 신욱과 나현은 웃음을 참지 못하고 키득거렸다. 이 집 식구들은 상처가 되는 말로 진심을 포장하곤 하는데, 신욱도 이젠 그런 화법이 익숙해진 것이다.

기공식 행사를 마치고 혼자 사무실에 돌아온 신욱은 불도 켜지 않은 어둑한 사무실에 덩그러니 서서 창밖을 바라보았다. 주변 빌딩에서 쏟아져 나온 불빛으로 사무실 안은 그리 어둡지만은 않았다. 쓸쓸한 지금의 기분을 만끽할 수 있을 만큼 차분하고 고요했다.

신욱은 책상 위에 놓인 액자를 집어 들었다. 액자 속 사진에는 윤진이 벚꽃나무 아래에서 환히 웃으며 자신의 어깨에 살포시 머리를 기대고 서 있었다.

윤진이 김 회장으로부터 3년의 시간을 받았다며 뭐부터 해야 할지 고민하던 그때, 신욱은 윤진에게 자유를 주었다. 두 번 다시 없을 기회니까 허투루 보내선 안 된다고 엄포도 놓았다. 처음으로 누려보는 자유를 어떻게 써야 할지, 뭘 해야 할지 몰라 머뭇거리던 윤진은 가장 먼저 여행을 선택했다. 신욱은 그런 윤진에게 망설일 틈도 주지 않고 억지로 등을 떠밀었고, 벌써 1년의 시간이 흘렀다.

한 달 정도면 충분할 줄 알았다. 길어봤자 석 달이면 돌아올 줄 알았는데 저렇게 미국에서 오래 버틸 줄이야……. 저러다간 여행이 아니라 완전 정착을 하게 될 것 같아, 결국 신욱이 먼저 두 손 들고 미국으로 찾아갔다.

신욱의 걱정과는 달리 윤진은 그곳에서 잘 지내고 있었다. 전에 인턴으로 근무했던 워싱턴의 호텔 이든 체인에서 정식으로 경영 수업도 받고, 혼자 힘으로 집도 구하고 무엇이든 스스로 해냈다. 그 모습이 얼마나 기특하던지…….

해온의 안무가 무대 위에 오를 수 있도록 보이지 않는 곳에서 노력하고, 그가 재활은 잘하고 있는지 끊임없이 확인하며 못살게 구는 것까지, 윤진은 그곳에서도 제법 바쁜 일상을 보내고 있었다. 윤진은 신욱이 생각했던 것보다 훨씬 더 성숙하고 씩씩한 여자였던 것이다.

신욱은 요즘 조만간 돌아갈 거라는 윤진의 그 말을 붙잡고 매일 버티는 중이었다. 도저히 참고 기다릴 수가 없어서 미국행 비행기에 오른 것도 여러 번. 그래도 이젠 조금 익숙해져서 전화통화로도 몇 주는 버틸 수 있게 되었다.

괜찮다, 곧 돌아올 거다, 스스로를 위로해 봐도 그리운 마음만큼은 어쩔 수가 없었다. 오래전 그날처럼 기약 없는 이별도 아닌데 왜 이리도 허전한지…….. 눈을 뜨고 눈을 감는 순간에도 윤진이 보고 싶었다.

신욱은 사진 속 윤진을 보며 또 한 번 짙은 한숨을 내쉬었다.

시카고에는 간밤에 꽤 많은 눈이 내렸다. 하얀 눈을 뒤집어쓴 창밖 세상을 카메라에 담던 윤진은 1년 동안 찍었던 사진들을 하나씩 되돌려보며 미국에서의 마지막 순간을 추억했다.

오늘 해온이 드디어 무대 위에 선다. 그 독한 인간은 1년쯤 걸릴 거라던 재활치료를 8개월 만에 끝내 버렸다. 얼마나 독한지, 재활 치료를 하는 동안에도 그는 안무작을 무대에 올리며 쉬지 않았다.

윤진은 그런 그의 안무작이 무대에 오를 수 있도록 여러 컨템포러리 무용단에 투자금을 보냈다. 사실 투자라기보단 후원금에 가까웠다. 애초부터 수익금을 챙길 생각은 없었으니까.

워싱턴과 뉴욕에서 활동하던 해온이 시카고로 떠나자, 윤진도 덩달아 시카고로 이동했다. 아무리 예술은 배고픈 거라지만, 몸 쓰는 일 하면서 왜 저렇게 부실하게 먹는 건지. 어쩜 가는 데마다 그런 숙소를 잡는지. 좁아터진 낡은 아파트에서 남자 둘이 지내는 게 안쓰러워, 이번에 함께 공연하게 된 무용단에는 가장 많은 금액의 투자금을 보낸 참이었다. 공연 게스트로 참여하는, 팀 이름도 없는 동양인 둘에게 페이를 넉넉히 지불해 달라는 부탁과 함께 말이다.

그것으로 윤진은 자신의 몫을 다했다고 생각했다. 그래서 해온이 무대 위에 오르는 그 시각, 윤진은 한국행을 택했다. 마지막 인사를 나누는 건 너무 낯간지러울 것 같아서 평소처럼 틱틱거리고 말았다. 꼭 성공하라는 말도, 건강히 잘 지내란 말도 하지 못했다. 혹시나 나중에 윤진이 투자한다던 게 자신을 무대에 세우기 위함이었다는 걸 알게 되면 자존심 상할까 봐, 창욱에게 상속받을 돈으로 흥청망청 쓰는 것처럼 복선까지 치밀하게 깔아둔 참이다. 그렇게…… 윤진은 1년의 시간을 나름 보람차게 보냈다.

윤진의 진심이 통한 건지, 해온은 그의 어머니가 기록했던 일기를 건네주겠다고 했다. 윤진은 그 일기를 토대로 책을 낼 생각이었다. 감성적으로 잘 접근한다면 꽤 효율적일 것 같다는 계산에서였다.

나현과 창욱의 이혼소송은 나현의 계획대로 순조롭게 진행 중이었다. 평행선을 달리는 듯한 두 사람의 입씨름에 사람들은 흥미진진해했다. 나현과 창욱의 언론 대응 방식은 정반대였다. 창욱은 불륜 사실을 인정하면서도 재산 분할에 있어서만큼은 절대 양보할 수 없다면서 일차원적으로 언론을 이용했고, 나현은 직접적으로 전면에 나서지 않았다. 이혼의 원인 제공이 누가 봐도 창욱이기에 변명의 여지가 없는 일이니 나설 이유가 없었던 것이다. 자신의 손으로 가정을 깨고서 재산까지 탐하는 탐욕스러운 사람으로 비춰지는 건 창욱뿐이었다. 그것이 나현이 원하던 바였다. 이대로라면, 내년 국회의원 선거를 기대해 봐도 될 듯싶었다. 윤진은 그 안에 책을 출간해서 좀 더 궁지로 밀어붙일 작정이었다.

윤진은 휴대전화로 인터넷 기사를 검색했다. 사흘 전에 뜬 'E코어그랜드타워'의 기공식 기사. 몇 번이나 보고 또 본 기사였지만 윤진은 볼 때마다 기분이 좋았다. 기사로 접하는 신욱의 모습은 새삼스럽게 반가웠다. 단상에 서서 멋지게 발표하는 걸 두 눈으로 직접 보지 못한 게 너무나 아쉬울 뿐이었다.

"조금만 기다려. 금방 갈게."

윤진은 신욱의 사진을 손끝으로 톡톡 두들기며 옅게 웃었다. 너무나 그립고 보고 싶었던 그 남자. 생각만 해도 가슴이 저릿하고 코끝이 찡해지는 그 남자.

미국에서 혼자 지낸 1년 동안 윤진은 진로를 결정했다. 그의 곁에서 제대로 일을 배워보기로. 'E코어그랜드타워'로 돌아가기로.

E코어사업본부에서 일을 시작하기 전에 가졌던 마음가짐과 지금의 마음가짐이 달라졌고, 무엇보다 그곳엔 신욱이 있기에 돌아가고 싶었다. 그가 옆에 있어준다면 좀 더 멋지게 해낼 수 있을 것 같았다.

어쩌면 후회할지도 모른다. 지금은 충분히 견딜 수 있다고 자신하지만, 사람들의 시선과 수군거림에 상처받는 날이 올 수도 있다.

그래도 피하지 않을 것이다. 끝까지 그의 손을 놓지 않고 기다릴 것이다. 그렇게 결국 그날이 오면…… 가장 예쁜 드레스를 입고 그의 곁에 설 것이다. 수많은 사람들 앞에서 사랑을 서약하고, 서로의 손가락에 반지를 끼워주고, 축복을 받으며 입을 맞출 것이다.

"차신욱보고 오라고 하면 되지, 굳이 날……."

주차장으로 가는 내내 재하는 투덜거렸다.

"우리 오빠 피곤해서 안 돼."

윤진의 말이 얄미웠는지 재하가 미간을 구기며 윤진을 노려보았다. 그러면서도 짐이 잔뜩 실린 카트는 꾸역꾸역 밀고 있었다.

공항까지 마중을 나온 건 신욱이 아니라 재하였다. 깜짝 놀라게 하고 싶은 마음에 신욱에겐 오늘 입국한다는 사실을 알리지 않은 참이다.

"여전해, 서윤진. 하나도 안 변했어."

"사람이 1년 만에 변하면 쓰나. 그건 어디가 아픈 거지."

윤진이 어깨를 으쓱이자 재하가 고개를 절레절레 저으며 차 트렁크에 짐을 옮기 실었다. 먼저 차에 탄 윤진은 재하가 짐을 다 싣고 운전석에 오를 때까지 얌전히 기다렸다.

"엊그제 하다 만 얘기나 자세히 해봐. 제대로 본 거 맞아?"

"우리 오빠 절대 그럴 일 없다고, 다신 쓸데없는 소리 하지 말라고 면박 주지 않았었나?"

"말이 안 되는 소리니까 그렇지. 오빠가 여자랑 단둘이 술 마시고 그럴 사람이 아니니까."

"그럼 그렇게 믿으면 되지, 왜 다시 묻는데?"

"그거야…… 너도 허튼소리할 사람은 아니니까."

이틀 전 재하에게서 전화가 왔다. 윤진이 단골로 다니는 와인바에서 신욱이 낯선 여자와 단둘이 술을 마시고 있는 걸 목격했다는 전화였다. 처음 그 말을 들었을 땐 말도 안 되는 소리라고 더는 들을 것도 없다며 딱 잘라 말했는데, 이틀 동안 가만히 생각해 보니 자꾸만 신경이 쓰여서 견딜 수가 없었다. 재하에 대한 믿음 또한 있었기에, 다시 한 번 확인해 볼 만한 사항이었다.

신욱과 떨어져 지낸 1년 동안 재하나 심 전무를 통해 신욱에 관한 소식은 발 빠르게 업데이트를 해왔다. 두 사람의 파혼 사실이 알려진 후, 그를 탐내는 시선들이 부쩍 늘었다는 것도 익히 알고 있었다. 그런 윤진에게 재하와 심 전무는 바짝 긴장하고 있어야겠다며 염장을 지르기도 했다.

"대화를 제법 진지하게 나누기에 인사를 할까 말까 망설였거든. 그러다 내가 '여긴 어쩐 일이세요?' 하고 자연스럽게 인사를 했지."

"그랬더니?"

"별로 당황하지 않고 반갑게 인사하던데?"

"그게 뭐야."

"근데 수상한 건 같이 온 여자에 대해서 나한테 막 설명을 해주는 거야. 나이는 스물여덟이고, 방송국 피디고, 상암에 산다나? 그러면서 '두 사람 같은 동네네요? 허허허!' 어색하게 웃고. 아주 꼴사나웠다니까. 아무래도 내가 혹시나 오해할까 봐 구구절절 설명하는 눈치였어."

"……그래?"

내 이것들을…….

재하에게서 당시 상황을 재현한 이야길 듣고 나니 갑자기 목이 타들어가는 것 같았다. 윤진은 재하의 차에 있던 생수병을 따 벌컥벌컥 들이켰다.

"그러고 나서 차신욱 씨한테 어제 전화가 온 거야. 내가 바빠서 길게는 통화 못했는데, 느낌이 왠지 너한테 얘기할까 봐 걱정돼서 전화한 것 같더라고. 할 말 있으니 시간 날 때 만나자고 하는데, 이거 입막음하려고 나 불러내는 거 맞지?"

"흐음……."

윤진의 표정이 제법 비장해졌다.

거참, 얌전히 기다리고 있으라니까……. 1년 잘 참더니 막판에 고삐가 풀렸구나.

"이제 내가 돌아왔으니까 됐어. 다 정리해 주지."

호시탐탐 기회를 엿보며 그의 곁에서 꼬리를 치는 여우들이 윤진이 자리를 비운 사이 활개를 쳤던 모양이다.

감히 누굴 넘봐? 내가 어떻게 지켜낸 사람인데.

윤진은 팔짱을 낀 채 시트 깊숙이 상체를 묻고 두 눈을 질끈 감았다.

공동현관 앞에 짐을 내려주고 재하가 떠난 후 윤진은 두 팔을 활짝 벌려 숨을 크게 들이쉬었다. 가슴이 뻥 뚫리는 것 같은 차가운 겨울 공기가 윤진을 웃게 만들었다.

드디어 돌아왔어. 다시 이 자리로 돌아왔어.

그와 함께 지내던 집은 변한 것 없이 그대로였다. 채 한 달도 함께 살지 못했던 집이지만, 이곳은 윤진이 그토록 돌아오고 싶었고 그리워했던 유일한 공간이다. 그와 나의 신혼집. 머릿속에 떠올리기만 해도 절로 웃음이 나고 힘이 나던 곳.

주차장에 세워진 그의 차를 확인하자마자 심장이 정신 사납게 쿵쿵거렸다. 걸음이 절로 빨라졌다. 윤진은 공동현관 앞에 서서 지갑 안에 잘 모셔두었던 카드텍을 찍고 현관 안으로 들어섰다.

집 앞에 멈춰 선 윤진은 심호흡을 한 번 하고 디지털 도어락에 비밀번호를 꾹꾹 눌렀다. 그의 생일과 자신의 생일 여덟 자리를 연달아 누르니 띠리릭 소리와 함께 잠금장치가 열렸다. 조심스레 문을 열고 고개를 들이밀자, 문 열리는 소리에 놀라 달려나온 그와 눈이 딱 마주쳤다.

트레이닝복 바지에 흰색 반팔 티셔츠 차림의 그는 아이스크림을 입에 물고 눈을 깜박거렸다. 채 3초도 되지 않는 그 짧은 순간에 그는 상황 파악을 재빨리 하지 못하고 어리둥절해했다.

"윤진아!"

정신을 찾아온 그가 그제야 두 팔을 활짝 벌렸다.

"오빠!"

윤진은 가방을 바닥에 툭 내려놓고 그대로 신욱의 품에 안겼다.

"너, 온단 말도 없이······."

두 팔로 신욱의 허리를 꽉 감싸 안은 윤진이 그의 가슴팍에 얼굴을 비비자, 신욱은 그런 윤진의 등과 허리를 다정한 손길로 쓰다듬어 주었다.

"잠깐! 먼저 확인할 게 있어."

"확인?"

신욱의 품에서 빠져나온 윤진은 현관문을 다시 열어 한쪽 발은 현관 안쪽에, 다른 한쪽 발은 현관 밖에 걸쳐 놓았다.

"엊그제 만난 여자 누구야?"

"여자? ······아. 하하."

그는 1초도 고민하지 않고 윤진이 말한 그 여자를 떠올렸다.

"사내자식이 입이 왜 그렇게 가벼워?"

"얼른 사실대로 말해. 누군데?"

"뭐야. 대답 마음에 안 들면 그대로 나가려고 그렇게 서 있는 거야?"

윤진이 단호한 표정으로 문고리를 잡은 채 고개를 끄덕이자, 그는 어이가 없다는 듯 헛웃음을 터뜨렸다.

"재하 소개시켜 줄 내 사촌."

"사촌?"

"그래. 소개시켜 주기도 전에 재하랑 마주쳐서 얼마나 놀랐다고."

그제야 모든 의문이 해소되었다. 신욱에겐 친척이 그다지 많지 않아 윤진은 대부분 사람들의 얼굴을 기억하고 있었다. 차 회장에게 형제라곤 남동생이 전부인데, 그분은 딸 하나 아들 하나 남매지간을 두셨고, 그들은 신욱과 어렸을 적부터 가깝게 지내는 사촌동생들이었다. 윤진은 작년 코어그룹 후원행사에 참석했다가 재하가 보았다던 그 여자를 본 적 있었다.

"누군지 알 것 같다."

"재하 말만 듣고 나 의심했구나?"

"의심이 아니라…… 뭐, 그냥……."

재하의 생각처럼 재하가 그를 오해할까 봐 그녀에 대해 구구절절 설명을 늘어놓았던 게 아니고, 기왕 마주친 거 자연스럽게 인사를 시켜주려던 것이었다.

윤진은 현관 밖에 세워두었던 짐가방을 현관 안으로 밀어 넣고 슬쩍 문을 닫았다. 그러자 신욱이 도끼눈을 하고 노려보았고, 윤진은 못 본 척하며 구두를 벗고 집 안으로 들어갔다.

"아, 피곤하다."

윤진은 외투를 벗어 소파 위에 툭 던져 두고 두 팔을 머리 위로 길게 늘이며 드레스룸으로 걸어갔다. 그 순간, 신욱이 윤진을 번쩍 안아 들었다. 너무 놀란 나머지 윤진의 입에선 꺅 소리가 새어 나왔다.

"내가 오늘을 얼마나 기다려 왔는데. 어딜 은근슬쩍 넘어가려고?"

"나 지금 막 비행기에서 내린 사람이야. 이 남자가 배려가 없네."

윤진의 타박에도 신욱은 아랑곳하지 않고 곧장 침실로 걸음을 옮겼다.

　윤진은 눈을 뜨자마자 시계를 보았다. 시침이 11에 가까워지고 있는 걸로 봐선 아직 밤인 것 같긴 한데, 날이 지나치게 밝았다. 한데 천장을 보니 불은 꺼져 있고…… . 설마 하는 생각에 팔을 뻗어 커튼을 살짝 밀쳐 보니 밖은 훤한 대낮이었다.

　"헉!"

　침대에서 상체를 벌떡 일으킨 윤진은 왠지 모르게 허전한 것 같아 고개를 숙여보니 맨 가슴이 고스란히 드러나 있었다. 지나치게 열정적이었던 지난밤, 도무지 끝나지 않을 것만 같은 길고 길었던 밤을 억지로 끝낸 후 슬립을 입고 잠들었는데…… 도대체 슬립은 어딜 간 거지?

　이불을 몸에 둘둘 말아 침대를 빠져나온 윤진은 바닥에 떨어져 있는 슬립을 보며 한숨을 내쉬었다. 오늘은 정말 자제가 안 된다며 몇 번이고 옆구리를 찔러대기에 잠잘 땐 건드리지 말라고 그렇게 당부를 했건만, 결국 그도 남자였던 것이다. 본능에 지고 만 모양이다. 살 냄새가 너무 그리워서 미쳐 버리는 줄 알았다던 그의 말은 사실이었다. 잠결에 꿈인가 싶었던 것 기억들이 하나둘 생생하게 떠올랐다.

　장시간의 비행으로 안 그래도 온몸이 피곤했는데, 신욱 덕분에 걸음을 디딜 수도 없게 되었다. 윤진은 이를 악물고 침실을 나와 자제력이 부족하고 살 냄새에 미친 남자를 찾기 시작했다.

　"차신욱 씨?"

　"나 주방에."

신욱의 대답에 윤진은 어기적거리며 주방으로 향했다. 요리라도 하고 있는 건지, 주방에 가까워질수록 맛있는 밥 냄새가 솔솔 나고 뭔가를 끓이는 소리도 났다.

"뭐 해?"

그는 정말로 요리를 하고 있었다. 토스트를 하거나 커피를 내려 마시는 건 본 적 있지만, 직접 주방에서 요리란 걸 만드는 건 난생처음 보는 모습이었다. 도우미분이 만들어놓고 간 음식들 데워 먹는 것도 제대로 안 하던 사람이 어쩐 일로 요리까지 하고 계신 건지.

"너 돌아오면 제일 먼저 밥해 먹고 싶었어."

"그런 사람이 간밤에 날 아주!"

신욱이 머쓱하게 웃으며 윤진의 어깨를 다독였다.

"밥을 먼저 해줬어야지, 나한테 어떻게 그럴 수가 있어? 눈 떠보니 다음날 오전 11시가 말이 돼? 나 어제 이 집에 해 지기 전에 들어온 걸로 기억하는데?"

"배고픈 줄도 모르고 푹 자놓고 왜 그래. 그리고 어제의 난 내가 아니었어."

"그런 것 같더라. 완전 이성을 잃었던데?"

윤진이 눈썹을 씰룩이며 약을 올리자 신욱은 못 들은 척, 국이 끓고 있는 냄비 뚜껑을 열었다.

"배 많이 고프지? 앉아서 조금만 기다려. 다 됐어."

뭘 하기에 저렇게 요란한가 싶어 윤진은 기다리지 않고 조리대 옆을 기웃거렸다. 밥은 뜸 드는 중이었고, 말간 조개국은 바글바글 끓고 있었다. 도우미분이 만들어주신 밑반찬 몇 가지를 접시에 옮겨 담은 신욱이 식탁 위에 그것들을 가져다 놓고 수저도 챙겨다가 가지런히 놓았다. 가뜩이나 키도 큰 사람이 주방을 왔다 가다 하고 있으니 쳐다만 봐도 웃음이 나왔다. 뭘 저렇게까지 정성스럽게 하고 난리람……

모든 사람들 앞에서 무엇이든 능숙하게 해내는 차신욱이지만, 이곳에선 칼을 쥐는 것도 서툴고 압력밥솥 뚜껑도 제대로 못 연다. 계란껍질을 어디다 버려야 할지 몰라 우왕좌왕하고, 자꾸만 끓어 넘치는 국 때문에 불 조절을 어떻게 해야 하나 허둥댔다. 그런데 그 모습이 이상하게도 보기 좋았다. 오직 나만 볼 수 있는 모습이기에 좋은 건지도 모르겠다.

옷을 챙겨 입고 나온 윤진은 식탁 의자에 얌전히 앉아 기다렸다. 처음부터 끝까지 혼자서 얼마만큼 해내는지 지켜볼 작정이었다. 야물지 못한 손 때문에 달그락달그락 주방 안이 시끌벅적했다.

"아직 멀었어?"

"다 됐어."

그 '다 됐어.' 소리만 벌써 몇 번째인지. 윤진은 하는 수 없이 다시 그의 곁으로 다가갔다. 몇 번의 실패 끝에 밥솥을 여는 것에 성공한 그는 밥그릇에 밥을 퍼 담고 있었다.

"와. 꼬들꼬들하게 잘했네?"

그냥 해본 말인데도 그는 무척이나 기쁜 듯 입을 헤 벌리고 웃었다. 윤진은 그의 엉덩이를 토닥토닥 두들겨 주고 다시 식탁 의자에 앉았다.

"자, 먹자."

드디어 식탁 위에 밥이 놓였다. 윤진은 젓가락을 들고 그가 오전 내내 준비한, 어딘가 조금은 어설픈 아침 겸 점심상을 찬찬히 훑어보았다.

"잘 먹겠습니다."

벌써부터 뿌듯한 표정을 한 그가 고개를 끄덕였고, 윤진은 노른자가 다 터진 계란프라이를 젓가락으로 찢어 입에 넣었다.

"잘 익었다. 난 이렇게 완전히 익힌 게 좋더라."

"진짜는 이 조갯국이야. 얼른 먹어봐."

소금 간을 하지 않은 계란프라이를 대충 씹어 삼킨 윤진은 신욱의 재촉에 숟가락으로 조갯국을 한입 떠먹었다. 청양고추를 너무 많이 썰어 넣어 기침이 터질 뻔했지만, 윤진은 잽싸게 밥을 한술 입에 넣어 위기를 모면했다.

"와! 이거 진짜 맛있는데? 대단해, 차신욱."

엄지를 치켜 세워주니 그는 흐뭇한 미소를 지으며 그제야 수저를 들었다. 윤진은 그런 그를 보며 웃음을 참지 못해 코를 막고 큭큭거렸다.

"오빠, 오늘 출근 안 해?"

"오후에는 나가봐야 돼. 넌 오늘 집에서 쉴 거지?"

"잠깐 쉬었다가 저녁에 본가 들르려고."

"나랑 같이 가."

"그럼 오빠 올 때까지 기다리고 있을게."

대화 내내 윤진의 얼굴을 빤히 보고 있던 신욱이 갑자기 자리에서 일어나 윤진의 옆에 앉았다. 그러곤 윤진의 뺨을 손등으로 슥슥 쓸어보더니 윤진의 어깨를 감싸 안았다.

"신기하다."

"뭐가?"

"어제까지 늘 같은 상상을 했거든. 이렇게 너랑 마주 보고 앉아서 아침 먹는 상상. 오늘은 뭘 할 건지, 저녁엔 뭘 먹을 건지 이런 저런 이야기를 나누는 그런 상상. 그런데…… 갑자기 네가 왔잖아, 거짓말처럼……."

그의 목소리가 살며시 떨렸다. 감격스러운 진심을 감추지 못하고 벅찬 마음을 고스란히 꺼내 보였다.

"이젠 진짜 현실이 된 거지. 앞으론 이 식탁에 마주 보고 앉아서 싸울 날도 올걸?"

"그래도 좋아. 너랑 같이 있는 거니까…… 상관없어."

이렇게까지 그리워할 줄 알았더라면 좀 더 빨리 올걸. 아니, 떠나라고 등 떠밀 때 끝까지 버틸걸. 나의 빈자리로 인해 오래전에도 꽤 긴 시간 동안 힘겨워했던 그였는데…….

미안한 마음에 윤진은 신욱의 허리를 두 팔로 꼭 끌어안고 가슴에 얼굴을 묻었다.

"이젠 내 자리 안 비울 거야."

그 어떤 이유로도 두 번 다신 절대 그의 곁을 떠나지 않을 것이다. 그가 손을 내밀면 닿는 거리에서 그를 사랑할 것이다. 윤진은 다짐에 다짐을 거듭하며 그의 넓은 등을 다독였다.

16 사랑은 늘 그 자리에 있었다

윤진을 혼자 집에 남겨두고 출근하기 싫었지만 해야 할 일이 산더미라 미룰 수가 없었다. 이미 오전에 잡혀 있던 회의도 무리해서 오후로 미뤄두었고, 그마저도 대부분 심 전무에게 한 번 더 미룬 참이다. 급한 결재만 처리하고 돌아갈 생각으로 도통 떨어지지 않는 발길을 잡아 회사로 온 신욱은 집무실에 들어서자마자 재킷을 벗어 던지고 결재서류를 뒤적였다.

똑똑.

"네."

문을 열고 들어온 건 비서실장이었다. 갑작스러운 신욱의 출근 소식을 접하고 부랴부랴 달려왔는지, 빈틈없던 그가 조금은 허둥대며 옷매무새를 가다듬었다.

"이거 결재만 해주고 퇴근해야 할 것 같은데, 괜찮죠? 홍보팀 회의에는 본부장님께 연락해서 제 대신 참석해 달라고 하면 그렇게 해주실 거예요."

"사장님, 어디 편찮으세요?"

비서실장이 그렇게 물어볼 만도 했다. 오죽 마음이 급했으면 의자에 앉지도 않고 책상 앞에 서서 결재를 하고 있을까. 안절부절못하는 모습이 자신이 봐도 우스울 정도였다.

신욱은 비서실장을 바라보며 미소를 지었고, 그는 미심쩍은 눈길로 신욱을 보며 고개를 갸웃거렸다.

"아니네. 오히려 기분이 아주 좋아 보이시는데요?"

비서실장에게 속내를 들킨 신욱은 흠흠 헛기침을 하고 다시 결재할 서류를 꼼꼼히 살폈다.

방금 전까지 침대 위에 나른하게 누워 있다 나온 참이라, 육신은 여기 이렇게 서 있을지라도 정신과 마음은 여전히 침실에 있는 것 같았다. 지난밤부터 함께한 윤진의 모습이 자꾸만 눈앞에 아른거리고, 너무도 그리웠던 그녀의 향기가 이곳에서도 고스란히 느껴지는 듯했다.

신욱은 고개를 흔들며 일에 집중하려 애썼지만, 생각처럼 쉽지 않았다.

똑똑.

"네."

이번에는 심 전무가 집무실을 찾았다. 신욱은 펜을 내려놓고 심 전무를 반갑게 맞이했다.

"사장님, 뭐 좋은 일이라도 있으십니까? 표정이 아주 좋아 보입니다?"

"앉으세요, 본부장님. 아주 기쁜 소식이 있으니까."

신욱은 서둘러 심 전무를 소파에 앉혔다.

"대체 얼마나 기쁜 소식이기에 사장님 안색이 그리도 환하답니까?"

"윤진이가 돌아왔어요."

"정말요?"

심 전무와 비서실장 모두 신욱의 말에 꽤 놀란 듯한 표정을 지었다. 윤진의 이야기를 할 때면 신욱의 입가에는 숨겨지지 않는 미소가 가득 번졌다.

"어쩐지, 얼굴이 확 피셨다 했어요."

"그렇게 티가 많이 났나요?"

신욱이 되묻자 두 사람은 그걸 정말 몰라서 묻냐는 듯이 소리 내어 웃었고, 멋쩍어진 신욱은 뒷머리를 긁적였다.

똑똑.

"또 누구지?"

비서실장이 다시 집무실 문을 여는데, 집에서 기다리고 있겠다던 윤진이 서 있었다. 늘 그랬듯 정성을 다해 화장을 하고, 늘씬한 몸매를 한층 더 부각시키는 하얀 블라우스에 푸른색의 H라인 스커트를 차려입은 윤진은 환히 웃으며 손을 흔들었다.

"다들 안녕하셨어요?"

윤진은 비서실장과 악수를 나눈 후 심 전무와는 가볍게 포옹을 했다. 윤진에게 심 전무가 어떤 의미를 가진 사람인지는 신욱도 익히 알고 있었다. 그는 윤진이 아주 어렸을 적부터 멘토이자 스승이었고, 윤진이 이든그룹 내 임원 중 유일하게 믿고 의지하는 사람이었다. 그래서인지 윤진의 등을 다정히 다독여 주는 심 전무의 모습에 마음 한 켠이 뿌듯해졌다.

"저도 이렇게 반가운데, 사장님은 오죽 반가웠겠어요?"

심 전무의 말에 신욱은 고개를 끄덕이며 미소를 지었다.

"앉아."

심 전무와 신욱이 다시 자리에 앉자, 윤진도 심 전무의 맞은편 자리에 앉았다.

"집에서 기다리지 왜 나왔어?"

"어차피 본가에 같이 갈 건데 내가 나와 있으면 움직이기 편하잖아. 우리 본부장님도 보고 싶었고."

흐뭇한 표정으로 윤진을 바라보던 심 전무는 고개를 저으며 연신 웃었다.

"언제 오셨어요?"

"어제 낮에요. 본부장님은 하나도 안 변하고 그대로시네요?"

"에이, 1년 사이에 폭삭 늙었죠, 누구 덕분에."

심 전무가 신욱을 향해 눈짓을 했지만 신욱은 모른 척했다. E코어 사업본부의 본부장이자, 호텔 이든을 대표하는 심 전무가 이번 사업에서 가장 많은 고생을 하고 있다는 건 모두가 아는 사실이었다.

"그럼 완전히 들어오신 거예요?"

"네. 이제 본격적으로 일 시작해 보려고요."

"E코어사업본부로 돌아오시는 겁니까?"

"그러려고요. 여긴 제가 처음으로 제대로 일을 배워보겠다고 다짐했던 곳이기도 하니까요. 그래서인지 더 각별한 것 같아요. 이곳에서 마무리까지 잘해보고 싶어요. 본부장님이 저 좀 많이 도와주세요."

윤진의 계획은 신욱도 처음 듣는 것이었다. 정말 다행이다라는 생각이 가장 먼저 들었다. 계속 이곳에 남겠다는 것만으로도 안도의 한숨이 새어 나왔다. 혹시나 다른 계획을 가지고 또다시 멀리 떠나 버리면 어쩌나 걱정했는데, 자리를 지키겠다는 그 말을 그냥 뱉은 말이 아니었다는 것이 무척 감격스러웠다

"잘 생각하셨어요. 여긴 저도 있고, 사장님도 계시니 충분히 잘 해내실 수 있을 겁니다. 부담도 조금 가지고, 걱정도 조금은 하면서 즐거운 마음으로 끝까지 해보세요. 잘하실 수 있을 거예요."

심 전무는 따뜻한 말로 윤진의 마음을 다독여 주었다. 늘 곁에서 힘을 북돋아주는 심 전무 덕분에 윤진의 표정도 한결 가벼워졌다.

"앞으로 잘 부탁드립니다. 많이 도와주세요. 열심히 배울게요."

"최선을 다하겠습니다."

그 말 한마디면 충분했다. 다짐 같은 것들 장황하게 늘어놓지 않아도, 담백한 그 말속에 담긴 심 전무의 진심이 그대로 전해졌다.

"본부장님, 홍보팀 회의 준비됐습니다."

휴대전화 메시지를 확인한 비서실장이 자리에서 일어나 문으로 향했다. 그러자 심 전무도 일어나 걸음을 옮겼다.

"이번 주에 식사 한 번 하시죠. 제가 제대로 대접하겠습니다."

"오랜만에 본부장님 가족 분들이랑 다 같이 해요."

신욱과 윤진의 제안에 본부장은 거절하지 않고 고개를 끄덕여 답했다.

"그럼 못다 한 회포는 다음에 풀기로 하고, 저는 이만 회의 들어가 보겠습니다."

비서실장과 심 전무가 집무실을 빠져나간 후 윤진은 자리에 털썩 주저앉으며 고개를 뒤로 젖혔다.

"이제야 진짜 돌아온 실감난다."

천장을 올려다보며 한참 동안 눈을 깜박이던 윤진은 신욱을 보고 빙긋 웃었다. 신욱이 이리 가까이 오라며 손짓을 했지만, 윤진은 고개를 저으며 버텼다.

"가까이 와."

"신성한 집무실에서 왜 그런 눈으로 날 보는데?"

뜨끔했지만, 신욱은 태연한 표정으로 계속 손짓했다.

"얼른."

결국 윤진이 마지못해 일어나 신욱의 곁으로 다가왔다. 신욱은 소파 팔걸이에 걸터앉은 윤진의 가는 손목을 감싸 쥐고 엄지로 손등을 천천히 쓰다듬었다.

"내가 매일마다 여기 앉아서 네 생각을 얼마나 많이 했는지 알아?"

"많이 기다렸어?"

고개를 끄덕이자 윤진이 웃었다. 오랜만에 보는 귀엽고 사랑스러운 미소. 신욱은 윤진의 볼을 살짝 꼬집어보았다. 그러자 윤진이 한 손으론 신욱의 어깨를 두르고, 다른 한 손으론 신욱의 이마를 매만졌다. 이마를 지나 눈썹으로, 눈썹에서 다시 뺨으로 손끝이 조금씩 움직여 내려올 때마다 멀미를 하는 것처럼 마음이 울렁거렸다.

"위에서 내려다보는 것도 괜찮은데?"

윤진이 거만하게 눈썹을 치켜세우자, 더 이상 참을 수 없었던 신욱은 눈매를 찡그리며 윤진의 목덜미를 한 손으로 감싸 누르고 그대로 입을 맞추었다. 갈급한 마음을 고스란히 들켜 버린 입맞춤에도 윤진은 당황하거나 물러서지 않았다. 신욱은 다른 한 손으로 윤진의 보드라운 다리를 어루만졌고, 윤진의 두 손이 결국 신욱의 뺨을 감쌌다.

윤진의 목덜미를 감싸고 있던 손에 힘을 주어 앞으로 당기자 자연스레 윤진이 신욱의 허벅지 위에 올라앉았다. 마주 보고 앉은 덕에 숨을 나누는 일은 한결 수월해졌다. 신욱은 슬쩍 입술을 떼고 윤진을 올려다보았다.

"위험한데……."

윤진이 먼저 신욱에게 경고했다. 신욱은 가볍게 입을 맞춘 후 윤진을 품 안에 빈틈없이 꽉 끌어안았다. 지금 당장에라도 안고 싶은 생각이 간절했지만 성급하게 굴지 않기로 했다. 이곳, 이 순간이 아니더라도 우리에겐 수많은 시간과 공간이 있을 테니까.

"집에 가서 봐."

신욱이 짐짓 엄한 표정을 짓자 윤진이 설핏 웃었다. 잠시 들뗬던 마음을 가라앉힌 신욱은 윤진을 품에서 떼어놓고 자그맣게 한숨을 내쉬었다.

1년 만에 돌아온 본가. 그곳은 아무것도 변하지 않은 듯했다. 변한 건 오직 자신뿐. 대문을 넘어서는 순간 윤진은 그것을 깨달았다. 이 집 안에 발을 들이는 일이 더 이상 두렵지 않다는 것을. 그건 어쩌면 지금 내 뒤에 서 있는 그 사람 때문일지도 모르겠다.

정원 한가운데 하얀 천을 늘어뜨려 캐노피를 치고, 네모난 나무 테이블을 가운데 두고 마주 앉은 나현과 김 회장의 모습이 눈에 들어왔다. 김 회장은 책을 보며 바둑을 두고 있었고, 나현은 서류를 넘겨 보고 있었다.

윤진은 잠시 그 모습을 지켜보고 싶었다. 처음으로 보는 평온함. 아주 작고 사소한 변화가 반가웠다. 윤진은 신욱의 손을 잡고 그쪽으로 좀 더 가까이 다가갔다.

"저 왔어요."

윤진의 말이 끝나기가 무섭게 나현과 김 회장의 시선이 동시에 윤진에게 닿았다. 윤진은 미소를 지으며 손을 흔들었고, 점점 밝아지는 그들의 표정을 만끽하며 한 걸음 한 걸음 다가섰다.

"들어온다는 말도 없이."

가장 먼저 손을 내민 건 나현이었다. 윤진은 그 손을 주저하지 않고 잡았다. 손끝으로 전해지는 그 낯선 감촉이 눈물나게 좋았다. 윤진은 나현의 손을 잡은 채로 그녀의 옆자리에 앉았다.

"어제 도착한 거 아니었니?"

김 회장의 물음에 윤진은 말문이 막혀 입술을 입안에 밀어 넣고 고개를 끄덕였다. 그러자 김 회장이 혀를 끌끌 차며 고개를 절레절레 흔들었다. 그 모습이 마치, 바로 집 먼저 들르지 않아 서운하다는 뜻이 담긴 것 같은 착각마저 들게 했다.

"죄송합니다, 할아버님. 제가 집으로 보냈어야 했는데."

"맘에도 없는 소리 하지 말게."

신욱의 변명에 김 회장이 딱 잘라 말했다. 신욱이 머쓱하게 웃자 김 회장의 입가에도 미소가 걸렸다.

김 회장과 나현을 죽도록 미워하고 원망하던 때가 있었다. 우스운 건, 그러면 그럴수록 자신도 그만큼 아팠다는 것이다. 내가 쏟아낸 말에 자신이 상처를 받고, 자신이 괴로웠고, 자신이 슬펐다.

그렇게 지내길 수년. 서로가 서로에게 퍼부었던 고통이 너무나 컸기에 고작 1년의 시간으로, 고작 몇 마디의 말로 변할 리 만무하다. 그래도 변화가 시작되었다는 그 자체만으로 윤진은 기뻤다. 언젠간 지난 일들을 추억하며 우리가 정말 그랬었나? 하고 웃어넘길 날이 오진 않을까, 그렇게 점점 보통의 가족처럼 될 수 있지 않을까 하는 희망을 가질 수 있게 되었다.

"할아버지, 저 E코어사업본부에서 다시 일 시작해 보려고요."

"그래, 그렇게 해라. 이제 내가 너에게 준 3년의 시간 중에 2년이 남았는데, 계획대로 잘되어가고 있는 게냐?"

"뭘 할지 정했으니 이제부터 제대로 해봐야죠."

윤진의 똑 부러진 대답이 마음에 들었는지, 김 회장은 흡족한 미소를 띤 채 고개를 끄덕였다. 윤진은 슬쩍 나현의 표정도 살폈다. 감정을 쉽게 읽을 수 없는 표정이었지만 윤진은 불안하지 않았다. 나현이 가지고 있는 특유의 차가움과 도도함은 여전했으나 전과 달리 조금은 가벼워 보였다.

오랜 시간 동안 감정을 짓누르고 있던 짐을 조금이나마 덜어냈기 때문인지, 아니면 내심 윤진의 변화가 대견스러웠는지 그 이유는 정확하게 알 수 없지만 분명한 건 못 본 사이에 그녀의 얼굴이 무척 좋아졌다는 사실이다. 순간순간 지어 보이는 그녀의 표정에 윤진의 가슴이 뛸 정도로 말이다.

"엄만 잘 지냈어?"

윤진의 살가운 물음에 그녀는 대답 대신 어깨를 으쓱였다. 이혼 소송이 한창이라, 이걸 잘 지냈다고 말을 해야 하나 고민 중인 듯했다. 그건 분명 나현에게 좋은 일이긴 하지만 좋다고 입 밖으로

낼 순 없는 사항이니까.

"글쎄, 잘 지냈다고 해야 하나?"

나현의 법무팀은 계획대로 순조롭게 소송을 진행하고 있었다. 창욱의 입장에선 지금 상황이 꼬일 대로 꼬여 버려 답답하겠지만, 이 모든 건 나현이 의도한 바였다. 좀 더 오래 사람들 입에 오르내리고, 좀 더 자극적인 루머가 재생산되는 것. 그래서 결국은 정치인으로서의 생명을 완전히 끝내 버리는 것.

윤진은 지금의 이 상황을 좀 더 꽈버릴 생각이다. 그의 주력 지지층 이외에 더 넓고 다양한 층에게까지 제대로 타격을 입히기 위해 다각도로 방법을 모색하는 중이었다. 창욱에게 이런 열정을 쏟는 것 자체가 여러모로 아까운 일이었지만, 이 이혼소송을 통해 원하는 바를 이루면서 깨끗하게 끝내려면 가만히 지켜보고 있을 수는 없었다.

누군가는 지금의 윤진을 향해 아버지 앞길을 망치는 일에 왜 그리 최선을 다하냐며, 네가 그러고도 자식이냐고 손가락질할 수도 있었다. 하지만 그의 자식으로 살아봤다면 절대 윤진에게 그런 말을 할 수 없을 것이다. 필요에 의해서라면 자식을 도구나 액세서리쯤으로 아무 죄책감 없이 이용하던 사람. 생각만 해도 치가 떨렸다.

"아직 두 사람 결혼 이야기를 할 수 있는 단계는 아니야."

"괜찮아. 상관없어. 우린 지금도 충분히 좋아."

마음의 여유가 생겼기 때문인지, 이미 신욱과 함께 지내고 있어서인지 결혼은 그리 급하지 않았다. 결혼식 자체에 큰 의미를 두고 있지 않아 지금도 충분히 행복한 것인지도 모른다.

"난 엄마가 행복했으면 좋겠어."

다른 건 중요하지 않았다. 더 늦기 전에 그녀가 행복해지길. 단

하루만이라도 자신이 원하는 삶을 살아보고 싶다고 말하며 눈물 짓던 나현의 모습이 아직도 생생해서 윤진은 나현을 볼 때마다 가슴 한 켠이 시큰거렸다.

윤진의 진심 어린 말에 나현의 눈동자가 살짝 흔들렸다.

"보고 싶었어, 엄마."

나현이 윤진의 눈에서 좀처럼 시선을 떼지 못했다. 그렇게 한참 동안 윤진의 눈을 바라보던 나현의 눈시울이 점점 붉게 물들었고, 잠시 망설이던 나현은 윤진을 두 팔 벌려 감싸 안았다. 좀 더 꽉 끌어안아 줬음 싶었지만, 나도 네가 보고 싶었다고 말해줬으면 좋겠지만, 윤진은 욕심내지 않기로 했다.

"시장하구나. 가서 저녁 먹자."

지켜보던 김 회장이 헛기침을 하며 자리에서 일어섰고, 신욱이 그 뒤를 따랐다. 나현의 품을 빠져나온 윤진은 나현의 손을 꼭 붙잡은 채 아주 느리게 걸었다.

한땐 못 견디게 불편했던 본가가 이젠 버틸 만해졌다. 적어도 그 집이 어렵지는 않았다. 내 자신감이 그만큼이나 자란 건지, 아니면 곁에 내내 신욱이 있어줬기 때문인지 한 가지 이유로 콕 집어낼 순 없었다.

오랜만에 홍 여사님의 맛있는 음식을 잔뜩 먹고 별것 아닌 이야기들을 나눴을 뿐인데, 집을 나서서 차에 오르니 시간은 막 자정을 넘기고 있었다. 윤진은 창틀에 턱을 괴고 창문 밖을 내다보았다.

"눈 올 것 같다."

"어두운데 그게 보여?"

"구름이 엄청 많아."

신욱이 윤진의 손을 꼭 감싸 쥐었다. 윤진은 신욱을 향해 시선을 옮겼다. 한 손으로 핸들을 움켜쥐고 라디오에서 흘러나오는 음악을 콧노래로 흥얼거리는 모습이 이젠 제법 익숙해졌다.

그래, 이 남잔 원래 이렇게 다정하고 따뜻한 사람이었지. 항상 남을 먼저 배려하고, 잘 웃고, 밝은 기운이 넘치는 사람.

"오빠, 우리 선봤을 때 생각나?"

"그걸 어떻게 잊어? 그날 너 진짜 얄미웠어."

"그런 나는 오죽했을까?"

"치."

불과 1년 전 잔뜩 날을 세우고 서로를 할퀴던 때가 있었다. 내가 더 많이 아팠다고, 넌 정말 나쁜 사람이었다고, 다신 마주치지 말자고, 밀치고 때리고 화를 냈다.

그땐 왜 그렇게 솔직하지 못했을까. 그깟 자존심이 뭐라고. 결국 이렇게 될 거면서……. 우리의 사랑은 늘 그 자리에 있었는데.

"내일은 아버님 뵈러 가자."

"그래."

"그리고 어머니도 뵙고 오자."

"……그래."

신욱은 맞잡고 있던 윤진의 손등에 가볍게 입을 맞췄다. 윤진은 그런 신욱의 어깨에 살포시 머리를 기댄 채 눈을 감았다.

❖

신욱의 본가에 들러 차 회장 내외에게 인사를 드리고 나온 신욱과 윤진은 곧장 신욱의 친어머니가 계신 추모공원으로 향했다. 차 회장과 이런저런 이야기를 나누고 싶었지만, 혜민이를 그렇게 다시 외국으로 보낸 후 임 이사장과 사이가 급격히 냉랭해진 탓에 긴 얘기를 나눌 만한 집안 분위기가 아니었다.

　서둘러 집을 나선 윤진은 신욱의 차에 오른 후부터 지금까지 앞으로 해결해 나가야 할 숙제들을 차근차근 정리하고 있었다. 미리 걱정해 봤자 마음만 답답해지지만, 윤진은 지레 겁먹지 않기로 마음을 굳게 먹은 참이다. 순리대로, 무리하지 않고, 차근차근 하나씩 해나갈 생각이었다.

　"다 왔어."

　펼쳐 둔 생각들을 차곡차곡 접어 넣은 윤진은 차에서 내려 차창에 자신의 모습을 비쳐 보았다. 그러곤 옷매무새를 가다듬고 준비해 온 꽃다발을 챙겨 들었다.

　"나 어때? 괜찮아?"

　최대한 단정하게 차려입은 윤진은 신욱의 앞에서 한 바퀴 핑그르르 돌아보았다. 그는 웃기만 할 뿐 대답이 없었다.

　"치마가 너무 짧은가? 머리는 깔끔하게 묶는 게 낫겠지?"

　윤진은 손목에 걸어두었던 머리끈으로 머리칼을 깔끔하게 묶고 고개를 이리저리 돌려보았다. 한결 단정해진 모습이 마음에 들었는지 그가 고개를 끄덕였다.

　"예뻐. 내가 본 중에 오늘이 가장 예쁘니까 걱정 마."

　빈말일지도 모르지만, 참 듣기 좋은 말이었다. 윤진은 그가 내민 손을 잡고 건물 안으로 들어섰다. 고요한 건물 안을 가로질러 걷는 동안, 윤진은 숨도 제대로 쉬지 못했다. 낯설고 어색해서이기도 했고, 그의 어머니를 다시 뵙는다 생각하니 가슴이 뛰어서기도 했다.

그는 헤매지 않고 어머니의 자리를 단번에 찾아갔다. 유골함과 어린 시절의 신욱과 함께 찍은 사진액자 두 개, 십자가 목걸이가 전부인 그곳에 어머니가 계셨다.

사진 속 어머니는 환히 웃고 계셨다. 오래전 요양병원에서 보았던 모습과는 사뭇 다른 모습이었다. 어깨를 덮는 구불구불한 머리칼이 무척이나 탐스러웠고, 별을 박은 듯 반짝이는 커다란 눈동자와 시원한 미소가 매력적인, 누가 봐도 한눈에 반해 버릴 것만 같은 모습이었다.

지금의 내 나이쯤이 찍었을 법한 그 사진에서 윤진은 쉽게 눈을 떼지 못했다. 지켜내지 못한 사랑에 남은 생을 홀로 힘겹게 보내고 쓸쓸히 떠나 버린 그녀가 눈물 나게 가엽고 안쓰러웠다.

"인사드려."

그 말을 남기고 그는 걸음을 옮겼다. 뒤를 돌아보니 그는 그다지 멀지 않은 곳에 서서 창밖을 내다보고 있었다.

"제가 많이 늦었어요. 일찍 찾아뵙지 못해서 죄송합니다."

윤진은 고개를 숙여 인사를 드린 후 좀 더 가까이 다가섰다.

"그날…… 어머니 뵙고 저 사람한테 못된 말로 상처를 줬어요. 제가 나빴어요, 어머니. 용서해 주세요."

그땐 모든 것이 불안하고 두려웠다. 그의 어머니란 존재가 우리 앞에 또 다른 장애물이 되진 않을까 염려되어 생각 없이 뱉어낸 말로 그에게 상처를 주었다. 그것이 늘 윤진의 마음을 무겁게 짓눌렀다. 살아 계실 때 찾아뵈었다면 더 좋았겠지만, 지금이라도 이렇게 찾아뵐 수 있어서 참 다행이라고 생각했다.

"앞으로 자주 올 거예요. 지금은 제가 마음에 안 드실지도 모르지만, 자꾸 보다 보면 정 들겠죠. ……제가 잘할게요."

이렇게 마주 보고 말을 건네는 것 자체도 아직은 어색하고 쑥스러운 일이었지만, 다음번 그 다음번엔 좀 더 편해지지 않을까. 이런저런 이야기도 서슴없이 할 수 있게 되면 내 마음은 좀 더 가벼워지고 어머니는 덜 외로우시지 않을까.

윤진은 짧은 인사를 남기고 천천히 돌아섰다. 여전히 창밖을 바라보고 있는 신욱의 뒤로 다가가 그대로 그의 허리를 끌어안았다.

"인사 잘했어?"

윤진은 신욱의 등에 얼굴을 묻은 채로 고개를 끄덕였다. 순간, 이상한 감정들이 파도처럼 밀려들었다. 눈물이 날 것만 같았다.

"집에 가자."

윤진의 말에 신욱이 돌아서서 윤진의 어깨를 꼭 잡고 얼굴을 마주 보았다. 그의 입가에 얹힌 옅은 미소를 보고 나니 한결 마음이 포근해졌다.

차가 멈춘 곳은 집 주차장이 아니었다. 그와 함께 다녔던 대학 교정. 1년여 만에 다시 찾은 학교는 여전했다.

"여긴 왜?"

그는 윤진의 물음에 답을 하지 않고 웃으며 차에서 내렸다. 하는 수 없이 윤진도 신욱을 따라 차에서 내렸다.

"그냥 오고 싶어서."

싱겁긴.

윤진은 피식 웃으며 신욱의 손을 잡고 교정을 걷기 시작했다. 도서관으로 향하는 오르막길 양옆으론 가로등이 줄지어 켜져 있었고, 두 사람의 발 앞에는 긴 그림자가 드리워졌다.

이 길 위에는 수많은 추억이 서려 있었다. 나란히 길을 걷다 손등이 스치기만 해도 가슴이 두근거리던 곳도 이곳이고, 졸음을 쫓으려 커피 한 잔을 나눠 마시다가 윤진이 신욱의 볼에 뽀뽀를 하고 도망갔던 곳도, 1년 전 마음 깊숙한 곳에 묶어뒀던 모든 감정을 터뜨리고 서로를 다시 한 번 끌어안은 곳도 이곳이었다. 여기까지 올 수 있었던 건 그 모든 날들이 존재했기 때문이다.

"잠깐 앉을까?"

신욱이 오르막 길 중턱에 자리한 벤치를 향해 가리켰고, 마침 높은 굽의 구두 때문에 발이 아팠던 윤진은 그 벤치에 앉았다.

"윤진아, 저기……."

"응?"

"음…… 있지."

무슨 말을 꺼내려는 건지, 그가 작게 한숨을 토해내며 입술을 잘근잘근 깨물었다. 평소 모습과는 전혀 다른 그의 모습에 윤진은 고개를 갸웃거릴 수밖에 없었다.

설마, 긴장한 건가? ……왜?

"나한테 할 말 있어?"

툭 던진 말에 그가 눈을 크게 치켜뜨며 깜짝 놀라기까지 했다.

"진짜 할 말 있나 보네?"

대체 왜 그러는 건지 전혀 감을 잡지 못한 윤진은 고개를 쭉 내밀어 신욱의 얼굴을 가까이에서 살폈다. 그는 미소를 지은 채로 연신 재킷 단추를 만지작거리고 있었다.

"숨넘어가겠다."

윤진의 재촉에 그는 눈썹을 살짝 찌푸리며 재킷 안주머니에 손을 넣고 잠시 망설였다.

설마…… 지금 거기서 꺼내려는 게…….

그 순간, 신욱이 벤치에서 내려와 바닥에 쪼그려 앉은 채로 주머니에서 작은 상자를 꺼내 열어 보였다. 예상대로 그 안에는 반지가 들어 있었다.

"이게 뭐야?"

이제 와 청혼이라니.

윤진은 웃음이 터져 버렸다. 하지만 그는 무척이나 진지한 얼굴로 벤치 의자 아래로 팔을 쑥 집어 넣었다. 왜 그러나 싶어 슬쩍 보니 언제 가져다 놓은 건지, 윤진이 가장 좋아하는 분홍빛 작약이 한아름 묶인 꽃다발이 그곳에서 나타났다.

"반지도 있고, 꽃도 있고, ……너도 있고."

윤진은 두 손으로 얼굴을 감싼 채 말로 설명할 수 없는 벅찬 감정을 가까스로 추스르며 다시 신욱의 눈을 바라보았다.

"내 생에 가장 완벽한 순간이다."

흔들림 없는 신욱의 목소리가 귓가에 닿는 순간, 코끝이 찡했다. 윤진은 신욱이 건넨 꽃다발을 무릎 위에 올려두고 신욱의 이마에 입을 맞췄다.

"……고마워."

뭔가 멋진 말로 답해주고 싶었는데 도통 떠오르질 않았다. 그저 고맙고, 또 고맙고, 또 고마울 뿐. 윤진은 고개를 저으며 가쁜 숨을 내쉬었다.

"우리 언제 결혼할 수 있을지도 모르는데……."

"그게 무슨 상관이야. 넌 이미 내 아내잖아."

아내란 단어가…… 이토록 설레는 단어였던가.

신욱이 반지를 꺼내 윤진의 왼손 약지에 끼워주었다. 그 순간 손끝이 파르르 떨리고 머릿속이 하얘졌다.

"사랑해, 윤진아. 그리고…… 고마워, 다시 와줘서."

울음이 터질 것만 같아서 윤진은 신욱의 목을 두 팔로 감싸며 그의 품에 안겼다. 등을 다독여 주는 다정한 손길에 잘 참았던 눈물이 흐르고 말았다.

"우리 잘살자. 지금보다 더 많이 사랑하고, 더 많이 웃으면서, 더 많이 행복하게…… 그렇게 살자. 우리 닮은 예쁜 아이 낳아서 사랑도 듬뿍 주고, 많이 안아주고, 아이한테 부끄럽지 않은 부모가 되어가면서…… 그렇게 살자. 힘든 날도 있을 테고, 어떤 날은 세상을 끝내 버릴 듯이 다툴 날도 있겠지만, 그래도 죽을 때까지 같이 살자. 너랑 그렇게 평생 살고 싶어."

가끔은 궁금했다, 그가 날 얼마만큼 사랑하고 있는지.

담담하게 꺼낸 그의 진심을 듣고 나니, 너무나 어리석은 생각을 했던 것 같다. 사랑이란 건 '이만큼'이란 크기로 가늠할 수 없다는 것을 새삼 깨닫게 된 것이다.

윤진은 흐르는 눈물을 손끝으로 닦아내고 신욱과 눈을 맞추었다. 자신에게 과분한 사랑을 주는 그보다 더 많이 사랑하겠노라 다짐하며, 그의 입술에 입을 맞추었다.

17 또 한 번의 사랑

3년 후.

착공 3년 만에 개장한 'E—코어그랜드타워'.

신욱은 개장식 참석 후, 두 시간에 걸친 기자간담회까지 성공리에 마치고 나서야 한숨 돌릴 수 있었다. 공식 일정은 모두 끝이 났지만 남은 일정이 있었기에 녹초가 되어버린 몸을 이끌고 차에 올랐다.

"사장님, 괜찮으십니까?"

대답할 기운마저 몽땅 써버린 신욱이 간신히 고개를 끄덕이자 비서실장은 안쓰럽단 눈길로 바라보며 미소를 지었다.

"오늘 정말 고생 많으셨습니다."

"다들 연수원에서 기다리고 있습니까?"

"네. 서 상무님도 곧장 그리로 오신다고 하셨습니다."

오늘 'E—코어그랜드타워'의 개장을 기념하여 지난 5년여간 밤낮없이 함께 고생했던 E코어사업본부 전 직원들을 위해, 안면도에 위치한 코어그룹 직원연수원에서 조촐한 파티가 열렸다. 호텔에서 거하게 회식을 시켜주려 했으나, 직원들은 하루의 온전한 휴식과 함께 다양한 안주와 주류의 무한 제공을 원했다. 신욱은 직원들이 휴식과 음주가무를 즐기는 데 있어서 부족함이 없도록 잘 챙겨주란 특별 지시를 내린 참이었다.

"윤진이한테 전화한다는 게 깜박했네."

비서실장을 통해 윤진의 이야길 들으니 정신이 번쩍 들었다.

"서 상무님께서 전화 안 하셔도 된다고 연락 주셨습니다. 가는 동안 잠깐이라도 눈 붙이시죠."

재킷 안주머니에서 휴대전화를 꺼낸 신욱은 윤진에게 메시지를 남기고 시트 깊숙이 상체를 묻었다.

이틀 동안 집에도 들어가지 못해 오늘까지 무려 사흘이나 윤진의 얼굴을 보지 못했다. 지난달까지만 해도 한 건물에서 함께 일을 했기에 오다가다 수시로 볼 수 있었지만, 이제는 집에서 보는 것이 전부였다. 더구나 개장을 앞두고 사나흘에 한 번씩밖에 얼굴을 볼 수 없어 애가 닳을 대로 닳아버린 신욱의 한숨은 점점 짙어졌다.

한 달 전, 이든그룹에서는 대대적인 인사발령을 발표했다. 이미 예견되었던 김나현 사장의 전략사업본부 부회장으로의 승진은 그녀가 그룹 총수가 되는 발판을 마련하였고, 윤진은 이든그룹의 계열사, 호텔 이든의 경영기획실과 E코어사업본부 호텔경영팀의 상무로 승진하였다. 이로써 윤진은 김 회장이 제시했던 3년 안에 임원으로 승진하게 된 것이다. 더불어 E코어사업본부의 본부장을 역임

했던 심 전무는 중국에 건설될 제2의 '巳코어그랜드타워' 사업본부 총괄책임자를 맡아 사장으로 승진, 지난달에 중국으로 출국했다.

신욱은 넥타이를 느슨하게 풀며 다시 휴대전화 화면을 보았다. 아직 윤진에게서 답장이 오지 않았다. 오늘 중요한 약속이 있다더니, 아직 약속 자리가 끝나지 않은 모양이다. 신욱은 아쉬운 마음에 사진첩에 저장된 윤진의 사진들을 보며 저도 모르게 미소를 지었다.

"아, 마루홀 준비 상황은……."

"플라워 스타일링만 남았다고 보고받았습니다."

자신과 윤진에겐 남다른 의미를 가진 '巳코어그랜드타워'. 그곳 호텔 이든의 그랜드홀인 마루홀에서 이번 주 토요일, 두 사람은 맨 처음으로 결혼식을 올리게 된다. 개장 일정에 맞춰 결혼식을 준비하느라 꽤 오랜 시간 기다려야만 했다. 하루가 1년처럼 길기만 했던 기다림도 이젠 끝이 보였다.

신욱은 지난봄에 촬영했던 웨딩사진 폴더를 열었다. 사흘 후 자신의 아내가 될 그녀가 세상에 단 하나뿐인 새하얀 웨딩드레스를 입고 부케를 손에 쥔 채 수줍게 웃고 있었다. 스물두 살, 벚꽃 잎이 떨어지는 나무 아래에서 수줍게 미소 짓던 그 모습 그대로였다.

신욱은 그 사진을 오래토록 바라보았다. 머리만 대면 잠이 쏟아질 것 같았는데, 윤진이 드레스를 입었던 그날의 모습들이 자꾸만 머릿속에 맴돌아 쉽게 잠이 오질 않았다.

늘 한결같은 모습이었다. 땀에 흠뻑 젖은 채로 음악에 몰입하며 붓으로 그리는 선처럼 매우 부드럽게 몸을 움직이고 있었다. 객석 맨 끝에서 팔짱 낀 채 해온의 연습을 한참 동안 지켜보던 윤진은, 뭔가 잘 풀리지 않는 듯 고개를 갸웃거리며 무대 한가운데를 거니는 해온에게 천천히 다가갔다. 인기척을 느꼈는지 해온이 옆을 돌아보았고, 윤진을 발견하곤 수건을 집어 들어 땀을 닦고 티셔츠를 챙겨 입었다.

"왔어?"

"보기 좋은데 그냥 그러고 있어."

윤진이 맨 앞자리 객석에 앉아 다리를 꼬고 앉자, 해온이 못마땅하다는 듯 눈썹을 구기며 흘겨보았다.

"결혼 생활은 어때? 근육 쫙 선 거 보니까 시도 때도 없이 운동 꽤 하나 보다?"

윤진의 짓궂은 농담에 해온이 고개를 저으며 무대에 걸터앉아 윤진을 마주 보았다.

"넌 부케 받아놓고 결혼은 왜 안 해?"

"이복동생 걱정해 주는 거야?"

"야."

"안 하는 게 아니라 못하고 있었지. 곧 할 거야, 이번 주 토요일."

"이번 주 토요일?"

"기억하지? 전에 내가 너한테 축의금 주면서 세 배로 돌려달라고 했던 거. 세 배 준비는 됐나?"

"완전 날강도네."

혀를 내두르며 고개를 젓던 해온이 물을 마시며 피식 웃었다.

결혼식까진 사흘의 시간밖에 남지 않았다. 1년 전, 길고도 지루했던 부모님의 이혼소송과 재산분할소송이 마침표를 찍었기 때문이다.

해온의 어머니가 썼던 일기를 '나의 하루'라는 책으로 엮어 출간을 했는데, 생각보다 큰 파장을 일으켰다. 유명 정치인을 도덕적으로 흠집 내려 작정하고 담은 악의적인 이야기 구성이 아니라, 사랑하는 사람으로부터 버려져야 했던 한 여자의 삶과 아픔을 담았기에 수많은 독자들의 감성을 자극한 것이다. 자연스레 동정 여론이 조성되었고, 사람들은 해온의 손을 들어주었다.

책은 현재까지 10만 부 가까이 팔려 3년여의 소송에 마침표를 찍는 데 결정적인 역할을 했다. 대중들에게 피로도가 쌓이기 전, 적절한 시간 안에 마무리가 되어 나현은 나름 만족스러운 결과를 얻었고, 창욱은 여전히 추락하고 있었다. 그 끝이 어디까지인지 가늠할 수 없을 만큼 매일매일 망가지고 있었다.

이혼 후에도 창욱은 윤진은 물론이고 해온에게도 진심 어린 사과 같은 건 하지 않았다. 오히려 정치적인 야합이나 음모론 쪽으로 몰아갔다. 자식을 두 번 세 번 외면하고 상처 주는 것도 서슴지 않았던 사람답게, 서창욱이란 사람이 어떤 사람인지 자신이 몸소 바닥까지 제대로 보여주는 중이었다.

"그거 말해주러 온 거야?"

"겸사겸사."

그 시간들을 지나는 동안 윤진은 해온에게 동지애 비슷한 감정을 느꼈다. 해온도 윤진과 같은 마음인 건지 볼 때마다 '왜?'가 먼저였는데 어느 순간부터는 '왜?'가 빠졌다. 점점 더 자연스러운 관계가 되어간다고나 할까. 사람들이 쉽게 부르는 이복 남매 사이, 생부의 유전자로 얽힌 혈연관계를 차치하고, 그저 인간 대 인간으로 점점 편해지고 있었다.

"'E코어그랜드타워' 오늘 개장했어."

"알아. 뉴스 봤어. 어찌나 많이 나오던지."

"내가 하는 일이 원래 좀 대단해."

"어련하실까."

해온의 비아냥거림이 밉지만은 않았다. 윤진은 가방에서 얇은 서류 파일을 꺼내 건넸다. 그 안에는 오늘 윤진이 해온을 찾은 진짜 용건이 담겨 있었다.

"받아."

"뭔데?"

"눈 뒀다 뭐 할래. 읽어봐."

"이게 진짜."

해온은 짜증을 내면서도 윤진의 말을 순순히 따랐다. 윤진은 서류를 한 장씩 넘겨가며 읽는 해온의 표정을 가만히 지켜보았다.

"이게 뭐야?"

"거기 제안서에 써 있는 그대로야. 우리 'E코어그랜드타워' 공연장, 첫 공연은 네가 해줘."

윤진이 건넨 건, 바로 공연제안서였다. 해온은 말을 잇지 못했고, 윤진은 자리에서 일어나 해온에게 좀 더 가까이 다가갔다.

"너네 팀 정도면 4천 석 꽉 채울 수 있지?"

"서윤진."

"알잖아, 나 스케일 큰 거. 후원 빵빵하게 해줄 테니까 제대로 보여줘 봐. 그동안 내 투자가 헛되지 않았다는 걸 사람들 앞에서 증명해 줘. 우리 엄마랑 내 약혼자가 투자가 아니라 기부였다고 날 무시했거든. 잘할 수 있지?"

애초에 유명 톱가수의 콘서트나 인기 뮤지컬, 오페라 작품 기획안이 올라왔지만 윤진의 고집으로 해온의 무용팀 공연을 확정 지었다. 물론 그날 공연해 줄 무용팀에겐 이제야 제안서를 넘겼지만 말이다.

"거기 담당자 전화번호 남겨뒀으니까 자세한 건 그쪽에다 문의해. 나 간다."

윤진은 여전히 멍한 얼굴로 서류를 보고 있는 해온을 남겨둔 채, 미련없이 돌아서서 공연장을 빠져나왔다.

이렇게 한 번씩 해온을 보고 갈 때면 마음이 가벼워지는 기분이 들었다. 그래서 자꾸만 해온을 찾게 되는 건지도 모르겠다. 누가 더 가엽다고 말할 수 없을 만큼 많이 아팠던 두 사람이지만, 툴툴대면서도 챙기게 되었다. 윤진은 그저 인간 대 인간으로 해온이 매력적이고 가지고 있는 재능이 귀해서 신경을 쓰는 것일 뿐이라고 스스로를 설득하는 중이었다.

그때, 휴대전화에 메시지가 도착했다. 발신인은 차신욱.

「보고 싶다, 서윤진.」

하루 종일 바쁜 일정을 소화하느라 피곤할 것 같아 연락하지 않아도 된다고 했더니, 기어이 메시지라도 보낸 것이다. 마음이 급해진 윤진의 걸음이 점점 빨라졌다.

팀별로 돌아다니며 꽤 많은 직원들에게 술 한 잔씩 받아먹더니, 결국 신욱은 머리끝까지 취해 몸도 제대로 가누지 못했다. 거기다 사흘 밤낮 동안 잠도 못 잔데다 오늘 극도로 피곤한 일정까지 더해져 꼴이 말이 아니었다.

윤진은 신욱을 부축해 간신히 숙소로 돌아왔다. 신욱을 대신해

비서실장이 대신 술받이가 되고 있어서 마음 한 켠으론 미안함도 있었지만, 지금 남 걱정 해줄 상황이 아니었다.

"어으, 힘들어. 새신랑 아주 떡을 만들어놨네."

신욱을 침대에 던져 놓고 옆에 앉은 윤진은 신욱의 얼굴을 빤히 보았다. 얄미웠다. 보고 싶다 해놓고, 이렇게 술에 취한 상태로 날 기다리다니. 윤진은 시원한 생수를 반이나 단번에 들이켜고 신욱의 옷을 벗겼다. 이렇게까지 만신창이가 되도록 취한 걸 처음 본지라 윤진은 속이 부글부글 끓었다. 더 보고 있으면 화가 날 것 같아 윤진은 일단 샤워부터 하기로 하고 욕실로 향했다.

샤워를 마치고 나온 윤진은 젖은 머리칼을 수건으로 털며 창가로 향했다. 달조차 뜨지 않은 어두운 밤. 창문을 여니 철썩이는 파도 소리가 멀찍이서 들려왔다. 윤진은 고개를 내밀어 밤바람을 한껏 들이쉬고 잠든 그의 옆으로 향했다.

새근새근, 고른 숨을 쉬며 참 잘도 자고 있었다. 윤진은 신욱의 옆에 누워 그의 얼굴을 하나하나 자세히 뜯어보았다. 잠귀가 무척 밝은 사람인데, 오죽 피곤하면 저렇게 나가떨어졌을까 싶어 가엽기도 하고 조금은 귀엽기도 하고……. 윤진은 들썩이는 그의 가슴 위에 손을 얹은 채 길고 가지런한 속눈썹을 바라보았다.

"차신욱 씨, 그래도 ……사랑해. 처음 사랑했던 그날부터 지금까지 단 한 번도 변한 적 없어. 난 늘 당신을 사랑하고 있었어."

입 밖으로 꺼내기 쑥스러워서, 몇 개의 단어 속에 내 마음을 온전히 담을 수 없어서 그를 얼마만큼 사랑하는지 말해주지 못했다. 그래도 그는 재촉하지 않고 늘 그 자리에서 기다려 주었다. 그래서 한편으론 미안하고, 말로 다할 수 없을 만큼 고마웠다.

"난 오빠를 볼 때마다 여전히 설레. ……몰랐지?"

한집에서 살을 맞대고 산 지 3년. 스물두 살에 처음 만나, 헤어져 지냈던 시간까지 합하면 도합 9년의 시간이 흘렀지만 그를 볼 때면 늘 가슴이 설레었다.

"나도 그래."

그때 갑자기 신욱이 눈을 번쩍 뜨더니 윤진을 바로 눕히고 그 위로 올라왔다. 순간 놀란 윤진이 그의 어깨를 움켜쥐었다.

"괜찮아?"

윤진의 물음에 그가 미소를 지었다.

이거…… 뭐지? 몸도 못 가눌 정도로 휘청거릴 땐 언제고. 설마, 술자리에서 도망치려고 연기를 한 건가? 그렇다면 비서실장님은 무슨 죄야.

"다시 말해봐."

"……뭘."

"아까 했던 말."

윤진은 쑥스러워 고개를 옆으로 돌렸다.

"다 들었으면서……."

그러자 신욱이 윤진의 턱을 가볍게 감싸 쥐곤 다시 정면으로 얼굴을 돌렸다. 뜨거운 시선으로 자신을 빤히 보는 신욱 때문에, 윤진은 저도 모르게 마른침을 꿀꺽 삼켰다. 거침없는 손길로 윤진의 가운 매듭을 풀자 귀가 울릴 정도로 심장이 요란하게 쿵쿵거렸다. 그 소리가 그의 귀에까지 들릴 것만 같아 그의 손을 막아보려 셔츠 자락을 꽉 움켜쥐었다.

"못 들었어."

거짓말. 다 들었으면서.

신욱은 짓궂은 얼굴로 미소를 지으며 윤진의 무릎을 세워 허벅지를 쓰다듬었다. 가운 아래로 밀고 들어온 손이 허벅지 안쪽으로 들어오자, 윤진이 잽싸게 신욱의 손을 가로막았다.

"자, 잠깐만."

"날 죽일 셈이야?"

정말 참을 수 없다는 듯 그는 셔츠 단추를 하나둘 풀기 시작했고, 윤진은 웃음이 터지고 말았다.

"두 번은 말 못해. 부끄러워."

"나한테 사랑한다고 말하는 게 부끄러워?"

고개를 끄덕이자 가쁜 숨을 몰아쉬며 서두르던 그가 나지막이 한숨을 내쉬며 윤진의 흐트러진 머리칼을 귀 뒤로 넘겨주었다.

"일단 씻고 올게."

"근데 오늘은 안 돼. 몸이 안 좋거든."

"왜? 어디 아파? 몸살 났어?"

신욱이 깜짝 놀란 표정으로 윤진의 이마를 짚으며 호들갑을 떨자, 윤진은 또 한 번 웃고 말았다.

"그런 건 아니고, 결혼식 준비하느라 조금 무리했는지 몸이 많이 피곤하네. 그냥 오빠 품에 폭 안겨서 자고 싶어."

"알았어. 얼른 씻고 나올게. 피곤하면 먼저 자고 있어."

음흉한 손길과 애가 탄 시선으로 달려들 땐 언제고, 걱정돼서 어찌할 바를 모르는 모습이 무척이나 귀여웠다. 저런 남자를 어떻게 사랑하지 않을 수 있을까.

욕실로 향하는 신욱을 향해 손을 흔들어준 윤진은 다시 창가로 향했다. 매일 사랑한단 말을 해주겠다고 다짐하면서.

❖

'E코어그랜드타워' 호텔 이든 마루홀.

사상 유래 없는 초호화 결혼식, 업계 최고 그룹 간의 혼사, 한때 파혼까지 갔던 이든그룹 서윤진과 코어그룹 차신욱의 결혼은 재계의 가장 뜨거운 뉴스다. 변함없는 끈끈한 동맹을 과시하며 'E코어그랜드타워' 라는 대규모 합작 사업까지 성공적으로 성사시킨 두 그룹의 결혼은 수많은 사람들로부터 부러움과 동시에 두려움이 되었다.

결혼식이 열리는 마루홀 입구에는 두 그룹의 영향력을 과시하듯, 결혼을 축하하기 위해 직접 방문한 정재계 인사들로 발 디딜틈 없이 붐볐다. 화환과 축의금 없는 결혼식이라 크게 어수선하진 않았지만, 대신 방명록에 이름을 남기려 길게 줄을 선 사람들이 이목을 끌었다.

신부대기실 앞은 말 그대로 인산인해였다. 신부 얼굴 한 번 보자고 몰려든 사람들 때문에 신랑인 신욱도 아직 윤진을 보지 못했다. 살짝 열린 문틈 새로 보니 신부대기실 안은 사진 촬영으로 매우 분주한 모습이었다. 사진작가는 연신 셔터를 눌러댔고, 윤진은 힘든 내색 없이 연신 미소를 짓고 있었다. 주변에선 다들 신부가 정말 예쁘다며 난리가 났고, 신욱은 뿌듯함에 입가에서 미소가 떠날 줄을 몰랐다.

"어! 신랑이 왜 여기서 신부를 몰래 훔쳐보고 있어요. 들어가요."

오늘 결혼식의 사회를 맡아주기로 한 재하가 신욱을 알은체하자, 주변에서 웅성거리던 사람들의 시선이 한꺼번에 신욱에게 쏠렸다. 덕분에 신욱은 못 이기는 척 신부대기실 안으로 들어갔다.

윤진의 모습이 어딘가 조금 낯설었다. 웨딩 촬영 때 이미 봤던 모습인데도 곁에 다가가기가 어려웠다. 뜨거울 정도로 쏟아지는 환한 조명 아래, 윤진은 지인들과 사진을 찍으며 예쁜 미소를 지어 보였다. 신욱은 내가 누구고 여기가 어딘지도 잊은 채 윤진을 넋 놓고 바라보았다.

"오빠, 인사해. 해온이."

윤진이 방금 같이 사진 찍었던, 말로만 듣던 그 남자를 소개해 주었다.

"반갑습니다."

"축하드립니다."

"결혼식 때 못 찾아뵈었네요."

"아휴, 아닙니다. 윤진이가 와서 부케까지 살뜰하게 챙겨갔어요."

윤진이 해온의 등을 툭 밀치더니 미간까지 구기며 노려보았다. 투닥거리는 두 사람의 모습이 귀엽기만 했다.

"둘이 사진 한번 찍을까요?"

신욱의 제안에 해온이 쭈뼛거리며 신욱의 곁에 섰다. 사진작가는 부지런히 셔터를 눌렀고, 그런 두 사람을 지켜보는 윤진의 얼굴엔 더할 나위 없이 밝은 미소가 얹어졌다.

"아이고, 여기 다 계셨네요. 신부 도망갈까 봐 지키고 계신 거예요?"

신부대기실 안으로 심 사장이 들어왔고, 신욱은 고개를 꾸벅 숙여 인사드리고 악수를 청했다.

"축하드립니다."

"감사합니다."

흐뭇한 미소로 윤진을 바라보던 심 사장은 엄지를 치켜세우며 윤진에게 다가갔다.

"와주셔서 감사해요."

"당연히 와야죠. 누구 결혼식인데. 하하. 정말 아름다우십니다. 제 평생 이렇게 예쁜 신부는 처음 봐요."

심 사장의 말에 울컥했는지 윤진은 입술을 오므리며 눈물을 참았다. 그러곤 가볍게 포옹을 나눈 후 찡해진 코끝을 매만졌다.

"이렇게 예쁜 신부를 얻으셔서 얼마나 행복하실까. 두 분 행복하게 잘사세요. 아들딸 많이많이 낳으시고."

"꼭 그렇게 하겠습니다."

신부대기실 안은 웃음소리로 가득했다. 그때, 누군가 신욱의 어깨를 콕콕 찔러 돌아보니 비서실장이 이마에 맺힌 땀을 손끝으로 닦으며 안도의 한숨을 내쉬었다.

"아휴, 사장님, 여기 계시면 어떡해요. 곧 식 시작한답니다. 얼른 나오세요."

인사도 채 마저 하지 못하고 비서실장 손에 끌려 나온 신욱은 여기저기서 반갑게 축하 인사를 건네는 내빈들과 눈인사를 나누며 버진 로드 앞에 섰다.

"하객 여러분들께 안내 말씀드리겠습니다. 잠시 후 신랑 차신욱 군과 신부 서윤진 양의 결혼식이 거행될 예정이오니, 아직 착석하지 않으신 내빈 여러분들께서는 식장 안에 마련된 지정석에 착석해 주시기 바랍니다."

홀 안은 하객들로 꽉 차 있었다. 초대장을 받은 하객들만 참석하였기 때문에, 큰 혼잡 없이 관계자들의 안내를 받아 모두 자리를 잡았다.

"지금부터 신랑 차신욱 군과 신부 서윤진 양의 결혼식을 시작하겠습니다. 예식의 첫 순서로, 양가 어머님들께서 두 사람의 행복을 기원하는 화촉점화가 있겠습니다."

재하의 멘트가 끝나자 20인조 현악 오케스트라의 웅장한 연주가 시작되었고, 곱게 한복을 차려입은 나현과 임 이사장이 손을 잡고 홀 안으로 향했다. 그 모습을 뒤에서 지켜보던 신욱은 홀 안을 가득 메운 하객들의 박수 소리에 머릿속이 멍해졌다. 이렇게까지 긴장을 해본 적이 있나 싶을 정도로 가슴이 벅찼다.

"이어서 신랑 입장이 있겠습니다. 신랑 입장!"

신욱은 두 주먹을 불끈 쥐고 발을 내딛었다. 신욱을 향한 사람들의 시선과 박수갈채에 미소로 화답하며 최대한 여유 있게 걸었다. 주례석 앞에 멈춰 선 신욱은 이제 자신을 향해 걸어올 윤진을 맞이하기 위해 뒤로 돌아섰다.

저 멀리 윤진의 모습이 보였다. 긴장했는지, 김 회장의 손을 잡은 채 인형처럼 부동자세로 꼿꼿이 서 있었다.

"오늘 결혼식의 주인공, 신부 입장이 있겠습니다. 모두 큰 박수 부탁드립니다. 신부 입장!"

윤진이 직접 고른 음악이 연주되었다. 신욱은 떨리는 가슴을 진정시키려 고른 숨을 내쉬며 조금씩 거리를 좁혀오는 윤진을 바라보았다. 김 회장의 손을 잡고 사뿐사뿐 걸어오는 모습을 지켜보는데 괜히 마음이 울컥했다. 신욱은 이를 꾹 다물고 감정을 추스르며 어느새 가까이 다가온 윤진을 향해 걸음을 내딛었다.

"자, 이제 데려가게."

김 회장이 윤진의 손을 넘겨주었다. 신욱은 바짝 얼어 눈만 깜박이고 있는 윤진을 바라보며 옅게 웃었고, 그제야 윤진이 파르르 떨리는 입술을 예쁘게 늘이며 미소를 지었다.

"가자."

신욱의 말에 윤진이 고개를 끄덕였다. 조심스레 한 발자국씩 걸음을 옮기는데, 바닥을 디딜 때마다 강한 울림이 가슴속에서 느껴졌다.

고작 몇 미터밖에 안 되는 이 길을 걸으려고 얼마나 많은 노력을 해야만 했는지, 얼마나 많은 눈물을 쏟고, 얼마나 많이 가슴 아파했는지…… 그 모든 기억들이 생생히 떠올랐다.

신욱은 곁에 선 윤진을 바라보았다. 그녀도 자신과 같은 생각을 한 걸까. 눈시울이 점점 붉어지더니 촉촉이 젖어들었다.

"행복하게 해줄게."

별것 아닌 그 말에 윤진이 환히 웃었다. 심장이 멎을 만큼 예쁜 웃음이었다.

결혼.

둘에게 결혼이란 인생에 한 번쯤 꿈꿔보는 이벤트가 아니었다.

그 누구보다 간절히 염원했던 새로운 시작이자, 또 한 번의 사랑이었다.

⟨the END⟩

❧ 작가 후기 ❧

이 글의 시작은, 전작 〈동화, 스며들다〉 속 주인공이었던 해온의 이
복남매 서윤진으로부터였습니다. 가시 돋은 말을 서슴없이 내뱉던 상
처 많은 그 여자, 낮은 자존감을 화려함으로 감추던 그녀의 단 한 번뿐
이었던 사랑 이야기였습니다.

여느 여자들처럼 사랑 앞에서 실수도 하고, 때론 실패도 하면서 사
랑의 쓴맛 단맛을 알아가며 조금씩 성장하는 모습을 담고 싶었습니다.
서로가 서로에게 나쁘다고, 못됐다고 말하지만 결국 내가 더 나쁘고 못
됐었다고 후회하게 되죠. 이별을 경험한 대부분의 사람들이 그러하듯
이 말입니다.

연재하는 동안에는 완결 짓고 나면 굉장히 긴 후기를 쓰게 될 거라
생각했는데 완결을 했을 때도, 수정을 마친 지금도 그저 후련한 마음뿐

이네요.

완결 짓는 이야기들이 한두 편 늘어갈수록, 완결 자체만으로도 정말 감사하게 되는 것 같습니다.

추운 봄날 시작했던 이야기가 여름의 절정이 되어서야 마침표를 찍게 되었습니다.

함께 고생해 주신 유경화 님과 대표님께 감사의 인사를 전합니다. 수고 많으셨어요.

늘 곁에서 힘을 주고 많은 도움을 주는 고마운 친구들과 사랑하는 가족들에게도 인사를 전합니다.

마지막으로, 이 글의 시작부터 끝까지 함께해 주신 독자님들께 감사의 인사를 전합니다.

늘 행복하셨으면 좋겠습니다.

그리고, 당신의 사랑을 응원합니다.

2014년 7월

지은이 김선민